प्रेम लहरी

पंडित जगन्नाथ और मुग़ल शहजादी लवंगी के
इश्क़ की अनोखी दास्ताँ

त्रिलोक नाथ पांडेय

प्रेम लहरी

राजकमल प्रकाशन

ISBN : 978-93-88183-04-8

मूल्य : ₹399

पहला संस्करण : 2018

प्रकाशक : राजकमल प्रकाशन प्रा. लि.
1-बी, नेताजी सुभाष मार्ग, दरियागंज
नई दिल्ली-110 002

शाखाएँ : अशोक राजपथ, साइंस कॉलेज के सामने, पटना-800 006
पहली मंजिल, दरबारी बिल्डिंग, महात्मा गांधी मार्ग, इलाहाबाद-211 001
36 ए, शेक्सपियर सरणी, कोलकाता-700 017

वेबसाइट : www.rajkamalprakashan.com
ई-मेल : info@rajkamalprakashan.com

मुद्रक : यश प्रिंटोग्राफिक्स
नोएडा-201 301 (उत्तर प्रदेश)

PREM LAHARI
Novel by Trilok Nath Pandey

अथ श्री गणेश उर्फ़ कागा ले भागा

हमारे कुलपुरुष पंडित गोपीनाथ व्यास कभी—सम्भवतः शाहजहाँ के शासनकाल में—राजस्थान के बूँदी इलाक़े में कथावाचक हुआ करते थे। युवा गोपीनाथ अपने पिता पंडित उमानाथ व्यास के साथ विभिन्न क्षेत्रों में घूम-घूमकर कथा बाँचा करते थे। युवा कथावाचक की वाणी ओजस्वी थी और कंठ सुमधुर। भव्य क़द-काठी और सुदर्शन व्यक्तित्व के धनी गोपीनाथ श्रोताओं को बहुत प्रभावित करते थे। ऐसे ही किसी कथा-अवसर पर एक सुन्दर कछवाहा कन्या, जो अपनी माँ के साथ कथा सुनने आया करती थी, युवा कथावाचक के मोह-पाश में बँध गई और नौबत यहाँ तक आ गई कि कथावाचक उसे ले उड़ा और काशी पहुँच गया।

काशी में युवा कथावाचक और कछवाहा कन्या वेश बदलकर पति-पत्नी की तरह रहने लगे। युवक ने घनी काली दाढ़ी बढ़ा ली और राजस्थानी अँगरखा पहनना छोड़ काशी शैली के अँगोछा और ढीली धोती धारण करना शुरू किया। कन्या ने भी राजस्थानी वस्त्र त्याग दिया और स्थानीय महिलाओं की तरह साड़ी और पिछौड़ी में अपने को छुपा लिया। चतुर कथावाचक कथा बाँचना छोड़ हस्तरेखा-विशेषज्ञ बन लोगों का भाग्य बाँचने लगा। युवक ने नया नाम धर लिया—गणपति पांडेय और पत्नी को नाम दे दिया—सावित्री।

इसी पांडेय दम्पती की पाँचवीं पीढ़ी में भये पंडित भोलानाथ पांडेय जो प्रसिद्ध स्वतंत्रता-सेनानी थे और उत्तर प्रदेश के प्रथम शिक्षामंत्री काशीवासी सम्पूर्णानन्द जी की नाक के बाल माने जाते थे। भोलानाथ के इकलौते पुत्र गंगानाथ, जो हमारे पितामह थे, युगान्तरकारी व्यक्ति थे।

पांडे कौन कुमति तोहें लागी

गंगानाथ पांडेय जब काशी हिन्दू विश्वविद्यालय में एम.ए. (अंग्रेज़ी)

प्रथम वर्ष के छात्र थे तो उनकी अँखियाँ बी.ए. द्वितीय वर्ष की कनीज़ फ़ातिमा से लड़ गईं। हुआ यूँ कि गंगानाथ जब एम.ए. प्रथम वर्ष में थे तो मानवाधिकार पर प्रतिवर्ष आयोजित होने वाली अन्तर्विश्वविद्यालय वाद–विवाद प्रतियोगिता में काशी हिन्दू विश्वविद्यालय का प्रतिनिधित्व कर रहे थे। ज्यों ही गंगानाथ ने अपना पक्ष अंग्रेज़ी में व्यक्त करना शुरू किया श्रोताओं के एक वर्ग ने, जो हिन्दी के उत्साही हिमायती जान पड़ते थे, विरोध किया और माँग करने लगे कि गंगानाथ हिन्दी में बोलें क्योंकि वह हिन्दू विश्वविद्यालय का प्रतिनिधित्व कर रहे थे। उन दिनों हिन्दीभाषी प्रदेशों में हिन्दी की ज़बरदस्त आँधी चल रही थी और अंग्रेज़ी–विरोध का आन्दोलन प्रचंड था।

हिन्दी–हिमायतियों के प्रबल विरोध के बीच भी गंगानाथ संयम और शालीनता की मूर्ति बने रहे। थोड़ी ही देर में धारा–प्रवाह विशुद्ध हिन्दी बोलते हुए उन्होंने स्पष्ट किया कि अवसर मानवाधिकार का है न कि किसी भाषा–विशेष या धर्म–विशेष का। उन्होंने ज़ोर देते हुए कहा कि काशी हिन्दू विश्वविद्यालय एक राष्ट्रीय ही नहीं अन्तर्राष्ट्रीय संस्थान है जहाँ भाषायी, क्षेत्रीय या धार्मिक पूर्वग्रहों को प्रश्रय नहीं दिया जाना चाहिए। उन्होंने स्पष्ट किया कि यह मुद्दा एक अखिल भारतीय प्रतियोगिता का है जिसमें उनका पंजीकरण अंग्रेज़ी में बोलने के लिए हुआ है और मनपसन्द भाषा में बोलने से रोकना मानवाधिकार उल्लंघन का एक ज्वलन्त उदाहरण है। गंगानाथ के ओजस्वी हिन्दी भाषण ने विरोधियों की सिट्टी–पिट्टी ग़ुम कर दी। तत्पश्चात्, गंगानाथ ने अंग्रेज़ी में मानवाधिकार के विषय पर अपना पक्ष अत्यन्त सशक्त ढंग से रखा। श्रोताओं के साथ–साथ निर्णायक मंडल भी गंगानाथ की मौलिक तार्किकता और सशक्त अभिव्यक्ति से अभिभूत हुए बिना न रहा। परिणामस्वरूप, गंगानाथ वाद–विवाद प्रतियोगिता के निर्विवाद प्रथम विजेता घोषित हुए।

श्रोताओं के बीच कनीज़ फ़ातिमा भी अपनी सखियों संग प्रेक्षागृह में बैठी थीं। गंगानाथ का भव्य व्यक्तित्व, उनकी कुशल वक्तृता और व्यापक दृष्टिकोण कनीज़ फ़ातिमा के मन को छू गया। कार्यक्रम समाप्त होते ही वह अपनी सखियों संग गंगानाथ को बधाई देने पहुँचीं और साथ में अपना दिल भी दे बैठीं। जब तक गंगानाथ एम.ए. पूरा करते प्यार प्रगाढ़ हो गया। प्रतिभाशाली गंगानाथ को विश्वविद्यालय के ही अंग्रेज़ी विभाग में प्रवक्ता की नौकरी मिलने में देर न लगी। कनीज़ फ़ातिमा बी.ए. पूरा करके एम.ए. (अंग्रेज़ी) प्रथम वर्ष में पहुँच गईं।

दोनों ने अब तक शादी करने का मन बना लिया था। गंगानाथ ने मुस्लिम कन्या से शादी करने की बात सहमते-शरमाते अपने पिता भोलानाथ से कही। पिता, जो अपने प्रगतिवादी विचारों के लिए प्रसिद्ध थे, हिन्दू-मुस्लिम एकता और संश्लिष्ट संस्कृति के विकास की तमाम बातों के बावजूद, पुत्र के विलक्षण प्रस्ताव पर विचलित होने लगे। किन्तु, पुत्र की ममता और अपने प्रगतिवादी विचारों को धार देकर अपने राजनीतिक भविष्य को सँवारने की लालसा के चलते पिता ने हाँ कर दी।

कनीज़ फ़ातिमा, जो बिहार के बक्सर के एक रूढ़िवादी मुस्लिम परिवार की कन्या थीं, को इस शादी के लिए अपने परिवार को राज़ी करना पश्चिम से सूरज उगाने जैसा असम्भव था। कनीज़ के पिता उत्तर प्रदेश कॉडर के आईएएस अधिकारी थे और प्रगतिशीलता की झोंक में, अपने रूढ़िवादी परिवार की मान्यताओं के विपरीत, अपनी इकलौती पुत्री को काशी हिन्दू विश्वविद्यालय में एडमिशन दिलाने में ज़रा भी नहीं झिझके। किन्तु, एक हिन्दू लड़के से शादी को स्वीकार करना उनके लिए असम्भव था।

चतुर्दिक विरोधों के बावजूद भोलानाथ ने गंगानाथ और कनीज़ की शादी बनारस कचहरी में करवाकर एक मिसाल पेश करने की कोशिश की, किन्तु विरोधों का प्रवाह प्रबल हो उठा। इधर भोलानाथ की पत्नी मुस्लिम कन्या को बहू न स्वीकारने पर अड़ गईं और उधर बनारस के ब्राह्मण समाज ने भोलानाथ के परिवार को जाति-बहिष्कृत कर दिया। स्थानीय मुसलमान उग्र हो उठे कि कैसे एक हिन्दू मुसलमान लड़की को हड़प सकता है। प्रशासन की कड़ी मशक्कत के बाद स्थिति सँभली, किन्तु भोलानाथ के राजनीतिक जीवन का सूर्यास्त हो गया। ब्राह्मण और मुसलमान मतदाता, जो सदैव भोलानाथ की मुट्ठी में थे, रेत की तरह खिसक गए। माँ के विरोध के कारण गंगानाथ को अपनी नवविवाहिता के साथ विश्वविद्यालय प्रांगण में मिले आवास में रहना पड़ा। कनीज़ फ़ातिमा के पिता ने भी काफ़ी कोर्ट-कचहरी की, किन्तु भोलानाथ के ऊँचे राजनीतिक रसूख के कारण निष्फल रहे।

अपने राजनीतिक अवसान और सामाजिक बहिष्कार से आहत भोलानाथ शीघ्र ही काल-कवलित हो गए। कुछ काल उपरान्त उनकी धर्मपत्नी भी स्वर्ग सिधार गईं। गंगानाथ और कनीज़ को अब विश्वविद्यालय प्रांगण के आवास को छोड़कर अपने पुश्तैनी पंचगंगाघाट-स्थित मकान में लौटना पड़ा। किन्तु इस परिवार का

सामाजिक बहिष्कार जारी रहा और उन्हें प्राय: एकाकी जीवन जीना पड़ा। साथ निभाने और घरेलू कार्यों को सँभालने के लिए एक विधवा स्त्री को गंगानाथ ने अपने एक विश्वस्त छात्र के माध्यम से बिहार के सुदूरवर्ती ग्रामीण क्षेत्र से खोज निकाला और अपने यहाँ नौकरानी रखा।

गंगानाथ और कनीज़ के एकमात्र पुत्र चन्द्रनाथ पांडेय ने काशी हिन्दू विश्वविद्यालय से भौतिकशास्त्र में प्रथम श्रेणी एवं प्रथम स्थान पाकर एम.एस-सी. किया और इलाहाबाद विश्वविद्यालय के भौतिकी विभाग में प्रवक्ता नियुक्त हो गए। चन्द्रनाथ अन्तर्मुखी एवं स्वाध्यायी व्यक्ति थे। पिता गंगानाथ पर ही उनकी शादी का दायित्व था। कोई कुलीन ब्राह्मण कन्या मिलती असम्भव देख गंगानाथ ने अपने बेटे चन्द्रनाथ की शादी इलाहाबाद के एक महाब्राह्मण परिवार की सुशील कन्या, जिसका नाम सुनयना था, के साथ एक सादे समारोह में की। यही चन्द्रनाथ और सुनयना मेरे माता-पिता थे जिनकी क्षीण स्मृति भी मेरे मस्तिष्क में शेष नहीं है।

कहते हैं कि मैं नन्हा बालक दैवयोग से ही बिना किसी खरोंच के बच गया था जब मेरे माता-पिता एक बार होली की पूर्वसन्ध्या पर इलाहाबाद से वाराणसी आते समय कार दुर्घटना में मारे गए थे। कार यद्यपि ड्राइवर चला रहा था, किन्तु वाराणसी नज़दीक आने पर मेरे पिता शौकिया स्वयं ड्राइविंग करने लगे। व्यस्त जी टी रोड पर उनकी कार की सीधी टक्कर एक ट्रक से हो गई और बुरी तरह घायल दम्पती ने मौक़े पर ही दम तोड़ दिया। पिछली सीट पर बैठा ड्राइवर भी घायल हो गया किन्तु अपेक्षाकृत कम और सबसे कम या लगभग नहीं के बराबर घायल हुआ मैं जो कि अगली सीट पर बैठी माँ की गोद से उछलकर पिछली सीट पर जा गिरा।

मेरा पालन-पोषण मेरे दादा-दादी ने किया जिन्हें मैं बब्बा और माई कहता था और उन्हें ही अपना माता-पिता समझता था। उनके अलावा मैं घर की नौकरानी, जिसे सब दाई कहते थे, के भी काफ़ी नज़दीक था। दाई की एक बेटी छुटकी थी जो लगभग मेरी हमउम्र थी और मेरे साथ खेला करती थी। यही था हमारा बचपन का सम्पूर्ण संसार। इनके अलावा मैं किसी अन्य बाहरी व्यक्ति को न जानता था, न ही किसी का हमारे घर आना होता था और न ही हम कहीं बाहर जाते थे। नाई, धोबी, दूधवाला वग़ैरह सिर्फ़ बाहरी दालान तक आते थे जहाँ हमारा जाना मना था।

यह तो बाद में जब मैं स्कूल जाने लगा तब पता लगा कि बब्बा

माई मेरे दादा-दादी हैं और मेरे असली माता-पिता दुर्घटना में मारे गए थे। बचपन की बहुत कम याद मेरे दिमाग़ में रह गई है। फिर भी इतना याद है कि कितने लाड़ से मेरे बब्बा अपनी गोद में बैठाकर टोंटी वाली लुटिया से मुझे दूध पिलाते थे और माई मुझे सुलाते समय कितनी मीठी लोरी गाती थीं। यह भी याद है कि रोने से चुप कराने के लिए कैसे मुझे दाई की पीठ पर घुड़सवारी कराई जाती थी और कैसे छुटकी हर बार खेल में मुझसे हार मानने को तैयार रहती थी।

यह सब बीते एक ज़माना गुज़र गया। इस बीच, बब्बा गुज़र गए, माई बहुत बूढ़ी हो गईं। दाई भी अपेक्षाकृत बूढ़ी हो गईं और छुटकी विधवा होकर अपने ससुराल से आकर हम लोगों के साथ स्थायी रूप से रहने लगी।

मैं काशी हिन्दू विश्वविद्यालय से संस्कृत में एम.ए. करके शोध करने लगा। मेरे गाइड प्रोफेसर रामप्रसाद द्विवेदी मुझसे बहुत प्रसन्न रहते थे। उन्हें गर्व था कि मैंने एम.ए. में न केवल सर्वोच्च स्थान पाया था, बल्कि विश्वविद्यालय का अब तक का रिकार्ड-तोड़ अंक पाया था। उन्हें मुझसे संस्कृत के पुनरुद्धार की उम्मीद थी। द्विवेदी सर की देखरेख में मैं संस्कृत की प्राचीन परम्परा के अन्तिम कवि पंडितराज जगन्नाथ के काव्य-सौष्ठव पर शोध-प्रबन्ध तैयार करता रहा।

मैं अब माई के पास नहीं सोता हूँ। बड़ा जो हो गया हूँ। मैं घर की छत पर बने बरसातीनुमा कमरे में सोता हूँ। यहीं मेरी किताबें हैं, यहीं मैं पढ़ता हूँ और यहीं सोता हूँ। यह जगह मुझे बहुत पसन्द है। कमरे की दो बड़ी खिड़कियाँ गंगा घाट की ओर खुलती हैं जहाँ से रात में—ख़ासकर चाँदनी रात में—गंगा जी को देखना मुझे बहुत अच्छा लगता है।

माई मुझसे बार-बार आग्रह करती हैं कि मैं जल्दी शादी कर लूँ—उसके ज़िन्दा रहते, ताकि अपनी ज़िन्दगी में वह मेरा घर बसते हुए देख ले। मैं हर बार बात टाल देता हूँ कि शोध पूरा करके मास्टरी मिलने के बाद शादी करूँगा। हालाँकि, सच्चाई यह है कि कोई कुलीन ब्राह्मण शायद ही जाति-भ्रष्ट परिवार के युवक को अपनी कन्या दे। यही सोचकर, सम्भवतः माई मुझे प्रेरित करती हैं कि मैं अपनी पसन्द की लड़की से शादी कर लूँ। किन्तु, इस मामले में मैं कुछ ज़्यादा ही फिसड्डी हूँ।

इधर कुछ दिनों से एक लज्जाजनक घटना घटने लगी है। रात्रि में सोते समय छुटकी छत पर मेरे कमरे में आने लगी है। पहले तो हम

डरे कि माई और दाई जान लेंगी तो मुश्किल हो जाएगी। किन्तु उसने मुस्कराते हुए जताया कि उसके यहाँ आने के पीछे दोनों वृद्धाओं की मूक स्वीकृति है। एक दिन मैं झल्लाया कि उसके कपड़ों से किचन के मसालों की बू आती है तो बेहयाई से हँसते हुए उसने अपने कपड़े उतारकर एक तरफ़ रख दिए। अगले एक दिन मैं नाराज़ हुआ कि उसके मुँह से दुर्गन्ध आती है तब से सम्मिलन के समय वह अपना मुँह बन्द रखती है। फिर भी, उसका आना मुझे अच्छा नहीं लगता क्योंकि उसके साथ समागम से मैं एक अजीब-से अपराधबोध से भर जाता हूँ।

सुनो भाई साधो

आज मैं बहुत ख़ुश हूँ। मेरा शोध-प्रबन्ध पूरा हो गया जिसे मैंने अपनी माई को समर्पित किया है। शोध-प्रबन्ध जमा करके मैं बहुत राहत महसूस कर रहा हूँ। सम्भवत: अगले कुछ महीनों में ही मेरा प्रबन्ध अनुमोदित हो जाए और मुझे डाक्टरेट की उपाधि प्राप्त हो जाए। मेरे गाइड का मानना है कि मेरा प्रबन्ध मात्र एक शोध-ग्रन्थ ही नहीं रहेगा, बल्कि एक पुस्तक के रूप में प्रकाशित होने पर मेरा यश चारों तरफ़ फैलाएगा।

इन्हीं विचारों में खोया हुआ मैं अपने बिस्तर पर लेटा हूँ। मैंने छुटकी को पहले ही इंगित कर दिया है कि आज वह मेरे पास बिलकुल न आए। अपने शोध पर सोचते-सोचते न जाने कब मैं पंडितराज जगन्नाथ के जीवन के बारे में सोचने लगा। उनकी एवं मुग़ल बादशाह शाहजहाँ की सबसे छोटी बेटी गौहरआरा उर्फ़ लवंगी के प्रेम-सम्बन्धों की लोककथा मेरे मन के एक कोने से उभरने लगी। फिर मैं सोचने लगा कि क्या कुछ ऐसी ही कहानी हमारे परिवार की नहीं है। बब्बा और माई मुझे जगन्नाथ और लवंगी के पुनर्संस्करण लगे। यह सब सोचते पता नहीं कब मेरी आँखें उनींदी हो गईं।

कुछ ही देर में मुझे किसी के पायलों की रुन-झुन सुनाई पड़ने लगी। मुझे लगा कि मेरे मना करने के बावजूद छुटकी मेरे पास आज फिर आ गई। लेकिन, यह क्या!! यह तो दूध-सी धवल कोई सुन्दरी पायलें झनकारते हुए खिड़की से मेरे कमरे में प्रवेश कर रही है। मैं भय से जड़ हो गया कि कैसे कोई खिड़की की छड़ों और जाली को अनायास भेदकर कमरे में प्रवेश कर सकता है।

इसके पहले कि मैं कुछ बोलूँ वह युवती ठीक मेरे सामने आ पहुँची और मेरी ओर देखकर मन्द-मन्द मुस्काने लगी। मुझे लगा युवती स्वर्ग से उतरी कोई देवी है। उसकी पवित्र मुस्कान में कामुकता नहीं, बल्कि एक दैवीय आश्वासन था जिसने मेरा भय दूर कर दिया। अभी मैं कुछ बोल पाता तब तक एक प्रौढ़ पुरुष ने अपना उत्तरीय समेटते हुए खिड़की से प्रवेश किया और उस स्त्री के बगल में आकर खड़ा हो गया।

आगन्तुक पुरुष भी कोई देव प्रतीत हो रहा था। उसके चौड़े माथे पर चन्दन का लेप उसकी भव्यता बढ़ा रहा था। उसकी आँखों में ग़ज़ब की चमक थी। मुझे विमूढ़-सा ताकते देख उस पुरुष ने मुस्कराकर मुझसे पूछा, ''नहीं पहचानते हो?''

''नहीं,'' बड़ी कठिनाई से मैं बोल पाया, ''मैंने आपको पहले कभी नहीं देखा है।''

''मैं वही हूँ जिसके बारे में तुम कुछ देर पहले सोच रहे थे।''

''पंडितराज जगन्नाथ!!'' मेरे सूखते गले से हल्की-सी चीख़ निकल पड़ी।

''और मैं हूँ लवंगी,'' उस सुन्दर स्त्री ने ऐसे सुमधुर स्वर से बोला जैसे घंटियाँ बज उठी हों। अपनी वेशभूषा में वह स्त्री कोई मुग़ल शाहज़ादी लग रही थी। मेरे मन के भाव को ताड़ते हुए वह बोल पड़ी, ''ठीक समझा तुमने, मैं हूँ गौहरआरा बेग़म—बादशाह शाहजहाँ की चौदहवीं सन्तान—जो जन्मते ही अपनी माँ को खा गई। मुझ अभागिन को ही हमारे अब्बा हुजूर और भाई-बहन दुलार से लवंगी बुलाते थे।''

विस्मय और अविश्वास से उनकी तरफ़ देखते हुए मैं हकलाने लगा और बड़ी मुश्किल से पूछ पाया, ''आप लोग यहाँ क्यों आए हो?''

''एक विशेष प्रयोजन से।'' दोनों ने समवेत स्वर में कहा जैसे मृदंग और वीणा एक साथ बज उठे हों।

''विशेष प्रयोजन?'' मैंने घबड़ाकर पूछा।

''हाँ, हम चाहते हैं कि तुम हमारी कहानी सबके सामने लाओ।'' यह लवंगी देवी का मीठा स्वर था।

''आपकी कहानी? कैसी कहानी? इतिहास में तो आपकी कहीं कोई कहानी नहीं है।'' झिझकते हुए मैंने अपनी जिज्ञासा व्यक्त की।

''इतिहास में हमारी कहानी क्यों कहता कोई? इतिहास लिखने वालों को बादशाहों के विजय-अभियानों और उनके अन्य कारनामों को बखानने से फ़ुर्सत मिले तब न वे हमारे-जैसों की कहानी सुनाते।''

लवंगी देवी के स्वर में वेदना छलक उठी।

''लेकिन आप लोगों की चर्चा न तो तत्कालीन इतिहासकार अब्दुल हमीद लाहौरी ने अपने 'पादशाहनामा' में की है और न ही इतालवी यात्री निकोलाई मनूची ने अपनी पुस्तक 'स्टोरिया द मोगर' में।''

इतना सुनते ही लवंगी देवी ग़ुस्से से भड़क गईं, ''लाहौरी तो चापलूस था और मनूची गप्पी। लाहौरी वही लिखता जो बादशाह को पसन्द था। हमारे विद्रोह और संघर्ष के बारे में बात करने पर ख़ुद बादशाह ने जब रोक लगा रखी थी तो लाहौरी की क्या हिम्मत कि वह कुछ लिख सकता। हाँ, मनूची लिख सकता था, लेकिन उस फिरंगी मुए को रसीली कहानियाँ गढ़ने से फ़ुर्सत मिलती तब न वह हमारी बातें बतलाता। क्या तुमने लोककथाओं में भी हमारी कोई कहानी नहीं सुनी है?'' लवंगी देवी के स्वर में अब आग्रह और आक्रोश का पुट साफ़ दिख रहा था।

''हाँ, लोककथाओं में ज़रूर मैंने सुना है, लेकिन कुछ अधूरा, कुछ अस्पष्ट-सा।'' मेरे असमंजस को भाँपते हुए लवंगी देवी बोल पड़ीं, ''तो मैं सुनाऊँगी तुम्हें अपनी कहानी, अपनी असली कहानी, अपने प्यार और बलिदान की कहानी, त्याग और तपस्या की कहानी, कहानी जो अब तक किसी ने नहीं सुनी।''

इसी बीच, जगन्नाथ भारी स्वर में बोल पड़े; ''हाँ, हमारी अपनी कहानी जो अब तक किसी ने न सुनी।''

मैंने सहमते हुए प्रतिवाद किया, ''लेकिन, कुछ कथाकारों ने आप लोगों की कहानी पहले भी कही है। अब, उसमें नया क्या है?''

मैं अपना वाक्य पूरा कर पाता इसके पहले ही लवंगी देवी झुँझलाते हुए बोल पड़ीं, ''वो सब कपोल-कल्पित हैं; गप्पें हैं। तुम कहो हमारी असली कहानी, अपनी ज़ुबानी।''

''हाँ, हाँ, लवंगी सही कह रही हैं।'' जगन्नाथ ने जल्दी से कहा और अपना एक हाथ लवंगी देवी के दाहिने कन्धे पर रख दिया जैसे उन्हें आश्वस्त कर रहे हों।

''लेकिन, मैं तो आप लोगों की असली कहानी नहीं जानता।'' लवंगी देवी की खिन्नता से सहमा हुआ मैं किसी तरह बोल पाया।

''मैंने कहा न कि मैं सुनाऊँगी अपनी कहानी तुम्हें।'' लवंगी देवी के चेहरे पर करुणा का भाव तैर गया। मुझे नहीं मालूम यह भाव उनके चेहरे पर मेरे प्रति वात्सल्य के कारण था या उनकी अपनी वेदनाओं की उपज था।

"मैं भी सुनाऊँगा अपनी कहानी जो टेढ़े-मेढ़े रास्ते चलती, काफ़ी दूर तक लवंगी की कहानी के समानान्तर चलती रही और अन्ततः एकाकार होकर दुर्गम पथ से गुज़रने लगी।" यह था पंडितराज जगन्नाथ का भर्राया-हुआ स्वर।

इसके पहले कि लवंगी और जगन्नाथ अपनी कहानी पूरी कर पाते खिड़की के बाहर से शोर आने लगा। नज़र उठाई तो देखा कि खिड़की के बाहर बादशाह शाहजहाँ के चारों बेटे एक तरफ़ खड़े कुछ बोल रहे हैं और दूसरी तरफ़ उनकी दो बेटियाँ कुछ बड़बड़ा रही हैं। इन सबके सिर से थोड़ा ऊपर, जैसे आसमान में टँगे हुए हों, ख़ुद बादशाह शाहजहाँ कुछ बुदबुदा रहे थे। उनके पीछे उनकी बेग़में बोल रही थीं; खोजा और हिजड़े फुसफुसा रहे थे। दरबारी और मनसबदार, सेना के नायक और अधिनायक, यहाँ तक कि पूरी की पूरी सेना और सारी प्रजा एक लम्बी क़तार में खड़ी थी जो क्षितिज को छू रही थी।

सबके-सब बोल-बड़बड़ा रहे थे। सब अपनी-अपनी कहानी बता रहे थे या एक ही कहानी के अपने-अपने संस्करण सुना रहे थे। उनमें से कुछ अंश सुना रहे थे और पूर्णता का दावा कर रहे थे। दावों और सफ़ाइयों का ग़ज़ब घालमेल था। 'हमारी सुनो, हमारी सुनो' के शोरगुल के बीच क्षणमात्र में सबने अपनी-अपनी कहानी को न जाने कब मेरे दिमाग़ में उड़ेल दिया मुझे पता ही नहीं चला। हाँ, इस गड़बड़झाले में जो कुछ मैं सुन-समझ पाया वही है आगे की कहानी। कहानी जिसमें मैं निमित्त मात्र हूँ। कहानी जिसे मैंने सिर्फ़ स्वर दिया है, उन सबका समवेत स्वर बनकर।

तो ?... ...तो, सुनो भाई साधो !

लीन्ह्यौ प्रेम मोल अनमोल

बात उन दिनों की है जब शाहज़ादे सलीम अभी हाल में ही बादशाह जहाँगीर बने थे। मुग़ल बादशाह के हरम में लगने वाले मीना बाज़ार में चौदह साल की एक सुन्दर किशोरी ने भी अपनी दुकान लगाई थी—बिसातख़ाने की। उसकी दुकान पर पहुँचा एक सोलह वर्षीय सुन्दर सजीला किशोर। दुकानदारिन की ख़ूबसूरती पर रीझकर किशोर ने एक छोटा-सा सामान उठा लिया और पूछा, "शीशे के इस सामान की क़ीमत क्या है?"

दुकानदारिन अपने सौन्दर्य के दर्प में इठलाती हुई बोली, "यह हीरा है हीरा, शीशा नहीं।"

किशोर ने दुकानदारिन की आँखों में आकर्षण और उपहास का भाव देखा, और उमंग में आकर पूछा, "आख़िर, इसका दाम क्या है?"

"दस हज़ार रुपये," दुकानदारिन ने हाथ नचाते और आँख मटकाते हुए कहा जैसे वह जता रही हो कि खीसे में पैसा हो तो बात करो।

किशोर ने चुनौती स्वीकार की और कमरबन्द में से सोने की मुहरों की एक थैली निकालकर सामने रख दी। उसने शीशे का अदना सा सामान दस हज़ार रुपये में ख़रीद लिया और साथ में जीत लिया दुकानदारिन का दिल।

दुकानदारिन कोई और नहीं बल्कि ईरान के रईस यूसुफ़ ख़ाँ की बेटी और पादशाह बेग़म नूरजहाँ की भतीजी अर्जुमन्द बानो थी। ख़रीदार उससे भी बढ़कर था। वह था बादशाह जहाँगीर का तीसरा बेटा शाहज़ादा खुर्रम।

अगले ही दिन खुर्रम ने अपने पिता बादशाह जहाँगीर को अपनी पसन्द बताई जिसे बादशाह ने सहर्ष स्वीकार कर लिया, किन्तु उनकी शादी कई ज़ाती और सियासी वजहों से पाँच साल तक रुकी रही। इस बीच, खुर्रम की शादी फ़ारस की शाहज़ादी कन्धारी बेग़म से हो गई, किन्तु बिल्लियाँ पालने की शौक़ीन कन्धारी बेग़म खुर्रम का दिल न जीत सकीं। खुर्रम और अर्जुमन्द का प्यार बख़ूबी परवान चढ़ता रहा।

आख़िर पाँच साल बाद खुर्रम की शादी अर्जुमन्द बानो से सम्पन्न हुई। दूल्हे ने दुल्हन को नया नाम दिया मुमताज महल। कोई पाँच साल बाद खुर्रम की शादी एक बार फिर हुई—अब्दुर्रहीम खानखाना की पौत्री से। यह शादी किसी प्रेम का

परिणाम न होकर सियासी मक़सदों को पूरा करने के लिए की गई थी।

अर्जुमन्द और खुर्रम एक-दूसरे को जी-जान से चाहते थे। खुर्रम जब शाहजहाँ नाम से बादशाह बना तो अर्जुमन्द जानी जाने लगी मुमताज महल नाम से।

ख़ास महल

सफ़ेद संगमरमर के दीवाने शाहजहाँ ने आगरे के अपने पुश्तैनी क़िले में व्यापक फेर-बदल किया। कई पुरानी इमारतें गिरवाकर सफ़ेद संगमरमर की नई इमारतें बनवाईं। इनमें सबसे ख़ास था 'ख़ासमहल' जो उसका अपना हरम था। इसमें तीन तरफ़ कमरों की क़तारें थीं जो हरम की महिलाओं के लिए थीं। चौथी ओर संगमरमर का एक बड़ा मंडप बनवाया जिसके सहन में अंगूरीबाग नाम का एक सुन्दर बगीचा लगवाया।

पूरा हरम दो हिस्सों में था—बाहरी ओर मरदाना और भीतरी भागों में ज़नाना। ज़नाना हिस्सा तो औरतों के शहर-जैसा था जहाँ बाज़ार, धोबी, रसोई, खेल का मैदान, स्कूल और स्नानागार वग़ैरह थे। सभी बेग़मों और रखैलों के अपने-अपने रिहाइशी हिस्से थे जहाँ वे अपनी-अपनी औक़ात के हिसाब से लौंड़ियों और हिजड़ों को अपनी सेवा में रखती थीं।

हरम में बंगाल के सिलहट से बचपन में ही बधिया किए हुए ख़ूबसूरत लड़के लाए जाते थे। हरम के तौर-तरीक़े सीखकर वे परिपक्व होते थे। कुछ उम्दा क़िस्म के हिजड़े तुर्की या अफ्रीकी राजाओं से तोहफ़े में मिलते थे। अलग-अलग महलों के अलग-अलग प्रधान हिजड़े होते थे जिन्हें ख़ानसरा कहा जाता था। इन्हें ख़ाँ की उपाधि से नवाजा गया था। ये हरम में अनुशासन बनाए रखते थे। स्वामी या स्वामिनी के लिए जासूसी करके ख़ुफ़िया सूचनाओं को इकट्ठा करना, ख़तरों से सतर्क करना और उचित समय पर उपयुक्त सलाह देने का काम भी कुछ हिजड़े करते थे। ऐतबार ख़ाँ ख़ासमहल का ख़ानसरा था जो बादशाह शाहजहाँ का मुँहलगा था। उसके अधीन कई प्रभारी हिजड़े थे जो दरोगा कहलाते थे।

उन्मुक्त काम-क्रीड़ा के लिए शाहजहाँ ने अपने ख़ासमहल के बीचोबीच एक भव्य शयनागार बनवाया जिसका नाम रखा—ख़्वाबगाह। इस ख़्वाबगाह की नायिका थी मुमताज महल। शाहजहाँ ने अपनी और दो बेग़मों को कभी इस ख़्वाबगाह में फटकने तक नहीं दिया और न कभी उनकी ओर पलटकर देखा। उसके हृदय की तो सम्पूर्ण स्वामिनी थी बेपनाह हुस्न की मलिका मुमताज महल। राजकाज के कामों को जल्दी से निबटाकर बादशाह पहुँच जाता था अपने ख़्वाबगाह में जहाँ मुमताज बड़ी बेताबी से उसका इन्तज़ार करती रहती थी।

ख़्वाबगाह का नक़्शा ख़ुद बादशाह शाहजहाँ ने तैयार किया था। बीच में एक बड़ा-सा अठपहलू कमरा था जो शयनकक्ष था। इसकी छत गुम्बदनुमा थी। इस गुम्बद में जालीदार झरोखे बने हुए थे जिनके किवाड़ शयनकक्ष में लटकती हुई रेशमी डोरियों से बन्द और खोले जा सकते थे। इन झरोखों से रात में जब चाँदनी शयनकक्ष में पहुँचती थी तो सफ़ेद संगमरमर की दीवारों और फ़र्श पर ऐसा प्रभाव पैदा होता था जैसे पूरा कमरा दूध का समन्दर हो। इस कमरे के बीचोबीच एक बड़ा-सा पलंग था जिस पर शाहजहाँ और मुमताज कामक्रीड़ा से थककर सो जाते थे। यह पूरा कमरा निहायत सादा था। इसकी फ़र्श, छत और दीवारें दूध-सी सफ़ेद संगमरमर से बनी थीं। रंगीनी का इसमें कहीं नामोनिशान न था, रंगीनी थी तो शाहजहाँ और मुमताज के दिलो-दिमाग़ में जो इस कक्ष की क्रीड़ाओं के नायक और नायिका थे।

शयनकक्ष के किनारे-किनारे आठों पहलुओं पर एक-एक करके आठ कोठरियाँ थीं। इनमें से चार कोठरियाँ सहूलियाती कोठरियाँ थीं, जबकि बाक़ी की चार कोठरियाँ कनीज़ों की फ़ौरी रिहाइश थीं। ख़ूबसूरत जवान कनीज़ें ख़िदमत के लिए इन कोठरियों में तैनात होती थीं। इनकी हाकिम एक अधेड़ महिला थी जिसे दरोगा-ए-ख़्वाबगाह कहा जाता था। यह दरोगा ही ख़्वाबगाह की सुरक्षा, सेविकाओं में अनुशासन और सहूलियाती इन्तज़ामों के लिए जिम्मेदार थी।

सभी आठों कोठरियों के दरवाज़े शयनकक्ष में खुलते थे। इनमें से हर सहूलियाती कोठरी का दूसरा दरवाज़ा कनीज़ों की एक कोठरी में खुलता था। हर कनीज़ की रिहाइशी कोठरी का एक दरवाज़ा बाहर की ओर भी खुलता था जिसमें से कनीज़ों का आना-जाना और सहूलियात के सामानों का लाना-ले जाना होता था। इन रिहाइशी कोठरियों में दो-दो की जोड़ी में कनीज़ें रात-दिन सेवा के लिए तैनात रहती थीं।

चारों दिशाओं में चार सहूलियाती कोठरियों में से पूरब वाली कोठरी हम्माम थी, उत्तर वाली ग़ुस्ल थी, पश्चिम वाली कपड़ों और पोशाकों के लिए थी, जबकि दक्षिण की कोठरी खाद्य एवं पेय पदार्थों के लिए थी।

शयनकक्ष के दक्षिण में एक दालान थी जहाँ गायिकाएँ और नर्तकियाँ शयन से पूर्व शाहजहाँ और मुमताज का नृत्य-संगीत से मनोरंजन करती थीं। इस दालान और शयनकक्ष के बीच झीने परदों का आवरण था जिससे बादशाह और बेग़म अपनी शैया पर आराम करते समय या कामक्रीड़ा के दौरान नृत्य-संगीत का आनन्द ले सकें। इसी दालान में कभी-कभी क़िस्सागो भी बैठते थे और क़िस्सागोई से शाही जोड़े का मनोरंजन करते थे।

दालान का एक दरवाज़ा शयनकक्ष में खुलता था और बाहरी दूसरा दरवाज़ा नक़्क़ाशीदार जालियों से बने एक लम्बे गलियारे में। कुछ दूर जाकर यह गलियारा तिराहे में तब्दील हो जाता था। सीधे सामने की ओर जाने पर यह गलियारा एक

ख़ूबसूरत छोटी सी इमारत में खुलता था जहाँ से एक झरोखे में बैठकर बादशाह रोज़ सुबह-सुबह अवाम को दर्शन देते थे।

तिराहे से बाईं ओर का गलियारा जाता था मुसम्मन बुर्ज़ को जो एक छह मंज़िली और अठपहलू इमारत थी जिससे ख़ासमहल की स्त्रियाँ नीचे खुले मैदान में आयोजित मनोरंजनकारी कार्यक्रमों जैसे पशु-युद्ध वग़ैरह देखा करती थीं। इसी इमारत की एक मंज़िल बादशाह के निजी परामर्श कक्ष के रूप में प्रयुक्त होती थी जिसे शाहबुर्ज़ कहा जाता था।

तिराहे से दाईं ओर जाने वाला गलियारा कुछ आगे जाकर बाईं और दाईं ओर मुड़ जाता था। बाईं ओर जाने पर दीवान-ए-आम था जबकि दाहिनी ओर जाने पर दीवान-ए-ख़ास।

शिकायत

दरोगा-ए-ख़्वाबगाह हिलाल एक दिन ख़ानसरा ऐतबार ख़ाँ के साथ पादशाह बेग़म मुमताज महल के हुजूर में हाज़िर हुआ—एक शिकायत लेकर। शिकायत यह थी कि उसने एक दिन हम्माम के बगल वाली कोठरी के दरवाज़े के किवाड़ पर जब हाथ लगाया तो वह खुल गया—शायद कनीज़ें उसे भीतर से बन्द करना भूल गई थीं। दरोगा जब अन्दर दाख़िल हुआ तो देखा कि दोनों कनीज़ें हम्माम के दरवाज़े के छेद से हम्माम में कुछ देख रही थीं। साथ ही दोनों अपने हाथों से एक-दूसरे की छातियाँ भी मसल रही थीं।

दरोगा जब चुपके से उनके पास पहुँचा तो दोनों कनीज़ें हड़बड़ा गईं और माफ़ी माँगते हुए उसके पैरों पर गिर गईं। माजरा क्या है, यह जानने के लिए जब दरोगा ने छेद से झाँका तो देखा कि हम्माम की शान कुछ निराली ही थी। चारों तरफ़ दीवारों पर बड़े-बड़े शीशे जड़े थे जबकि छत में रंग-बिरंगे क़ीमती पत्थर। बीचो-बीच एक बड़ा-सा हौज था जिसके मध्य से पानी का फव्वारा उठ रहा था। इस फव्वारे में शाहजहाँ और मुमताज नंगे होकर जलक्रीड़ा कर रहे थे। जलक्रीड़ा के समय छत के रंगीन पत्थरों से निकली हुई रोशनी में मुमताज का नंगा बदन अलौकिक सौन्दर्य से झिलमिला रहा था और जब यह दृश्य दीवारों के दर्पण में बहुगुणित होकर दिखता था तो यक़ीन ही नहीं होता था कि ऐसा नज़ारा इस धरती पर मुमकिन हो सकता है।

जलक्रीड़ा जल्दी ही कामक्रीड़ा में तब्दील हो गई। पानी की फुहारों के बीच शाहजहाँ और मुमताज की संभोगरत हरकतें हम्माम के दर्पणों में प्रतिबिंबित होकर कामुकता के एक अद्‌भुत संसार की सृष्टि कर रही थीं। उनकी आहों और कराहों ने पार्श्व संगीत बन उत्तेजना का ऐसा नशा फैला रखा था कि दोनों कनीज़ें व्याकुल

हो आपस में ही लिपट गई थीं। ऐसे में ही ऐन वक़्त पर उनकी दरोगा ने उन्हें धर दबोचा था।

दरोगा-ए-ख़्वाबगाह ने जब अपना बयान ख़त्म किया तो ख़ानसरा ऐतबार ख़ाँ ने ज़ोरदार वक़ालत की कि दोनों गुनाहगार लड़कियों को सज़ा-ए-मौत दी जाए। बेग़म मुमताज महल ऐतबार ख़ाँ की ओर हैरत से देखने लगीं और कुछ सोच में पड़ गईं। कुछ देर यूँ ही चुप रहने के बाद उन्होंने हुक्म किया कि दोनों लड़कियों को उनके हुजूर में पेश किया जाए।

बेग़म साहिबा के सामने पेश किए जाने पर दोनों लड़कियाँ मारे भय के थर-थर काँपने लगीं। बेग़म साहिबा उनकी ओर एकटक देख रही थीं कि इन लड़कियों की उम्र में ही उनकी शादी शाहज़ादे खुर्रम से हुई थी और दोनों कितने हवस से जिस्मानी मौज़ लूटते थे। इन ख़यालों ने बेग़म की आँखों में एक अजीब-सी मुलायमियत भर दी। दोनों लड़कियों को सम्बोधित करते हुए उन्होंने कहा, ''डरो मत। कहो जो तुम अपनी सफ़ाई में कहना चाहो।''

दोनों लड़कियों के मुँह से डर के मारे कोई बोल न निकले। फिर तो बेग़म ने सवाल-जवाब के ज़रिए पूछा, ''क्या तुम लोगों को जिस्मानी भूख सताती है?''

दोनों लड़कियों ने हाँ में सिर हिलाया।

''क्या तुम लोगों को मर्द की ज़रूरत है?''

दोनों लड़कियाँ चुप। भय के मारे उनका सफ़ेद चेहरा अब शर्म के मारे लाल हो गया। जवाब मिलता न देख बेग़म ने थोड़े सख़्त लहजे में बोला, ''जवाब दो।''

दोनों लड़कियों ने धीरे-से हाँ में सिर हिलाया।

''अच्छा, तुम लोग अब जाओ,'' कहकर बेग़म ने उन्हें ले जाने के लिए हिलाल को इशारा किया।

बेग़म साहिबा ने ऐतबार ख़ाँ, जो वहाँ रुक गया था, को उन दोनों लड़कियों की शादी का इन्तज़ाम करने का हुक्म दिया।

बेग़म साहिबा का हुक्म सुनकर ऐतबार ख़ाँ हैरान हो गया। उसने अपनी बात कहने की अनुमति माँगी और बेग़म साहिबा के इशारा करने पर बोला, ''पादशाह बेग़म, आप तो जानती ही हैं कि ये दोनों लड़कियाँ ग़ुलाम हैं और भारी क़ीमत चुकाकर ख़रीदी गई हैं। ग़ुलाम औरतों को शादी कर अपना कुनबा जोड़ने का हक़ नहीं है।''

''अगर हम उन्हें अपनी ग़ुलामी से आज़ाद कर दें तो?'' बेग़म साहिबा ने कुछ सख़्त लहज़े में बोला।

''फिर भी, उनका गुनाह अपनी जगह पर है।'' ऐतबार ने अत्यधिक विनम्रता से प्रतिवाद किया।

बेग़म साहिबा कुछ रुष्ट होती हुई बोलीं, ''उनका गुनाह कुछ नहीं, वह महज एक इनसानी ज़रूरत है। ऐतबार इसे तुम न समझ सकोगे।''

ऐतबार हिचकिचाते हुए कुछ कहना चाहता था, लेकिन बेग़म साहिबा ने ''हुक्म की तामील हो,'' कहते हुए उसे चले जाने का इशारा किया।

ख़्वाबगाह में बादशाह और बेग़म में ज़बरदस्त बहस छिड़ी थी। यूँ तो बादशाह बेग़म की किसी बात का प्रतिवाद या प्रतिरोध अमूमन कभी न करते थे, किन्तु यह मसला कुछ अलग ही क़िस्म का था। ऊपर से ऐतबार ने बादशाह को पूरा समझा रखा था कि अगर ग़ुलाम लड़कियों को शादी की इजाज़त दे दी जाएगी तो इससे ग़लत नज़ीर क़ायम होगी जिसका असर महलसरा के माहौल पर पड़ेगा। लेकिन, बेग़म ने एक न सुनी और बादशाह को हथियार डालना पड़ा। हाँ, बादशाह ने बेग़म से इतनी बात तो मनवा ली कि उन दोनों लड़कियों की शादी किसी दूर जगह में की जाए और उसकी चर्चा हरम में कभी न की जाए।

परिणामस्वरूप, एक लड़की को बंगाल और दूसरी को गुजरात भेजा गया, वहाँ के सूबेदारों के नाम ख़त के साथ कि उनकी शादी चुपके से किसी मरदूद फ़ौजी के साथ कर दी जाए।

हमसफ़र

शाहजहाँ अपनी प्रियतमा मुमताज को हर सुख-दुख में अपने दिल से चिपकाए रखता था। बग़ावत के दिनों की कठिनाइयों, लड़ाई के मैदानों, शिकारगाहों और यात्राओं में मुमताज सदैव शाहजहाँ के साथ रहती।

ताप्ती नदी के बाएँ तट पर बसा ख़ूबसूरत शहर बुरहानपुर ख़ानदेश सूबे की राजधानी थी। हिन्दुस्तान के बीचोबीच बसे इस शहर को दक्खन का द्वार भी कहा जाता था। इस शहर का मुग़लों के लिए विशेष सामरिक महत्त्व था। शाहजहाँ शाहज़ादा खुर्रम के रूप में क़रीब पाँच वर्षों तक ख़ानदेश का सूबेदार रहा और निवास किया बुरहानपुर के शाही क़िले के बुलारा महल में। साथ में रही उसकी महबूबा बेग़म मुमताज।

अपनी प्राणप्रिया के साथ जलक्रीड़ा के लिए शाहज़ादे ने वैसा ही बनवाया था एक ख़ूबसूरत हम्माम जैसा आगरे में था। फ़र्क़ सिर्फ़ इतना था कि इस हम्माम की गुम्बदाकार छत और दीवारें ख़ूबसूरत चित्रकारी और काँच के रंगीन टुकड़ों से सजी थीं। ज़रा-सी भी रोशनी में ये काँच के टुकड़े जगमगा उठते थे। इनकी जगमगाहट भरी रोशनी जब मुमताज के दुग्ध-धवल सुवासित जल से भीगे संगमरमरी सुन्दर नग्न बदन पर पड़ती थी तो मुमताज जन्नत की हूर-सी लगती

थी। शाहज़ादा इस नफीस नज़ारे पर मर मिटता था। दोनों घंटों हम्माम में क्रीड़ा करते रहते थे।

शाहजहाँ के शासन के तीसरे वर्ष की बात है। उसे अपने पिता जहाँगीर के अत्यन्त विश्वस्त अमीर ख़ानजहाँ लोदी के विद्रोह को कुचलने के लिए सैनिक अभियान पर दक्षिण की ओर कूच करना पड़ा। उसने बुरहानपुर को अपने सैनिक अभियान का मुख्यालय बनाने का निश्चय किया और शाही दरबार को आगरा से बुरहानपुर कूच करने का हुक्म दिया।

उस समय मुमताज की उम्र लगभग चालीस हो चली थी। अपने उन्नीस वर्षों के वैवाहिक जीवन में वह चौदहवीं बार माँ बनने वाली थी। लगभग हर साल बच्चा पैदा कर-कर वह बहुत कमज़ोर हो चली थी और इतनी दूर की यात्रा करना उसके लिए ख़तरनाक था। लेकिन यह बात आशिक बादशाह की समझ में न आई। वह महबूबा को पीछे आगरा में छोड़ना सोच भी नहीं सकता था।

शाहजहाँ ने तुरन्त एक शानदार और आरामदेह पालकी तैयार करवाई जिसको बारी-बारी से ढोने के लिए आठ-आठ बलिष्ठ कहार नियुक्त किए गए। कहारों को विशेष प्रशिक्षण दिया गया कि कैसे ऊँची-नीची जगहों से गुज़रते हुए पालकी ऐसे ढोई जाए कि बेग़म साहिबा को तकलीफ़ न पहुँचे।

बादशाह एक विशाल तख़्त पर बनाए गए छोटे-से सुन्दर कलाकृतिपूर्ण भवन में यात्रा कर रहे थे जिसे कई कहार उठाकर चलते थे। यह भवन मुलम्मा किए हुए खम्भों से बना था जिसमें काँच की खिड़कियाँ थीं और जिन्हें आँधी-पानी के समय बन्द कर दिया जाता था। खुले में चलने के शौक़ीन बादशाह कन्धों पर उठाए गए इस भवन के बजाय घुड़सवारी करके चलना ज़्यादा पसन्द करते थे। बादशाह की सवारी के पीछे मनसबदारों, अमीरों और हुक्मरानों का झुंड घोड़ों पर सवार होकर चल रहा था।

बेग़म साहिबा के साथ उनके बच्चे भी थे। सत्रह बरस की सबसे बड़ी बेटी जहाँआरा और चौदह साल की रोशनआरा अलग-अलग हाथियों के हौदों पर बने मेघाडम्बर में यात्रा कर रही थीं। चारों बेटे अपने-अपने ढंग से घोड़े या हाथियों पर चल रहे थे। सोलह वर्षीय दाराशिकोह ज़्यादातर अपने हाथी फतेहजंग पर चलता था, जबकि तेरह वर्षीय औरंगजेब घोड़े पर यात्रा कर रहा था। पन्द्रह वर्षीय शाहशुजा हाथी की सवारी करना पसन्द करता था, जबकि सबसे छोटा सात वर्षीय मुराद सेविकाओं की देखरेख में पालकी में यात्रा कर रहा था।

दलबादल नामक विशाल शाही तम्बू को कई हाथियों और ऊँटों पर लादकर पहले से ही पड़ाव वाली जगहों पर पहुँचा दिया जाता था। शाही काफ़िले के पहुँचने पर वहाँ तम्बुओं का एक छोटा-मोटा शहर बस जाता था। सारे शाही ताम-झाम वहाँ

उपलब्ध होते थे। मनोरंजन के लिए संगीतकार, मसखरे और नाटकमंडली साथ चल रही थी।

पड़ाव वाली जगहों पर बादशाह का दरबार जुट जाता था जहाँ वह राज-काज निबटाते थे। बेग़म साहिबा अपनी बेटियों के साथ तम्बू में ही रहती थीं। दाराशिकोह अपने आध्यात्मिक अध्ययन में लगा रहता था, जबकि औरंगजेब क़ुरान का पाठ करने में व्यस्त। शाहशुजा मौज़ करने और शराब पीने में मस्त था। छोटू मुराद खेल-कूद में मग्न होकर फुदकता रहता था—कभी बादशाह के पास तो कभी बेग़म के पास और कभी-कभी अपने भाइयों के साथ।

राज-काज निबटाने के साथ-साथ बादशाह पड़ाव वाली जगहों पर अपने साज-सामान के साथ शिकार पर भी निकलते थे। कभी रास्ते में पड़ने वाले लोगों की फरियाद सुनते थे, उनके मामले निबटाते थे और ग़रीबों को ख़ैरात बाँटते थे।

शाही काफ़िला आगरा से धौलपुर, ग्वालियर, डोंगरी होते हुए क़रीब पाँच महीनों में बुरहानपुर पहुँचा। बुरहानपुर पहुँचकर बादशाह सपरिवार अपने प्रिय बुलारा महल में ठहरे। उन्होंने पहले ही शाही क़िले में दीवान-ए-आम और दीवान-ए-ख़ास बनवा रखा था जहाँ उनका दरबार पूरी शान-शौक़त के साथ शुरू हुआ। शाही सेना ख़ानजहाँ लोदी को शिकस्त देने और उसके सहयोगी अहमदनगर राज्य को तहस-नहस करने में लग गई।

मुहब्बत ज़िन्दाबाद

बादशाह अपनी महबूबा मुमताज के साथ अपने ख़ास शाही हम्माम में पहले की तरह रंगरेलियाँ मनाना चाहते थे। लेकिन, बारम्बार प्रसव से बेग़म बहुत कमज़ोर थीं और लम्बी यात्रा से बीमार हो गई थीं। ऊपर से चैदहवीं प्रसव का समय एकदम नज़दीक था। मन मसोस कर बादशाह ने बेग़म को प्रशिक्षित दाइयों और सेविकाओं के हवाले किया और शाही हकीम की देखरेख में बढ़िया-से-बढ़िया इलाज का इन्तज़ाम किया।

बुधवार के दिन गर्मी अपने उरूज़ पर थी। सुबह से ही बेग़म की तबीयत नासाज थी। उनका मन अजीब-अजीब आशंकाओं से भरा हुआ था। उनकी बेटी जहाँआरा लगातार उनके पास बैठी हुई थी। हकीम की दवाओं का कुछ ख़ास असर न हो रहा था। घबड़ाकर जहाँआरा ने दुआओं का सहारा लिया। बदहवास-सी वह क़ीमती सामान और जवाहरात ग़रीबों में बँटवाने लगी ताकि उनकी दुआ उसकी अम्मी के काम आ सके। साथ ही, वह अल्लाह से लगातार प्रार्थना करती जा रही थी। लेकिन, इन सबका कुछ ख़ास असर होता न दिख रहा था। बेग़म मुमताज मारे दर्द के छटपटा रही थीं।

शाम होते-होते शाही हकीम के इशारे पर दाइयों और सेविकाओं ने सुरक्षित प्रसव के लिए प्रबन्ध करना शुरू किया। बेग़म साहिबा का कराहना बढ़ता जा रहा था। बादशाह मरदाने में बैठे हुए लगातार बेग़म का हाल पूछ रहे थे। दो घड़ी रात जाते-जाते बेग़म बेदम होने लगीं। उन्होंने जहाँआरा को भेजा बादशाह को बुला लाने के लिए।

बदहवास-से बादशाह जब तक पहुँचते तब तक बेग़म ने एक नन्ही-सी बेटी को जन्म दे दिया था। लेकिन उन्हें लगातार रक्त-स्राव हो रहा था। बादशाह को बड़ी कातर निगाहों से देखते हुए बेग़म ने उनका हाथ धीरे-से पकड़ लिया और बोला, ''अब मेरे जाने का वक़्त आ गया है।''

थोड़ी देर सुस्ताकर बेग़म ने फिर बोला, ''आप वादा करो कि दूसरी शादी न करोगे और अब आगे से यही जहाँआरा आपका ख़याल रखेगी।'' यह कहते हुए बेग़म ने बादशाह का हाथ जहाँआरा के हाथ में थमा दिया। बाप-बेटी इसका मक़सद न समझ भौचक्के-से रह गए।

इस बीच, फिर से थोड़ी ताक़त जुटाकर बेग़म ने बोलना शुरू किया, ''मेरी यह बेटी जो अभी पैदा हुई है इसकी मर्ज़ी का हर तरह से ख़याल रखना। और देखना कि कोई इसे अपशकुनी और मेरी मौत का जिम्मेदार न ठहराए। इसकी हर ख़ुशी का ख़याल रखना।''

बादशाह ने बेग़म के हाथ को ज़ोर से पकड़ लिया और सिसकने लगे, ''बेग़म हम तुम्हें जाने न देंगे।''

बेग़म ने हल्के से सिर हिलाते हुए बोला, ''मुहब्बत ज़िन्दाबाद!''

बादशाह के मुँह से अपने आप निकल गया ''मुहब्बत ज़िन्दाबाद!''

ठीक उसी वक़्त मुमताज ने अन्तिम साँस ली।

अगले दिन, जुमेरात को, बेग़म साहिबा का शव ताप्ती नदी के उस पार जैनाबाद, जो कभी मुग़लों का आहूखाना (शिकारगाह) हुआ करता था, में दफ़नाया गया।

चारों तरफ़ रोने-पीटने की आवाज़ें उठ रही थीं। लेकिन, बादशाह आश्चर्यजनक रूप से शान्त थे। वह अपने होश में नहीं लग रहे थे। लगता था उनका मन-मस्तिष्क दूर कहीं खोया हुआ है। वह लगातार कुछ बुदबुदा रहे थे। ग़ौर करने पर पता चला कि वह 'मुहब्बत ज़िन्दाबाद', 'मुहब्बत ज़िन्दाबाद' की रट लगा रहे हैं।

बेग़म को दफ़न होने के बाद बादशाह ने अपने को एक कमरे में बन्द कर लिया। बाहर से लोगों ने सुना जैसे वह किसी से ज़ोर-ज़ोर से बातें कर रहे हों और बीच-बीच में 'मुहब्बत ज़िन्दाबाद', 'मुहब्बत ज़िन्दाबाद' के नारे लगा रहे थे। कभी-कभी भीतर से कोई आवाज़ न आती थी—शायद बादशाह सो जाते थे या

गहन समाधि—प्रेम-समाधि—की अवस्था में चले जाते थे।

यह स्थिति आठ दिनों तक चली। इतने दिनों बादशाह न कुछ खाए, न पीए, न कमरे से बाहर आए, न किसी से बात की। आठवें दिन वह बाहर निकले। लेकिन, इन आठ दिनों में ही बादशाह बिलकुल बूढ़े-से हो गए। उनकी उम्र अभी मुश्किल से बयालीस या तिरालीस साल थी, लेकिन इन आठ दिनों में ही उनके काले घने सुन्दर बाल बिलकुल सफ़ेद हो गए।

कमरे से निकलकर बादशाह ने किसी से बात न की। वह सीधे शाही हम्माम गए जहाँ वह दीवार पर बने एक चित्र को एकटक देखते रहे। यह एक इमारत की तस्वीर थी। फिर वहाँ से निकलकर वह जैनाबाद की ओर चले। लोगों का हुजूम उनके पीछे चला। ताप्ती नदी पार कर वे बेग़म की क़ब्र पर पहुँचे। क़ब्र पर हाथ रखकर उन्होंने ज़ोर से बोला 'मुहब्बत ज़िन्दाबाद'।

लोगों का हुजूम कुछ दूर रुका हुआ था और बादशाह क़ब्र पर हाथ रखे बड़बड़ा रहे थे, ''बेग़म, मैं समझ गया मुहब्बत कैसे ज़िन्दाबाद रहेगी। मैं मुहब्बत को ज़िन्दाबाद रखूँगा, ज़िन्दाबाद रखूँगा।''

अगले चालीस दिन बादशाह बेग़म की क़ब्र पर जाते रहे। चालीस दिन क़ब्र पर हर शाम दीये जलाए जाते रहे और प्रार्थना की जाती रही। चालीस दिनों तक बादशाह ने राज-काज पर बिलकुल ध्यान न दिया।

इस बीच, शाही सेना ने सैनिक अभियान में फ़तह हासिल कर ली, ख़ानजहाँ लोदी को मार डाला गया और अहमदनगर राज्य पर क़ब्ज़ा हो गया। लेकिन, जीत की ख़ुशी कहीं नहीं थी। पूरे मुग़ल साम्राज्य में शोक की घोषणा कर दी गई; हर प्रकार के राग-रंग को रोक दी गई; नए चटकदार वस्त्राभूषण पहनने पर रोक लगा दिया गया और उल्लंघन करने वालों के लिए कड़ी सज़ा का प्रावधान किया गया।

इकतालीसवें दिन बादशाह ने प्रसिद्ध वास्तुकार उस्ताद अहमद लाहौरी को तलब किया और राजदाराना अन्दाज़ में बताया कि वह लगभग रोज़ एक ख़्वाब देखते हैं कि अर्श-आशियानी बेग़म मुमताज महल सफ़ेद कपड़ों में लिपटी एक बेहद ख़ूबसूरत सफ़ेद इमारत में घूम रही हैं। ज्योंही उनकी ओर ग़ौर करते हैं वह सफ़ेद इमारत की सफ़ेदी में सफ़ेद धुआँ-सी समा जाती हैं और फिर नींद खुल जाती है।

बादशाह अहमद लाहौरी को शाही हम्माम में ले गए और दीवार पर बनी इमारत की तस्वीर को दिखाते हुए बताया कि ख़्वाबों वाली इमारत कुछ-कुछ ऐसी ही है, लेकिन शान और ख़ूबसूरती में इससे हज़ारों गुना आगे।

अहमद लाहौरी सोच में पड़ गए जब बादशाह ने इच्छा ज़ाहिर की कि ख़्वाबों वाले महल जैसा ही सफ़ेद मकबरा मरहूम बेग़म की क़ब्र पर बनवाना है। काफ़ी देर तक चुप रहने के बाद अहमद लाहौरी ने अर्ज़ किया कि ख़ुद बादशाह हुजूर ने उस

सफ़ेद इमारत को ख़्वाबों में देखा है और बेहतर यही होगा कि उस इमारत का ख़ाका ख़ुद बादशाह ही अपने इलहाम की रौशनी में बनाएँ।

बस फिर क्या था, बादशाह जुट गए ख़ाका तैयार करने में। काग़ज़ पर आड़ी-तिरछी लकीरें खींचते कई दिन बीत गए, लेकिन सपनों के महल का नक़्शा न बन पाया। बादशाह बहुत दुखी और क्षुब्ध हो गए। मारे दुख के काग़ज़-क़लम एक तरफ़ रख दिया।

दुख के दरिया में डूबे बादशाह को एक दिन लगा कि उनकी बेग़म ने पीछे से उनके कन्धे पर हाथ रख दिया हो। पलटकर देखा तो वह ख़्वाबों वाले महल का दृश्य सामने था। मरहूम बेग़म उसमें मुस्कराते हुए खड़ी हैं। बादशाह को महसूस हुआ कि उनके जेहन में सफ़ेद रोशनी का एक गुबार उठ रहा है। उस रोशनी में ही उन्होंने काग़ज़ पर रोशनाई से लकीरें खींचनी शुरू कीं और जब तक जेहन की रोशनी धुँधली पड़ती एक इमारत का नक़्शा काग़ज़ पर तैयार हो चुका था।

अहमद लाहौरी ने जब उस नक़्शे को देखा तो हैरत में पड़ गए और उनके मुँह से बेसाख्ता निकल पड़ा, ''यह तो इनसानी ईजाद न है। यह तो एकदम फिरदौसी है।'' अहमद लाहौरी ने हामिद ख़ाँ, गयारत ख़ाँ और मकरामत ख़ाँ जैसे मशहूर वास्तुविदों को बुलवाकर सलाह-मशाविरा किया और जैनाबाद में जहाँ बेग़म की क़ब्र थी वहाँ की ज़मीन का मुआयना किया। सबने एक मत से महसूस किया कि नक़्शे के हिसाब से भव्य इमारत बनाने के लिए ताप्ती नदी के किनारे की दलदली ज़मीन ठीक नहीं है।

बादशाह ने जब वास्तुकारों की राय सुनी तो चिढ़ते हुए अपने हुक्म को दुहराया कि मक़बरा उतना ही शानदार बनना चाहिए जितना उन्होंने ख़्वाबों में देखा है। चाहे इसे आगरे में ही क्यों न बनाना पड़े। बस फिर क्या था, तुरन्त ऐलान हुआ कि मक़बरा आगरा में यमुना के किनारे बनेगा और बेग़म की क़ब्र वहीं ले जाई जाएगी। इस ऐलान के साथ बादशाह ने आगरे की ओर कूच कर दिया।

बाद में, मरहूम बेग़म के जनाज़े को एक विशाल जुलूस के साथ, शाहज़ादा शाहशुजा के नेतृत्व में आगरा लाया गया। आगरे में यमुना के तट पर स्थित राजा मानसिंह के पोते राजा जयसिंह की ज़मीन में दोबारा दफ़न किया गया।

इस क़ब्र के ऊपर बनना शुरू हुआ ख़्वाबों का महल जिसे लगभग बीस हज़ार मज़दूरों, राजगीरों, जौहरियों और वास्तुविदों ने मिलकर बाईस वर्षों में तैयार किया। नाम दिया गया—ताजमहल। यह था बेग़म मुमताज महल का अन्तिम विश्रामस्थल। सफ़ेद संगमरमर की यह बेमिसाल इमारत बादशाह के ख़्वाबों की हक़ीक़त बयाँ करने के साथ-साथ पूरी दुनिया को ज़ाहिर करती थी कि अपनी महबूबा के लिए कोई जो कुछ कर सकता है उसका यह ओज-ए-कमाल है।

सुबह-ए-बनारस

बात बहुत पहले की है जब हिन्दुस्तान पर आगरे से जहाँगीर राज करता था।

लम्बी क़द-काठी का एक हृष्ट-पुष्ट युवक सुबह-सुबह बनारस के घाटों पर टहल-टहलकर थक गया था। विशाल मस्तक, बड़ी-बड़ी आँखों और गौरवर्ण वह युवक कोई राजपुरुष प्रतीत होता था। अन्ततः थका-माँदा युवक ऊपर गली में जाने लगा, किन्तु कुछ ही दूर जाकर बिन्दुमाधव मन्दिर की सीढ़ियों पर जा बैठा—शायद सुस्ताने के लिए या शायद मन्दिर के भीतर से उठ रहे सुमधुर भजन को सुनने के लिए। लग तो यही रहा था कि युवक भजन की मधुरिमा पर मुग्ध था क्योंकि उसके कान चौकन्ने थे और वह मन्दिर की ओर ही देख रहा था।

मन्दिर के भीतर कोई युवा भक्त गा रहा था :

प्रलयपयोधिजले धृतवानसि वेदम्।
विहितवहित्रचरित्रमरवेदम्॥
केशव धृतमीनशरीर जय जगदीश हरे।

[प्रलयकाल में फैला चारों ओर पानी ही पानी
मछली बन वेद बचाया, प्रभु नहीं तुम्हारा सानी
वैदिक ज्ञान के रक्षक तुम, हे जगत के स्वामी!
तुम्हारी जय हो, तुम्हारी जय हो, तुम्हारी जय हो]

एक के बाद एक कई पद गाते हुए युवक अन्तिम पद पर पहुँचा :

म्लेच्छनिवहनिधने कल्यसी करवालम
धूमकेतुरिव किमपि करालम
केशव धृतकल्किशरीर जय जगदीश हरे

[कल्कि अवतारी हे भगवान!
तेरे हाथों में है तलवार—
आग जैसी जलती,
धूमकेतु जैसी संहारक,
जिससे तू म्लेच्छों का नाश कर
हे जगत के स्वामी!
तुम्हारी जय हो, जय हो, जय हो।]

भजन समाप्त करके युवक बाहर निकलने के लिए ज्योंही सीढ़ियों पर पहुँचा, दूसरा युवक उठ खड़ा हुआ। दोनों एक दूसरे को ग़ौर से देखने लगे। भक्त युवक आगन्तुक युवक की राजपुरुषोचित भव्यता को देखकर आश्चर्यचकित था, तो दूसरा पहले वाले की दिव्यता को देखकर अभिभूत। गेहुँए रंग का लम्बा छरहरा युवक अपने माथे पर लगे त्रिपुंड, गले में लटकते कई-कई रुद्राक्ष-माला और कमर में लपेटे मृगछाला में अत्यन्त भव्य और दिव्य दिख रहा था।

उसने पूछा, "आप कौन?"

प्रत्युत्तर में दूसरे युवक ने पूछा, "आप कौन?"

हालाँकि, त्रिपुंडधारी ने अपने ज्योतिषीय ज्ञान के आधार पर अनुमान लगा लिया था कि आगन्तुक युवक में महान सम्राट के शारीरिक लक्षण दिख रहे हैं, किन्तु कुछ हिचकिचाते हुए उसने कहा, "आप भारत के भावी सम्राट हैं।"

मुस्कराते हुए आगन्तुक ने कहा, "मैं शाहज़ादा खुर्रम हूँ, लेकिन मेरे सितारे इस समय गर्दिश में हैं। जौनपुर में मेरी शाही सेना से भिड़न्त हुई जिसमें मेरी शिकस्त हो गई। मेरे सिपाही और सिपहसालार सब भाग खड़े हुए। मेरी मुहिम नाकाम रही। ऐसी हालत में आप हमें शाहंशाह बता रहे हैं, यह मज़ाक़ नहीं तो और क्या है?"

त्रिपुंडधारी गम्भीरता से बोला, "लेकिन हमारा अनुमान ग़लत नहीं हो सकता। अगर आप विस्तार से जानना चाहते हैं तो आप मेरे साथ मेरे गुरु के पास चल सकते हैं। वह त्रिकालदर्शी हैं।"

"लेकिन आप हैं कौन?" खुर्रम ने पूछा।

"मैं कवीन्द्र हूँ—कवीन्द्राचार्य सरस्वती।"

कवीन्द्र मराठी ब्राह्मण थे, लेकिन पैदाइशी बनारसी। वह बनारस में ही संन्यासी बन गए थे—कवीन्द्राचार्य सरस्वती के नाम से। थे तो वे संन्यासी, लेकिन राग-रंग से भरपूर और सामाजिक सरोकारों के प्रति पूरी तरह सजग। कम उम्र में ही, अपनी विद्वत्ता, काव्य-प्रतिभा एवं सौम्य स्वभाव के कारण वह बनारसियों में बहुत लोकप्रिय हो गए थे ।

इस छोटी-सी मुलाक़ात में ही दोनों युवकों में दोस्ती हो गई और दोनों एक दूसरे पर भरोसा करने लगे। उस दिन शाम तक दोनों युवक साथ रहे, दोनों ने काफ़ी बातें कीं और अपने-अपने दिल का हाल एक-दूसरे को कह सुनाया। अच्छे दिन आने पर फिर मिलने के वादे के साथ खुर्रम दक्षिण की ओर चल पड़ा—अपनी सेना को सहेजने और अपना नया विजय-अभियान प्रारम्भ करने। यह वही युवक था जो बाद में बादशाह शाहजहाँ बना।

को अनाथ को नाथ

तैलंग ब्राह्मणों का एक दल आन्ध्रदेश से तीर्थयात्रा पर काशी पहुँचा। गोदावरी के पूर्वी तट पर बसे प्राचीन मुनियों के एक गाँव मुनिखंड के उपद्रष्टा ब्राह्मण परिवार के पेरू भट्ट और उनकी पत्नी लक्ष्मी भी इस दल में थे। युवा दम्पती विद्यानुरागी था और काशी में रहकर मोक्ष का अभिलाषी। अतएव, जब तीर्थयात्रियों का दल वापस जाने लगा, तो यह दम्पती काशी में ही रुक गया।

पेरू भट्ट और लक्ष्मी दक्षिण के प्रख्यात वेदान्ती अप्पय दीक्षित के अनन्य भक्त थे। अप्पय दीक्षित का काशी में बड़ा नाम था—विशेषकर दक्षिणात्यों में। उनके मठ के निकट ही, केदारघाट में, इस दम्पती ने अपना बसेरा बसाया। कुछ समय बाद, भट्ट दम्पती को एक पुत्र पैदा हुआ जिसका नाम उन्होंने रखा—जगन।

एक दिन, सावन के महीने में, भट्ट दम्पती अपने घर के सामने एक पीपल के पेड़ के नीचे बैठा बातें कर रहा था। नन्हा जगन पास में ही खेल रहा था। दुर्योग से, दम्पती के बैठने से एक साँप की बाँबी अवरुद्ध हो गई थी जिससे क्रुद्ध सर्प ने दोनों की पीठ में काट लिया। सर्पदंश से दोनों चल बसे। पीछे रह गया दुधमुँहा अनाथ बालक जगन।

अनाथ बालक सचमुच अनाथ था जिसे अपनाने कोई नाथ सामने नहीं आया। यहाँ तक कि अप्पय दीक्षित या उनके मठ वालों ने भी अबोध बालक का त्याग कर दिया कि बच्चा असगुनी है जो अपने माँ-बाप को खा गया। असलियत तो यह थी कि असगुनी के आरोप की आड़ में अप्पय दीक्षित का मठ बच्चे के पालन-पोषण की जिम्मेदारी से बचना चाहता था।

शैव संन्यासी कवीन्द्राचार्य का वेदान्ती अप्पय दीक्षित से विद्वेष जग-ज़ाहिर था। कवीन्द्र उग्र तब होते थे जब कहीं कोई अन्याय हो रहा होता या कोई किसी को सता रहा होता। यद्यपि अप्पय से उनका वैचारिक मतभेद था, किन्तु एक अनाथ, अबोध बच्चे के प्रति अप्पय की उदासीनता ने कवीन्द्राचार्य के विचारों को उग्र कर दिया। कवीन्द्र ने आरोप लगाया कि वेदान्ती दीक्षित जब अबोध बालक की ममता न जान सका तो वह अपने निर्गुण ब्रह्म को क्या जानेगा। ये बातें कुछ नमक-मिर्च लगाकर लोग अप्पय दीक्षित तक पहुँचा देते थे। इन्हें सुनकर वह आगबबूला हो उठते और कवीन्द्राचार्य को भला-बुरा कहते; उन्हें पथभ्रष्ट तक कह बैठते।

अन्ततः सामने आया जंगमबाड़ी मठ के पीठाधिपति का निजी सेवक एक युवा शैव संन्यासी जिसने बच्चे को हाथों-हाथ उठा लिया और करुणा से गले लगा लिया। संन्यासी की करुणा माँ की ममता बन बच्चे पर बरस पड़ी। संन्यासी बच्चे को दूध पिलाता, उसका मल-मूत्र साफ़ करता और रुँधे गले से लोरियाँ गाकर बच्चे को सुलाता। माया-मोह से दूर रहने वाला संन्यासी माँ की ममतामयी मूर्ति बन गया।

हालाँकि, इसके लिए उसे अपने समाज में, साधु-सधुक्कड़ों में, उपहास का पात्र बनना पड़ा। वे उसका मज़ाक़ उड़ाते कि परमेश्वर की साधना-आराधना छोड़कर वह एक अदने बालक की माया में उलझ गया है। किन्तु, संन्यासी किसी की परवाह किए बिना बालक के लालन-पालन में तत्पर रहता। उसने अनाथ बच्चे के मूल नाम जगन में नाथ जोड़कर उसे जगन्नाथ बना दिया।

संयोग से, इसी बीच, कर्नाटक के बागलकोट क्षेत्र से लिंगायतों का एक दल जंगमबाड़ी मठ आया हुआ था अपने पूर्वजों की मुक्ति हेतु शिवलिंगों की स्थापना के लिए। उन्हीं में एक निःसन्तान दम्पती भी था—चन्द्रशेखर जंगम और उसकी पत्नी माधवी। संन्यासी को नन्हा बच्चा सँभालते एवं इसके लिए साधु-समाज में उपहास का पात्र बनते देख जंगम दम्पती ने बच्चे को गोद लेने की याचना की। युवा संन्यासी ने इनकार कर दिया, किन्तु मठ के पीठाधिपति के आदेश पर उसे बच्चे को जंगम दम्पती को देना पड़ा।

जगन्नाथ जब पाँच वर्ष का हुआ तब पालक पिता चन्द्रशेखर को उसकी शिक्षा-दीक्षा की चिन्ता सताने लगी। यद्यपि चन्द्रशेखर स्वयं एक अच्छा विद्वान था, किन्तु बच्चे के बौद्धिक विकास में उसका लाड़-प्यार बाधा न बन जाए, यह सोचकर उसने बच्चे को काशी के प्रतिष्ठित 'सांगोपांग वेद विद्यालय', जिसके संचालक स्वयं कवीन्द्राचार्य थे, में प्रवेश दिलाने का विचार बनाया। हालाँकि, इस बीच चन्द्रशेखर ने बच्चे को ऋग्वेद का पुरुषसूक्त, अंकगणित की 'लीलावती' एवं 'अमरकोष' के शब्द-भंडार को कंठस्थ करा दिया था।

फाल्गुन माह की द्वादशी को अक्षरारम्भ का मुहूर्त निकला। पालक पिता चन्द्रशेखर जगन्नाथ को नए वस्त्रों में सजाकर वेद विद्यालय पहुँचा जहाँ कवीन्द्राचार्य ने स्वयं उपस्थित होकर बच्चे का दुलार किया। गाय के गोबर से लीपे हुए आँगन में मुख्याध्यापक गजानन शास्त्री ने बच्चे के दाहिने हाथ में चाक का एक टुकड़ा पकड़ाया और उसके हाथ को पकड़कर धरती पर लिखवाया—'ऊँ'। तत्पश्चात्, बच्चे के हाथ से उस अक्षर को मिटवाया और वहाँ की धूलि को मस्तक एवं वक्ष पर लगवाया इस कामना के साथ कि अक्षर की अक्षरता एवं पवित्रता बच्चे के मस्तिष्क एवं हृदय में समा जाए। इस अवसर पर चन्द्रशेखर ने एक भोज का भी आयोजन किया जिसमें अनेकानेक प्रतिष्ठित जन आमंत्रित हुए। सबने बच्चे के उज्ज्वल भविष्य की मंगलकामना की।

जगन्नाथ ने शीघ्र ही अपनी प्रतिभा से कवीन्द्राचार्य के हृदय में स्थान बना लिया। कवीन्द्राचार्य स्वयं संस्कृत एवं हिन्दवी के जाने-माने कवि थे, किन्तु उनका हृदय हमेशा इस बात से व्यथित रहता था कि ग्यारहवीं सदी के सुप्रसिद्ध कवि जयदेव के बाद संस्कृत का कोई बड़ा कवि नहीं पैदा हुआ। जगन्नाथ में वह एक भावी कवि की सम्भावना देख रहे थे। कुछ इसी तरह की महत्त्वाकांक्षा

से प्रेरित होकर उन्होंने जगन्नाथ को साहित्य और काव्यशास्त्र में पारंगत करना प्रारम्भ किया।

कवीन्द्र संगीत में बड़े प्रवीण थे। उन्होंने यह प्रवीणता जगन्नाथ को सौंपने में कोई कसर न छोड़ी। जगन्नाथ का कंठ-स्वर सुमधुर था। अतः कवीन्द्र ने उन्हें वादन के बजाय गायन का प्रशिक्षण देना शुरू किया। विविध राग-रागिनियों के सूक्ष्म से सूक्ष्म ज्ञान से उन्हें परिचित कराया। गुरु-शिष्य रोज़ सुबह-शाम घंटों रियाज करते थे।

कवीन्द्र थे तो संस्कृत के विद्वान, किन्तु लोकभाषा के गीतों में उनकी विशेष अभिरुचि थी। उन गीतों को विविध रीतियों और रागों में बाँधकर सजाते-सँवारते थे और उन्हें जगन्नाथ को सिखाते थे। रियाज के दौरान जब गुरु-शिष्य एक साथ गाते तो लोगों की भीड़ लग जाती। कुछ देर साथ-साथ गाते कवीन्द्र प्रायः जगन्नाथ को इशारा करके आगे बढ़ा देते—एकल गायन के लिए। ऐसे में जगन्नाथ स्वर-लहरियों के आरोह-अवरोह पर देर तक तैरते रहते और एक ऐसा समाँ बँध जाता कि सुनने वाले सम्मोहित हो जाते।

सोलह वर्ष पूरा होते ही कवीन्द्राचार्य जगन्नाथ को लेकर पहुँचे लच्छू गुरु के अखाड़े ताकि बालक का समुचित शारीरिक विकास हो सके। लच्छू गुरु की पारखी नज़र ने बच्चे के शरीर में पहलवानी के लक्षणों को पहचान लिया—लम्बा छरहरा बदन, पतली कमर और चौड़ा सीना।

ज़्यादातर प्रशिक्षु सुबह की पहलवानी के बाद दिन-भर मटरगश्ती करते, लेकिन कवीन्द्राचार्य ने जगन्नाथ के बहुमुखी विकास के लिए शिक्षण का व्यस्त कार्यक्रम निर्धारित किया—ब्रह्ममुहूर्त से दिन के प्रथम प्रहर तक भजन-पूजन और पहलवानी, अपराह्न में शास्त्र-अध्ययन एवं सायं संगीत-साधना। रात में जल्दी सोना और जल्दी जगना अनिवार्य किया गया।

लच्छू गुरु ने कुश्ती में प्राचीन मल्ल-युद्ध के शाश्वत मूल्यों को बनाए रखने का भरपूर प्रयास किया था। कुश्ती की राजसिकता और तामसिकता के घालमेल की जगह वह शुद्ध सात्त्विकता पर ज़ोर देते थे। इसीलिए उन्होंने अपने यहाँ प्रशिक्षुओं एवं प्रौढ़ पहलवानों के लिए भी, यम-नियम, इन्द्रिय-संयम, ब्रह्मचर्य और निरामिष भोजन के सम्बन्ध में विशेष नियम बना रखे थे। शारीरिक बल के साथ आध्यात्मिक बल का भी संवर्धन हो सके इसके लिए उन्होंने ध्यान-साधना को अनिवार्य कर रखा था।

सुबह-सुबह गंगा-स्नान करने के बाद जगन्नाथ अखाड़े के हनुमानजी की पूजा करते, फिर प्राणायाम और योगासन, दंड और बैठक, गदा और मुगदर, नाल और गरनाल का अभ्यास करते। कम-से-कम पाँच जोड़ी कुश्ती लड़ते और फिर घाटों-घाट दौड़ते हुए संकटमोचन हनुमानजी के दर्शन करने जाते और दौड़ते हुए पंचगंगा

घाट वापस आते। रास्ते-भर गोस्वामी तुलसीदासकृत 'हनुमानचालीसा' का पाठ करते रहते। हनुमान जगन्नाथ के इष्ट देव बन गए जिनसे वह विनती करते—बल बुद्धि विद्या देहु मोहिं हरहु कलेश विकार।

जगन्नाथ की श्रद्धा तो गंगाजी पर भी अगाध थी और स्नान करते समय ज़ोर-ज़ोर से हे माँ, हे माँ पुकारते और प्रार्थना करते—

समृद्धं सौभाग्यं सकल वसुधायाः किमपि तत्-
महैश्वर्यं लीलाजनित जगतः खंडपरशोः।
श्रुतीनां सर्वस्वं सुकृतमथ मूर्तं सुमनसां
सुधासौन्दर्यं ते सलिलमशिवं नः शमयतु॥

[शिवजी ने बसाया इस धरती पर माया का संसार
तुम ही तो हो माँ इस धरती की समृद्धि सौभाग्य और श्रृंगार
तुम ही तो हो माँ सारे वेदों के दिव्य तत्त्वों का सार
तेरा पानी अमृत, करे हमारे सारे अमंगलों का परिष्कार]

लच्छू गुरु जगन्नाथ की ख़ुराक़ का ख़ास ख़याल रखते। सुबह कचौड़ी-जलेबी के नाश्ते की आदत छुड़ाकर घी-दूध का सेवन कराते और अखरोट-बादाम पिसवाकर शरबत पिलवाते। मांस-मदिरा सर्वथा वर्जित था। हाँ, कभी-कभी तीज-त्योहार पर भाँग छानने की छूट थी।

जगन्नाथ का विकास एक सुन्दर, सुसंस्कृत और सुगठित युवक के रूप में हो रहा था। उनके शास्त्र-ज्ञान, सुमधुर संगीत और शरीर के सौष्ठव पर कितनी ही युवतियाँ मर मिटती थीं। कई तो संयम की सीमा लाँघकर संसर्ग का भी प्रयास करतीं, लेकिन जगन्नाथ लँगोट के बड़े पक्के थे।

पंडिताऊ झाँव-झाँव

बात नागपंचमी के दिन की है जब झुंड के झुंड बनारसी विद्वान शास्त्रार्थ के लिए नागकुआँ पर इकट्ठे हुए थे। पास ही पहलवानों की कुश्ती का दंगल भी चल रहा था।

अप्पय दीक्षित अपने शिष्यों सहित शास्त्रार्थ के लिए आए हुए थे। उनमें मराठी बन्धु भट्टोजि दीक्षित और उसका छोटा भाई रंगोजि दीक्षित प्रमुख थे। दूसरी ओर, कवीन्द्राचार्य सरस्वती जगन्नाथ सहित अपने शिष्यों को लेकर जमे हुए थे।

शास्त्रार्थ शुरू हुआ। अप्पय दीक्षित के दल का प्रतिनिधित्व कर रहे थे भट्टोजि दीक्षित जो व्याकरण के अच्छे विद्वान माने जाते थे। दूसरी ओर कवीन्द्राचार्य का दल

था जिसके अगुआ थे कवि-हृदय जगन्नाथ। अप्पय दीक्षित के आग्रह पर शास्त्रार्थ का जो विषय रखा गया था वह व्याकरण से सम्बन्धित था। विषय था—'संस्कृत में लिंगविधान'।

शास्त्रार्थ शुरू तो हुआ अत्यन्त सौम्य वातावरण में और शनैः-शनैः बढ़ता रहा दोनों पक्षों के शास्त्रियों के विद्वत्तापूर्ण तर्कों के साथ। अचानक, भट्टोजि ने एक नुकीला प्रश्न उठा दिया—दधि स्त्रीलिंग है, पुलिंग है या नपुंसकलिंग?

अपने प्रश्न का स्वयं प्रतिपादन करते हुए भट्टोजि ने मत व्यक्त किया कि इकारान्त वाले शब्द स्त्रीलिंग ही होते हैं और अपने सिद्धान्त की पुष्टि के लिए उन्होंने दृष्टान्त दिया—निधि, बुद्धि, कृषि, इत्यादि। खंडन करते हुए जगन्नाथ ने कहा कि यद्यपि सामान्यीकरण ही प्रायः व्याकरणीय नियमों के आधार होते हैं, किन्तु सर्वदा ऐसा ही हो यह सही नहीं है। इस आधार को आगे बढ़ाते हुए उन्होंने सिद्ध करना चाहा कि दधि पुल्लिग है और इकारान्त वाले स्त्रीलिंग शब्दों के सामान्यीकरण में यह अपवाद है।

अब खंडन की बारी भट्टोजि की थी, किन्तु इसी बीच जगन्नाथ के दल से रमापति त्रिपाठी ने हँसते हुए कहा, "दीक्षित जी! दधि स्त्रीलिंग हो या पुल्लिग इसके स्वाद पर क्या फ़र्क़ पड़ता है?" रमापति के इस मज़ाक़ पर जगन्नाथ के दल के लोग हँस पड़े। निर्णायक एवं वरिष्ठ जन भी मुस्कराए बिना न रह सके। लेकिन, भट्टोजि दीक्षित ने इसे अपना अपमान समझा। उन्हें लगा कि बोलने की बारी उनकी थी जिसे उपहास में उड़ा दिया गया। तिलमिलाकर उन्होंने कठोर शब्दों के बाण जगन्नाथ की ओर छोड़ना शुरू किया। जगन्नाथ बर्दाश्त करते रहे, किन्तु बात जब उनके स्वर्गीय माता-पिता को लक्ष्य कर कही जाने लगी तो वह क्रुद्ध हो गए। यही नहीं, कवीन्द्राचार्य समेत वहाँ उपस्थित तमाम लोगों ने भट्टोजि की भर्त्सना करनी शुरू कर दी। अपने हाथ से बाजी निकलती देख भट्टोजि और उग्र हो गया और अप्पय के इशारे पर खड़े होकर कवीन्द्राचार्य इत्यादि विद्वानों के विरुद्ध अपशब्दों का प्रयोग करने लगा। जगन्नाथ के दल के युवक भी प्रतिकार में खड़े हो गए।

अपने स्वर्गीय माता-पिता एवं पूज्य गुरुदेव को दी गई गालियों से आहत जगन्नाथ ने अचानक आगे बढ़कर भट्टोजि की चोटी पकड़ ली और बगल वाले अखाड़े की ओर खींचने लगे। इससे पहले कि दोनों दल आपस में भिड़ जाते, बड़ों ने उन्हें हटा-बढ़ा दिया।

इस घटना से अप्पय दीक्षित का दल बहुत अपमानित हुआ। पंडितों और विद्वानों में उनकी भद्द पिट गई। दूसरे ही दिन, अप्पय अपने शिष्यों सहित बनारस के कोतवाल फ़ौजदार अनवर ख़ाँ के पास पहुँचे शिकायत लेकर। अनवर ख़ाँ अपनी अशिष्टता एवं क्रूरता के लिए कुख्यात था, फिर भी उसने अप्पय की विद्वत्ता का सम्मान करते हुए उन्हें सलाह दी कि यह पंडितों का अपना ज़ाती मामला है

और उनके शास्त्रीय बहस-मुबाहिसे में वह कुछ नहीं कर सकता है।

इसी बीच, भट्टोजि बुक्का फाड़कर रोने लगा कि उसकी जान को ख़तरा है। मरियल भट्टोजि का विचित्र रोदन सुनकर फ़ौजदार को हँसी आ गई। मामले को टालते हुए उसने उन लोगों को शहर काजी के पास भेज दिया। काजी ने अप्पय और भट्टोजि की बातें चटखारे लेकर सुनीं और उन्हें फिर से वापस फ़ौजदार के पास लौटा दिया। भट्टोजि के रोने-धोने से तंग आकर फ़ौजदार ने कवीन्द्राचार्य सरस्वती और जगन्नाथ आदि को बुला भेजा।

कवीन्द्राचार्य थे तो संन्यासी, लेकिन उनका सामाजिक सरोकार बहुत विस्तृत था। एक तो संस्कृत के बड़े विद्वान, दूसरे हिन्दवी के जाने-माने कवि के रूप में समाज में उनका बड़ा सम्मान था। अधिकांश बनारसी उन्हें अपना गुरु मानते थे।

कवीन्द्राचार्य अपने शिष्यों सहित जब कोतवाल से मिलने चले तो पूरा बनारस उनके पीछे उमड़ पड़ा। इतनी बड़ी भीड़ देखकर फ़ौजदार कुछ और ज़्यादा चिढ़ गया। कवीन्द्राचार्य को फटकारते हुए उसने धमकाया कि वह अपनी पढ़ाई-लिखाई और धर्म-कर्म से मतलब रखें और लोगों की रहबरी के चक्कर में न पड़ें। अपने गुरु को इस प्रकार प्रताड़ित होते देख जगन्नाथ कुछ उत्तेजित हुए, किन्तु कवीन्द्राचार्य शान्त भाव से मन्द-मन्द मुस्कराते रहे। मन-ही-मन वह सोच रहे थे कि बादशाह शाहजहाँ के साथ अपनी गुप्त मित्रता की बात अगर इस नाचीज फ़ौजदार को बता दूँ तो इसकी क्या हालत होगी।

अलविदा, बनारस

काशी के पंडितों में राज्याश्रय पाने की बड़ी लालसा थी। विभिन्न हिन्दू राजाओं की सभा में वे अक्सर जाया करते और उनकी प्रशंसा में गीत गाते इस उम्मीद में कि उन्हें कहीं राजकवि का पद मिल जाए। धर्मशास्त्री कर्मकांड सम्बन्धी अपना ज्ञान बघारते ताकि उन्हें राजपुरोहित बना दिया जाए। ज्योतिषी लोग भी राजाओं की कुंडलियों का विश्लेषण करने और ग्रहों-नक्षत्रों की चाल को भविष्य की सफलताओं से जोड़ने में कोई कोर-कसर न छोड़ते और कोशिश करते कि उन्हें राजज्योतिषी नियुक्त कर दिया जाए।

ऐसे ही समय में, मेवाड़ के महाराणा जगत सिंह की माँ जाम्बवती काशी पधारीं। वह बड़ी धर्मशीला महिला थीं। सदल-बल वह प्राय: तीर्थयात्राओं पर घूमतीं, पंडितों और तीर्थपुरोहितों से धर्मचर्चा करतीं और उन्हें ख़ूब दान-दक्षिणा देतीं। कभी मथुरा में दीवाली मनातीं, तो कभी गोकुल में होली। कभी द्वारिका जातीं, तो कभी अयोध्या। प्रयाग, नासिक, उज्जैन और हरिद्वार में लगने वाले कुम्भों को तो उन्होंने शायद ही कभी छोड़ा हो।

इस बार उनके काशी आगमन का कारण कुछ विशेष था। पिछले दस वर्षों से उनके यहाँ राजकवि का पद ख़ाली था। इसके लिए काशी में किसी युवा कवि की उन्हें तलाश थी। इस काम में उन्होंने अपने राजपुरोहित पंडित विष्णुदत्त पालीवाल को लगाया, जो उनके साथ ही काशी आए थे। उनकी सहायता के लिए उन्होंने काशी में रहने वाले अपने ग़ुमाश्ते और तीर्थपुरोहित को भी लगा दिया। किन्तु, पंडितों की झाँव-झाँव में यह निश्चित नहीं हो पा रहा था कि किसे राजकवि के लिए चुना जाए। बहुत सोच-विचारकर एक प्रतियोगिता का आयोजन किया गया जिसमें सभी युवा कवियों को आमंत्रित किया गया।

प्रतियोगिता दो हिस्सों में होनी थी। पहले, सभी अभ्यर्थियों को एक सुभाषित सुनाना था—चाहे वह स्वरचित हो या अन्य किसी कवि की रचना। इसके बाद, उन्हें दिए हुए विषय पर तुरन्त आशुकविता रचनी थी। इस प्रकार दोनों चरणों में अर्जित योग्यता के आधार पर राजकवि का चयन होना था। निर्णायकों में थे राजपुरोहित पंडित विष्णुदत्त पालीवाल, सुप्रसिद्ध संगीतज्ञ एवं गीतकार कवीन्द्राचार्य सरस्वती और प्रमुख वेदान्ती तथा अलंकारशास्त्री पंडित अप्पय दीक्षित।

प्रथम चरण में तो सभी ने कुछ न कुछ गाया। भट्टोजि ने जयदेव के 'गीतगोविन्द' से गाया "चन्दन चर्चित नील कलेवर पीतवसन वनमाली..." उनके छोटे भाई रंगोजि ने 'गीतगोविन्द' से ही एक पद बसन्तराग में गाने का प्रयास किया, किन्तु थोड़ी ही देर बाद हकलाने लगे। दोनों ही भाई बड़े बेसुरे थे। हालाँकि, उनके मित्र प्रभाकर मिश्र ने बड़े सुरीले ढंग से एक गीत गाया, किन्तु संस्कृत के शब्दों का उसका उच्चारण त्रुटिपूर्ण था। जगन्नाथ ने अपने संगीत-ज्ञान और रोज़ाना रियाज के बल पर अपनी एक स्वरचित कविता को इतने सुन्दर ढंग से गाया कि सभी लोग ख़ुश हो गए। लोकगायक चिन्तामणि ने एक सुन्दर लोकगीत सुनाया। रमापति त्रिपाठी ने एक आधा-अधूरा गीत गाया। प्रथम चरण में जगन्नाथ निर्विवाद विजयी हुए।

दूसरे चरण में, प्रतियोगियों से कहा गया कि अपने आश्रयदाता किसी काल्पनिक राजा की प्रशंसा में एक गीत तुरन्त रचकर सुनाएँ। भट्टोजि ने अपनी रचना में इतने अलंकार भर दिए कि उनकी चमक के सामने प्रशंसा किए जाने वाले राजा की चमक फीकी पड़ गई। उनके भाई रंगोजि ने अपनी कविता में इतने कठिन शब्द भर दिए कि उसका अर्थ समझना मुश्किल हो गया। प्रभाकर मिश्र ने अन्योक्ति का सहारा लेकर एक कविता रची जिसमें 'अन्य' भारी हो गया और राजा हल्का प्रतीत होने लगा। चिन्तामणि ने लोकधुन में प्रशस्ति गीत गाया, किन्तु उसमें अश्लीलता की हद तक श्रृंगारिकता भरी हुई थी जिससे राजा वीर पुरुष नहीं, बल्कि लम्पट प्रतीत होने लगा। जगन्नाथ ने एक उत्कृष्ट पद की तुरन्त रचना की जिसे उन्होंने सस्वर सुनाया :

माहात्म्यस्य परोऽवधिर्निजगृहं गम्भीरतायाः पिता
रत्नानामहमेक एव भुवने को वापरो मादृशः।

इत्येवं परिचिन्त्य मा स्म सहसा गर्वान्धकारं गमो
दुग्धाब्धे भवता समो विजयते श्रीअमुकश्रीमन्तः ॥

[मैं ही हूँ बड़प्पन की बड़ाई की सबसे बड़ी ऊँचाई
मैं हूँ रत्नों का ख़ज़ाना और गम्भीरता की गहराई
ऐसा सोच मत बनो गर्व से अन्धे हे क्षीर समुन्दर
हैं यहाँ तुमसे महान श्रीमान 'अमुक' महोदय सुन्दर]

बुद्धिमत्ता और लालित्य से भरी इस कविता पर सभी वाह-वाह करने लगे। जगन्नाथ निःसन्देह विजयी हुए। उन्हें राजकवि नियुक्त किए जाने की तुरन्त घोषणा की गई। राजमाता ने उनसे सादर आग्रह किया कि वे उनके साथ ही मेवाड़ के लिए प्रस्थान करें।

अपनी सफलता पर जगन्नाथ गद्‌गद थे, लेकिन काशी छोड़ने को तैयार न थे। कवीन्द्राचार्य की वात्सल्यपूर्ण छत्रच्छाया और मित्रों की मौज़-भरी मंडली उन्हें बनारस से बाँधे हुए थे। लेकिन, सब ने जी कड़ा किया और जगन्नाथ को प्रगतिपथ पर आगे बढ़ने के लिए अकेला भेज दिया। पीछे रह गए उदास मित्र एवम् गुरुजन। सबसे बुरी हालत तो गुरु कवीन्द्राचार्य की थी जो अपने योग्य शिष्य से बिछुड़ने का दर्द सह नहीं पा रहे थे।

विध्वंस

सेठ मुकुन्दीलाल को बुढ़ापे में बेटा पैदा हुआ था—सात बेटियों के बाद। इनमें से कई बेटियों की शादी हो चुकी थी और वे भी बाल-बच्चों वाली हो गई थीं। सेठ बहुत बुढ़ा चुके थे, लेकिन सेठानी अभी चंगी और चटकीली थीं।

महादेव की कृपा कहिए या अहीर के बाँके छोरे, जो सेठ के घर के कई नौकरों में से एक था, की मेहनत का फल, सेठ-सेठानी की मनोकामना पूरी हुई। उन्होंने मनोकामना पूरी होने पर महादेव के लिए शिवालय बनवाने की मनौती मान रखी थी।

पुत्र-जन्म का अशौच बीतते ही पंडित, वास्तुविद् और कारीगर बुलाए गए और फुर्ती से मन्दिर-निर्माण का कार्य शुरू हुआ। कंजूस सेठ मन्दिर के निर्माण में खुलकर पैसा ख़र्च कर रहा था। उसकी इच्छा थी कि मन्दिर और पुत्र दोनों ही भव्य एवं दिव्य हों और आगे चलकर उसका यश फैलाएँ।

मन्दिर कोतवाली से कुछ ही दूरी पर बन रहा था। काम ज़ोर-शोर से रात-दिन चल रहा था। योजना यह थी कि आगामी महाशिवरात्रि को मनोकामना महादेव की स्थापना एवं प्राण-प्रतिष्ठा हो।

इसी बीच, कोतवाल फ़ौजदार अनवर ख़ाँ ने सेठ मुकुन्दीलाल को बुला भेजा। उसने सेठ को चेताया कि नया मन्दिर बनाना बादशाह शाहजहाँ के हुक्म के ख़िलाफ़ है। निर्माणाधीन मन्दिर को ढहा देने की उसने धमकी दी।

धर्मभीरु सेठ के चेहरे पर हवाइयाँ उड़ने लगीं। बदहवास सेठ कोतवाल का अनुनय-विनय करने लगा। धर्म की दुहाई दी और ईश्वरीय कोप का भय दिखाने की कोशिश की। लेकिन कोतवाल पर कोई असर न पड़ा। हाँ, उसकी आँखों में एक दूसरी चमक ज़रूर दिखी जिसे चालाक सेठ समझ गया। मोल-भाव शुरू हुआ—कोतवाल पाँच हज़ार माँग रहा था और सेठ सिर्फ़ एक हज़ार देने को तैयार था। पेच फँस गया था। दोनों अपनी जगह से टस से मस नहीं हो रहे थे। कोतवाल धमकियाँ दे रहा था मन्दिर गिरा देने की। सेठ दुहाई दे रहा था कि मन्दिर-निर्माण में उसका बहुत पैसा ख़र्च हो रहा था और अब उसके पास बहुत कम पैसा बच गया था।

कोतवाल मन ही मन सोच रहा था कि मन्दिर गिराने की बजाय जो कुछ भी मिल रहा है उसे ले ले। सेठ सोच रहा था कि मन्दिर अगर ढहा दिया गया तो उसकी बड़ी बदनामी होगी और ईश्वरीय कोप ऊपर से। ऐसी हालत में थोड़ी ज़्यादा भी घूस देनी पड़ी तो कोई हर्ज़ नहीं। काफ़ी हुज्जत के बाद मामला तय हुआ दो हज़ार रुपये पर—एक हज़ार तुरन्त देना था और एक हज़ार स्थापना वाले दिन। कोतवाल ने यह भी शर्त रखी कि मन्दिर का निर्माण चुपचाप हो—रात्रि में। दिन में कार्य न हो और शोर-शराबा न हो। साथ ही, स्थापना सादगी से हो और ज़्यादा भीड़-भाड़ न हो।

एक बार मामला पट जाने पर दोनों पक्ष निश्चिन्त हो गए। सेठ बड़े उत्साह में था, किन्तु उसे चिन्ता हो रही थी कि सिर्फ़ रात में काम होने से मन्दिर-निर्माण की प्रगति बहुत धीमी थी। एक तो सर्दियों की रात, दूसरे दिन के धूप और उजाले में काम की मनाही। महाशिवरात्रि तेज़ी से निकट आ रही थी और सेठ को भय था कि कहीं तब तक मन्दिर पूरा न बन पाए। सो, उसने दिन में भी काम शुरू करा दिया और मन्दिर ज़ोर-शोर से बनने लगा। कोतवाल ने देखकर अनदेखा किया। उसे तो सिर्फ़ रुपये दिख रहे थे।

विशाल और भव्य मन्दिर बनकर तैयार हुआ। सुप्रसिद्ध मन्दिर-वास्तुविद् गुजरात के गणपति सोमपुरा ने अग्निपुराण में वर्णित वास्तुपुरुषमंडल के आदर्शों पर, मारू-गुर्जर शैली में, मन्दिर का वास्तु तैयार किया था। गर्भगृह को यद्यपि सादा रखा गया था, किन्तु परिक्रमापथ, मंडप और अन्तराल को उत्कीर्ण भित्तिचित्रों से सजाया गया था। सादे और किंचित् अँधेरे अर्ध-शंक्वाकार गर्भगृह में शिवलिंग स्थापना की योजना थी। खुले और प्रकाशमय परिक्रमा-पथ की दीवारों पर देवी-देवताओं के चित्र ख़ुदे हुए थे। चारों कोनों पर चार लघु मन्दिर बने थे जिनमें क्रमशः गणेश,

पार्वती, विष्णु एवं लक्ष्मी की मूर्तियों की स्थापना होनी थी। खम्भों पर खड़ा एक विशाल सभामंडप गर्भगृह के सामने बनाया गया था जिसका उपयोग दर्शनार्थियों के भजन-कीर्तन या किसी पंडित द्वारा प्रवचन करने के लिए होना था। गर्भगृह एवं मंडप के बीच अन्तराल था जहाँ भित्तिचित्रों के माध्यम से भक्तिभाव उभारने का विशेष प्रबन्ध था। इसी अन्तराल में खड़े होकर सामान्य लोगों को नैवेद्य चढ़ाने और आरात्रिका में भाग लेने का प्रबन्ध किया गया था। यहीं नन्दी की विशाल मूर्ति स्थापित होनी थी।

पूरा मन्दिर एक ऊँचे चबूतरे पर बना था। गर्भगृह के ऊपर उठने वाले लम्बे-से शंकु के ऊपर सुन्दर शिखर था जिस पर चमकदार पत्थर से निर्मित आमलक रखा गया था जो बहुत दूर से ही चमकता दिखाई देता था। इसके अलावा छोटे-छोटे कई शिखर थे। मुख्य मन्दिर में प्रवेश करने के लिए सभामंडप के आगे भव्य गोपुरम बनाया गया था।

अपनी सारी कंजूसी भुलाकर सेठ ने मन्दिर-निर्माण पर दिल खोलकर ख़र्च किया था। चुनार से बलुआ पत्थर लाए गए थे; राजपूताना के मकराना से संगमरमर मँगाए गए थे। प्रस्तर-शिल्पियों ने रात-दिन खट-खट कर पत्थर तराशे थे और मूर्तियाँ गढ़ी थीं। इक्कीस सेर वजन वाला पारद शिवलिंग रसायनविद् वैदिक ब्राह्मणों द्वारा तैयार कराया गया था, जिसकी स्थापना गर्भगृह में होनी थी। इसके लिए चाँदी का योनि-अर्घ्य सात्त्विक सुनारों से बनवाया गया था।

महाशिवरात्रि का दिन। नवनिर्मित मन्दिर में शिवलिंग की स्थापना एवं प्राण-प्रतिष्ठा का कार्यक्रम अष्टमी तिथि से ही चल रहा था। पहले दिन शिवलिंग एवं अन्य देव-प्रतिमाओं को पूजन के बाद जलाधिवास कराया गया यानी जल से भरे विशाल पात्रों में इन्हें रात-भर शयन कराया गया। दूसरे दिन, गेहूँ, धान आदि अन्नों के भंडार में ढककर अन्नाधिवास कराया गया। इसी प्रकार, तीसरे दिन फलाधिवास और चौथे दिन घृत में आवास। पाँचवें दिन महाशिवरात्रि का दिन था। इस दिन शय्याधिवास का क्रम पूरा होने के बाद नेत्रोन्मीलन अर्थात् देवताओं की मूर्तियों के आँखें खोलने और प्राण-प्रतिष्ठा का दिन था।

एक सौ आठ ब्राह्मणों द्वारा रुद्राभिषेक के बाद गर्भगृह में शिवलिंग का षोडशोपचार पूजन चल रहा था। वैदिक मंत्रों की ध्वनि गुंजायमान हो रही थी। सभामंडप में एक विशाल हवन-कुंड तैयार किया गया था जिसमें विविध वैदिक देवताओं का आह्वान कर मंत्रोच्चार के साथ आहुतियाँ डाली जा रही थीं। सेठ-सेठानी मुख्य यजमान के रूप में विविध कर्मकांडों में व्यस्त थे।

बाहर बड़ी भीड़ इकट्ठा हो रही थी। श्रद्धालुजन नवनिर्मित मन्दिर में शिवलिंग के प्रथम दर्शन के लिए उत्सुक खड़े थे। काशी के मुख्य मन्दिर—आदिविश्वेश्वर मन्दिर जिसे स्थानीय लोग काशी विश्वनाथ मन्दिर कहते थे—में जलाभिषेक करने

के बाद भीड़ इस नवनिर्मित मन्दिर के सामने इकट्ठा हो रही थी। नचनियों-गवनियों के झुंड जगह-जगह नाच-गा रहे थे। बीच-बीच में कुछ उत्साही लोग "जोगीरा सारारा—जोगीरा सारारा" चिल्ला रहे थे, जैसे आह्वान कर रहे हों कि योगिराज भगवान शिव अब अपनी समाधि से उठो, आँखें खोलो।

सेठ के विशेष आग्रह एवं पारिश्रमिक पर अहिरानी टोले के कई छोकरे शान्ति-व्यवस्था में लगे हुए थे। उनका प्रयत्न फिर भी कहीं-कहीं विफल हो जा रहा था, क्योंकि झुंड के झुंड लोग मनमाने ढंग से इधर-उधर घूम रहे थे और व्यवस्थापकों का कहना नहीं मान रहे थे।

इसी बीच, घोड़े पर सवार फ़ौजदार अनवर ख़ाँ कोई एक दर्जन सिपाहियों के साथ आ धमका। एक तो वह भीड़-भाड़, शोरगुल और कर्मकांडों से चिढ़ा हुआ था, दूसरे वह सेठ मुकुन्दी लाल को खोज रहा था अपना बक़ाया वसूलने के लिए। सेठ भी महाघाघ था। वह बक़ाया रुपया नहीं देना चाह रहा था। उसका सोचना था कि एक बार प्राण-प्रतिष्ठा ठीक से हो जाए तो वह बाक़ी रुपये देने से बच जाएगा।

ग़ुस्साये फ़ौजदार ने अहीर के एक छोकरे को सेठ को बुला लाने को भेजा। सेठ एक तो कर्मकांडों में व्यस्त था, दूसरे वह जानबूझकर दुबक रहा था। दो बार बुलावा भेजने पर भी सेठ जब बाहर नहीं आया तो फ़ौजदार आपे से बाहर हो गया।

इसी बीच, उसके सिपाहियों के कई दल, जिन्हें अलग-अलग नाकों पर तीर्थयात्रा कर वसूलने के लिए लगाया गया था, लुटे-पिटे-से बदहवास हालत में फ़ौजदार के सामने आ खड़े हुए। उन्होंने बताया कि पास-पड़ोस के गाँवों के लोगों ने, जो महाशिवरात्रि के दिन दर्शन-पूजन के लिए काशी आए हुए थे, तीर्थयात्रा कर देने से मना कर दिया और सख़्ती करने पर लड़ने लगे। इस लड़ाई में कई सिपाही घायल हुए और एक सिपाही को गंगा में डुबाकर तीर्थयात्रियों ने मार डाला।

इतना सुनना था कि फ़ौजदार के बदन में जैसे आग लग गई। चिल्लाकर तुरन्त उसने अपने सिपाहियों को इकट्ठा किया। तीर्थयात्रियों का सामना करने के पहले वह सेठ से निपट लेना चाहता था ताकि अपना पैसा पहले वसूल सके।

चिल्लाते हुए फ़ौजदार अपने सिपाहियों के साथ मन्दिर में घुस गया सेठ को खोजने के लिए। ज्योंही वे सब सभामंडप में पहुँचे, देवताओं को आहुतियाँ देते ब्राह्मण शिव-शिव कहते उठ खड़े हुए और चिल्लाने लगे कि म्लेच्छों के घुसने से मन्दिर भ्रष्ट हो गया। चारों ओर से श्रद्धालुओं की आवाज़ें आने लगीं : "मारो मारो"। तब तक फ़ौजदार और उसके साथी सेठ को खोजते गर्भगृह में पहुँच गए।

प्राण-प्रतिष्ठा का कार्य रुक गया। सेठ ज़ोर-ज़ोर से रोने लगा। नाराज़ लोगों ने फ़ौजदार और उसके सिपाहियों को घेर लिया। मन्दिर के भीतर लोगों ने फ़ौजदार और उसके सिपाहियों की ख़ूब कुटाई की। तब तक यह बात सारे शहर में फैल गई कि नवनिर्मित मन्दिर म्लेच्छों ने भ्रष्ट कर दिया। स्थानीय लोगों और

तीर्थयात्रियों का बहुत भारी जनसमूह मन्दिर के चारों तरफ़ इकट्ठा हो गया।

प्राणों की भीख माँगते फ़ौजदार और उसके सिपाहियों ने किसी तरह भागकर अपनी जान बचाई। बुरी तरह आतंकित और अपमानित फ़ौजदार ने स्थिति का वर्णन करते हुए तुरन्त एक पत्र दो घुड़सवार पत्रवाहकों के हाथ इलाहाबाद के सूबेदार को भेजा।

एक घड़ी रात जाते-जाते इलाहाबाद का सूबेदार हैदरबेग भारी फ़ौज के साथ बनारस पहुँच गया। रातों-रात उसने नवनिर्मित मनोकामना महादेव के मन्दिर के साथ-साथ लगभग सौ नए बने या बन रहे मन्दिरों को ध्वस्त करा दिया। बनारसियों और तीर्थयात्रियों को रातों-रात रौंद दिया गया। लोगों को लाठियों से बुरी तरह पीटने के साथ-साथ घर-घर घुसकर सिपाहियों ने लूटपाट की और बच्चों, बुजुर्गों और महिलाओं के साथ बदतमीजी की। सेठ मुकुन्दलाल सहित लगभग सौ लोगों को गिरफ़्तार करके कोतवाली में बन्द कर दिया गया।

सुबह होते-होते पूरे बनारस में त्राहि-त्राहि मच गई। लोग भागकर कवीन्द्राचार्य के पास पहुँचे। कवीन्द्राचार्य के नेतृत्व में लोग कोतवाली चले फरियाद लेकर। लोगों का झुंड आता देख सूबेदार फिर उत्तेजित हो गया। इसके पहले कि वह अपने सिपाहियों को ललकारे, कवीन्द्राचार्य ने अपना दाहिना हाथ उठाकर उद्घोष किया : "शान्तम् पापं, शान्तम् पापं।"

कवीन्द्राचार्य के स्वभाव को अच्छी तरह जानने वाले शहर काजी ने तुरन्त आगे बढ़कर सूबेदार को रोका और सादर अगवानी करके कवीन्द्राचार्य एवं पाँच प्रतिनिधियों को सूबेदार के पास ले गया। कोतवाली के भीतर सुनवाई शुरू हुई :

"लोगों के साथ बड़ा अत्याचार हुआ है, हुजूर," कवीन्द्राचार्य ने विनम्रता से सूबेदार से निवेदन किया।

"लोगों ने पहले हमारे सिपाहियों पर हमला किया," त्यौरी चढ़ाते हुए सूबेदार हैदरबेग बोला।

"वास्तविकता यह नहीं है," कवीन्द्राचार्य ने प्रतिवाद किया।

"असलियत क्या है?" सूबेदार ने जानना चाहा।

कवीन्द्राचार्य ने विस्तृत विवरण पेश किया, "महाशिवरात्रि का दिन था। इसलिए काशी के आसपास के ग्रामीण भी भगवान विश्वनाथ के दर्शन-पूजन के लिए आए थे। ये लोग कहीं दूर के तीर्थयात्री नहीं थे। फिर भी इनसे तीर्थयात्रा कर वसूला गया। एक बार नहीं दो-दो बार। एक बार नगर में घुसते समय और दूसरी बार गंगाजी में नहाते हुए तटों पर। पहली बार का कर राजकोष में गया, जबकि दूसरी बार का कर सिपाहियों की ज़ेब में।"

सूबेदार ने घूरकर फ़ौजदार की ओर देखा। कवीन्द्राचार्य ने आगे बोलना शुरू किया : "ग्रामीण लोग अत्यन्त निर्धन, किन्तु धर्मशील हैं। धर्मकार्य में कुछ ख़र्च

हो जाए तो ये बुरा नहीं मानते, लेकिन गंगाघाट पर, जहाँ लोग नहा रहे थे, वहाँ जब फिर से कर माँगा गया तो लोगों ने कुछ विरोध किया। तब सिपाहियों ने उनके कपड़े-लत्ते छीनने शुरू कर दिए। नहाती हुई स्त्रियों के कपड़े खींच लिये। इससे लोग उत्तेजित हो गए और मारपीट शुरू हो गई।''

''हमारे कुछ सिपाहियों को लोगों ने गंगा में डुबो दिया,'' सूबेदार ने जवाब तलब किया।

''कई नहीं सिर्फ़ एक, और वह भी अपनी ग़लती से डूबा। नाव पर जाती हुई स्त्रियों से वह बदतमीजी कर रहा था और सन्तुलन बिगड़ने से गंगाजी में गिर पड़ा।''

''माशाअल्लाह, यह पंडित तो सफ़ाई देने में बड़ा तेज़ है।'' तिरस्कार-मिश्रित उपेक्षा से सूबेदार ने कवीन्द्राचार्य पर एक नज़र डाली और फिर फ़ौजदार की ओर देखने लगा। किन्तु, कवीन्द्राचार्य धीर-गम्भीर और शान्त बने रहे। उन्होंने संयमित स्वर में फिर निवेदन किया :

''हुज़ूर, यदि स्थानीय ग्रामीणों को तीर्थयात्रा कर से मुक्त रखा जाए तो बड़ी कृपा होगी।''

''हम ऐसा कैसे कर सकते हैं ? यह तो बादशाह के हुक्म की उदूली होगी। फिर ऐसे तो सारा सरकारी ख़ज़ाना ख़ाली हो जाएगा।''

सूबेदार की रूखी बात पर दुखी कवीन्द्राचार्य ने अब मन्दिरों के विध्वंस का मामला उठाया : ''हुज़ूर, हमारे लगभग सौ मन्दिरों को नष्ट कर दिया गया। मनोकामना महादेव मन्दिर जो बहुत लागत से तैयार हुआ था, उसे पूरी तरह ध्वस्त कर दिया गया।''

''शाही फ़रमान है कि नए मन्दिर न बनने दिया जाए; सिर्फ़ पुराने मन्दिरों में इबादत चलती रहे,'' सूबेदार ने सफ़ाई दी।

''शाही फरमान का तात्पर्य यह नहीं है कि नए मन्दिरों को नष्ट कर दिया जाए, बल्कि उसका उद्देश्य यह है कि पूजा-अर्चना की व्यवस्था किए बिना नए मन्दिर न बनाए जाएँ जिससे कि देव-विग्रहों की अवहेलना न हो। मनोकामना महादेव मन्दिर तो नगर के सबसे बड़े सेठ द्वारा बनवाया गया था फिर उसमें व्यवस्था के अभाव में देवताओं की अवहेलना का प्रश्न ही नहीं उठता। और हाँ, अगर रोकना ही था तो मन्दिर-निर्माण के प्रारम्भ में ही रोक देते तो कम से कम लोगों की धार्मिक भावनाएँ आहत न हुई होतीं। यह तो सरासर ज़्यादती है,'' कहते-कहते कवीन्द्राचार्य की आवाज़ तल्ख़ हो उठी।

''अच्छा, तो आप हमें क़ानून समझाएँगे। आपकी भलाई इसी में है कि लोगों को दंगा-फ़साद के लिए भड़काने और उनकी रहनुमाई करने से परहेज़ करें, नहीं तो आपकी मज़हबी अकड़ उतारने में मुझे देर न लगेगी।'' सूबेदार ने गुर्राते हुए कठोर चेतावनी दी।

अपने सम्मानीय संन्यासी और पूज्य गुरु का अपमान होते देख लोग तिलमिला उठे, लेकिन शाही फ़ौज के सामने अपनी लाचारी देख कसमसाकर रह गए। पर कवीन्द्राचार्य धीर-गम्भीर बने रहे और संयमित स्वर में उन्होंने चेताया : ''ऐसी हालत में सम्राट के यहाँ जाने के अलावा कोई उपाय नहीं है।''

''बेशक़ आप बादशाह के यहाँ जाइए,'' लापरवाही से सूबेदार ने कहा।

''एक निवेदन और है,'' कवीन्द्राचार्य ने कहा।

सूबेदार ने प्रश्नसूचक ढंग से कवीन्द्राचार्य को देखा, तो उन्होंने अपनी माँग रखी : ''हमारे लोग जो आपकी क़ैद में हैं, उन्हें छोड़ दीजिए।''

''उन्हें तो हम मुसलमान बनाने के बाद ही छोड़ने वाले थे, लेकिन आपके कहने पर उन्हें छोड़ देता हूँ। पर, फिर दंगा-फ़साद न हो इसकी जिम्मेदारी आपकी होगी।''

''जी,'' कहते हुए कवीन्द्राचार्य झटके से उठे और चल पड़े।

राजकवि

काशी के कवि के रूप में जगन्नाथ का उदयपुर में भव्य स्वागत हुआ। राजमाता ने अपने पुत्र महाराणा जगत सिंह को विस्तार से बताया कि किस प्रकार से चयन के लिए एक कठिन प्रतियोगिता आयोजित हुई थी और किस प्रकार जगन्नाथ कई विद्वानों को परास्त कर विजयी हुए थे। बूढ़े राजपुरोहित पंडित विष्णुदत्त पालीवाल घूम-घूमकर कह रहे थे कि उनकी पारखी नज़र ने ही जगन्नाथ को पहचाना। इसी बहाने वह जगन्नाथ पर धौंस भी जमा रहे थे। नए-नए जगन्नाथ उस धौंस को चुपचाप सहने को मजबूर थे।

उदयपुर में भी अपनी पहलवानी का शौक़ जारी रखने के लिए जगन्नाथ जा पहुँचे शाही अखाड़े। वहाँ उस्ताद फत्ते सिंह की देखरेख में कई नौजवान कुश्ती का अभ्यास करते थे। महाराणा की अनुमति से जगन्नाथ ने भी अखाड़े में कुश्ती-कसरत और ज़ोर-आजमाइश की शुरुआत की।

शुभमुहूर्त में जगन्नाथ राजकवि के रूप में समारोहपूर्वक प्रतिष्ठित किए गए। राजपुरोहित की अगुवाई में ब्राह्मणों के मंत्रोच्चार के बीच जगन्नाथ को राजकवि

की पगड़ी पहनाई गई। स्वयं महाराणा जगतसिंह ने सम्मानपूर्वक उनके हाथ में दस्तूरी क़लम थमाया। इस अवसर पर महाराणा ने आग्रह किया कि जगन्नाथ राजकवि के रूप में अपनी पहली कविता सुनाएँ। जवाब में जगन्नाथ महाराणा की ओर चुपचाप देखते रहे। अवसर पाकर राजपुरोहित ने माख़ौल उड़ाया, ''लगता है राजकवि का पद पाने पर जगन्नाथ की सारी कविता भूल गई। आगे तो भगवान ही मालिक है।''

महाराणा यद्यपि बूढ़े राजपुरोहित का बहुत सम्मान करते थे, किन्तु इस मांगलिक अवसर पर नए राजकवि का मज़ाक़ उड़ाना उन्हें अच्छा न लगा। लेकिन, मौक़े की नज़ाकत देखते हुए वह चुप रहे। अपना इस तरह अपमान होते देख जगन्नाथ तिलमिला उठे। तुरन्त ही उन्होंने एक कविता रचकर चुनौती दी कि हिमालय से कन्याकुमारी तक के कवियों को देख लो। अंगूर के रस की-सी मिठास और सुकुमारता के सुहाग से भरी रसभीनी मधुवाणी का एक मात्र धनी मेरे अलावा है कोई देश में?

आमूलाद्रत्नसानोर्मलयपरिगतादा च कूलात्पयोधे:
यावन्त: सन्ति काव्यप्रणयनरसिका निर्विशंकं वदन्तु।
मृद्वीकामध्यनिर्यन्मसृणरसझरीमाधुरीमाग्यभाजां
वचामाचार्यताया: पदमनुभवितुं कोऽस्ति धन्यो मदन्य:॥

इस गीत को संगीत में लपेटकर अपने मधुर कंठ से जगन्नाथ ने ऐसा गाया कि लोग वाह-वाह कह उठे। जगन्नाथ यह समझ रहे थे कि उनकी इस कविता से लोग शायद उनको अकडू समझें, लेकिन शुरू में ही अपनी योग्यता की धाक जमा देने और राजपुरोहित का मुँहतोड़ जवाब देने के लिए उन्हें अपना यह क़दम ज़रूरी लगा।

श्रोताओं ने खुले दिल से जगन्नाथ की प्रशंसा की। उनकी अकड़ में भी लोगों को साहित्यिक समझ दिखी। राजपुरोहित का मुँह लटका रहा। जगन्नाथ को ऐसी ही दूसरी कविता सुनाने को बाध्य कर देने की गरज़ से राजपुरोहित ने फिर आग्रह किया। जब महाराणा ने स्वीकृति में सिर हिला दिया, तो जगन्नाथ को उठना पड़ा। अपनी अकड़ बरकरार रखते हुए जगन्नाथ ने फिर वैसा ही गीत गाया :

कवयति पंडितराजे कवयन्त्यन्येऽपि विद्वांस:।
नृत्यति पिनाकपाणौ नृत्यन्त्यन्येऽपि भूतवेताला:॥

[कवि तो बहुतेरे हैं पर पंडितराज की बात अनोखी है
नाचते तो भूत-प्रेत भी हैं पर शिवतांडव की महिमा अनूठी है]

दो ही पंक्तियों का बार-बार टेक लेकर जगन्नाथ ने ऐसी सुमधुर प्रस्तुति दी कि लोगों को अर्थ समझने में देर न लगी। जगन्नाथ ने अपनी इस कविता में 'पंडितराज' शब्द का प्रयोग आलंकारिक रूप से अन्योक्ति के लिए किया था, लेकिन लोगों को

यह समझते देर न लगी कि इशारा किस ओर है। महाराणा जगतसिंह तो इतने प्रभावित हुए कि उन्होंने तुरन्त जगन्नाथ को 'पंडितराज' की उपाधि प्रदान की।

पहले ही दिन इतनी बड़ी उपाधि पाकर जगन्नाथ विनम्रता से झुक गए। उन्होंने महाराणा एवं श्रोताओं के प्रति विनम्र आभार प्रकट किया। महाराणा की विशेष अभ्यर्थना करते हुए उन्होंने गीत गाया :

दृष्टि : *सम्भृतमंगला बुधमयी देव त्वदीया सभा*
काव्यस्याश्रयभूतमास्यमरूणाधारोऽधरः सुन्दरः।
क्रोधस्तेऽशनिभूरूदारधिषणा स्वान्तं तु सोमास्पदं
राजन् नूनकनूनविक्रम भवान् सर्वग्रहालम्बनम्॥

[अर्थात् : हे देव, आपका दर्शन मंगल (कल्याण, मंगल ग्रह) का प्रेरक है, आपकी सभा बुध (विद्वान्, बुध ग्रह) से भरी हुई है, आपका मुख काव्य (कविता, शुक्र) का आश्रय है और अधर अरुण (अरुण, वर्ण सूर्य) का निवास है, आपका क्रोध वज्र का उत्पादक (अशनिभू, अथवा शनिभूः—शनि का स्थान) है। महती धिषणा (बुद्धि, बृहस्पति) के स्वामी हे राजन्, आपका हृदय सोम (सोमलता, चन्द्रमा) का स्थान है। आप सभी ग्रहों के आलम्बन हैं।]

गीत में गूढ़ श्लेषालंकार का प्रयोग किया गया था। जगन्नाथ महाराणा की प्रशंसा के साथ काव्य में अलंकारों के प्रयोग की अपनी क्षमता का भी प्रदर्शन करना चाहते थे। यह देखकर कि कविता का पूरा अर्थ लोगों को अच्छी तरह स्पष्ट नहीं हो पा रहा था जगन्नाथ ने कविता का बारम्बार सस्वर पाठ किया और हिन्दवी में भी उसका अर्थ दोहराया।

लोगों को जब अर्थ समझ में आया तो वे जगन्नाथ की काव्य-कला पर झूम उठे। महाराणा तो जैसे उन पर मुग्ध ही हो गए। पुरस्कार में, तुरन्त उन्होंने मोतियों का एक सुन्दर हार राजकवि को भेंट किया। राजपुरोहित भी नए कवि की प्रतिभा और प्रभाव से अभिभूत हो गए।

समारोह के अन्त में, महाराणा के इशारे पर महामंत्री ने घोषणा की कि राजकवि के सम्मान में उस रात्रि नृत्य-संगीत का आयोजन किया गया है जिसमें सभी दरबारी आमंत्रित हैं।

राजनर्तकी

रात के नृत्य-संगीत के कार्यक्रम में लगभग सभी श्रोता मदिरा-सेवन से मस्त थे। महामंत्री, राजपुरोहित और राजज्योतिषी, जो सबके सब बूढ़े-बुजुर्ग थे, मदिरा के

प्रभाव में युवकों-सा उत्साह दिखा रहे थे। महाराणा ने भी अवश्य मदिरापान किया होगा, किन्तु गरिमामयी शान्ति से वह चुपचाप अपने राजसिंहासन पर बैठे थे।

एक बुजुर्ग लोकगायक गायन के लिए प्रस्तुत थे। वे भी किसी नशे की पिनक में थे तभी तो साज़िन्दों को बहुत उत्साह से तरह-तरह के निर्देश दे रहे थे। इन सबके बीच कालीन पर चुपचाप बैठी थी एक सुन्दर नवयौवना। इन सभी बूढ़ों में वह नवयुवती काँटों के बीच गुलाब जैसी दिख रही थी। और, बूढ़ों की हिमाकत तो देखिए कि वे एकदम उस सुन्दरी को घूर रहे थे।

वह सुन्दरी कोई और नहीं राजनर्तकी सुनयना थी। नाम के अनुरूप ही बड़ी-बड़ी आम की फाँकों-सी उसकी आँखें थीं। कुछ-कुछ लम्बोतरे से चेहरे पर उसकी नुकीली नाक ग़ज़ब सुन्दर थी। पतले मदमाते होंठों, पतली देहयष्टि, उभरे उरोजों और प्रशस्त नितम्बों की स्वामिनी वह युवती रीतिकालीन नायिका का आदर्श रूप लग रही थी।

यद्यपि सबकी निगाहें सुनयना की ओर थीं, लेकिन वह चुपचाप नीचे ज़मीन की ओर देख रही थी। इसी बीच, लोकगायक ने हाँक लगाकर साज़िन्दों को सचेत किया और राजनर्तकी की ओर इशारा करके एक घूमर गाना शुरू किया :

ओ म्हारी घूमर छे नखराली ऐ माँ
घूमर रमवा म्हें जास्याँ
ओ राजरी घूमर रमवा म्हें जास्याँ
ओ म्हाने महाराणा री बोली प्यारी लागे ऐ माँ
घूमर रमवा म्हें जास्याँ
ओ राजरी घूमर रमवा म्हें जास्याँ
ओ म्हारी घूमर छे नखराली ऐ माँ
घूमर रमवा म्हें जास्याँ

राजनर्तकी ने घूमर नाचना शुरू किया। लोकगायक उत्साह में गीत के बोलों को बार-बार दुहराते हुए बीच-बीच में साज़िन्दों को भी ललकार रहा था। लेकिन, नृत्य जम नहीं रहा था। शायद राजनर्तकी को गीत अच्छा नहीं लग रहा था या बूढ़ा लोकगायक उसे पसन्द नहीं आ रहा था। जो भी हो, उसके नृत्य में लास्य नदारद था; उसके पाँव लयबद्ध होकर नहीं पड़ रहे थे। शायद, एक कारण यह भी रहा हो कि लोकगायक ने इस अवसर के अनुरूप गीत-विधा का चयन नहीं किया था। घूमर प्राय: समूह गान के रूप में गाया जाता है और समूह में ही स्त्रियाँ नृत्य करती हैं। लेकिन लोकगायक इसे एकल रूप में गा रहा था और राजनर्तकी को एकल नृत्य करने के लिए विवश कर रहा था। लोकगायक ने ज्योंही गीत आगे बढ़ाया

राजनर्तकी झुँझला गई और लोकगायक को इशारे से आगे गाने से रोक दिया। साज़िन्दों की ओर देखकर वह स्वयं एक श्रृंगारिक ब्रजगीत गाने लगी :

गौन कियो जब गौने की रैनि अली मिलि केलिनि लै ही चली हैं।
श्रीवृषभान ललीहि अली लै चलीं लखि कान करी न भली हैं।
सेज पै पेखि परी सी परी ज्यों परी ही मिलीं नलिनी की कली है।
भैया की सौं निरदैया बड़ो यह दैया मृनाल सी कैसी मली है।

अपनी गीत के लय में सुनयना ऐसी मस्त हुई कि वह घिरनी-सी नाचने लगी। अपने हाथों से विभिन्न मुद्राएँ बनाकर वह गीत में भाव भर रही थी; आँखों की भंगिमा से रस बरसा रही थी और अपने कूल्हों को मटका-मटकाकर श्रृंगारिकता को और उत्तेजक बना रही थी। सबकी ललचाई निगाहें उसकी ओर ही थीं, लेकिन वह अपने नृत्य में मस्त थी।

गीत और नृत्य समाप्त कर राजनर्तकी ने अंजलिबद्ध होकर महाराणा के सामने सिर नवाया। सबने वाह-वाह किया और महाराणा ने अपने गले से एक माला उतारकर नर्तकी की ओर उछाल दी। नर्तकी ने ग़ज़ब की फुर्ती से माला को ज़मीन पर गिरने से पहले ही अपने दोनों हाथों में लपक लिया और विनम्रता से सिर पर रखते हुए गले में धारण कर लिया।

राजनर्तकी ने प्रशंसकों की ओर नज़रें घुमाईं और आभार प्रकट किया। ऐसे में ही उसकी नज़र नए राजकवि पर जा टिकी। जगन्नाथ का सुदर्शन व्यक्तित्व और सौम्य स्वभाव उसके मन को छू गया। उसे साफ़ दिखा कि यहाँ बैठे कामुक गिद्धों से यह नौजवान बिलकुल भिन्न है और निर्विकार भाव से बैठा है। जगन्नाथ की ओर एकटक देखना लोगों द्वारा ताड़ लिये जाने पर सुनयना ने एक झटके से अपनी नज़रें हटाकर गाना शुरू कर दिया :

रुचि पाय झवाय दई मेहँदी रंग होत मनौ नगु है।
अब ऐसे में स्याम बोलावैं भटू कहु जाऊँ क्यों पंकु भयो मगु है।
अधरात अँधेरी न सूझै गली भनि जाय सी दूतिन को संगु है।
अब जाऊँ तो जात धुयो रंगु री रंगु राखौं तो जात सबै रंगु है।

अबकी बार सुनयना के नृत्य में कुछ दूसरे ही भाव झलक रहे थे। लगता था उसके बोलों में कुछ ज़्यादा ही मिठास घुली हुई थी। उसके हृदय से श्रृंगार रस छलकता जा रहा था और जगन्नाथ की ओर तिरछी नज़रों से देख-देख आँखें नचा-नचाकर वह नाच रही थी। पाँव तो उसके ऐसे उछल रहे थे जैसे ज़मीन पर पड़ ही नहीं रहे हों।

नृत्य पूरा करके सुनयना महाराणा की ओर सिर झुकाकर खड़ी हुई। महाराणा ने प्रशंसा करते हुए राजनर्तकी को एक और मोतियों की माला प्रदान की जिसे उसने

बहुत आदर एवं आभार के साथ ग्रहण किया। इसके बाद, सदैव की भाँति लोगों की ओर न देखकर, सुनयना एकटक जगन्नाथ की ओर देखने लगी। यह बात बूढ़े राजपुरोहित को पसन्द न आई। खलल डालने के लिए उन्होंने उठकर प्रस्ताव किया कि अब राजकवि एक गीत गाएँ और राजनर्तकी उस पर नृत्य करे। महाराणा ने भी सिर हिलाकर स्वीकृति प्रदान की।

इस अचानक प्रस्ताव से जगन्नाथ अचकचा गए। उन्हें समझ में नहीं आ रहा था कि वह कौन–सा गीत गाएँ जिस पर नृत्य सम्भव हो सके। कुछ देर विचार कर वह उठ खड़े हुए और लोगों के सामने स्पष्ट किया कि वे संस्कृत के कवि हैं और संस्कृत के पदों में पर्याप्त लालित्य होने के बावजूद सम्भवत: शब्दालंकार की भरमार के कारण लयात्मकता में बाधा आए।

लोगों को लगा कि नए राजकवि टाल–मटोल कर रहे हैं, लेकिन इसी बीच जगन्नाथ को ब्रजभाषा का एक श्रृंगार गीत सूझ पड़ा जो मौक़े के मुताबिक़ बड़ा मौज़ूं था। महाराणा की अनुमति लेकर उन्होंने गाना शुरू किया :

ललित लवंग लतिका सी है लचीली बाल,
ऐसी जानि नेकु सक चित्त मैं न दीजिए।
भौंरन के भार सों नमत मंजरी न नेक,
याही को उदाहरन मन गुनि लीजिए।
जकरि भुजान सों इकन्त परयंक पर,
लपटि अनन्द सों अमन्द रस पीजिए।
मानि मेरी सीख तजौ मन को सन्देह ऐसो,
नेनू सी नरम नारि कैसे रति कीजिए।

जगन्नाथ मस्त होकर गा रहे थे और सुनयना मस्ती में नाच रही थी। सुनयना की मस्ती अब जगन्नाथ पर भी असर करने लगी थी। उमंग में आकर उन्होंने अगला पद गाया :

जगमगी कंचुकी पसीजी स्वेद सीकरनि,
डगमगी डग न सँभारी सँभरति है।
रंगपाल सरबती साड़ी को सलोट कल,
कंपित करन न सँवारी सँवरति है।

अब जैसे जगन्नाथ के गीतों का सोता फूट पड़ा हो। वह उत्साह में आकर गाते ही जा रहे थे :

बिलुबित बर बंक बार पीक लीक वारी,
झपकीली पल न उघारी उघरति है।

प्यारी की उनींदी वा अटारी उतरनि,
आज चढ़ि रही चित्त न उतारी उतरति है।

गीत उन्होंने रोका नहीं। उमंग में आकर गाते रहे—

ऊँची सी उसाँसैं लै लै पूछत है परोसिन सों,
मेरे उर कठिन कठोर भए बाँके हैं।
ताके अति सोचन तें कछू ना सोहात मोंहि,
कीजिए उपाय ये पिरात नहिं पाके हैं।
मदन कहै तू ना डेराय अलबेली बाल,
ये है रति जाल जीव पोखन सुधा के हैं।
होत उर जाके पीर होत नहिं ताके,
जौन इन्हैं कोऊ ताकै पीर होत उर ताके हैं।

सुनयना बेसुध नाच रही थी। अब उसे लगा कि उसे भी कुछ गाकर सुनाना चाहिए और अपने गायन और नृत्य को एक साथ मिलाकर एक नया समाँ बाँध देना चाहिए। अब वह नाचते-नाचते जगन्नाथ की ओर देखकर गाने लगी :

कैंधौं तुव चाकर चतुर अनियारे पैठि,
हृदय पयोधि मन मोती के कढ़ैया हैं।
कैंधौं राजहंस मनसिज के सनेही बनि,
ताकी हुति तीछन कटाछन चलैया हैं।
कैंधौं नर धीरता की थाह लै कहत कान-
कैंधौं तुव चित चंचलाई दरसैया हैं।

जगन्नाथ को लगने लगा कि राजनर्तकी कला-प्रदर्शन से आगे बढ़कर प्रेम-प्रदर्शन करने लगी है। राजदरबार में इस तरह का प्रेम-प्रसंग उन्हें अच्छा न लगा। अपना सिर झुकाकर वे नीचे की ओर देखने लगे। इससे निरुत्साहित होकर राजनर्तकी ने गायन रोक दिया और थोड़ी ही देर बाद नृत्य भी बन्द कर दिया। इसके साथ ही, नृत्य-संगीत का यह कार्यक्रम समाप्त हो गया।

अगले दिन सुबह-सुबह जगन्नाथ को खोजते राजपुरोहित उस अखाड़े पर पहुँच गए जहाँ वह रोज़ कुश्ती का अभ्यास करते थे। सौ दंड और सौ बैठक पूरा करने के बाद जगन्नाथ दो जोड़ी कुश्ती लड़ चुके थे। रोज़ का ज़ोर पूरा करने के लिए अभी दो जोड़ी कुश्ती लड़ना बाक़ी था।

ऐसे में वहाँ राजपुरोहित को आया देखकर जगन्नाथ अचरज में पड़ गए। उनकी हैरानी तब और बढ़ गई जब राजपुरोहित उन्हें तुरन्त अपने घर ले जाने के लिए अड़ गए और कहने लगे कि उनकी सुन्दर पुत्री बहुत विदुषी एवं साहित्य-सृजन की

शौक़ीन है। जगन्नाथ उसे कुछ सहायता एवं प्रशिक्षण दे सकें तो बड़ी कृपा होगी। बिना उन्हें लिवाए राजपुरोहित हटने को तैयार न थे। जगन्नाथ को समझ नहीं आ रहा था कि रातों-रात राजपुरोहित में यह परिवर्तन कैसे आ गया और क्यों वह इतना लाड़-दुलार दिखा रहे थे। लेकिन, राजपुरोहित के हठ के कारण जगन्नाथ ने अभ्यास बीच में ही छोड़ दिया, वहीं अखाड़े के पास वाले कुएँ पर शीघ्रता से स्नान करके वस्त्र बदले और राजपुरोहित के साथ चल पड़े।

पिछली रात, रात-भर राजपुरोहित को नींद न आई। वे अपनी पंडिताइन से बतियाते रहे। उन्हें अफ़सोस हो रहा था कि नाहक ही उन्होंने जगन्नाथ की हँसी उड़ाने की कोशिशें की थीं। जगन्नाथ तो उनकी पुत्री के लिए अच्छा वर है। ऐसा सुन्दर, सुशिक्षित और योग्य वर और कहाँ मिलेगा। वह यह भूल रहे थे कि जिस पुत्री को वह सुन्दर और विदुषी बता रहे थे वह भद्दी, मोटी और फूहड़ थी।

घर ले जाकर राजपुरोहित ने अपनी कन्या से जगन्नाथ को मिलवाया और उसके ही हाथों जलपान मँगाकर पंडित और पंडिताइन वहाँ से हट गए ताकि जगन्नाथ जलपान करके आराम से उनकी पुत्री से साहित्यिक चर्चा करें। किन्तु, उनकी पुत्री तो बेहद असाहित्यिक निकली। एकान्त पाते ही वह जगन्नाथ के हाथ अपने मोटे हाथों में लेकर इठलाने लगी और आग्रह करने लगी कि वह उसे कविता करना सिखाएँ। जगन्नाथ उसके व्यवहार से अचकचा गए और समझाने लगे कि काव्य-सृजन मौलिक प्रतिभा से होता है और उसे कुछ हद तक ही सिखाया जा सकता है।

उस युवती का मन न टूट जाए इसलिए उन्होंने बात आगे बढ़ाते हुए कहा कि अगर उसकी कोई रचना हो तो दिखाए ताकि उसमें आवश्यक संशोधन करके वह उसे कुछ सिखा सकें। कुछ देर तक जगन्नाथ की ओर अजीब नज़रों से देखते हुए उसने उनका हाथ पकड़कर अपने सीने पर लगा लिया और कहा कि सारी रचना यहाँ है। हड़बड़ाकर जगन्नाथ ने अपना हाथ पीछे खींच लिया और पुकारकर राजपुरोहित को बुलाया। बहुत संयम एवं सम्मान से उन्होंने बताया कि उनकी पुत्री बहुत विदुषी एवं साहित्य-प्रवीण है। उसे कविता की नहीं शादी की ज़रूरत है।

राजनर्तकी सुनयना और राजपुरोहित की पुत्री दोनों के प्रेम-प्रस्तावों से जगन्नाथ क्षुब्ध हो उठे। राजनर्तकी उन्हें पसन्द थी। उसका सौन्दर्य और उसकी कला-निपुणता उन्हें आकर्षित करती थी, किन्तु उसकी कला का प्रदर्शन जिस तरह से और जिन लोगों के बीच होता था, उस पर उन्हें आपत्ति थी।

अनूठी मणि

बातों ही बातों में एक दिन पता लगा कि सुनयना ऊपर से जितनी कोमल है, भीतर से उतनी ही कठोर। उसका शारीरिक सौन्दर्य दाहक है, तो मन जमी हुई बर्फ़ की

शिला है। ऊपर से वह लुभावनी है, तो भीतर से कटार है। यही कारण है कि उसके सौन्दर्य के उपभोग की इच्छा वाले कई लोग उस पर हाथ डालने से डरते थे। यहाँ तक कि महाराणा जगतसिंह ने भी उसकी इच्छा का सम्मान करते हुए उसके सामने कभी अनुचित प्रस्ताव नहीं रखा।

लोगों को आश्चर्य हो रहा था कि ऐसी कठोर-हृदय वाली कँटीली नार जगन्नाथ पर कैसे मर मिटी। पहले तो जगन्नाथ उससे बहुत कटे-कटे रहते थे, लेकिन एक दिन जब सुनयना ने अपनी व्यथा-कथा उन्हें सुनाई तो वे उसके प्रति गहरी सहानुभूति और संवेदना से भर उठे।

शाहज़ादा खुर्रम उदयपुर के महाराणा जगतसिंह के घनिष्ठ मित्र थे। उन दिनों राजसत्ता के लिए वे संघर्ष कर रहे थे और पारिवारिक षड्यंत्रों के चलते सूरत में निर्वासन का जीवन जी रहे थे।

कश्मीर से लाहौर लौटते समय रास्ते में जब बादशाह जहाँगीर की मृत्यु हो गई तो जगतसिंह ने तुरन्त ही अपने भाई के नेतृत्व में राजपूत सैनिकों की एक छोटी टुकड़ी सूरत भेजी खुर्रम को सूचित करने के लिए। खुर्रम सूरत से सीधे उदयपुर पहुँचा जहाँ महाराणा के 'बादल महल' में मुग़ल साम्राज्य के कुछ सूबेदारों और करद (कर देनेवाले) राजाओं ने उसे 'शाहजहाँ' की उपाधि से सम्मानित किया।

जगतसिंह ने अपनी निष्ठा प्रमाणित करने के लिए वहीं शाहजहाँ को मुग़ल सम्राट का ताज पहनाया और आगामी संघर्षों में साथ देने का वचन दिया। बदले में, नए बादशाह ने जीते हुए पाँच इलाक़े महाराणा को वापस दे दिए और चित्तौड़ की क़िलेबन्दी के पुनर्निर्माण की भी अनुमति दी।

इस अवसर पर नए सम्राट ने महाराणा को एक अनमोल माणिक भी उपहार में दिया। लेकिन एक और मणि थी, जिसे जगतसिंह ने शाहजहाँ से माँग लिया।

वह मणि थी सुनयना। कहते हैं कि सुनयना का मूल नाम नन्दिनी था और वह सूरत के एक ब्राह्मण परिवार की कन्या थी। वृद्ध पिता की लापरवाही और सौतेली माँ के अत्याचारों से तंग आकर नन्दिनी एक दिन घर से भाग निकली और कई हाथों गुज़रते हुए अन्ततः पहुँच गई सूरत के ग़ुलाम बाज़ार। वहाँ से शाहज़ादे खुर्रम के सैनिक सहयोगी इस्लाम ख़ाँ ने उसके तीखे नैन-नक़्श से प्रभावित होकर ऊँचे दाम में ख़रीद लिया। नन्दिनी की उम्र उस समय कोई सोलह साल थी, किन्तु इतनी कम उम्र में ही उसे बलात्कार और अन्य यौन यातनाएँ झेलनी पड़ीं।

इस्लाम ख़ाँ ने नन्दिनी का नाम बदलकर शबनम कर दिया और अपनी मुलाज़मत में लगा लिया। नए मालिक के हाथ में भी शबनम पर ज़ुल्म रुका नहीं, बल्कि बढ़ता ही गया।

महाराणा जगतसिंह ने उस लड़की में पता नहीं क्या विशेषता देखी कि मुँह खोलकर इस्लाम ख़ाँ और शाहजहाँ से उसे माँग लिया। महाराणा ने उसका नाम रखा

सुनयना और उसे दे दिया बुढ़िया होती राजनर्तकी के संरक्षण में। बूढ़ी राजनर्तकी ने सुनयना को नृत्य, संगीत और साहित्य की शिक्षा दी। उसके निर्देशन में सुनयना एक प्रसिद्ध नर्तकी, एक सुमधुर गायिका एवं ब्रजभाषा की कुशल कवयित्री बनकर उभरी और राजनर्तकी का पद पाया।

कवित्त कैसे करूँ ?

राजकवि के रूप में जगन्नाथ की कुछ ज़्यादा जिम्मेदारियाँ न थीं। मौक़े-बेमौक़े कुछ सुभाषित गाने या फिर कभी अवसर देखकर स्फुट कविताएँ रच देने के अलावा उनके पास काम नहीं था। माँ सरस्वती की जगन्नाथ पर विशेष कृपा थी, पर कविता के लिए उचित माहौल की कमी उन्हें अखरती थी। वह बहुत कुछ रचना चाहते थे पर रचें क्या यह बड़ी समस्या थी।

एक दिन यूँ ही असन्तोष की स्थिति में महाराणा जगतसिंह के सामने जगन्नाथ की वाणी फूट पड़ी :

विद्राणैव गुणज्ञता समुदितो भूयानसूयाभरः
कलोऽयं कलिराजगाम जगतीलावण्यकुक्षिम्भरिः।
एवं भावनया मदीयकविते मौनं किमालम्बसे
जागर्तु क्षितिमंडलोपरि जगत्सिंहो धराधीश्वरः॥

[कलाओं की समझ हो रही ख़त्म
ईर्ष्या-द्वेष का ज़ोर बढ़ रहा हरदम
जो भी कुछ सुन्दर है उसे निगलने आ पहुँचा कलिकाल
यह सोच मत मौन हो, मेरी कविता! और न हो बेहाल]

इस कविता को सुनाने के बाद जगन्नाथ जगतसिंह की ओर देखने लगे जो मुँह बाए जगन्नाथ की ओर देख रहे थे। जगन्नाथ को लगा कि सम्भवतः महाराणा को कविता का पूरा तात्पर्य स्पष्ट नहीं हो पाया। अपनी बात को स्पष्ट करने के लिए राजकवि ने एक और कविता सुनाई :

विद्वांसो वसुधातले परवचःश्लाघासु वाचंयमाः
भूपालाः कमलाविलासमदिरोन्मीलन्मदाघूर्णिताः।
आस्ये धास्यति कस्य लास्यमधुना धन्यस्य कामालस-
स्वर्वामाधरमाधुरीमधरयन् वाचां विलासो मम॥

[काव्य-कला की प्रशंसा से विद्वान हुए उदासीन
राजागण मदिरा पी हुए विलासिता में तल्लीन

मेरी कविता अप्सराओं की चमक भी फीका कर दे
लेकिन, अफ़सोस, यह किसकी ज़ुबान पर चढ़कर बोले]

महाराणा अब तक समझ चुके थे कि जगन्नाथ की प्रतिभा बेकार चली जाएगी अगर उनका समुचित उपयोग न किया गया। सबसे पहले उन्हें सूझा कि क्यों न राजकवि से अपनी प्रशस्ति लिखवाई जाए। जब उन्होंने जगन्नाथ को यह बताया तो वे ख़ुशी-ख़ुशी तैयार हो गए, किन्तु उन्होंने सुझाव दिया कि वंशविरुदावली या वंशवृक्षावली का बखान करने के बजाय वर्तमान महाराणा के गुणों का वर्णन करना ज़्यादा उचित होगा। महाराणा ने यह सोचते हुए अनुमति प्रदान कर दी कि जगन्नाथ को महाराणाओं की पुरानी परम्परा का प्रत्यक्ष ज्ञान न था और इस कारण हो सकता है वंशविरुदावली उनसे उतनी अच्छी न बन पड़े जितनी वर्तमान व्यक्ति के गुणगान में उनकी साहित्यिक प्रतिभा निखरकर उभरेगी।

अनुमति मिलने के कुछ दिनों में ही जगन्नाथ ने तिरपन श्लोकों का एक मुक्तक काव्य रचा जिसका नाम उन्होंने रखा 'जगदाभरण' यानी जगतसिंह का आभूषण। यद्यपि यह उनका पहला काव्य-ग्रन्थ था, लेकिन संस्कृत साहित्य में इसको अनूठा स्थान मिला।

इस बीच, राजनर्तकी का जगन्नाथ के प्रति एकतरफ़ा प्यार चलता रहा। राजपुरोहित अपनी पुत्री को वरने के लिए जगन्नाथ को तरह-तरह से प्रलोभित करते रहे। अन्ततः, हारकर उन्होंने दुष्प्रचार करना शुरू किया कि जगन्नाथ लम्पट है और वेश्या यानी राजनर्तकी से उसके अवैध सम्बन्ध हैं। जगन्नाथ तो चुप ही रहे, किन्तु राजनर्तकी ने वेश्या कहे जाने पर काफ़ी बवाल मचाया और राजपुरोहित को बहुत बुरा-भला कहा।

मूँछों की इज़्ज़त का सवाल

मेवाड़ के महाराणाओं को बड़ी-बड़ी मूँछें रखने का बड़ा शौक़ था। मूँछों को वे अपनी अस्मिता का प्रतीक मानते थे। अपनी मूँछ की रक्षा के लिए वे मरने-मारने पर उतारू हो जाते थे। अकबर से हारने के बाद महाराणा प्रताप सिंह अपनी मूँछों की शान बचाने के लिए ही जंगल-जंगल फिरते रहे। लेकिन, समय ने करवट ली। शाहजहाँ ने अपने मित्र और ख़ास मनसबदार जगतसिंह को बड़ी-बड़ी मूँछें रखने की न सिर्फ़ अनुमति दी, बल्कि आवश्यकतानुसार दरबार में उन पर ताव देने की छूट भी दी।

शाहजहाँ के दरबार में इनायत ख़ाँ नामक एक विद्वान व्यक्ति था जो शाही पुस्तकालय का अध्यक्ष था। इनायत ख़ाँ जगतसिंह की बड़ी-बड़ी मूँछें देखकर व्यंग्य से मुस्कराता था और जब वे मूँछों पर ताव देते थे तो बगल वालों को कुहनी

मारकर फिस्स से हँस देता था। ऐसे अवसरों पर जगतसिंह बड़ा अपमानित महसूस करते थे।

एक दिन जगतसिंह ने इनायत ख़ाँ को टोका और उसके उपहास की क़ैफ़ियत माँगी। इनायत ख़ाँ पहले तो बात को हँसी में टालता रहा, लेकिन जब जगतसिंह बहुत गम्भीर हो गए तो उसने कहा कि आप कहते हो कि आप क्षत्रिय हो और मूँछें क्षत्रियों की शान होती हैं। हमने पढ़ा है कि ऋषि परशुराम ने क्षत्रियों का इक्कीस बार क़त्लेआम किया ताकि कोई भी क्षत्रिय धरती पर बचा न रह जाए। जब क्षत्रिय बचे ही नहीं, तो आप कैसे क्षत्रिय हैं ? आपका क्षत्रिय होना और आपकी मूँछें दोनों फर्ज़ी हैं। इनायत ख़ाँ की तार्किकता के आगे जगतसिंह तिलमिलाकर रह गए।

एक अन्य अवसर पर जब जगतसिंह कुछ लोगों के बीच बातें करते हुए संस्कृत भाषा की प्राचीनता और पवित्रता का बखान कर रहे थे, तो बीच में इनायत ख़ाँ कूद पड़ा और बोला कि संस्कृत से ज़्यादा प्राचीन और महान अरबी है। जगतसिंह को चुप हो जाना पड़ा क्योंकि इस मामले में उन्हें ख़ास जानकारी नहीं थी।

इनायत ख़ाँ का असली नाम मुहम्मद ताहिर था और 'अश्ना' उपनाम से वह कविताएँ लिखता था। उसका पिता मुज़फ़्फ़र ख़ाँ जहाँगीर का वजीर रहा था और बाद में शाहजहाँ के समय में भी काबुल, कश्मीर और ठट्ठा का बारी-बारी से सूबेदार रहा। वह कवि और विद्वानों का बड़ा संरक्षक था।

बालक ताहिर बचपन से ही बड़ा प्रतिभावान था। उसकी प्रतिभा से प्रभावित होकर बादशाह ने सात साल की छोटी-सी उमर में ही उसे मनसबदारी अता की थी। बाद में उसे दरोगा-ए-दाग़ बनाया गया, किन्तु शीघ्र ही उसने यह पद त्यागकर अपने मनोनुकूल कार्य शाही पुस्तकालय में तलाश लिया और अधिकारी नियुक्त हो गया। इनायत ने ही बाद में शाहजहाँ की जीवनी 'शाहजहाँनामा' नाम से लिखी जो बहुत प्रसिद्ध हुई।

इनायत ख़ाँ के तर्कों और व्यंग्यबाणों से आहत होकर जगतसिंह उदयपुर से राजकवि जगन्नाथ को लिवा लाये और इनायत ख़ाँ को शास्त्रार्थ की चुनौती दी। शास्त्रार्थ दीवाने-ए-आम में बादशाह शाहजहाँ के सामने होना था।

चालीस खम्भों पर टिका, तीन तरफ़ से खुला, लाल पत्थरों का बना दीवाने-ए-आम खचाखच भरा था। एक तरफ़ लाल पत्थरों की साबूत दीवार थी जिसके बीचोबीच उभरा हुआ एक संगमरमरी छज्जा था जो बेलबूटे की कलाकृतियों से सुसज्जित था। यही वह स्थान था जहाँ बादशाह बैठता था।

बादशाह को आने में अभी देर थी। इसके पहले ही सभी मनसबदार आकर हाज़िर हो गए थे। इनमें सबसे आगे प्रथम श्रेणी के मनसबदार थे जिनमें बादशाह के पुत्र और पौत्र थे। इनमें भी शाहज़ादा दाराशिकोह सबसे आगे था क्योंकि उसे ही सबसे बड़ी मनसब—साठ हज़ार जात और चालीस हज़ार सवारों की मनसब—प्राप्त थी।

बेटों-पोतों के बाद खड़े थे सल्तनत के वकील, सिपहसालार और ख़ान-ए-खाना आसिफ़ ख़ाँ जो शाहजहाँ की जन्नतनशीं बेग़म मुमताज महल के पिता थे और बादशाह के सबसे विश्वस्त व्यक्ति। उनके बाद सात हज़ारी, छह हज़ारी और पाँच हज़ारी मनसबदार खड़े थे। हिन्दू मनसबदारों में सबसे बड़े मिर्जा राजा जयसिंह, फिर उदयपुर के महाराणा जगतसिंह, जोधपुर के राजा गजसिंह राठौड़, अजमेर के राजा विट्ठलदास गौड़, बूँदी के हाड़ा रावरतन सिंह, ओरछा के बुन्देला राजा जुझार सिंह आदि पूरी सज-धज के साथ खड़े थे। लेकिन, उनके मन में ज़बरदस्त हलचल चल रही थी। उन्हें अपनी अस्मिता आज के शास्त्रार्थ के परिणाम पर टिकी लग रही थी।

दूसरी तरफ़ खड़े थे सल्तनत के मुसाहिब और हुक्मरान। इनमें सबसे आगे थे धर्मार्थ कार्य और न्याय के धर्माध्यक्ष सदर-उल-सुदूर जनाब मूसावी ख़ाँ। इनके बगल में दीवान-ए-कुल मुल्ला जनाब अफ़ज़ल ख़ाँ शिराजी। इनके बाद खड़े थे कई वजीर, दीवान, मीर बख्शी, मीर सामान और उनके नायक। इन्हीं में एक ओर मुंशी चन्दरभान बरहमन, कविराय सुन्दरदास, कविवर बिहारी लाल भी खड़े थे।

दीवान-ए-आम में बीचोबीच बादशाह के छज्जे के सामने क़ीमती कालीन बिछी हुई थी। इस पर एक तरफ़ रेशमी जड़ाऊ कपड़े पहने, गले में कई लड़ों की माला डाले, सिर पर तुर्की टोपी पहने इनायत ख़ाँ बड़ी शान से बैठा था। उसके पीछे इस्लामी आलिमों का एक कुनबा बैठा था। दूसरी तरफ़, लम्बी धोती पहने, कन्धे पर उत्तरीय डाले, सिर पर हल्की पगड़ी और ललाट पर चन्दन का टीका रचाए जगन्नाथ अकेले बैठे थे। उन्हें अकेला बैठा देखकर कुछ मनसबदारों ने कवि सुन्दरदास और बिहारीलाल को भीड़ में से बुलाकर उनके साथ बैठाया।

अभी ये दोनों कवि बैठ ही रहे थे कि अचानक दीवान-ए-आम में हलचल मच गई। नकीब की ऊँची आवाज़ पूरे दीवान-ए-आम में गूँजने लगी : ''बाअदब बामुलाहज़ा होशियार, सरताज-ए-हिन्द आफ़ताब-ए-मुग़लिया अर्बु-ए-मुज़फ़्फ़र शहाबुद्दीन मुहम्मद साहिब किरान-ए-सानी बहादुर दीवान-ए-आम में तशरीफ़ ला रहे हैं।''

दीवान-ए-आम में उपस्थित सभी लोग दरबारी मुद्रा में खड़े हो गए। इसी बीच, एक अत्यन्त सजीला, सुन्दर पुरुष संगमरमरी छज्जे पर रखे बेशक़ीमती सिंहासन पर बड़ी गरिमा से आ विराजा। यही थे बादशाह शाहजहाँ। सबने निर्धारित ढंग से उनका अभिवादन किया और अनुमति मिलने पर अपनी-अपनी जगह पर बैठ गए।

मीरबख़्शी ने आगे आकर बड़ी तहजीब से बादशाह को कोर्निश किया और दीवान-ए-आम के उस दिन के एकमात्र मुद्दे को तफ़सील से बयान किया। उसने इनायत ख़ाँ का परिचय दिया जिसे सम्राट पहले से जानते थे। इनायत ख़ाँ ने फुर्ती से तीन बार कोर्निश करके बादशाह का अभिवादन किया। फिर, मीरबख़्शी ने

दूसरी तरफ़ इशारा करके बयान किया कि मेवाड़ के राणा मनसबदार जगतसिंह के दरबारी कवि जगन्नाथ आज के मज़हबी मुबाहसे के लिए हाज़िर हैं।

इस दौरान, जगन्नाथ अपने दोनों हाथ जोड़ सम्राट की ओर सिर झुकाये विनयावनत मुद्रा में खड़े थे। बादशाह उनके अनोखे अभिवादन को देखकर मुस्कराए और समझ गए कि उन्हें मुग़लिया दरबार के तौर-तरीक़ों की जानकारी नहीं है। फिर भी, जगन्नाथ के सुगठित शरीर, सौम्य व्यक्तित्व और सादी वेशभूषा से बादशाह बहुत प्रभावित नज़र आए।

बादशाह को अपनी ओर प्रशंसा-भरी दृष्टि से देखते हुए देखकर जगन्नाथ ने हाथ जोड़कर एक बार फिर सिर नवाया और अपनी एक कविता सुनाने की अनुमति माँगी। अनुमति मिलते ही उनके सुरीले स्वर फूट पड़े :

महेन्द्रतुल्यं कवयो भवन्तं वदन्तु किं तानिह वारयाम:।
भवान् सहश्रै: समुपास्यमान: कथं समानस्त्रिदशाधिपेन॥

[कविगण गर आपको बताएँ देवराज इन्द्र
तो हमें क्या पड़ी है कि करूँ मैं उज्र
एतराज़ है सिर्फ़ उनके अन्दाज़-ए-बयाँ पर
नासमझी में आपको त्रिदशाधिपति बताने पर
आपको बताते हैं सिर्फ़ तीस लोगों का रहबर
अरे, आप तो हैं सचमुच हज़ारों का मुकद्दर]

जगन्नाथ की कविता ज़्यादातर लोगों की समझ में नहीं आई। राज-दरबार का कामकाज यूँ तो फ़ारसी में होता था और हिन्दवी सिर्फ़ अनौपचारिक रूप से प्रयुक्त होती थी। जगन्नाथ की कविता को थोड़ा-बहुत समझने वाले जो वहाँ थे वे थे कुछ हिन्दू मनसबदार, हिन्दवी के कविजन और शाहज़ादा दाराशिकोह जिन्होंने अभी हाल में ही संस्कृत सीखी थी।

जगन्नाथ की कविता सुनकर दाराशिकोह मुस्कराए और जब जगन्नाथ ने अपनी कविता दोहराई तो शाहज़ादे को उसका अर्थ कुछ और स्पष्ट हुआ और उसके मुँह से हठात् निकल पड़ा 'वाह'। बादशाह की ओर तुरन्त मुख़ातिब होकर शाहज़ादे ने तर्जुमा किया। किन्तु कविता में श्लेष की ऐसी गुत्थी बँधी थी कि अर्थ अभी तक पूरी तरह स्पष्ट नहीं हो पाया था। अनुमति मिलने पर जगन्नाथ ने वह गुत्थी खोलकर व्याख्या की और तात्पर्य समझाया कि शाहंशाह शाहजहाँ देवताओं के राजा महान इन्द्र के बराबर ही नहीं, बल्कि कहीं अधिक महान हैं।

जगन्नाथ की कविता का मतलब साफ़ होते ही शाहंशाह शाहजहाँ हँस पड़ा। उसकी हँसी में पता नहीं कवि की कल्पना का मखौल था या प्रशंसा की प्रचुरता, लेकिन व्यक्त रूप में उसने कोई टिप्पणी नहीं की।

शास्त्रार्थ प्रारम्भ होते ही इनायत ख़ाँ ने इक्कीस बार क्षत्रियों के संहार की बात उठाई और तर्क दिया कि अब कोई असली क्षत्रिय नहीं बचा है। उसके इस तर्क पर जगन्नाथ हँस पड़े और हँसते हुए बोले कि यह तर्क अपने आप में विरोधाभासी है। इक्कीस बार संहार की ज़रूरत तो तब पड़ी होगी जब हर बार कुछ न कुछ क्षत्रिय बच जाते रहे होंगे। इसी तर्क को आधार बनाकर उन्होंने ज़ोर देते हुए कहा कि इक्कीसवीं बार के संहार के बाद भी कुछ क्षत्रिय बच गए और वही विकसित होकर आज चारों ओर फैले हुए हैं।

जगन्नाथ की बुद्धिमत्ता, तर्कशीलता और वाक्पटुता से शाहजहाँ बहुत ख़ुश हुआ। उसने महसूस किया कि वह नौजवान यद्यपि मुग़लिया तहज़ीब से नावाकिफ़ है, लेकिन उसके बेबाक बयानों में ज़बरदस्त अक़्लमन्दी है।

अब बारी थी दूसरे विषय पर शास्त्रार्थ की। इनायत ख़ाँ ने तर्क दिया कि अरबी दैवीय भाषा है क्योंकि पवित्र क़ुरान को ख़ुदा ने इसी भाषा में रोशन किया। जगन्नाथ ने प्रत्युत्तर में तर्क दिया कि संस्कृत देवभाषा है क्योंकि हिन्दुओं के पवित्र वेद ईश्वर ने संस्कृत में प्रकट किए। तर्क दोनों ओर से एक जैसे थे, मामला बराबरी पर था। बादशाह ने मुस्लिम धर्माध्यक्ष जनाब मुसावी ख़ाँ की ओर इशारा करके क़ैफ़ियत जाननी चाही। अत्यन्त बुर्जुग मुसावी ख़ाँ ने खड़े होकर बादशाह को कोर्निश की और बताया कि मामला मज़हबी अक़ीदत से जुड़ा हुआ है और हर मज़हब के मानने वाले को अपनी मज़हबी ज़ुबान को पाक मानने का हक़ है।

बूढ़े मुल्ला की बात सुनकर हिन्दू मनसबदारों और कवियों के चेहरों पर आश्चर्य-भरी मुस्कान फैल गई। उन्हें आश्चर्य इस बात पर था कि मुस्लिम उलेमा और मुल्ले हमेशा इस्लाम को बड़ा बताते थे और हिन्दुओं को कभी अपनी बराबरी का नहीं मानते थे। वहाँ उपस्थित मुस्लिम विद्वानों और उलेमा में रोष की लहर फैल गई कि इस बूढ़े ने ऐसी बात कैसे कह दी। मुसावी ख़ाँ उम्र के उस पड़ाव पर पहुँच गए थे जहाँ मज़हबी हदें कोई ख़ास मायने नहीं रखतीं। शायद यही कारण था कि मज़हबी अकड़ छोड़कर बुजुर्ग मुल्ला ने सत्य के मार्ग का अनुसरण करना उचित समझा।

मुसावी ख़ाँ मुसलमानों के सबसे बड़े विद्वान और सम्मानित व्यक्ति थे। उनकी ज़हीनी और ज़ईफ़ी के कारण शाहंशाह भी उनकी बड़ी इज़्ज़त करता था। बादशाह को महसूस होने लगा था कि ज्यों-ज्यों उनका बुढ़ापा बढ़ रहा था त्यों-त्यों उनकी आँखों में इलहाम का नूर चमक रहा था।

मुसावी ख़ाँ की बात पर शाहंशाह ने स्वीकृति में सिर हिलाया और उपस्थित दरबारियों की ओर प्रश्नसूचक ढंग से देखा। हिन्दू मनसबदार और विद्वान तो सहमकर चुप्पी साधे रहे और मुस्लिम पक्ष ग़ुस्से और तैश में चुप रहे। हाँ, दाराशिकोह ने ज़रूर अपनी राय रखते हुए कहा कि जनाब मुसावी ख़ाँ बजा फरमाते हैं।

दाराशिकोह के नाना आसिफ़ ख़ाँ ने भी मुखर समर्थन व्यक्त किया। इस तरह अरबी और संस्कृत दोनों को पाक ज़ुबान का दर्ज़ा मंज़ूर किया गया।

अब रही दोनों भाषाओं की प्राचीनता की बात। संस्कृत के पक्ष में अपने तर्क को प्रौढ़ करने के लिए जगन्नाथ ने अरबी भाषा के ही एक शब्द 'बुत' को चुना। उन्होंने बताया कि जब बुद्ध की मूर्तियाँ देश-विदेश में फैलीं और पूजी जाने लगीं तो मूर्तियों को ही बुद्ध का पर्याय माना जाने लगा। अरब में भी इन मूर्तियों का प्रचार-प्रसार हुआ और इन्हें बुद्ध के बजाय स्थानीय अरबी बोली में 'बुत' कहा जाने लगा। अपनी बात को आगे बढ़ाते हुए जगन्नाथ ने तर्क दिया कि चूँकि बुद्ध से हज़ारों वर्ष पूर्व ऋग्वेद की रचना संस्कृत में हुई थी अतः संस्कृत अरबी से प्राचीन है।

जगन्नाथ का यह तर्क मुसलमानों को स्वीकार्य न था। मुसावी ख़ाँ ने इस विवाद से किनारा करते हुए कहा कि यह मुद्दा तवारीख़ से जुड़ा हुआ है जिसकी उन्हें ज़्यादा जानकारी नहीं है। अलबत्ता, दीवान-ए-कुल जनाब अफ़ज़ल ख़ाँ शिराजी जगन्नाथ के तर्क को न मानने पर अड़े हुए थे और उनकी हाँ में हाँ मिला रहे थे तमाम मुस्लिम उलेमा और हुक्मरान। दूसरी तरफ़ हिन्दू मनसबदार और हुक्मरान कुछ न बोलने की स्थिति में थे।

शाहंशाह जगन्नाथ के गहन अध्ययन और तर्क-प्रवणता पर तो पहले ही लुब्ध थे। अब मन ही मन उनकी हिम्मत और तक़रीर की क़ाबिलियत की दाद दे रहे थे। लेकिन, प्रकट रूप में वह चुप थे और असमंजस उनके चेहरे पर साफ़ झलक रहा था।

बाजी हाथ से निकलते देख और शाहंशाह को अनिर्णय की स्थिति में पाकर जगन्नाथ ने सीधे शाहंशाह को ही सम्बोधित किया :

नीरक्षीर विवेके हंसालस्यं त्वमेव तनुषे चैत्।
विश्वास्मिन्न धुनान्यः कुलव्रंत पालयिष्यति कः॥

[नीर-क्षीर की समझ है तुम्हारी खानदानी ख़ासियत, हे हंस!
तुम्हीं गर गए हो उलझ तो कौन इसे सुलझाए, हे राजहंस!]

पहले तो जगन्नाथ के कहने का भाव स्पष्ट नहीं हो रहा था। किन्तु, जब अपने दोनों हाथ ऊपर उठाकर उन्होंने करुण स्वर में अपनी कविता का एक बार फिर पाठ किया तो तात्पर्य दाराशिकोह को एकदम स्पष्ट हो गया। दाराशिकोह ने बादशाह को पूरा अर्थ समझाते हुए कहा कि जगन्नाथ शाहंशाह से इंसाफ़ की माँग कर रहे हैं।

पूरी बात जानने पर बादशाह ने जगन्नाथ को विजयी क़रार दिया। उन्होंने सीधे जगन्नाथ को सम्बोधित करते हुए कहा, "अजीम शायर, माबदौलत तुम्हारी क़ाबिलियत

से बहुत ख़ुश हैं। तुम्हारे लिए इनाम वाजिब वक़्त पर ऐलान किया जाएगा।'' यह कहते ही शाहंशाह ने मीरबख़्शी को इशारे से अपने पास बुलाया और धीमी आवाज़ में बोलकर शाही तख़्त से उठे और अपने हरम की ओर चल दिए।

मीरबख़्शी ने वकील आसिफ़ ख़ाँ और मनसबदार जगतसिंह के पास जाकर उन्हें इत्तिला कि दीवान ए ख़ास की कार्रवाई के तुरन्त बाद वे दोनों शाहंशाह से उनके निजी परामर्शकक्ष शाहबुर्ज़ में मिलें।

शाहबुर्ज़ में शाहंशाह ने जगतसिंह से जगन्नाथ को माँग लिया अपना राजकवि और दाराशिकोह का शिक्षक बनाने के लिए। शाहंशाह ने आसिफ़ ख़ाँ से अनुरोध किया कि वह नौजवान शायर जगन्नाथ को मुग़लई तौर-तरीक़े सिखाएँ।

अगले दिन दीवान-ए-आम में शाहंशाह की उपस्थिति में ऐलान किया गया कि जगन्नाथ शाही शायर मुक़र्रर किए गए हैं और माबदौलत ने उनसे ख़ुश होकर उन्हें 'कविराय' की पदवी एवं दो हज़ार जात और एक हज़ार सवार की मनसब अता की है। माबदौलत ने मनसबदार जगतसिंह के दिए हुए खिताब 'पंडितराज' पर अपनी रजा अता की है और मंशा ज़ाहिर की है कि अब आगे से यह ख़िताब जगन्नाथ के नाम में हमेशा जोड़ा जाए।

इसके बाद, बादशाह ने अपने हाथों से जगन्नाथ को खिलअत-ए-फाखिर: प्रदान किया, जिसमें सात राजसी वस्त्र, मोतियों की माला, रत्नजड़ित पगड़ी और तलवार वग़ैरह था। जगन्नाथ ने ख़िलअत को माथे लगाकर बगल में खड़े एक कारकुन को थमा दिया और तुरन्त बड़ी अक़ीदत और संजीदगी से बादशाह को तीन बार कोर्निश करके शुक्रिया अता किया।

रातों-रात, जगन्नाथ पंडितराज और मनसबदार बनकर फ़र्श से अर्श पर पहुँच गए।

शाह और फ़क़ीर

एक दिन सुबह-सुबह बादशाह ज्योंही झरोखा दर्शन के लिए बैठे, सामने के जनसमुदाय ने ज़मीन तक झुककर उनका इस्तक़बाल किया। किन्तु, एक किनारे एक आदमी खड़ा ही रहा। सम्राट ने जनसमूह पर एक हल्की नज़र घुमाकर उस विचित्र से आदमी पर अपनी निगाह गड़ा दी। गौरवर्ण एवं सुदर्शन व्यक्तित्व वाले उस आदमी का

ललाट त्रिपुंड से सुसज्जित था और बाँहों और वक्षस्थल पर चन्दन का लेप था। अपनी ओर सम्राट को कौतूहल से देखता देख उस आदमी ने अपना दाहिना हाथ ऊपर उठाया—पता नहीं आशीर्वाद देने के लिए, अभिवादन के लिए या मैत्री के इज़हार के लिए।

बादशाह की आँखों में कौतूहलपूर्ण चमक फैल गई। अभ्यस्त दिनचर्या और मर्यादा भूलकर बादशाह उठ खड़े हुए और हर्ष से चिल्ला पड़े—"कवीन्द्र! कवीन्द्राचार्य!!" उस व्यक्ति ने भी अपना दाहिना हाथ स्वीकृति में हिलाया। बदले में बादशाह ने भी हाथ हिलाया और झरोखे से निकल पड़े।

बादशाह ने तुरन्त मीरबख़्शी को तलब किया और हुक्म दिया कि बाहर खड़े कवीन्द्राचार्य को बाइज़्ज़त शाहबुर्ज़ में लिवा लाएँ और उस दिन की सारी सरकारी कार्रवाई मुल्तवी कर दें।

शाहबुर्ज़ में किसी का भी आना वर्जित कर दिया गया। दोनों मित्रों ने एक दूसरे को आलिंगन में भर लिया। शिकवा-शिकायतों का दौर शुरू हुआ। बादशाह ने शिकायत की कि कवीन्द्र ने उन्हें भुला दिया था और कभी मिलने न आए। कवीन्द्र का आरोप था कि सम्राट ने कभी अपने अदने-से फ़क़ीर दोस्त की सुध न ली। दोनों ऐसे विह्वल थे जैसे कृष्ण-सुदामा के नवीन संस्करण हों।

इस बीच, शाहजहाँ ने अपनी सर्वाधिक प्रिय बेग़म के जन्नतनशीं होने की चर्चा नहीं की। उनके असमय सफ़ेद हुए दाढ़ी-बाल और चेहरे की झुर्रियाँ उनके हालात-ए-ग़म का इज़हार कर रहे थे। आगरा पहुँचते ही कवीन्द्राचार्य को यह बात मालूम हो गई थी और यह भी पता लग गया था कि बादशाह धीरे-धीरे अपने ग़मज़दा हालात से बाहर आ गए हैं।

थोड़ी देर चुप दोनों एक-दूसरे को देखते रहे मानो मन-ही-मन बात चल रही हो। अगले ही पल, चुप्पी तोड़ते हुए, बादशाह ने एक गाने की फ़रमाइश कर दी यह कहते हुए कि कवीन्द्र के पहले भजन की मिठास अभी भी उनके दिमाग़ में ताज़ा है। अपने मित्र का मान रखते हुए कवीन्द्र ने स्वयं का रचा एक ब्रजभाषा का गीत गाना शुरू किया :

मोर को मुकुट सीस भाल खौरि केसर की,
लोचन विशाल लखि मन उमगत है।
मैंने कैसे केश श्रुति कुंडल बखत बेस,
झलक कपोल लखि थिर ना रहत है।
कुलकानि धीरज मलाह मतवारे दोऊ,
मदन झकोर तन तीर ना गहत है।
श्याम छवि सागर में नेह की लहर बीच,
लाज को जहाज आज बूड़न चहत है।

शाहजहाँ के मन में रस की धार फूटने लगी। वह रसिक था, रसप्रिय था, साहित्य-प्रेमी था। फ़ारसी का अच्छा जानकार होने के साथ-साथ वह हिन्दवी में कविता भी करता था। यहाँ तक कि अपने निजी जीवन में—हरम में—वह हिन्दवी ही बोलता था। कवीन्द्राचार्य का तरन्नुम-भरा गीत उसके मन को छू गया। उमंग में आकर उसने हाल में ही रची अपनी एक कविता कवीन्द्र को सुनाई :

भादों कैसे दिनन मांहि श्याम काहेकों आवेंगे।
कोकला की कुहुक सुन छाती माती राती भाई बिरही
आगे ऊधो फूँक-फूँक जरावैंगे॥
शाहजहाँ पिया तुम बहुनायक बिरहिन के
अँसुवन की तपत बुझावेंगे॥

शाहजहाँ की कविता में कृष्ण के लिए गोपियों की तड़प की तीव्रता इतनी कलात्मक रूप से व्यक्त हुई थी कि कवीन्द्र चमत्कृत होकर 'वाह, वाह' कह उठे। दोनों मित्रों ने बड़ी देर तक एक-दूसरे की कविता का आनन्द लिया।

मनसबदारों, हुक्मरानों और दरबारियों को बड़ी हैरत हुई कि बादशाह उस दिन के सारे सरकारी कामकाज छोड़कर एक मामूली से इनसान के साथ बातों में इतने मशगूल थे—वह भी अपने शाहबुर्ज़ में। सभी उत्सुक थे कि आख़िर वह इनसान कौन है और उसमें ऐसी क्या ख़ासियत है। किन्तु, सम्राट से पूछने की किसी की हिम्मत न हुई।

भोजनोपरान्त—जिस दौरान कवीन्द्राचार्य ने सिर्फ़ थोड़े से फल ग्रहण किए—दोनों मित्रों की बातें शाहबुर्ज़ में फिर शुरू हुईं। शुरू किया कवीन्द्राचार्य ने :

"हम एक विशेष प्रयोजन से आए हैं, मित्र।"

"फ़रमाइए।"

कवीन्द्राचार्य ने पहले एक संक्षिप्त भूमिका बाँधी :

"हिन्दू और मुसलमान समाज के ताने-बाने हैं और समाज तभी सुखी और सुदृढ़ होगा जब दोनों धागे मज़बूत हों। आपके मरहूम दादा हुज़ूर सम्राट अकबर ने सफलता के झंडे इसलिए गाड़े कि वह इस मर्म को समझते थे। आपके पिताश्री ने भी कमोबेश वही नीति चालू रखी। किन्तु..."

"किन्तु? किन्तु क्या?" बादशाह हड़बड़ा गए। उन्हें लगा कि कहीं कुछ गड़बड़ है। उन्होंने कवीन्द्राचार्य से आग्रह किया कि वह अपनी बात खुलकर बताएँ।

कवीन्द्राचार्य ने तब बनारस के फ़ौजदार और इलाहाबाद के सूबेदार की करतूतों का बखान किया और बताया कि किस प्रकार वे दोनों निरीह हिन्दू प्रजा पर बादशाह के नाम पर अत्याचार कर रहे हैं। बीच में शाहजहाँ ने जब टोका कि हुक्मरानों को जियारत पर महसूल वसूलने का हुक्म है और अगर वे कर वसूलने में ढिलाई बरतेंगे

तो इसका असर शाही ख़ज़ाने पर पड़ेगा, कवीन्द्राचार्य ने तुरन्त बताया कि कर एक ही तीर्थयात्री से अलग-अलग मौक़ों पर कई-कई बार वसूले जाते हैं जो ज़्यादातर हाकिमों और उनके मातहतों की ज़ेब में चले जाते हैं।

कवीन्द्राचार्य की बात सुनकर बादशाह के चेहरे पर तनाव-भरी ख़ामोशी फैल गई। कवीन्द्राचार्य ने अपनी बात जारी रखते हुए बताया कि नए मन्दिर न बनाने के पीछे बादशाह की जो नेकनीयती है, उसे नज़रअन्दाज़ करके नए मन्दिर बनाने की इजाज़त घूस लेकर दी जा रही है।

ग़ुस्से से बादशाह का चेहरा लाल हो गया, लेकिन वह चुप ही रहे, सिर्फ़ इतना ही बोले, "ठीक है, दोस्त, हम ज़रूर कुछ करेंगे। फ़िलहाल तो आप आगरे में ही रुकिए। हमारे बड़े शाहज़ादे दाराशिकोह को हिन्दू मज़हब के बारे में जानने का बड़ा शौक़ है। आप उनके उस्ताद बनने की तकलीफ़ करें। आपको मैं शाही उस्ताद मुक़र्रर करता हूँ। वैसे शाहज़ादे को सनस्किरित ज़ुबान सिखाने के लिए एक नौजवान शायर भी लगाया गया है, लेकिन उसकी उम्र काफ़ी कम है और हमारे ख़याल में उसमें रूहानी पुख़्तगी की अभी कमी है।"

अगले दिन, अपने दीवान-ए-ख़ास में, बादशाह ने नए मन्दिरों के निर्माण और तीर्थयात्रा कर पर वकील आसिफ़ ख़ाँ, शाहज़ादों, चुनिन्दा मनसबदारों और महसूल वसूली से जुड़े हुक्मरानों से सलाह-मशविरा किया। दीवान-ए-महसूल से उन्होंने पूछा कि जियारती महसूल मुआफ़ कर देने पर शाही ख़ज़ाने को कितना नुक़सान होगा। दीवान ने जल्दी-जल्दी हिसाब लगाकर मोटा-मोटी जो जवाब दिया उससे बादशाह सन्तुष्ट नज़र आए। यह रक़म बहुत मामूली थी।

पूरे सलाह-मशविरे के दौरान बादशाह ने न अपना मन्तव्य बताया और न ही कवीन्द्राचार्य का ज़िक्र किया।

अगले दिन, मीरबख़्शी ने दीवान-ए-आम में ऐलान किया :

"माबदौलत आज से हिन्दुओं की जियारत पर से महसूल हटाने का हुक्म देते हैं। और यह भी हुक्म देते हैं कि आगे से नए हिन्दू मन्दिर बनाने पर कोई पाबन्दी न रहेगी। साथ ही, माबदौलत ने फ़ैसला किया है कि मुसलमान औरत से हिन्दू मर्द की शादी पर पाबन्दी बदस्तूर जारी रहेगी।"

ऐलान सुनकर हिन्दू मनसबदारों में हर्ष की लहर दौड़ गई। अलबत्ता, मुसलमान दरबारियों ने मुँह बिचका लिया। वैसे उनके लिए सन्तोष की बात यह रही कि मुसलमान औरतें बची रहेंगी और हिन्दुओं पर उनसे शादी की मनाही चलती रहेगी।

इलाहाबाद के सूबेदार हैदर बेग को वहाँ से हटाकर बहुत दूर छोटे से सूबे विलायती बगलाना का सूबेदार बना दिया गया। इलाहाबाद सूबा शाहज़ादे दाराशिकोह को सौंपा गया। शाहज़ादा आगरे में ही रहता था और वहीं से अपने कारिंदों के ज़रिए इलाहाबाद का शासन चलाने का विचार बनाया। शाहज़ादे ने बनारस के फ़ौजदार

अनवर ख़ाँ को हटाकर अपने विश्वस्त व्यक्ति फ़रज़ंद अली को वहाँ का फ़ौजदार नियुक्त किया।

चन्दरभान

कवीन्द्राचार्य दाराशिकोह के निजी सचिव मुंशी चन्दरभान बरहमन की कोठी में ठहराए गए। कवीन्द्राचार्य के आश्चर्य का ठिकाना न रहा जब वहीं पर उनकी मुलाक़ात उनके पुराने शिष्य जगन्नाथ से हुई। कवीन्द्राचार्य को देखते ही जगन्नाथ ख़ुशी से चिल्ला पड़े और दौड़कर उनके चरणों से लिपट गए। अब आश्चर्यचकित होने की बारी चन्दरभान की थी जो हैरत से दोनों की ओर सवालिया निगाहों से देख रहे थे।

"आप इस नौजवान को जानते हो?"

"हाँ, यह काशी का जगन्नाथ है, हमारा शिष्य।"

"लेकिन, यह तो उदयपुर के जगतसिंह के दरबार में शायर था।"

फिर तो चन्दरभान गुरु–शिष्य की बातें बहुत देर तक सुनते रहे—बनारस से चलकर उदयपुर में राजकवि बनने की कहानी और फिर वहाँ से आगरा पहुँचकर कविराय और शाही शायर बनने की कहानी। शाहजहाँ के दरबार में जगन्नाथ ने कैसे रंग जमा दिया इसका विस्तृत विवरण चन्दरभान ने स्वयं कवीन्द्राचार्य को बड़े चाव से सुनाया।

चन्दरभान दरबारी कामकाज और अदब के बड़े जानकार और फ़ारसी के मशहूर शायर थे। शाहजहाँ के दरबार में उनका बड़ा सम्मान था। चन्दरभान मूलत: लाहौर के रहने वाले ब्राह्मण थे। उनके पिता धरमदास लाहौर में एक मामूली सरकारी कर्मचारी थे। चन्दरभान बचपन से ही बड़े ज़हीन थे। ज़माने के चलन के हिसाब से उन्होंने फ़ारसी भाषा सीखी और ख़ुशख़ती में महारत हासिल की। अपनी योग्यता के बल पर चन्दरभान कई लोगों के निजी सचिव रहे जिनमें आसिफ़ ख़ाँ और सादुल्लाह ख़ाँ और वजीर–ए–मुल्क अफ़ज़ल ख़ाँ प्रमुख थे। इन रईसों के सान्निध्य में चन्दरभान ने फ़ारसी साहित्य का गहन अध्ययन किया और शायरी में हाथ आजमाया। उनकी ग़ज़लों ने काफ़ी शोहरत हासिल की। शायरी से भी ज़्यादा महारत हासिल थी उन्हें नस्र या गद्य लिखने में।

अफ़ज़ल ख़ाँ के गुज़र जाने पर उनके भतीजे अकील ख़ाँ ने अपने चाचा के सारे मातहतों को बादशाह शाहजहाँ को सुपुर्द कर दिया। इन्हीं मातहतों में चन्दरभान भी थे। चन्दरभान के फ़ारसी ज़ुबान के ज्ञान, ख़ूबसूरत लिखावट, शायरी की मिठास और नस्र की महारत से बादशाह बहुत प्रभावित हुए। उन्होंने तुरन्त उन्हें अपने पास रख लिया और दरबार की दिन–प्रतिदिन की कार्यवाही को लिखने के लिए उन्हें शाही पर्चानवीस नियुक्त किया।

इस दौरान चन्दरभान ने 'चार चहार' नामक ग्रन्थ फ़ारसी में लिखा। इसमें शाहजहाँ के दरबार की शान-शौक़त, दिन-प्रतिदिन के कामकाज, विभिन्न त्योहारों और उन अवसरों पर गाई गई उनकी ग़ज़लें, बादशाह शाहजहाँ का जीवन-वृत्तांत और स्वयं के जीवन के बारे में अत्यन्त लालित्यपूर्ण वर्णन किया गया है।

चन्दरभान बरहमन के काव्य में धीरे-धीरे सूफ़ियाना मिज़ाज की अहमियत बढ़ती गई। तरह-तरह के सूफ़ी पीरों-फ़क़ीरों से मिलते-जुलते उनका रूहानियत की ओर झुकाव गहरा होता गया और उसका प्रतिबिम्ब उनके काव्य में साफ़ दिखाई पड़ने लगा। उनकी काव्य-प्रतिभा और आध्यात्मिक ऊँचाई देखकर दाराशिकोह ने उन्हें बादशाह से माँग लिया और अपना निजी सचिव बनाया। सचिव का काम सँभालने के साथ-साथ चन्दरभान ने दाराशिकोह की काव्य-प्रतिभा निखारने और आध्यात्मिक उन्नति में मदद करना शुरू किया।

मुंशी चन्दरभान को इस बात का बड़ा ग़म था कि हिन्दुओं की आध्यात्मिक सम्पदा की भाषा संस्कृत उन्हें नहीं आती। इस कमी को उन्होंने जगन्नाथ की मदद से पूरी करने की कोशिश की। जगन्नाथ ने पितृतुल्य चन्दरभान और उनके बेटे सूरजभान को संस्कृत सिखाना शुरू किया। बदले में चन्दरभान ने जगन्नाथ को फ़ारसी पढ़ाई।

जब कवीन्द्राचार्य सरस्वती का साथ चन्दरभान को मिला तो दोनों हिन्दुत्व की गूढ़ बातों और रहस्यों पर घंटों बात करते। कवीन्द्राचार्य और जगन्नाथ चन्दरभान की कोठी पर ही ठहरे हुए थे।

कुछ दिनों के बाद, कवीन्द्राचार्य ने शाहजहाँ के सामने अपनी विवशता प्रकट करते हुए कहा कि वह एक संन्यासी हैं जो काशी के अपने मठ से ज़्यादा दिन दूर नहीं रह सकता। उन्होंने शाहजहाँ को आश्वस्त किया कि जगन्नाथ बड़ा विद्वान और हिन्दूशास्त्रों का ज्ञाता है। उसके निर्देशन में राजकुमार को हिन्दू धर्म और शास्त्रों को समझने में कोई परेशानी नहीं होगी।''

बादशाह की अनुमति मिलते ही कवीन्द्राचार्य ने बनारस लौटने की तैयारी शुरू कर दी। प्रस्थान से पूर्व उन्होंने जगन्नाथ को आगाह किया कि वह अपनी लँगोट कसकर बाँधे रहे क्योंकि मुग़लों का हरम भोग-विलास और कामुकता का अड्डा है। कवीन्द्राचार्य ने मुंशी चन्दरभान से वचन लिया कि वह जगन्नाथ का ध्यान अपने बच्चों की तरह ही रखें और मुग़ल दरबार की कूटनीति से उसे बचाते रहें।

चन्दरभान के दो बच्चे थे—जगन्नाथ का हमउम्र सूरजभान, और एक बेटी चन्द्रकला जो सूरजभान से महज दो साल छोटी थी। विद्वान पिता की पुत्री चन्द्रकला भी अत्यन्त विदुषी थी। विभिन्न विषयों पर वह अपने पिता के साथ-साथ अपने भाई सूरजभान और भाई के हमउम्र जगन्नाथ से भी बहस करती थी।

जगन्नाथ और चन्द्रकला के सम्बन्धों से अनजान चन्दरभान चन्द्रकला का विवाह जगन्नाथ से करना चाहते थे। उन्होंने एक-आध बार इसकी चर्चा जगन्नाथ

से भी की, लेकिन जब जगन्नाथ ने हँसकर इनकार कर दिया तो चन्दरभान ने इसे युवा-सुलभ लज्जा का परिणाम समझा। उनकी आँख तो तब खुली जब रक्षाबन्धन के दिन उन्होंने अपनी आँख से चन्द्रकला को जगन्नाथ को राखी बाँधते देख लिया।

मामला और दुविधापूर्ण हो जाए इससे पहले ही जगन्नाथ ने अपना आवास बदल लिया। किन्तु, चन्दरभान और उनके परिवार के प्रति उनका सम्मान वैसा ही रहा। अभी भी, जगन्नाथ चन्दरभान को अपना संरक्षक मानते रहे।

राणादिल

सूरजभान जगन्नाथ का ज़िगरी दोस्त बन गया था। वह अक्सर जगन्नाथ के नए आवास पर उनसे मिलने आया करता था।

एक दिन शाम को जगन्नाथ अपने घर पर चुपचाप बैठे बनारस की बातों में खोये हुए थे कि सूरजभान वहाँ आ धमका। आते ही उसने शाम की हवाखोरी का प्रस्ताव रखा जिसे जगन्नाथ ने सहर्ष स्वीकार कर लिया। घूमते-घुमाते सूरजभान जगन्नाथ को लेकर शैतानपुरा मुहल्ले पहुँच गया। मोहल्ले के लक्षणों को भाँपकर जगन्नाथ ने सूरजभान की ओर घूरकर देखा। जवाब में सूरजभान हँसते हुए आश्वस्त किया कि वह किसी ग़लत इरादे से जगन्नाथ को वहाँ नहीं लाया है, बल्कि एक ऐसे कलाकार से मिलवाने लाया है जिसके पास पहुँचकर जगन्नाथ ख़ुश हो जाएँगे।

जगन्नाथ अभी सूरजभान की बातों पर विचार कर ही रहे थे कि वह उन्हें लेकर एक विशाल भवन में घुस गया। भवन के द्वारपाल और कर्मचारीगण सम्भवत: सूरजभान से पूर्व परिचित थे तभी तो उसे ससम्मान भीतर लिवा जाने लगे। भवन की भव्य बनावट और सुरुचिपूर्ण सजावट देखकर जगन्नाथ ने अनुमान लगाया कि यह गणिकाओं का कोठा नहीं बल्कि किसी सम्भ्रान्त व्यक्ति की कोठी होगी।

लम्बे गलियारों और खुले बरामदों से गुज़रते और नृत्य और वाद्य की विभिन्न भंगिमाओं के भित्तिचित्र निहारते दोनों एक सुसज्जित विशाल कक्ष में पहुँचे जहाँ एक सुन्दर स्त्री ने उनका स्वागत किया और आसन पर बिठाया। तत्पश्चात्, चाँदी के दो बर्तनों में शीतल पेय पदार्थ प्रस्तुत करते हुए सूचित किया की स्वामिनी कुछ ही क्षणों में पधारेंगी।

सचमुच, कुछ ही क्षणों में एक पतले-छरहरे बदन वाली अत्यन्त सुन्दर युवती बड़ी शालीनता से पधारी। उसके हाव-भाव से साफ़ झलक रहा था कि वह किसी अत्यन्त कुलीन परिवार की सम्भ्रान्त युवती है। उसके प्रवेश करते ही उस विशाल कक्ष में एक दिव्य आभा और सुगन्धि फैल गई। युवती के सम्मान में सूरजभान तुरन्त खड़ा हो गया। देखा-देखी जगन्नाथ भी खड़े हो गए और दोनों ने समवेत स्वर में

युवती का अभिवादन किया। प्रत्युत्तर में युवती ने चुपचाप दोनों हाथ जोड़ लिये और प्रश्नात्मक दृष्टि से जगन्नाथ की ओर देखने लगी।

जगन्नाथ की ओर मुख़ातिब होकर सूरजभान ने कहा, ''जगन्नाथ, ये हैं राणादिल दीदी—साहित्य, संगीत और नृत्य की विदुषी और सरस्वती की साक्षात् अवतार।''

बीच में ही टोकते हुए राणादिल ने कहा, ''बस भी करो, सूरज। तुम तो प्रशंसा के पुल बाँधने लगे।'' फिर जगन्नाथ की ओर इशारा करते हुए बोली, ''इन महाशय के बारे में कुछ बताओ।''

''दीदी, ये हैं राजकवि पंडितराज जगन्नाथ।''

''हाँ, हाँ, इनके बारे में बहुत सुनी हूँ। बहुत महान कवि और धर्मशास्त्री हैं। हमारा सौभाग्य है जो आज इनके दर्शन हुए,'' कहते हुए राणादिल ने हाथ जोड़कर जगन्नाथ का अभिनन्दन किया।

इस बीच सूरजभान ने अपनी बात जारी रखते हुए कहा, ''ये बनारस के रहने वाले हैं और...'' सूरजभान की बात पूरी होने से पहले ही राणादिल ने आश्चर्य से टोका, ''बनारस के!'' और तुरन्त जगन्नाथ का हाथ पकड़कर भावुकता से बोली, ''भैया मेरे!''

जगन्नाथ और सूरजभान दोनों हैरत से राणादिल की ओर देखने लगे। जगन्नाथ ने सहमते हुए पूछा, ''कैसे?''

राणादिल अब आराम से पास के मखमली गद्दे पर बैठ गई और मुस्कराते हुए बोली, ''बनारस से मेरा भी नाता है। मैं भी बनारस की बेटी हूँ।''

जगन्नाथ की जिज्ञासा शान्त करने के लिए राणादिल ने अपनी कहानी सुनाई :

बात बहुत पुरानी है। जब बुंदेला राजपूतों ने बेतवा नदी के किनारे ओरछा को अपनी राजधानी बनाया तो नदी किनारे के प्राचीन लक्ष्मीनारायण मन्दिर का जीर्णोद्धार कराया। नए मन्दिर में काशी से पुजारी लाए गए रामतेज पांडेय। देवी लक्ष्मी के उस मन्दिर में रामतेज का मन लग गया और वह देवी के बड़े भारी भक्त हुए।

एक बार रामतेज जी धार गए देवी सरस्वती का दर्शन करने। रात में देवी ने रामतेज जी को दर्शन दिया कि मैं ललित कलाओं के उद्धार के लिए तुम्हारे परिवार में बारम्बार जन्म लेना चाहती हूँ। तभी से हमारे परिवार में ज्येष्ठ पुत्र की ज्येष्ठा पुत्री को सरस्वती का अवतार मानकर उसे नृत्य, संगीत और साहित्य की शिक्षा दी जाती है।

रामतेज जी के बड़े बेटे रामभद्र जी को बड़ी बेटी हुई जो नृत्य और काव्य के क्षेत्र में राय प्रवीण के नाम से विख्यात हुईं।

राणादिल को बीच में ही टोकते हुए जगन्नाथ पूछने लगे, ''क्या वही राय प्रवीण जो महाकवि केशवदास की शिष्या रहीं और जिनको प्रतिमान मानकर उन्होंने नायिकाओं के लक्षण बताए?''

"हाँ, एकदम वही। वही राय प्रवीण हमारी दादी-बुआ थी," राणादिल जगन्नाथ की जिज्ञासा शान्त करके आगे का विवरण बताने ही जा रही थी कि जगन्नाथ पूछ बैठे, "राय प्रवीण के अकबर के दरबार में जाने के बारे में भी कुछ सुना है मैंने।"

"हाँ, आपने सही सुना है। राय प्रवीण अत्यन्त सुन्दर थीं। ग़ज़ब का नृत्य करती थीं और काव्य-रचना में तो उनकी बराबरी की कोई अन्य महिला न थी। ओरछा के राजा इन्द्रजीत सिंह ने उन्हें राजनर्तकी नियुक्त किया था। दोनों के बीच अगाध प्रेम था।"

एक बार अकबर के हरम के लिए सुन्दर स्त्रियों की खोज करने वाले दल की नज़र राय प्रवीण पर पड़ गई और इन्द्रजीत सिंह को हुक्म हुआ कि राय प्रवीण को हरम में भेज दो। इन्द्रजीत सिंह की हिम्मत न हुई मुग़ल सम्राट के हुक्म की अवहेलना करने की। उदास मन से उन्हें राय प्रवीण को भेजना पड़ा। आगरा पहुँचकर राय प्रवीण ने अकबर के सामने उपस्थित होने और अपनी एक कविता सुनाने की इजाज़त माँगी।

अकबर के दरबार में राय प्रवीण ने सुनाया :

विनती राय प्रवीण की सुनिए शाह सुजान
जूठी पातर भखत हैं बारी बायस श्वान।

[हे सम्राट! राय प्रवीण की बात ग़ौर से सुनिए।
जूठी पत्तल में छोटे लोग, कौआ और कुत्ता खाते हैं।]

चतुर सम्राट अकबर इन दो पंक्तियों में छिपे गहरे तिरस्कारपूर्ण व्यंग्य को समझ गया कि यह नवयुवती कितनी बुद्धिमानी से उसकी तुलना कौए, कुत्ते और नीच जात से करके उपदेश दे रही है। उसने तुरन्त राय प्रवीण को ससम्मान ओरछा वापस भेज दिया।

राणादिल ने अपनी बात आगे बढ़ाई :

उनके बाद वाली पीढ़ी में इस प्रकार की कोई बेटी न पैदा हुई। अगली पीढ़ी में मेरे पिताश्री रामसमुझ जी को मैं ज्येष्ठ पुत्री पैदा हुई। मेरे पिताजी ओरछा छोड़कर आगरा आ बसे थे और मुग़ल दरबार में मुलाज़मत हासिल कर ली थी।

एक बार जब मैं कोई पाँच साल की थी, मैं, मेरे पिताजी और मेरी माँ नाव द्वारा मथुरा जा रहे थे बाँकेबिहारीजी के दर्शन करने के लिए। रास्ते में जलदस्युओं ने नौका पर आक्रमण कर दिया जिसमें मेरे अलावा सभी मारे गए और जलदस्यु लूट-पाट करने के साथ-साथ मुझे भी उठा ले गए। बाद में शाही सेना की कार्रवाई के दौरान डकैत जान बचाकर भागे और मैं पीछे छूट गई। मैं शाही सेना के हाथ लगी।

सम्राट शाहजहाँ के सामने जब मैं पेश की गई, तो उन्होंने मुझे बेग़म मुमताज महल के पास हरम में भेज दिया। बेग़म बड़ी नेकदिल महिला थीं। उन्होंने मुझमें पता

नहीं क्या देखा कि घोषणा की कि इस बच्ची की शाही ख़र्च से परवरिश की जाए और इसके पढ़ाने-लिखाने और नृत्य-संगीत सीखने का इन्तज़ाम किया जाए। उनकी दया से ही मैं आज कुछ लायक़ बन पाई हूँ। यह राणादिल नाम भी उन्हीं का दिया हुआ है नहीं तो मेरा असली नाम तो राय सुदर्शना था। बेग़म के आदेश से ही शाही ख़र्च से यह कोठी शैतानपुरा में बनवाकर मुझे दी गई। भगवान उनकी आत्मा को शान्ति प्रदान करे।

''अब शाही दरबार से आपका कोई सम्बन्ध नहीं है?'' जगन्नाथ ने पूछा।

''मुसलामानों में राजनर्तकी रखने का रिवाज़ नहीं है। यह रिवाज़ सिर्फ़ हिन्दू राजाओं में है।'' राणादिल ने अपना वाक्य पूरा किया ही था कि सूरजभान आगे बढ़कर बोलने लगा, ''दीदी शाहज़ादे दाराशिकोह की जान हैं।''

राणादिल की निगाहें शर्म से झुक गईं और वह मुस्कराकर रह गई।

बाद में, जगन्नाथ ने जब ज़ाती तौर पर तफ़सील से पता किया तो मालूम हुआ कि राणादिल की ख़ूबसूरती पर मोहित होकर न जाने कितने अमीर-उमरा उसकी गली के चक्कर काटा करते थे। लेकिन, राणादिल ऐसी अकड़बाज थी कि उसकी महफ़िल में सिर्फ़ वही लोग शामिल हो सकते थे, जिनको वह पसन्द करती थी। पदवी और पैसों की उसने कभी परवाह न की।

राणादिल जब पादशाह बेग़म की पनाह में थी तब से उसकी दोस्ती बेग़म के बड़े बेटे दाराशिकोह से थी। बाद में यह दोस्ती मुहब्बत में तब्दील हो गई और परवान चढ़ती रही। राणादिल ने अपनी गायकी, शायरी की समझ और राग-रागिनियों की बारीक़ जानकारी के ज़रिए दाराशिकोह को अपना बना लिया। दाराशिकोह ने भी अपने इल्म, शेरो-शायरी और सूफ़ियाना अन्दाज़ से राणादिल के दिल में ख़ास जगह बना ली।

शाही रस्मो-रिवाज़ की परवाह किए बिना दाराशिकोह अक्सर शाम को राणादिल की कोठी पर पहुँच जाता, मौसिकी और शायरी का लुत्फ़ उठाता। लेकिन, राणादिल ने किसी से भी किसी प्रकार का जिस्मानी ताल्लुक़ न रखा। यहाँ तक कि उसने अपने प्रेमी दाराशिकोह को भी कभी रात को अपनी कोठी पर ठहरने न दिया। इस सम्बन्ध में उसने दाराशिकोह की हर याचना ठुकरा दी यह कहकर कि ऐसा सिर्फ़ विवाह के बाद ही सम्भव हो पाएगा।

दाराशिकोह ने दबी जबान कई बार बादशाह शाहजहाँ से राणादिल के साथ विवाह की चर्चा चलाई, लेकिन हर बार बादशाह ने इनकार कर दिया। इस मामले में बेग़म जहाँआरा की सिफ़ारिश भी काम न आई। हर बार बादशाह की दलील थी कि दाराशिकोह वली अहद हैं और राणादिल एक हसीन और हुनरमन्द औरत। बाद में वही हिन्दुस्तान की पादशाह बेग़म बन बैठेगी। मुल्ले-मौलवियों को कभी यह

गवारा न होगा। पहले से ही वे दारा की मुख़ालफ़त करते रहे हैं कि वह काफ़िरों के साथ मिला हुआ है और अपने हाथ में 'प्रभु' ख़ुदी अँगूठी पहनता है। दारा हमें बेहद प्यारे हैं। उनकी मर्ज़ी की शादी पर हमें कोई एतराज़ नहीं, लेकिन आने वाले वक़्त में यह शादी बहुत पेचीदगियाँ पैदा करेगी और दारा के लिए बहुत मुसीबतें खड़ी करेगी।

हालाँकि, बादशाह शाहजहाँ इस बात के लिए तैयार थे कि दाराशिकोह राणादिल को अपने हरम में रखैल बनाकर रख लें। लेकिन यह प्रस्ताव राणादिल को बिलकुल मंजूर न था। अपनी ख़ुद्दारी पर प्यार की बलि चढ़ाना उसने मंज़ूर किया। यह बात दाराशिकोह के दिल को इतनी गहराई में छू गई कि वह राणादिल की पाक और बेगर्ज़ मुहब्बत का क़ायल हो गया।

उजड़े चमन में फिर लौटी बहार

बात उन दिनों की है जब मलिका-ए-जमानी मुमताज महल हाल में ही गुज़री थीं। अपनी बेग़म के बिछोह में व्याकुल बादशाह ने राजकाज से मुख मोड़ लिया और अपना मन बेग़म का मक़बरा बनवाने में लगा दिया। शाही मुहर, जिसके अन्तर्गत शाही फरमान निकलते थे, बड़ी बेटी जहाँआरा को सौंप दी और उसे पादशाह बेग़म बना दिया। बड़े बेटे दारा को अपना उत्तराधिकारी बनाने का मन बना लिया। साम्राज्य के वकील (प्रधानमंत्री) और अपने ससुर आसिफ़ ख़ाँ को प्रशासनिक कार्य सँभालने की जिम्मेदारी दे दी।

पैंतालीस वर्ष की अवस्था में ही बादशाह के दाढ़ी-बाल सफ़ेद हो गए। वह सफ़ेद वस्त्र धारण करने लगा और संसार से विरक्त हो गया। जहाँआरा अब साम्राज्य की प्रथम महिला थी, उसके ऊपर बहुत-सी जिम्मेदारियाँ आ गईं। पर्दे के पीछे से वह शासकीय कार्यों की निगरानी करती। साथ ही, छोटे भाई-बहनों की देखभाल करती और बादशाह को सामान्य जीवन में फिर से लौटा लाने की पुरज़ोर कोशिश करती।

बेग़म की मौत के बाद बादशाह आगरे के क़िले की अपनी पुरानी ख़्वाबगाह में कभी न गए, न हरम की किसी औरत की ओर आँख उठाकर देखा—चाहे वो उनकी दोनों बीवियाँ हों चाहे रखैलें। यहाँ तक कि हरम के ख़ानसरा इनायत ख़ाँ को भी अपने नज़दीक आने से मना कर दिया।

बादशाह की देखरेख की सारी जिम्मेदारी जहाँआरा के ऊपर आ पड़ी। उसने भी बादशाह की सेवा में तन-मन लगा दिया। वह उनके साथ छाया की भाँति लगी रहती। उनके भोजन, वस्त्र और विश्राम का ख़याल रखती। यही नहीं, अपने भाई-बहनों की देखभाल भी वह एक कुशल माँ की तरह करती। दाराशिकोह के प्रति वह विशेष लगाव महसूस करती थी। उसको उचित सलाह देती और उसके साथ तरह-तरह के मामलों पर विचार-विमर्श करती। शाहशुजा को अत्यधिक शराब-सेवन से बरजती, तो मुराद की उचित शिक्षा पर ध्यान देती। ख़ुद से महज तीन साल छोटी रोशनआरा की हरकतों से जहाँआरा बहुत तंग आ जाती। जब वह रोशनआरा की ऐयाशियाँ रोकने की कोशिश करती, तो वह बहुत बुरा मानती। बाद में तो वह जहाँआरा से खार खाने लगी और औरंगजेब को बड़ी बहन के ख़िलाफ़ भड़काने लगी। यही नहीं, चिढ़कर उसने जहाँआरा के नज़दीकी दाराशिकोह के विरुद्ध षड्यंत्र करना शुरू कर दिया।

जहाँआरा अपने सभी भाई-बहनों में सबसे ज़्यादा ध्यान रखती गौहरआरा का, जिसके जन्मते ही माँ मुमताज महल मर गई थी। गौहरआरा को प्यार से सब लवंगी नाम से पुकारते थे। लवंगी का पालन-पोषण तो दाइयाँ और सेविकाएँ ही करतीं, लेकिन जहाँआरा एक माँ की तरह उन पर नज़र गड़ाए रखती और लवंगी की हर इच्छा का ख़याल रखती ताकि उसे माँ की कमी न महसूस हो। इन सबमें उसने अपना सुख-दुःख भुला दिया। जवानी के उसके ख़ुद के हसीन सपनों पर जिम्मेदारियों का ग्रहण लग गया। यद्यपि वह साम्राज्य की सबसे ताक़तवर और प्रभावशाली महिला हो गई, पर उसके ख़ुद के अरमान दफ़न होते जा रहे थे।

जहाँआरा की उन्नीसवीं वर्षगाँठ बीते दो-तीन ही दिन हुए थे। बादशाह को कई दिनों से मरहूम बीवी की याद बुरी तरह आ रही थी। कई बार तो उन्हें मतिभ्रम होता था कि मुमताज उनके इर्द-गिर्द ही है। जहाँआरा के नैन-नक़्श अपनी माँ की तरह ही थे। उसे देखकर शाहजहाँ का मतिभ्रम और बढ़ जाता। एक रात जहाँआरा जब बादशाह की सारी सहूलियतों का इन्तज़ाम करने के बाद सब्बा ख़ैर कहकर शयनकक्ष से जाने लगी, तो बादशाह को लगा कि उनकी बेग़म मुमताज महल ही जा रही है। अचानक उन्होंने जहाँआरा का हाथ पकड़ लिया।

इस घटना ने शाहजहाँ के ज़ब्त जज़्बात को जगा दिया। सहवास की हसीन उमंगें फिर से उसके दिल में कुलाँचें मारने लगीं। वह फिर से अपनी रंगीन दुनिया में लौट आया। अपने बालों में ख़िज़ाब लगा उन्हें फिर से काला किया और हरम की औरतों से पूरे जोश-ओ-ख़रोश से रँगरेलियाँ मनाना शुरू किया। हर रात हरम की किसी न किसी बेग़म या रखैल के यहाँ गुज़ारता।

जिस खातून को रात को हमबिस्तर बनाना होता शाहजहाँ उन्हें पहले ही संकेत दे देता था। फिर तो वह ख़ुशनसीब रात की तैयारी बड़ी उमंग से करती। बादशाह

के मनपसन्द व्यंजन और मदिरा का प्रबन्ध करती; तरह-तरह से शृंगार कर बादशाह को लुभाने के मनसूबे बनाती और लुभावनी अदाओं का अभ्यास कर बादशाह की कामुक कामनाओं को उत्तेजित करने की कोशिश करती। लेकिन, कई बार ऐसा होता कि उस हसीना की ख़ुशनसीबी तार-तार हो जाती जब बादशाह उसके सामने ही किसी ख़ूबसूरत कनीज़ पर लट्टू हो जाते और वहीं उसके बिस्तर पर ही कनीज़ के साथ हमबिस्तर होते। यह बात अलग थी कि बाद में मालकिन उस कनीज़ की बड़ी लानत-मलामत करती। बाद में तो ऐसा हो गया कि बादशाह के आने पर बेग़में अपनी ख़ूबसूरत कनीज़ों को दूर ही रखतीं क्योंकि बड़ी मुश्किल से कभी किसी बेग़म को हमबिस्तर होने का मौक़ा मिलता। कई तो ऐसी थीं कि ताज़िन्दगी उन्हें ऐसा मौक़ा नसीब ही नहीं हुआ।

हरम में लगने वाला मीना बाज़ार, जो मुमताज महल के गुज़रने के बाद बन्द हो गया था, फिर से गुलज़ार हुआ। शाहजहाँ इस बाज़ार की अहमियत समझता था। वह अभी यह न भूला था कि मुमताज महल जैसा हीरा उसने इसी बाज़ार में पाया था। उसके प्रोत्साहन पर मनसबदारों और ओहदेदारों की बीवियों और जवान बेटियों ने फिर से अपनी दुकानें सजानी शुरू कर दीं। उनके बीच शाहजहाँ फिर से ख़रीदार बन मँडराने लगा।

मीना बाज़ार में शाहजहाँ दूसरों की जवान और ख़ूबसूरत बीवियों और बेटियों से हँसी-ठिठोली करता, झूठ-मूठ में छोटी-छोटी चीज़ों का मोल-भाव करता; एक-एक रुपये के लिए चिक-चिक करता और जो औरत पसन्द आ जाती उसके सामने सोने की मुहरों की थैली रख देता। फिर आगे तो जिम्मेदारी रह जाती 'ख़ासमहल' के ख़ानसरा ऐतबार ख़ाँ की जो बड़ी होशियारी से उस ख़ुशनसीब खानम को बादशाह की ख़्वाबगाह में उस रात पहुँचा देता। इन ख़ुशनसीब औरतों के शौहर या वालिद के ओहदे में काफ़ी इज़ाफ़ा कर दिया जाता ताकि उनका मुँह बन्द रहे। वैसे भी, बादशाह के आगे किसकी शिकायत सुनी जाती? मुमताज महल के इन्तक़ाल के बाद तो अब बादशाह खुला साँड़ हो गया था।

फितूर

रोशनआरा अपनी बड़ी बहन की नसीहतों से तंग आ गई थी। बहन की टोका-टोकी उसके ऐयाशी-भरे कारनामों में रुकावट डालती थी। उसे चिढ़ होती थी कि बड़ी बहन जवानी के मज़े न तो ख़ुद लेती थी न उसे लेने देती थी। ऊपर से उसका मालिकाना अन्दाज़ तो उसे और अखरता था। बादशाह के प्रति जहाँआरा के समर्पण और सेवा से चिढ़कर रोशनआरा ने अपनी ख़बरी लौंडियों के ज़रिए बड़ी महीनी से बड़ी बहन के ख़िलाफ़ अफ़वाह फैलवा दी कि बादशाह से उसके नाजायज़ ताल्लुक़ात हैं।

इसी बीच, एक रात जहाँआरा जब अपने शयनकक्ष की ओर जा रही थी तो दुर्घटनावश दीपक की लौ से उसके रेशमी वस्त्रों में आग लग गई। बड़ी मुश्किल से लौंड़ियों और हिजड़ों ने आग बुझाई, लेकिन तब तक बेग़म बुरी तरह जल गई थीं।

जहाँआरा के जल जाने से शाहजहाँ जैसे सोते से जाग उठा। उसे अपनी जिम्मेदारियों का अहसास हुआ। तुरन्त उसने उस ज़माने के मशहूर फिरंगी हकीम को इलाज के लिए लगाया। बेग़म महीनों तक बीमार रहीं। बादशाह बहुत चिन्तित रहने लगे। उनकी प्रार्थनाएँ भी बेकार हुई जा रही थीं। अन्ततः, आरिफ़ नामक एक ग़ुलाम द्वारा तैयार किए गए मरहम से बेग़म चंगी हुईं। जहाँआरा के स्वास्थ्य-लाभ होने पर बादशाह ने उसे गहनों और महँगे तोहफ़ों से लाद दिया, और ख़ुशी में एक बड़े जलसे का आयोजन किया।

इस वाक़ये को नया मोड़ देते हुए रोशनआरा ने धीरे-से एक नया शिगूफ़ा छोड़वा दिया कि अपनी काली करतूतों से लजाकर जहाँआरा ने ख़ुदकुशी की कोशिश की थी। ये शिगूफ़े जहाँआरा तक भी उसकी ख़बरी लौंड़ियों के ज़रिए पहुँचते थे और वह दुखी भी होती थी, लेकिन सब कुछ भुलाकर फिर से अपने कर्तव्य-निर्वाह में लग जाती। उसकी कर्मठता का ही परिणाम था कि शाहजहाँ फिर से सामान्य जीवन की ओर लौट आया था। किन्तु, उसने बादशाह के ख़ास महल का हरम छोड़ दिया और अपने लिए एक अलहदा महल का इन्तज़ाम किया जहाँ वह लवंगी को लेकर रहने लगी।

नन्ही लवंगी बड़ी नटखट

लवंगी निहायत नटखट, शरारती और शोख बच्ची थी। अपने सारे भाई-बहनों में सबसे छोटी और बिन माँ की बच्ची होने के नाते हर कोई उससे बेहद दुलार से पेश आता था। बादशाह शाहजहाँ को अपनी मरहूम बेग़म को दिया हुआ वचन याद रहता था। इसलिए वह हर वक़्त लवंगी की मिज़ाजपुर्सी के लिए तैयार रहते थे और उसकी हर इच्छा का ख़याल रखते थे। जहाँआरा तो जैसे उसकी माँ ही थी।

बादशाहों के बच्चे कभी मक़तब या मदरसे न जाते। उनकी पढ़ाई घर पर ही मौलवियों को बुलाकर कराई जाती। ऐसे में लवंगी की पढ़ाई एक ख़ास समस्या थी। लवंगी को अकेले पढ़ना होता था क्योंकि अब तक और भाई-बहनों की पढ़ाई लगभग पूरी हो चुकी थी। सबसे छोटा मुराद भी लवंगी से लगभग दस साल बड़ा था। लवंगी के लिए मक़तब सज जाता, लेकिन लवंगी पढ़ाई तभी शुरू करती थी जब ख़ुद बादशाह और जहाँआरा वहाँ मौजूद रहते। फिर भी, वह उस्ताद को नाकों दम कर देती थी।

एक बार मौलवी उसे क़ुरान की कुछ आयतें याद करा रहे थे। लवंगी उनका उच्चारण सही न कर पा रही थी। उस्ताद बार-बार एक ख़ास लबो-लहज़े में ज़ोर-ज़ोर से उच्चारण कर रहे थे और ज़ोर दे रहे थे कि लवंगी भी उनकी नक़ल करे

ताकि उसकी ज़ुबान साफ़ हो सके। एक बार तो उसने मन लगाकर कोशिश की, दूसरी बार बेमन से कोशिश की और तीसरी बार झुँझलाकर उसने उस्ताद की दाढ़ी, जो उनके ज़ोर-ज़ोर से बोलने पर हिल-हिलकर लवंगी को चिढ़ाती जैसी लगती थी, को ज़ोर से खींचकर भाग गई। उस्ताद की चीख़ निकल गई : *ला हौल वा ला कुव्वत इल्ला बी अल्लाह।*

वहाँ बैठे बादशाह और जहाँआरा सकते में आ गए। आँखों में आँसू भरकर उस्ताद ने बच्ची को पढ़ाने से तोबा कर लेने की ख़्वाहिश ज़ाहिर की। हालाँकि, बादशाह के दबाव में वह तुरन्त फिर तैयार हो गए यह कहते हुए कि तालीम देना बड़ा नेक काम है और इसमें कुछ तकलीफ़ भी हो जाए तो कोई हर्ज़ नहीं। कहने की ज़रूरत नहीं कि इस नेकनीयती के पीछे बादशाह का भय और मिलने वाली मोटी तनख़्वाह का बड़ा हाथ था।

एक अन्य अवसर पर उस्ताद लवंगी को सुलेख का अभ्यास करा रहे थे। ख़ुशख़ती की महिमा का बार-बार बखान करते हुए इबारत बोल रहे थे जिसे लवंगी जल्दी से घसीटकर लिख देती थी। उस्ताद फिर वही प्रक्रिया दुहरवाते थे और सुन्दर लिखावट पर ज़ोर दे रहे थे। आख़िर, तंग आकर लवंगी ने ग़ुस्से में दवात की पूरी रोशनाई उस्ताद के ऊपर उड़ेल दी और भागकर बादशाह की गोद में जा बैठी। उस्ताद की हालत देखने लायक़ थी। आख़िर वह तालीम का नेक काम कर रहे थे!

पढ़ाई के अलावा दूसरे मौक़ों पर भी लवंगी की शोख़ी क़ाबिले-ग़ौर थी। स्याही उड़ेल देने का वाक़या एक बार फिर हो गया जब जहाँआरा दाराशिकोह की बेग़म नादिरा बानो के बुलावे पर लवंगी के संग उनके महल गई थी। ननद-भौजाई आपस में बातों में मशगूल थीं और लवंगी दारा के नन्हे बेटे सुलेमान शिकोह के साथ खेल रही थी। न जाने कब कनीज़ों और लौंड़ियों की नज़र बचाकर लवंगी चुपके से उस कमरे में पहुँच गई जहाँ दाराशिकोह एकान्त में कुछ लिख रहा था। दाराशिकोह के समीप पहुँचकर लवंगी ने 'आदाब, भाईजान' कहा, लेकिन दाराशिकोह लिखने में इतना मशगूल था कि उसने लवंगी की आवाज़ न सुनी। लवंगी ने जब 'आदाब अर्ज़' फिर से दुहराया तो दारा ने चौंककर लवंगी की ओर देखा और अनमने ढंग से बोला, "लवंगी, अभी तुम खेलने जाओ। मैं कुछ अहम बात लिख रहा हूँ।" अपनी उपेक्षा से लवंगी क्षुब्ध हो उठी और आव देखा न ताव तुरन्त स्याही की दवात उठाकर उस पन्ने पर उड़ेल दिया जिस पर दारा लिख रहा था।

रसीली रोशनआरा

मुग़लों में एक अजीब रिवाज़ यह था कि अपनी बेटियों की शादियाँ वे अपनों में ही करते थे। यह रिवाज़ शाहजहाँ की बेटियों के लिए अभिशाप बन गया क्योंकि

उनके बाप ने सत्ता के संघर्ष में अपने परिवार के सभी पुरुष दावेदारों को मार डाला था। उसने अपने सभी भाइयों, उनके बेटों और मरहूम चाचाओं—दानियाल और मुराद—के बेटों को भी मार डाला था। यहाँ तक कि अपने दादा अकबर के सौतेले भाइयों के बेटों और उनके बेटों को भी नहीं बख़्शा। परिणामस्वरूप, जहाँआरा, रोशनआरा और गौहरआरा उर्फ़ लवंगी के लिए अपने कुनबे में कोई दूल्हा ही न बचा।

ऐसे में, बेचारी शहजादियाँ चोरी-छुपे जिस्मानी भूख मिटाने के सिवाय क्या करतीं। इनमें रोशनआरा की ज़रूरत कुछ ज़्यादा ही तगड़ी थी। अपनी विश्वस्त लौंड़ियों और हिजड़ों के ज़रिए वह अक्सर जवान मर्दों को बुर्के में ढकवाकर चोरी-चोरी अपने महल में बुलवाती थी। उसके महल का ख़ास हिजड़ा दिलरुबा ख़ाँ, जो उसकी निजी सुरक्षा का प्रभारी था, इस कार्य को बड़ी गोपनीयता और सफ़ाई से अंजाम देता था। रोशनआरा की ख़ास लौंड़ी निसा, जो काफ़ी मुँहलगी थी, उसके इन कार्यों में बराबर शरीक़ होती थी।

रोशनआरा नए मर्दों की तलाश तरह-तरह के तरीक़ों से कराती थी। एक बार वह हवाख़ोरी के लिए जुलूस में निकल रही थी। अपने प्रिय हाथी पर सजे मेघाडम्बर में अपनी ख़ास लौंड़ी निसा के साथ बैठी वह महीन रेशमी पर्दे से लोगों को देखती चल रही थी। सड़क के दोनों ओर लोगों का हुजूम इकट्ठा था। कुछ तो आवागमन फ़ौरी तौर पर रोक दिए जाने से रुके थे, कुछ शाहज़ादी की कुख्यात क्रूरता के भय से रुके थे और कुछ बेवकूफ़ तमाशा देखने के लिए रुके थे। इन्हीं बेवकूफ़ों में से एक सिरफिरा नौजवान आगे-आगे हाँका लगाकर लोगों को हटाते अंगरक्षकों के विशेष दस्ते को झाँसा देकर शाहज़ादी के हाथी के नज़दीक पहुँच गया और ज़ोर-ज़ोर से 'रोशनआरा, रोशनआरा' पुकारने लगा।

जुलूस थम गया। हाँका वाले दस्ते को भान हो गया कि शाहज़ादी की सुरक्षा में चूक हो गई। हाथी के अगल-बगल चलने वाले घुड़सवार दस्ते ने तुरन्त युवक के नज़दीक पहुँचकर उसे घेर लिया। इस दस्ते के साथ चलने वाला दिलावर ख़ाँ तुरन्त मेघाडम्बर की ओर मुँह करके आदेश की प्रतीक्षा करने लगा। मेघाडम्बर में कुछ हलचल हुई; रोशनआरा ने अपने साथ बैठी निसा को धीरे से कुछ निर्देश दिए; लौंड़ी ने नीचे दिलावर ख़ाँ को कुछ संकेत किया और वह सिरफिरा नौजवान तुरन्त हाथी के पैरों के नीचे कुचले जाने के लिए डाल दिया गया। वह नौजवान पहले तो रोशनआरा को गालियाँ देते हुए गन्दे आरोप लगा रहा था, लेकिन हाथी के पैरों के नीचे पड़ते ही एक हृदयविदारक चीख़ के साथ उसका प्राणान्त हो गया।

वहाँ उपस्थित लोगों में दहशत की लहर फैल गई। बाद में पता चला कि रोशनआरा ने अपने विशेष कक्ष में उसे काफ़ी दिनों तक रखा था और बाद में उसे बाहर फेंकवा दिया था। रोशनआरा तो उसे कब की भूल चुकी थी, लेकिन वह नौजवान रोशनआरा की मुहब्बत में मुब्तिला हो मजनूं की तरह घूमता था।

सिरफिरे नौजवान की मौत से बेपरवाह रोशनआरा ने जुलूस को आगे बढ़ने का हुक्म दिया। उसकी नज़रें सड़क के किनारे खड़े लोगों पर गड़ी थीं। कुछ ही दूर जाने पर उसने हाथी रुकवाया और सड़क किनारे खड़े एक गठीले सुन्दर नौजवान की ओर इशारा करके निसा को कुछ निर्देश दिया। निर्देश आगे तुरन्त दिलावर ख़ाँ को भेजवाया गया कि उक्त नौजवान को उसके महल के विशेष कक्ष में भिजवाने का प्रबन्ध किया जाए।

उस नौजवान पर शाहज़ादी ऐसी रीझी कि उससे कई-कई बार जवानी के खेल खेलती। एक बार ऐसा हुआ कि खेलने के तुरन्त बाद शाहज़ादी ने फिर से खेलना चाहा, लेकिन प्रकृति के आगे विवश वह युवक शाहज़ादी का साथ न दे सका। खेलने के लिए बेताब शाहज़ादी ने साथी को उत्तेजित करने की बहुतेरी कोशिश की; उसके अंग सहलाती-चूमती रही और ख़ुद भी कई उत्तेजक मुद्राएँ बनाती, किन्तु प्रकृति ने नौजवान को खेल की अनुमति न दी। वह बहुत असहाय और शर्मिन्दा महसूस कर रहा था। अपनी इच्छा पूरी न होने पर शाहज़ादी बहुत क्षुब्ध हो गई और मारे क्रोध के उसने पास पड़ी कटार अचानक नवयुवक के पेट में घुसेड़ दी। युवक तड़प-तड़पकर वहीं मर गया। बाद में मृत शरीर के टुकड़े-टुकड़े करवाकर दिलरुबा ख़ाँ की देखरेख में चुपके-से रात के अँधेरे में जमुना में बहवा दिया।

नौजवान मर्दों से अपनी भूख मिटाने के बाद कई बार लौंड़ियों की भूख मिटाने के लिए भी उन्हें सौंपना पड़ता था ताकि वे ख़ुश रहें और इन हरकतों में साझीदार बनी रहें।

नीर-भरी दुःख की बदरी

अल्हड़ लवंगी ने जब जवानी की दहलीज़ पर पैर रखा तो उसके क़दम भोग-विलास की महकती दुनिया की ओर मुड़ने के बजाय कल्पना और भावुकता के स्वच्छन्द आकाश की ओर बढ़ चले। वेदना के पंखों ने उसमें उड़ान की तरंग भरी और लवंगी उड़ चली बेलौस शायरी के खुले आसमान में।

राजसी दम्भ की दुनिया से नीचे उतर लवंगी ने मामूली लोगों के सुख-दुःख और सरोकारों को अपनी कविता का विषय बनाया। उन्हें और चटक बनाने के लिए उसने कुदरत के कारनामों को अपनी कविता में रूपक की तरह प्रयोग किया। जानवरों की ज़िन्दगी की मिसाल देकर उनमें मानवीय भावनाओं का रंग भरा।

वह अक्सर गाती-गुनगुनाती रहती। आमों की अमराई उसे भाती, महुआ की बौराई उसे लुभाती। वह चाहती सारे बन्धन तोड़कर बाहर गलियों में भाग जाए। वहाँ कूदती-फुदकती, लोगों के छोटे-छोटे सरोकारों से वह जुड़ जाना चाहती। वह चाहती उनके सुख-दुःख उसके अपने हो जाएँ। महल के परकोटे पर खड़ी लवंगी दूर धूल में खेल रही बच्ची को देखकर रश्क से भर जाती। उस बच्ची जैसी आज़ादी

उसे भी चाहिए। उसे भी अपनी अम्मा चाहिए चाहे वह वैसी ही हो तो क्या जैसी खेतों में काम कर रही उस बच्ची की माँ। लेकिन, अपनी सीमाओं और बन्दिशों को सोचकर वह बिसूरने लगती :

इत क़ैद हुयो मोरी रूह।
मन हुयो उस छोरी सौं,
जा दौर रही उन खेतन माँ
जहाँ अम्मा वाकी मजूरी कर्यो।

वेदना के गीत गाते-गाते लवंगी कल्पना की अदृश्य दुनिया में समाने लगती। उसे रहस्यमय संसार से अज्ञात प्रेमी का निमंत्रण सुनाई पड़ने लगता। कल्पना के मुक्त गगन में वह उड़ान भरती और गुनगुनाती :

मैं उड़ोयो, मैं चल्यो, मैं गयो अब आसमान के पार।
मोहें बुलाय रह्यो उहाँ मोरा साजन चमकदार।

फिर सोचने लगती कौन है मेरा साजन, कौन है जो मुझे बुला रहा है? काली कमली वाला है या नीली छतरी वाला?

कौन है तू जो मुझे बार-बार आवाज़ दे रह्यो बैठके ऊपर नीली छतरी पर।

फिर सोचती क्या वह वहाँ रहता है जहाँ मेरी अम्मा गई। माँ वहाँ क्यों गई हमको छोड़कर? मैंने तो माँ को देखा तक नहीं, फिर वह हमें क्यों छोड़ गई? फिर, वह अचानक गहन उदासी से भर जाती। वेदना जब और गाढ़ी होने लगती तो उसकी आँखों से झर-झर नीर बहने लगता और दर्द-भरे गीत फूट पड़ते :

काहे को छोड़ी मोहे मैया मोरी।
काहे को गयो बहिश्त मैया मोरी।

लवंगी अपनी ही धुन में गुनगुनाती रहती; गाती रहती। कोई नई तुकबन्दी बैठते ही दौड़ पड़ती उसे काग़ज़ पर लिख लेने को और जल्दी-जल्दी आड़ी-तिरछी लकीरों पर उन्हें घसीट डालती। ऐसा नहीं कि वह हमेशा तुकबन्दी की ही कोशिश करती। भावनाओं का प्रबल प्रवाह उफनते ही वह शायरी और नस्र (गद्य) का फ़र्क़ भूल जाती और घायल हिरनी की तरह उसकी अभिव्यक्ति कुलाँचें मारने लगती। फिर तो न भाषा की फ़िक्र और न उसके व्याकरण की चिन्ता। बस बहती रहती सघन वेदना की प्रगाढ़ धारा।

लवंगी में सिर्फ़ भावुक कविता ही जन्म न ले रही थी, बल्कि विद्रोह के स्वर भी उभर रहे थे। एक बार शाही कुनबे में कुछ तनाजों के बाबत बात करने के लिए जहाँआरा रोशनआरा के महल गई थी। साथ में लवंगी भी थी। दोनों बहनों के बीच

बात चलते-चलते दाराशिकोह और औरंगजेब के बीच चल रही अदावत पर जा पहुँची। जहाँआरा का कहना था कि दो भाइयों के बीच इस तरह की रंजिश वाजिब नहीं है और इसका दोष वह औरंगजेब के कट्टरपन पर डाल रही थी।

औरंगजेब की हमेशा तरफ़दारी करने वाली रोशनआरा इस बात से भड़क गई। उसने औरंगजेब का बचाव करते हुए कहा कि "वह अपने दीन और ईमान पर क़ायम है जबकि दारा भाईजान अपना दीन भूलकर काफ़िरों के जाल में फँस गए हैं। उनका मुंशी चन्दरभान बरहमन बहुत बदमाश है। बनारस का वह काफ़िर फ़क़ीर कबिन्दराचारज काफ़ी दिनों तक भाईजान को बहकाए रखा। वह गया तो उस काफ़िर शायर जगरनाथ को भाईजान के पीछे लगा दिया। उस शातिर शायर ने तो भाईजान के साथ-साथ अब्बा हुजूर पर भी जादू चला रखा है। अब्बा हुजूर ने तो उसे शाही शायर का भी ख़िताब दे रखा है। सुनते हैं भाईजान उसको काफ़ी अहमियत देते हैं और उसके साथ मिलकर हिन्दुओं की कोई मज़हबी किताब का तर्जुमा कर रहे हैं। हमें तो डर है कि उसकी पैठ जनाने में न हो जाए और महल की कई ख़वातीन उसके जाल में फँस न जाएँ।"

इसी बीच, लवंगी, जो दोनों बड़ी बहनों की बातचीत में कोई दिलचस्पी नहीं ले रही थी, ऊबकर ग़ुसलख़ाने चली गई। जिज्ञासावश वह ग़ुसलख़ाने से लगे बगलवाले कमरे में झाँकने लगी तो उसे लगा वहाँ कोई बैठा है। इत्मीनान करने के लिए जब वह उस कमरे में गई तो देखा कि वहाँ एक गठीला मज़बूत नौजवान है जो लवंगी को देखकर बेहद डर गया और हथेलियों से अपना मुँह छिपाने लगा। उस अजनबी मर्द को वहाँ देखकर लवंगी की चीख़ निकल गई।

लवंगी की चीख़ सुनकर दोनों बड़ी बहनें दौड़ पड़ीं। तब तक लवंगी भागकर उनके पास पहुँच चुकी थी। उसने घबराए हुए स्वर में कहा कि भीतर एक अजनबी मर्द बैठा है। रोशनआरा ने पहले तो उसे यह कहकर बहकाना चाहा कि उसे ग़लतफ़हमी हुई होगी। लेकिन, जब लवंगी अपनी बात पर अड़ गई तो रोशनआरा ने बेशर्मी से कहा कि तुम लोग भी उस मर्द से मज़े ले लो और इस वाक़ये को भूल जाओ। जहाँआरा ने तो टका-सा जवाब देते हुए कहा कि "तुम्हारा मर्द तुम्हें ही मुबारक़ हो। हमने अपना इन्तज़ाम कर रखा है।" लेकिन, लवंगी बहुत नाराज़ हुई और लगभग चिल्लाते हुए बोली कि तुमको अगर मर्द रखने का इतना ही शौक़ है तो निकाह क्यों नहीं कर लेतीं?"

रोशनआरा चिढ़कर बोली, "क्या तुम जानती नहीं कि हम शादी नहीं कर सकतीं? फिर जानकर अनजान क्यों बनती हो? हम अपनी जिस्मानी भूख मिटाने कहाँ जाएँ?"

जहाँआरा गहरी साँस लेते हुए दुखी होकर बोली, "काश हम शाहज़ादियाँ न होतीं, बल्कि किसी ग़रीब मज़दूर की बेटी होतीं तो हमारी भी शादी होती, हमारे भी बच्चे होते।"

उनकी बातों पर लवंगी बेहद ख़फ़ा हो गई और सारे अदब-लिहाज़ ताक पर रखते हुए बोली, ''तुम लोग बुजदिल हो। तुम किस बात की शाहज़ादी हो जब अपनी ज़िन्दगी के अहम फ़ैसले ख़ुद नहीं ले सकतीं?''

लवंगी को ख़ुश करने और समझाने की गरज़ से जहाँआरा बड़ी नरमी से बोली, ''मेरी प्यारी लवंगी, तुम अभी इन बातों को नहीं समझती हो।''

जहाँआरा की इस बात पर लवंगी चिल्लाने ही वाली थी कि बीच में रोशनआरा बोल पड़ी, ''क्या तुम ऐसी ज़रूरत पड़ने पर शादी करोगी?''

''हाँ, मैं ज़रूर करूँगी अगर हमें ज़रूरत महसूस हुई। हम जो भी करेंगे पूरी शिद्दत और ईमानदारी से करेंगे,'' लवंगी ने लगभग चीख़ते हुए कहा।

दोनों बड़ी बहनें लवंगी की बात और अन्दाज़े-बयाँ पर सकते में आ गईं। लवंगी का यह रूप उनके लिए बिलकुल नया और अजनबी था। जिस लवंगी को वे सिर्फ़ अल्हड़ और शोख बच्ची समझती थीं उसके बग़ावती तेवर देखकर वे सहम गईं।

अपनी बहनों को घबराता देख लवंगी ने अपना रुख़ कुछ नरम किया और माहौल को हल्का करते हुए बोली, ''मैं किसी जिस्मानी ज़रूरत के ख़िलाफ़ नहीं हूँ, लेकिन ऐसी ज़रूरत को छुप-छुपकर चोरी से पूरा किया जाए इसकी मैं हिमायती नहीं। मेरी नज़र में यह गुनाह है। यह क्या बात हुई कि मर्द कई-कई शादियाँ करें और हम एक भी न करें?''

बात को वहीं दबा देने की गरज़ से जहाँआरा लवंगी को लेकर जल्दी से अपने महल लौट आई। जहाँआरा को डर था कि लवंगी अपने आज़ाद ख़यालों से कोई हंगामा न खड़ा कर दे। वह ख़ास तौर पर फ़िक्रमन्द थी कि दाराशिकोह और औरंगजेब की आपसी अदावत से शाही कुनबे में रार की नींव पहले ही पड़ चुकी थी। अब लवंगी की बदमगज़ी से खानदाने-तैमूरिया की इज़्ज़त धूल में न मिल जाए। लेकिन, लवंगी बेफ़िक्र अपने उसूलों पर बदस्तूर क़ायम थी।

फ़तह

कभी ओरछा का राजा वीरसिंह बुन्देला शाहज़ादे सलीम, जो बाद में बादशाह जहाँगीर बना, के इशारे पर अकबर के प्रिय पात्र अबुल फ़ज़ल को क़त्ल करके

जहाँगीर का कृपा-पात्र बना था। उसका बेटा जुझार सिंह शाहजहाँ का मनसबदार था। दरबार में हाज़िरी लगाते रहने के लिए वह आगरे में ही रहता था। पीछे, जुझार सिंह का बेटा विक्रमजीत ओरछा में शासन का कार्यभार सँभालता था। बाप-बेटे ने प्रजा पर अत्याचार करके काफ़ी धन एकत्र किया। इसकी भनक जब शाहजहाँ को लगी तो उसने इसकी पड़ताल करने का हुक्म दे दिया।

सशंकित जुझार सिंह दरबार छोड़ बुन्देलखंड भाग गया और एक स्वतंत्र शासक की तरह व्यवहार करने लगा। उस पर नकेल कसने के लिए शाहजहाँ ने आक्रमण कर दिया। भयभीत जुझार सिंह शाहजहाँ के चरणों में आ गिरा और माफ़ी माँग ली।

क़रीब पाँच वर्ष तक जुझार सिंह शाहजहाँ के प्रति वफ़ादार रहा और दक्खन के विभिन्न युद्धों में मुग़लों की ओर से लड़ा। लेकिन, बाद में वह अपनी राजधानी ओरछा लौट आया। मुग़ल दरबार में अपनी जगह बेटे विक्रमजीत को लगा दिया।

इसी दौरान, जुझार सिंह ने अपने पड़ोसी राज्य गोंडवाना पर आक्रमण करके उसकी राजधानी चैरागढ़ को जीत लिया और उसके राजा प्रेमनारायण को मार डाला। प्रेमनारायण के पुत्र ने अपनी प्राणरक्षा के लिए शाहजहाँ के यहाँ गुहार लगाई।

शाहजहाँ को जुझार सिंह की हरकतें बहुत नागवार गुज़रीं। यह एक बड़ा अपराध था कि मुग़ल बादशाह का एक अधीनस्थ राजा दूसरे अधीनस्थ राजा पर बिना बादशाह की जानकारी के आक्रमण कर उसे जान से मार दे। इसी बीच, जुझार सिंह का बेटा विक्रमजीत भी बादशाह की अनुमति के बिना बुन्देलखंड वापस भाग गया। इन नाक़ाबिले-बर्दाश्त हरकतों से नाराज़ होकर शाहजहाँ ने जुझार सिंह को सबक सिखाने की ठानी। ओरछा पर आक्रमण का निर्णय लिया गया और कार्यान्वयन की जिम्मेदारी दी गई युवा औरंगजेब को।

ओरछा पर आक्रमण औरंगजेब का पहला स्वतंत्र सैनिक अभियान था जिसमें उसे शानदार सफलता मिली। जुझार सिंह के तीन पुत्र, एक पोता, बहुत-सी स्त्रियाँ और अपार सम्पत्ति मुग़लों के हाथ लगी। हाँ, जुझार सिंह और विक्रमजीत बच निकले, लेकिन, जब वे जंगल में विश्राम कर रहे थे, गोंडों ने उन्हें मार दिया। उनके कटे सिर शाहजहाँ की हुजूरी में पेश किए गए।

ई मुई खाँसी!

दरबार-ए-आम में बड़ी गहमागहमी थी। बादशाह शाहजहाँ रत्नजटित भव्य मयूरसिंहासन पर विराजमान थे। उनके बगल में शाहज़ादा दाराशिकोह एक छोटे-से स्वर्णसिंहासन पर बैठा था। मनसबदार, हुक्मरान और मुलाज़िम अपनी-अपनी जगहों पर जमे हुए थे। सल्तनत के वजीर वकील आसिफ़ ख़ाँ ने ओरछा की लड़ाई

का विस्तृत विवरण पेश किया। तत्पश्चात्, क़ैदियों के भाग्य का फ़ैसला करने का बादशाह से निवेदन किया।

ओरछा की लड़ाई में पकड़े गए कुछ विशिष्ट बन्दी नीचे दूर घेरकर खड़े किए गए थे। स्त्रियाँ—जिनमें ओरछा राजपरिवार की रानियाँ और राजकुमारियाँ भी थीं—एक-एक करके सरदारों और दरबारियों में बाँट दी गईं और उनमें से कुछ रूपवती कमसिन कन्याएँ बादशाह के हरम में भेज दी गईं। जुझार सिंह के दो पुत्रों और एक पोते ने इस्लाम स्वीकार करके अपनी जान बचाई, जबकि एक बेटे और वृद्ध मंत्री ने मुसलमान बनने से इनकार करने पर अपनी जान गँवाई।

शाहजहाँ के चेहरे पर प्रसन्नता थी, जबकि उनकी बगल में बैठा हुआ दाराशिकोह कुछ नासाज और दुखी दिख रहा था। बन्दियों को जबरन मुसलमान बनाए जाने को लेकर वह बहुत व्यथित था, लेकिन चुपचाप पूरे घटनाक्रम को उदास आँखों से देख रहा था। दया और करुणा से भीगी उसकी आँखें आख़िर में जुझार सिंह के मासूम पोते के भयभीत चेहरे पर टिक गईं।

यह सोचकर दाराशिकोह का दिल भर आया कि छोटे-से लड़के ने मारे डर के इस्लाम कुबूल कर लिया जिसका वह ठीक से मतलब भी नहीं समझता था। वह यह कल्पना करके काँप गया कि उसके अपने बेटे सुलेमान शिकोह, जो लगभग उसी लड़के की उम्र का था, को भी कभी ऐसी हालत में खड़ा होना पड़ जाए तो क्या होगा। यह सोचकर उसका मन बहुत दुखी हो गया, लेकिन दूसरे ही क्षण उसने एक झटके से यह विचार अपने दिमाग़ से निकाल फेंका। फिर वह सोचने लगा कि उसकी अपनी तबीयत वैसे भी बहुत दिनों से ठीक नहीं है। सर्दी-जुकाम और खाँसी ने ऐसा जकड़ा है कि उसे चैन नहीं है। खाँसी का दौर शुरू होता है तो रुकने का नाम ही नहीं लेता। दरबार की मर्यादा के कारण बहुत देर से उसने अपनी खाँसी बड़ी मुश्किल से रोक रखी है। अगर ओरछा-विजय का ख़ास मौक़ा न होता तो वह कब का अपने महल जा चुका होता और आराम से बिस्तर पर लेटकर जी भर कर खाँसता।

इस बीच, ओरछा युद्ध के लड़ाकों को बड़ी-बड़ी बख्शीशों की घोषणा हो रही थी। युद्ध का विजेता नायक औरंगजेब एक ओर बड़ी अकड़ से खड़ा था। उसके मन में विचारों की आँधी चल रही थी। एक ओर अपनी विजय पर वह फूला न समा रहा था तो दूसरी ओर यह सोचकर कुढ़ रहा था कि उसका बड़ा भाई दारा अब्बा हुजूर का इतना दुलारा था कि उसने बिना किसी मेहनत के वली अहद (युवराज) का ओहदा हथिया लिया और बादशाह के बगल में बैठने का हक़दार बन गया। औरंगजेब के विचारों की श्रृंखला तब टूटी जब स्वयं बादशाह ने उसकी मनसबदारी में वृद्धि की घोषणा की और उसे पुकारकर अपने पास बुलाया खिलअत प्रदान करने के लिए।

कोर्निश करने के बाद औरंगजेब ज्योंही खिलअत लेने के लिए दोनों हाथ

बढ़ाकर आगे बढ़ा, दाराशिकोह की खाँसी का गुबार अचानक फूट पड़ा। बहुत देर से ज़बरदस्ती ज़ब्त की हुई खाँसी का दौरा इतना प्रबल था कि दाराशिकोह अपने स्वर्णसिंहासन से नीचे लुढ़क गया।

अपनी खिलअत समेटते हुए औरंगजेब एकदम हड़बड़ा गया। मदद के लिए वह दाराशिकोह की ओर लपका। लेकिन, इसके पहले ही दाराशिकोह सँभल चुका था। हालाँकि, उसकी खाँसी का दौर अभी जारी था। लगातार खाँसी और सिंहासन से लुढ़कने से शर्म के मारे उसका चेहरा बहुत लाल हो गया था। वह हलकान-परेशान दिख रहा था।

जालीदार परकोटे में बैठे शाही जनाने में हलचल मच गई। दाराशिकोह की बड़ी बहन जहाँआरा और बीवी नादिरा बेग़म हड़बड़ी में एकदम उठ खड़ी हुईं। अपने प्यारे शाहज़ादे को भरे दरबार में इस तरह बेज़ार देखकर बादशाह एकदम सकते में आ गए। उन्होंने तुरन्त दरबार बर्खास्त करने और शाही हकीमों को बुलाने का हुक्म दिया।

दाराशिकोह को तुरन्त उसके महल ले जाया गया और बिस्तर पर लिटा दिया गया। साथ ही साथ पहुँचे बादशाह। साथ में थे वजीर आसिफ़ ख़ाँ और शाहजादे के निजी सचिव मुंशी चन्दरभान बरहमन। औरंगजेब साथ नहीं आया। उसको ग़ुस्सा था कि उसकी इज़्ज़त-अफजाई के मौक़े पर खलल डालने के लिए दारा ने जान-बूझकर खाँसी का नाटक रचा था।

शाही हकीम अमानुल्लाह ख़ाँ आ पहुँचे। अमानुल्लाह ख़ाँ, जो मशहूर तलवारबाज़ मरहूम महावत ख़ाँ के बेटे थे, बड़े जाने-माने चिकित्सक थे और उनकी किताब 'उम्म-अल-इलाज' ने बड़ी ख्याति अर्जित की थी। हकीम ने ज्योंही कोर्निश करना शुरू किया बादशाह भड़ककर बोले, "क्या बात है हकीम, शाहज़ादे की तबीयत काफ़ी दिनों से नासाज है; सर्दी-खाँसी ख़त्म ही नहीं हो रही है और आपकी कोई दवा काम नहीं कर रही है!"

इसके पहले कि हकीम कोई जवाब दे पाता, शाहज़ादा झल्लाकर बोला, "अब्बा हुजूर, इन्होंने तो कड़वे-कड़वे काढ़े पिला-पिलाकर तंग कर दिया है। इलाज इनके बस का नहीं है। इनको यहाँ से भगा दें तो अच्छा है।" तब तक ख़ानसरा ने आकर अर्ज़ किया कि शाहज़ादे के निजी चिकित्सक फिरंगी डॉक्टर बर्नियर ख़िदमत में हाज़िर होना चाहते हैं। शाहज़ादे ने मुँह बिचकाकर शाहजहाँ की ओर अर्ज़ किया कि बर्नियर को भी भगा दिया जाए। उसने कई तरह के बदबूदार मलहम गले और पीठ में मलवा-मलवा कर और बीमार कर दिया है।

दोनों चिकित्सकों को भगाकर दाराशिकोह अपने बिस्तर पर निढाल होकर लेट गया और कातर दृष्टि से शाहजहाँ की ओर देखते हुए अर्ज़ किया कि उसे उसके हाल पर छोड़ दिया जाए। माहौल में एकदम मायूसी और बेचारगी फैल गई।

बादशाह और उनके वजीर लाचार नज़र आ रहे थे। इसी बीच, मुंशी चन्दरभान बरहमन ने आगे बढ़कर बादशाह को कोर्निश की और बोला, ''हुज़ूर, अगर इजाज़त दें तो वैद्य सुखदेव शर्मा का इलाज शुरू किया जाए। बड़े पहुँचे हुए आयुर्वेदाचार्य हैं। अगर भगवान ने चाहा तो उनके इलाज से शाहज़ादे कुछ ही दिनों में चंगे हो जाएँगे।''

भारी मन से इजाज़त देते हुए कि उनका भी इलाज देख लेने में कोई हर्ज़ नहीं है, बादशाह दाराशिकोह के शयनकक्ष से बाहर निकल आए। उनके पीछे वजीर और फिर मुंशी भी बाहर आ गए। अब पर्दे के पीछे से जहाँआरा, नादिरा बेग़म और कई दासियाँ बाहर आ गईं दाराशिकोह की मिज़ाजपुर्सी और तीमारदारी के लिए।

खाँसी का खुलासा

ख़ानसरे ने जब दाराशिकोह को सूचित किया कि मुंशीजी के साथ कोई वैद्य ख़िदमत में हाज़िर होना चाहते हैं तो दाराशिकोह को खाँसी का बुरी तरह दौरा पड़ा हुआ था। ख़ानसरे के जवाब में दाराशिकोह ने खाँसते-खाँसते अपना हाथ हिलाया जिसका मतलब ख़ानसरे को ठीक-ठीक समझ में न आया। वह मुस्तबहा में था कि शाहज़ादे ने उसे बाहर जाने के लिए हाथ हिलाया या चन्दरभान और वैद्य को भीतर भेजने के लिए। इस ऊहापोह में उसने अपने विवेक से काम लिया और दोनों को भीतर आने का संकेत किया।

भीतर जाने पर मुंशी और वैद्य कोर्निश करते रहे और शाहज़ादा खाँसते रहे। कोर्निश ख़त्म करके वैद्यजी ने फुर्ती से अपने बाएँ कन्धे पर लटके हुए कपड़े के बड़े-से थैले में से एक छोटी-सी डिबिया निकाली और उसे खोलकर उसमें से सुँघनी-जैसा पदार्थ अपनी चुटकी में लेकर दाराशिकोह की नाक के नीचे ले गए और बोला, ''हुज़ूर, ज़ोर से साँस भीतर खींचिए।'' और तुरन्त ही डिबिया से दूसरी बार चुटकी भरकर नाक के दूसरे छेद के नीचे ले गए और अपनी अर्ज़ को फिर दुहराया।

अरे, यह क्या! यह तो ग़ज़ब हो गया!! शाहज़ादे की खाँसी तो रुक गई!!!

शाहज़ादा ने मारे ख़ुशी के अपने गले से मोतियों की तिलड़ी माला तुरन्त उतारकर वैद्य को भेंट की, जिसे उसने अपने सिर पर रखते हुए सहर्ष स्वीकार किया। वैद्यजी अपनी बात आगे बढ़ाते हुए बोले, ''हुज़ूर, यह तो फ़ौरी इलाज है। पूरे उपचार के बाद पूरी तरह स्वस्थ हो जाएँगे।''

वैद्यजी शाहज़ादे की प्रतिक्रिया के लिए थोड़ा रुके। शाहज़ादे की मूक स्वीकृति और आँखों की चमक को भाँपते हुए वैद्यजी ने अपनी बात आगे बढ़ाई, ''हुज़ूर, इलाज करने से पहले कुछ बुनियादी बातों को बताना ज़रूरी है ताकि इलाज के तौर-तरीक़े मरीज पर पहले से ही रौशन हो सकें।''

शाहज़ादे ने जब स्वीकृति में सिर हिलाया तो वैद्य ने बात आगे बढ़ाते हुए विस्तार से बताया :

"हुज़ूर, जब मानव शरीर में कफ, वात और पित्त का तालमेल बिगड़ जाता है, तो मनुष्य बीमार पड़ जाता है। तरह-तरह की बीमारियाँ इन्हीं तीनों के तालमेल में तरह-तरह की कमी-बेशी से पैदा होती हैं।

"सर्दी-खाँसी के मामले में एक और बुनियादी बात है। धूलकण या कोई हानिकारक कण नाक और गले से शरीर के भीतर पहुँचकर फेफड़ों को बीमार न कर दे इसके लिए प्रकृति ने कई इन्तज़ाम कर रखे हैं; जैसे नाक के बाल, नाक के पिछले हिस्से की चिपचिपी जगह और गला। कोई भी हानिकारक कण जब शरीर में घुसता है तब पहले नाक के बाल उसे रोकते हैं। वहाँ से बचकर धूलकण अगर आगे बढ़ जाता है तो नाक की चिपचिपी जगह में फँस जाता है और अगर वहाँ से भी आगे निकल जाता है तो गले का लिसलिसापन उसे रोकता है। अगर बहुत सारे धूलकण नाक के भीतर और गले में पहुँच जाते हैं तो प्रकृति अपने ढंग से उन्हें बाहर निकालने की कार्रवाई शुरू करती है। नाक से बार-बार छींकें आती हैं ताकि धूलकण झटके से बाहर निकल आएँ। अगर तब भी धूलकण नाक में रह जाते हैं तो नाक लिसलिसा तरल पदार्थ उत्पन्न करके उसे बाहर की ओर बहाता है ताकि उसके साथ धूलकण बाहर निकल जाएँ।

"अगर नाक की सीमा से धूलकण आगे बढ़ जाएँ तो गले में उन्हें रोकने और बाहर निकालने की प्रक्रिया शुरू हो जाती है। ऐसे में गले में खराश और खाँसी शुरू हो जाती है और गला बलगम पैदा करने लगता है ताकि धूलकण बलगम के साथ बाहर आ जाएँ।

"इसके लिए शरीर के सफ़ाई-तंत्र को अतिरिक्त ऊर्जा या प्राण की आवश्यकता पड़ती है जिसे वह सिर, आँख और कान वाले क्षेत्रों से आयातित करती है। यही कारण है कि जब प्राण सिर से उधार लिया जाता है तो वहाँ प्राण की कमी हो जाती है। परिणामस्वरूप, सिरदर्द होना शुरू हो जाता है और अगर यह सफ़ाई कार्य ज़्यादा देर तक या अक्सर चलता रहे तो सिर के बालों के लिए आवश्यक प्राणों में कमी होने के कारण बाल झड़ने या सफ़ेद होने शुरू हो जाते हैं। कुछ ऐसा ही मामला आँखों और कानों के साथ भी है। आँखें लाल और सूखी हो जाती हैं और कान बन्द-बन्द से महसूस होते हैं। इसी तरह गले की सफ़ाई के दौरान प्राणशक्ति के अधिक खपत होने के कारण गले में दर्द शुरू हो जाता है।"

शाहज़ादा दाराशिकोह अपनी खाँसी भूलकर बड़े ध्यान से वैद्यजी की बातें सुन रहा था। वैद्यजी जब अपनी साँसों को सुस्ताने के लिए थोड़ा रुके तो दाराशिकोह पूछ बैठा, "आख़िर उपाय क्या है इस तरह की परेशानी से बचने का?"

वैद्यजी ने झट जवाब दिया, ''हुज़ूर, यह सफ़ाई अगर हम कृत्रिम ढंग से कर दें तो शरीर को अनावश्यक प्रयास और प्राणशक्ति के अनावश्यक ख़र्च से बचाया जा सकता है।''

दाराशिकोह को ये बातें कुछ विचित्र-सी लगीं। उसने पूछा, ''मतलब? ज़रा इसका खुलासा कीजिए।''

''हुज़ूर, मतलब साफ़ है। धूलकणों की सफ़ाई और प्राणशक्ति के ख़र्च को पूरा करने का हम अगर अलग से कोई उपाय करें तो शरीर को बीमारी या तकलीफ़ से बचाया जा सकता है।''

''तो वह उपाय क्या है?'' दाराशिकोह ने उतावलेपन से पूछा।

''बहुत से उपाय हैं, हुज़ूर। लेकिन, आपके मामले में दो बहुत छोटे और सीधे उपाय ही काफ़ी हैं,'' कहते हुए वैद्यजी ने आयुर्वेद में वर्णित नेति और धौति क्रियाओं का विस्तृत वर्णन किया।

कुछ देर बाद वैद्यजी ने थोड़ा गुनगुना गरम पानी मँगवाया और एक कटोरे में उस पानी को लबालब भरकर एक चुटकी नमक डाल दिया। फिर शाहज़ादे को पूरी साँस रोक लेने को कहा और कटोरे को उसकी नाक के पास ले जाकर उसकी नाक के अगले हिस्से को कटोरे के पानी में पूरी तरह डुबो दिया और पानी को धीरे-धीरे नाक में ऊपर खींचने को कहा।

दाराशिकोह ने ज्योंही वैसा किया उसे बहुत आश्चर्य हुआ कि गरम-गरम नमकीन पानी बहुत सुकून देते हुए मुँह में पहुँच रहा है। थोड़ी देर बाद वैद्यजी ने कटोरा हटा लिया जो लगभग आधे से ज़्यादा ख़ाली हो चुका था। वैद्यजी ने थोड़ी देर के लिए नाक से साँस लेने से मना करते हुए मुँह खुला रखने को कहा। पूरा पानी मुँह से बाहर आ गया और नाक से भी रुक-रुककर पानी की धार बाहर गिरती रही।

वैद्यजी ने ताकीद की कि जब भी यह क्रिया चले नाक से साँस लेना उतनी देर तक रोक देना चाहिए। पानी और हवा दोनों एक साथ नाक के भीतर नहीं जा सकते और अगर ऐसी ग़लती हो जाएगी तो अत्यन्त पीड़ा शुरू हो जाएगी।

वैद्यजी ने बाद में ज़ाहिर किया कि इस क्रिया को 'जलनेति' कहते हैं और यह क्रिया लगभग एक हफ़्ते तक उनकी देखरेख में चलेगी। बाद में तो यह आदत में वैसे ही शामिल हो जाएगी, जैसे दाँत-मुँह धोने का नित्यकार्य।

पहले ही दिन दाराशिकोह को अपना तन-मन बड़ा साफ़-साफ़ और सिर हल्का महसूस हुआ। एक हफ़्ता बीतते-बीतते तो वह एकदम चंगा हो गया।

इस दौरान, रोज़ नियम से वैद्यजी ने च्यवनप्राश नामक अवलेह (हलवा) का सेवन कराया ताकि प्राणशक्ति की किसी प्रकार की क्षति की पूर्ति की जा सके।

एक दिन दाराशिकोह ने जब हलवे के बारे में जिज्ञासा व्यक्त की तो वैद्यजी ने हलवे की प्राचीन कहानी उन्हें बताई :

च्यवन नामक एक अत्यन्त वृद्ध ऋषि तपस्या करते-करते मिट्टी के ढूहे से ढक गए थे। एक बार उस राज्य की राजकुमारी अपनी सखियों संग वहाँ वन-विहार के लिए पहुँचीं और मिट्टी के ढूहे में दो चमकती चीज़ें देखकर मारे जिज्ञासा के उसमें काँटे चुभा दिए। काँटे चुभते ही ढूहे में से आह की आवाज़ निकली और ख़ून की दो धाराएँ बह निकलीं। बाद में पता चला कि राजकुमारी ने ग़लती से च्यवन ऋषि को अन्धा कर दिया। दंडस्वरूप, राजकुमारी को अन्धे और बूढ़े च्यवन ऋषि से शादी करनी पड़ी। राजकुमारी की जवानी पर तरस खाकर च्यवन ने देवताओं के चिकित्सक अश्विनी बन्धुओं को बुलवाया। दोनों चिकित्सक बन्धुओं के उपचार से च्यवन ऋषि की आँखें ठीक हो गईं। उन्होंने च्यवन को एक क़िस्म का हलवा खाने को दिया और उसके बनाने की विधि भी बताई। कुछ दिनों तक हलवा खाने से च्यवन ऋषि का बुढ़ापा ख़त्म हो गया और जवानी फिर से लौट आई। बाद में च्यवन ऋषि के नाम पर उस हलवे का नाम च्यवनप्राश पड़ गया।

इस कहानी को एक दिन दाराशिकोह ने जब अपने अब्बा हुजूर बादशाह शाहजहाँ को सुनाया तो वह हैरत से बोल पड़े, "वह हकीम तो वाक़ई बहुत करामाती लगता है। शाहज़ादे, आप उसकी इलाज के बदौलत ही इतने भले-चंगे हुए हैं। इसलिए उसको वाज़िब बख़्शीश दी जाए और एक दिन उसे मेरे सामने शाहबुर्ज़ में पेश किया जाए।"

जोशीली जवानी का नुस्खा

शाहबुर्ज़ में वैद्य सुखदेव शर्मा ने कोर्निश पूरा भी न किया था कि बादशाह शाहजहाँ बोल पड़े, "वैद्य, सुनता हूँ तुम जवानी लौटने का कोई क़िस्सा सुनाते हो।"

"हाँ, हुजूर, वह क़िस्सा बहुत पुराना है।"

"क्या वाक़ई यह मुमकिन है?"

"हाँ, हुजूर, आयुर्वेद में कुछ ऐसी दवाएँ हैं जिनसे यह मुमकिन हो सकता है।"

यह सुनकर बादशाह चुप हो गए। अपनी ख़िज़ाब लगी दाढ़ी पर हाथ फेरते हुए लग रहा था वह कुछ सोच रहे हैं। थोड़ी ही देर बाद, कुछ हिचकिचाहट के साथ वह आगे बढ़े और वैद्यजी के एकदम नज़दीक आकर उनके कन्धे पर हाथ रख दिया और बोले, "फ़िलहाल, तुम हाजमे की कोई दवा दो। फिर आगे देखते हैं कि तुम्हारी दवा में कितना दम है।"

"हुजूर, मैं अपने औषधालय से एक चूरन, जिसे आयुर्वेद में 'लवणभास्करचूर्ण'

कहा गया है, तैयार करके लाता हूँ। यह दवा हाजमा ठीक रखने के साथ-साथ भूख भी बढ़ाएगी।''

बादशाह रहस्यमय ढंग से मुस्कराने लगे।

अपने औषधालय में कई छोटे-छोटे डिब्बों से तरह-तरह की जड़ी-बूटियाँ और मसाले थोड़ा-थोड़ा निकालकर वैद्यजी एक बड़े-से खरल में देर तक कूटते रहे। जब वह बिलकुल महीन चूरन हो गया तो दूसरे डिब्बों से पाँच तरह के नमक—काला नमक, सफ़ेद नमक, सेंधा नमक, समुद्र फेन और मीठा नमक—थोड़ा-थोड़ा निकालकर एक दूसरे खरल में कूटकर महीन किया। फिर दोनों के चूर्णों को आपस में मिलाकर दवा की पन्द्रह ख़ुराक़ तैयार की।

इस चूरन को ख़ानसरा ऐतबार ख़ाँ को सौंपते हुए वैद्यजी ने अर्ज़ किया कि हर रोज़ तीन ख़ुराक़ के हिसाब से पाँच दिन की दवा है। हर बार खाने के बाद एक ख़ुराक़ गुनगुने पानी के साथ देना है।

वैद्य का बादशाह शाहजहाँ और शाहज़ादे दाराशिकोह के इतना नज़दीक और अजीज होना ऐतबार ख़ाँ को रास न आ रहा था। ऊपर से उसकी हिदायतें कि दवा ऐसे देना है, वैसे देना है से वह चिढ़ा हुआ था, लेकिन मौक़े की नजाकत को देखते हुए वह चुप था। उसने अपने एक मातहत को तुरन्त शाही शफ़ाख़ाने भेजा शाही हकीम अमानुल्लाह ख़ाँ को बुला लाने के लिए।

हकीम अमानुल्लाह ख़ाँ ज्योंही पहुँचे ऐतबार ने उन्हें एक कोने में ले जाकर समझाया कि वैद्य उन पर बहुत भारी पड़ रहा है। अब बादशाह और शाहज़ादे दाराशिकोह उसी की दवा पर यक़ीन करते हैं। उसने हकीम को ताकीद की कि हाजमे की एक अच्छी दवा बनाकर वह ले आएँ ताकि बादशाह का उन पर फिर से यक़ीन क़ायम हो सके।

बादशाह के भोजन के बाद ऐतबार ख़ाँ ने वैद्य और हकीम दोनों की दवाएँ सामने रखीं और हकीम की दवा आजमाने का अर्ज़ किया। बादशाह ऐतबार ख़ाँ पर अमूमन कभी नाराज़ नहीं होते थे, लेकिन दो तरह की दवाएँ देखकर उनकी त्योरी चढ़ गई। उन्होंने ऐतबार ख़ाँ को डाँटकर मना किया कि दवाओं के मामले में वह चुप रहा करे और वैद्य को तुरन्त शाहबुर्ज़ में हाज़िर कराए।

बादशाह की दुलारी शाहज़ादी जहाँआरा, जो बादशाह का ख़ास ख़याल रखती थी और उनके भोजन के वक़्त तो ख़ासकर मौजूद रहती थी, ने ऐतबार ख़ाँ को वहाँ से हट जाने का इशारा किया और बादशाह की मर्ज़ी के मुताबिक वैद्य की दवा गरम पानी से उन्हें पिलाई।

शाहबुर्ज़ में बादशाह ने वैद्यजी को सख़्त हिदायत दी कि उनके इलाज के मामले में वैद्य किसी और को बीच में न आने दे—न शाही हकीम को, न ऐतबार ख़ाँ को

और न किसी दूसरे ख़ादिम को। दवा सिर्फ़ पादशाह बेग़म जहाँआरा को सौंपी जाए।

वैद्य सुखदेव शर्मा अब रोज़ ख़ास महल आते और पर्दे के पीछे बैठी जहाँआरा से बादशाह का हाल मालूम करते। चौथे दिन, जहाँआरा ने वैद्य को हिदायत दी कि वह तुरन्त बादशाह से शाहबुर्ज़ में मिलें।

शाहबुर्ज़ में बादशाह बड़े ख़ुश नज़र आ रहे थे। उन्होंने वैद्य को शाबाशी दी कि उसकी दवा वाक़ई करामाती है। फिर कुछ देर चुप रहकर बादशाह वैद्य की ओर बड़ी गहरी निगाहों से घूरते रहे जैसे आँक रहें हों कि वैद्य कितना भरोसेमन्द है।

अचानक बादशाह वैद्य के नज़दीक आ गए और धीरे-से मुस्कराते हुए धीमी आवाज़ में पूछा, ''और उस जवानी लौटने के क़िस्से का क्या हुआ?''

वैद्य सुखदेव शर्मा बादशाह का तात्पर्य न समझ पाने के कारण उनकी ओर बेवकूफ़ की तरह ताकता रहा। उसके भोलेपन और असमंजस को भाँपकर बादशाह ने अपने मक़सद का खुलासा किया, ''अरे, तुम्हारे क़िस्से में जिस तरह दवा से जवानी लौटने की बात आई है वैसी कोई दवा तुम्हारे पास है क़ुव्वत-ए-मर्दुमी बढ़ाने के लिए?''

बादशाह का मक़सद अच्छी तरह समझे बिना ही वैद्यजी जल्दी से बोल पड़े, ''हुजूर, एक पुरुष को एक स्त्री से संसर्ग के लिए प्रकृति ने पर्याप्त पौरुष प्रदान किया है।''

वैद्य की बात बादशाह को बेवकूफ़ी भरी लगी। झुँझलाकर तुरन्त उन्होंने पूछा, ''और अगर किसी मर्द का कई औरतों से वास्ता हो तो?''

अब बात वैद्य को समझ में आ गई और फुर्ती से उसने जवाब दिया, ''इसके लिए औषधि है, हुजूर।''

बादशाह के चेहरे पर ख़ुशी की किरण फैल गई। उन्होंने झट हुक्म दिया, ''फिर लाओ वह दवा।''

वैद्यजी थोड़ी देर के लिए सोच में पड़ गए। हालाँकि, असमंजस की स्थिति से जल्द ही उबरते हुए उन्होंने कहा, ''हुजूर, ऐसी स्थिति में उपचार दो स्तरों पर होता है। पहला तो मानसिक कामोद्दीपन के लिए और दूसरा शारीरिक सामर्थ्य बढ़ाने के लिए।''

बादशाह ने कुछ उतावलेपन से उत्साहित होते हुए कहा, ''जो भी करना हो जल्दी करो।''

अगले दिन से वैद्यजी ने बादशाह को 'कामसूत्र' और 'रतिमंजरी' नामक संस्कृत ग्रन्थों से चुने हुए उद्धरण अनुवाद करके सुनाना शुरू किया। इससे उत्साहित होकर बादशाह ने शाही कारख़ाने के अहम रंगसाज उस्ताद मुखलिस को बुला भेजा और हुक्म दिया कि वैद्यजी की बात वह भी ग़ौर से सुने और उसी के मुताबिक तस्वीरें बनाकर बादशाह को दे।''

वैद्य और शाही रंगसाज के संयुक्त प्रयास से गुप्त रूप से तैयार हुई लघुचित्रों की एक लघुपुस्तिका—'लज़्ज़त-ए-जवाँमर्दी'। इस किताब के पन्ने अच्छी तरह सिझाये हुए बारीक़ और कोमल चमड़े के थे जिनके हाशिये सुनहरे गोटे से सजाए गए थे। इन पन्नों पर ख़ास तौर पर तैयार किए गए चटकीले रंग, जिनमें चमक बढ़ाने के लिए सोने की भस्म मिलाई गई थी, की मदद से उस्ताद मुखलिस ने स्त्री-पुरुष के रति-प्रसंगों को इतनी बारीक़ी से चित्रित किया जैसे वे जीवंत हों। हर चित्र के निचले हाशिये पर कामोत्तेजना बढ़ाने वाली शायरी की दो पंक्तियाँ ऐसी ख़ुशख़ती से लिखी गई थीं कि वे भी कला का एक बेजोड़ नमूना लगती थीं। किताब को एक सुनहले आवरण में बाँधा गया था।

किताब को पाकर बादशाह बहुत ख़ुश हुए। उन्होंने वैद्य और चित्रकार दोनों को भरपूर इनाम दिया। यह किताब बादशाह के सिरहाने रखी रहती थी जिसे वह छुप-छुपकर देखते थे। इस किताब के बारे में बादशाह के अलावा और कोई न जानता था, सिवाय जहाँआरा के जो कभी-कभी चोरी से इस किताब के पन्ने जल्दी में पलट लेती थी।

इस बीच वैद्यजी बादशाह की जवाँमर्दी बढ़ाने वाली औषधि तैयार करने में भी लगे हुए थे। अपनी औषधिशाला में उन्होंने तरह-तरह की जड़ी-बूटियाँ जुटाईं जिनमें भृंगराज, शतावर, गिलोय, अश्वगन्धा, सफ़ेद मूसली और आँवला मुख्य थे। इन जड़ी-बूटियों को एक निश्चित मात्रा में लेकर खरल में बार-बार कूट-पीसकर ख़ूब महीन चूर्ण बनाया। फिर इस चूर्ण में शिलाजीत और केसर का चूर्ण मिलाया और सारे चूर्ण को लगभग पाँच सेर पानी में ख़ूब औटाया। धीमी आँच में पकते-पकते जब सारा माल सिर्फ़ एक सेर रह गया तो लगभग पाँच सेर पुराने गुड़ की चाशनी में उसे पकाकर 'कामेष्टि पाक' नामक औषधि तैयार की। फिर इसे एक निश्चित ख़ुराक़ के हिसाब से छोटे-छोटे टुकड़े बनाए और उन सबों को मिट्‌टी के एक नए बर्तन में रखकर और सूती कपड़े से उसका मुँह अच्छी तरह ढककर बादशाह के पास ले गए।

बादशाह ख़ुश हुआ, यद्यपि दवा के परिणाम के बारे में वह अभी भी सशंकित था। वैद्य ने आश्वस्त करते हुए कहा कि बादशाह कामेष्टि पाक के एक टुकड़े को रोज़ काली गाय के एक सेर ताज़े दूध के साथ सेवन करें। वैद्य ने आग्रह किया कि जब तक इस औषधि का सेवन चले बादशाह मदिरा का सेवन न करें ताकि औषधि का असर कम न होने पाए। इस नसीहत पर बादशाह ने बुरा-सा मुँह बना लिया। बादशाह की नाख़ुशी दूर करने के लिए वैद्य ने शीघ्रता से प्रस्ताव रखा कि वह द्राक्षासव नामक आयुर्वेदिक मदिरा तैयार करके लाएगा जो शराब की तरह ही मज़ा देगी और साथ ही कामेष्टि पाक के असर को बढ़ाने में भी मददगार होगी।

असर

शाइस्ता ख़ाँ बादशाह शाहजहाँ के साले थे। वे अत्यन्त कुलीन और प्रभावशाली ईरानी परिवार के थे। मुग़ल ख़ानदान की दो मशहूर बेग़में—नूरजहाँ और मुमताज महल—इसी ईरानी परिवार से आई थीं। इस परिवार की सेवा और सहयोग से ख़ुश होकर मुग़ल बादशाहों ने हमेशा इन्हें ख़ूब उपकृत किया। बादशाह जहाँगीर ने अपनी बेग़म नूरजहाँ के वालिद मिर्ज़ा गियास बेग को अपना वजीर बनाया और उन्हें इत्मादुद्दौला के नाम से सम्मानित किया। बादशाह शाहजहाँ ने मिर्ज़ा गियास बेग के बेटे और अपनी पत्नी मुमताज महल के भाई मिर्ज़ा अबुल हसन ज़फ़र बेग को अपना वजीर बनाया और उपाधि दी थी—आसिफ़ ख़ाँ। इनके बेटे मिर्ज़ा अबू तालिब की बहादुरी और होशियारी से ख़ुश होकर बादशाह जहाँगीर ने इन्हें बचपन में ही शाइस्ता ख़ाँ की उपाधि से नवाजा था। तब से इनका यही नाम मशहूर हो गया था।

शाइस्ता ख़ाँ बड़े रंगीन मिज़ाज थे। उन्होंने अपने हरम में कई बीवियाँ और रखैलें रख छोड़ी थीं। अभी हाल में ही उन्होंने एक बहुत ख़ूबसूरत अठारह साल की ईरानी लड़की से शादी की थी जिसका नाम था गुलनार बानो। शाइस्ता ने गुलनार की उत्तेजक सुन्दरता पर मोहित होकर उसे एक ग़रीब परिवार से लाकर शादी रचा ली थी। इस शादी के बाद गुलनार की सुन्दरता की चर्चा चारों ओर फैल गई। चर्चा तो बादशाह तक भी पहुँची पर उन्हें अपनी सलहज के दीदार का मौक़ा न मिला।

एक अच्छा मौक़ा मिला लवंगी की बीसवीं सालगिरह पर। पादशाह बेग़म जहाँआरा के महल के सहन में शाही परिवार के सभी लोग शाम को इकट्ठे हुए थे। एक झीने पर्दे के पार ज़नाना था जहाँ शाही परिवार की महिलाएँ लवंगी को मुबारक़बाद दे रही थीं। इन्हीं में लवंगी की मामी गुलनार भी थीं। उनके शामिल होने की ख़बर ऐतबार ख़ाँ ने अपनी ख़बरी लौंड़ियों से पता लगाकर बादशाह को पहले ही बता दी थी। जहाँआरा ने भी इस ख़बर की पुष्टि की थी।

मौक़ा ताड़कर बादशाह अचानक ज़नाने में दाख़िल हो गए—लवंगी को मुबारक़बाद देने के बहाने। वहाँ इकट्ठी सारी खवातीन तुरन्त सिर झुकाकर बादशाह को कोर्निश करने लगीं। ऐतबार ख़ाँ का इशारा पाकर बादशाह गुलनार बानो के सामने जा खड़े हुए और प्रश्नवाचक दृष्टि से उन पर नज़र गड़ा दी यह पूछते हुए कि यह मोहतरमा कौन हैं? जहाँआरा ने तुरन्त आगे बढ़कर परिचय दिया, "अब्बा हुजूर, ये हैं हमारी नई मामी साहिबा जिनसे शाइस्ता मामू ने अभी हाल ही में निकाह किया है।"

निम्न-मध्यवर्गीय परिवार के दकियानूसी संस्कारों में पली-बढ़ी गुलनार बानो बादशाह का अचानक सामना होने से सहम गईं। शर्म से इनका चेहरा लाल हो गया

जिससे उनकी सुन्दरता और निखर उठी। शिष्टाचार का पालन करते हुए तुरन्त उन्होंने झुककर कोर्निश की, लेकिन बादशाह ज़ोर से ठठाकर हँसे और हँसते हुए बोले, ''अच्छा तो ये हैं हमारी सलहज साहिबा! ये तो जैसा सुना था उससे कहीं ज़्यादा ख़ूबसूरत हैं।''

गुलनार शुक्रिया की फ़र्ज़-अदायगी अभी कर ही रही थी कि बादशाह उसके काफ़ी नज़दीक पहुँच गए और धीरे-से फुसफुसाए कि नई सलहज पर उनका भी हक़ बनता है। गुलनार को शर्म से पानी-पानी करते हुए बादशाह जल्दी से लवंगी की ओर बढ़े और उसे मुबारक़बाद देते हुए फुर्ती से ज़नाने से बाहर निकल गए।

शाइस्ता ख़ाँ की सख़्ती और ख़ुद्दारी जगज़ाहिर थी। ऊपर से यह भी पता था कि गुलनार बानो कभी किसी पराए मर्द की ओर आँख उठाकर भी नहीं देखती। इसलिए गुलनार को फँसाने और बादशाह की ख़्वाबगाह में लाने के लिए जाल बिछा दिया गया। छह हज़ारी मनसबदार खालिलुल्लाह ख़ाँ की बेग़म कुलसुम बानो और पाँच हज़ारी मनसबदार असालत ख़ाँ की बेग़म हुस्ना खानम, जो पहले से ही छुप-छुपकर बादशाह की हमबिस्तर बनती रहती थीं, को भी इस योजना में शामिल किया गया। उनके जिम्मे था गुलनार को फुसलाकर मीनाबाज़ार में लाना। ऐतबार ख़ाँ के जिम्मे था ग़लत रास्ता बताकर उन्हें बादशाह की ख़्वाबगाह की ओर लाना। ख़्वाबगाह के दरवाज़े पर गुलनार को अकेला छोड़कर दोनों बेग़मों का किसी बहाने खिसक लेना। फिर, जहाँआरा के जिम्मे था गुलनार को ख़्वाबगाह के भीतर धोखे से दाख़िल कराकर बाहर से कुंडी लगा देना।

सारी योजना सफलतापूर्वक कार्यान्वित हुई और गुलनार पहुँच गई ख़ासमहल के ख़ास ख़्वाबगाह के भीतर जहाँ बादशाह शाहजहाँ उसका इन्तज़ार कर रहे थे।

''ख़ुशामदीद, बेग़म साहिबा, हमारी ख़्वाबगाह में,'' कहते हुए बादशाह दोनों हाथ फैलाकार गुलनार को अपने आगोश में लेने के लिए आगे बढ़े। डरी हुई हिरनी की तरह गुलनार सहमकर बगल में हट गई। तुरन्त अपना झीना दुपट्टा अपने चेहरे पर खींचते हुए वह कोर्निश करके कहने लगी, ''हुजूर, हम ग़लती से रास्ता भटककर यहाँ पहुँच गए हैं। हमें मुआफ़ करिए, हमें मीनाबाज़ार जाना है।''

गुलनार बाहर निकलने के लिए मुड़कर दरवाज़े की ओर बढ़ी, लेकिन बादशाह ने फुर्ती से पीछे से बाँहों में भर लिया और हँसते हुए कहा, ''प्यारी बेग़म, आप सही जगह पहुँची हैं। यह बादशाह की ख़्वाबगाह है। यहाँ से आप यूँ ही नहीं जा सकतीं।''

कसमसाकर बादशाह की बाँहों से छूटने की कोशिश करते हुए गुलनार ने अर्ज़ किया, ''हुजूर, हम वैसी औरत नहीं हैं। ख़ुदा के वास्ते हमारी पाकीजगी बर्बाद मत करिए।''

लेकिन, बादशाह ने एक न सुनी और ज़ोर-ज़बरदस्ती कर अपनी मनमानी की। गुलनार सिसकती रही। वैद्य की दवा ने भरपूर असर दिखाया।

दूसरे दिन, ऐतबार ख़ाँ ने अपनी ख़बरी लौंड़ियों के ज़रिए जो ख़बरें इकट्ठा की थीं उन्हें सुनकर बादशाह थोड़े चिन्तित हो गए। कुछ-कुछ बातें कुलसुम बानो और हुस्ना खानम ने भी बारी-बारी से रातों में हमबिस्तर होते हुए रो-रोकर बादशाह को सुनाईं। बाद में, जहाँआरा ने भी अपने जासूसों के ज़रिए इकट्ठी की हुई बातों से सारे मामले की तस्दीक़ की।

सारी ख़बरों का लब्बो-लुआब यह था कि गुलनार ने अपने घर में काफ़ी हंगामा मचाया था। वह ज़ार-बेज़ार रो रही थी। बीच-बीच में चिल्ला रही थी कि उसका बदन नापाक हो गया है। चिल्ला-चिल्लाकर वह बादशाह को गालियाँ भी दे रही थी। खुलेआम आरोप लगा रही थी कि कुलसुम और हुस्ना बादशाह की रखैलें हैं और जहाँआरा के अपने बाप से नाजायज़ रिश्ते हैं और वह अपने बाप के लिए औरतें जुटाने के लिए कुटनी का काम करती है।

इन बातों से शाइस्ता ख़ाँ बहुत गरमाया हुआ था। वह आड़ में बादशाह के ख़िलाफ़ बहुत जहर उगल रहा था। उसकी बातों में बग़ावत की साफ़ बू आ रही थी। उसने रो-रोकर औरंगजेब को अपना दुखड़ा सुनाया और इस्लाम का वास्ता देकर बादशाह की नापाक हरकत की मुख़ालफ़त करने के लिए उकसाया। हालाँकि, औरंगजेब इन बातों को सुनकर चुप ही रहा और मामू जान को कोई आश्वासन नहीं दिया।

उधर, कुलसुम का शौहर खालिलुल्लाह और हुस्ना का शौहर असालत ख़ाँ भी गरमाए हुए थे और अपनी बीवियों को तलाक़ देने पर आमादा थे। यद्यपि अपनी बीवियों की आशनाई वे पहले से जानते थे और बदले में मोटी मनसबदारी और ओहदे चुपके से ले लेने में ज़रा भी नहीं हिचके थे, लेकिन बात उजागर होने पर अब उनकी ग़ैरत और मर्दानगी जाग उठी थी।

बादशाह ने अपनी राजदार बेटी जहाँआरा से सलाह-मशविरा किया इस मसले को सुलझाने के लिए। पहले तो बादशाह बड़े ग़ुस्से में थे और नमकहरामों को तलवार के बल पर चुप कर देने पर ज़ोर दे रहे थे, लेकिन जहाँआरा के समझाने पर शान्त हुए। जहाँआरा की सलाह पर तय किया कि उन तीनों औरतों को उनके शौहरों को तरक़्क़ी देते हुए आगरे से दूर भेज दिया जाए।

अगले दिन, दीवाने-आम में ऐलान किया गया कि शाइस्ता ख़ाँ को बंगाल, खालिलुल्लाह ख़ाँ को बदख्शाँ और असालत ख़ाँ को कन्धार का सूबेदार मुक़र्रर किया जाता है और हुक्म दिया जाता है कि वे अपनी-अपनी तैनाती की जगह के लिए तुरन्त कूच करें। इसी सभा में वैद्य सुखदेव शर्मा को 'वैद्यराज' की उपाधि से नवाजा गया और दो हज़ार की मनसबदारी देकर शाही वैद्य नियुक्त किया गया।

वैद्यराज सुखदेव शर्मा की ख्याति रातों-रात चारों ओर फैल गई। अपनी क़ुव्वत-ए-मर्दुमी बढ़ाने के लिए हमेशा ख़्वाहिशमन्द रहने वाले मनसबदारों और हुक्मरानों के कारिन्दों की क़तार चुपके से वैद्यराज के औषधालय में लगने लगी।

माँग

एक दिन, बादशाह के लिए लाए गए कामेष्टि पाक का मटका जहाँआरा को सुपुर्द करके वैद्यराज जाने के लिए मुड़े ही थे कि घंटियों के बजने जैसी सुरीली स्त्री ध्वनि सुनाई पड़ी, ''रुकिए।''

वैद्यराज ने पीछे मुड़कर देखा तो मारे हैरत के उनकी आँखें फटी रह गईं। बेपनाह ख़ूबसूरती लिये एक प्रौढ़ा युवती पर्दे से निकलकर सामने आ खड़ी थी। वैद्यराज को अनुमान लगाने में देर न लगी कि यह पादशाह बेग़म जहाँआरा हैं। उन्होंने तुरन्त झुककर कोर्निश की।

''वैद्यजी, आपसे एक इल्तिजा है।''

''हुक्म करिए, पादशाह बेग़म।''

''पहले आप पोशीदगी का वादा करें।''

''जी, पादशाह बेग़म, वादा रहा।''

''याद रखिए, कहीं भी इसके इज़हार की क़ीमत आपका सिर होगा,'' कहते हुए जहाँआरा वैद्यराज के काफ़ी निकट आ गईं। अगल-बगल झाँकते हुए आश्वस्त होकर उन्होंने धीरे-से फुसफुसाया, ''पेट ठहरने से रोकने की कोई दवा है आपके पास?''

''जी? बेग़म साहिबा, मैं समझा नहीं,'' वैद्यराज के मुँह से आश्चर्य-भरी आवाज़ बेसाख़्ता निकल पड़ी।

''बेवक़ूफ़ मत बनिए।'' वैद्यराज के अनाड़ीपन पर झुँझलाते हुए जहाँआरा ने बेसब्री से कहा, ''हमल रोकने की दवा चाहिए। अब समझे आप?''

''जी, जी...'' हकलाते हुए वैद्यराज ने जवाब दिया।

''शाबाश! तो हुक्म की तामील करिए। मालामाल हो जाएँगे आप अगर आपकी दवा मुफ़ीद रही।''

सिर खुजाते हुए वैद्यराज ने कुछ हिचकिचाहट से कहा, ''इसमें कुछ वक़्त लग सकता है, कम-से-कम पन्द्रह दिन।''

''हाँ, हाँ। वक़्त लीजिए, लेकिन काम पक्का और पोशीदा होना चाहिए।''

कुछेक दिन तो वैद्यराज ने आयुर्वेद के पुराने ग्रन्थों को पढ़ने में बिता दिया। काफ़ी अध्ययन और सोच-विचार के बाद उन्होंने सेंधा नमक का चूर्ण, सूखे पुदीने के पत्तों का चूर्ण और आँवला का चूर्ण सब एक-एक तोला लेकर खरल

में घिसकर एकदम महीन बनाया। फिर इस चूर्ण को आधा सेर अरंडी और आधा सेर तिल के तेल में बहुत धीमी आँच में लगातार तब तक पकाया जब तक पूरा मिश्रण एक पाव गाढ़े द्रव के रूप में रह गया। इस द्रव को उन्होंने नाम दिया—'गर्भनिरोधक रसायन'।

बीसवें दिन वैद्यराज ने औषधि को एक शीशी में रखकर जहाँआरा को पेश किया और अर्ज़ किया कि इस औषधि में रुई के एक फाहे को डुबोकर सम्भोग से पहले योनि में लेप कर देने से वीर्य के शुक्राणु गर्भाशय में पहुँचने से पहले ही मर जाएँगे और आनन्द भी कई गुना अधिक आएगा।''

वैद्यराज की बातों से ख़ुश होकर जहाँआरा ने उन्हें तुरन्त सोने की मुहरों की एक थैली इनाम में दी और वादा किया कि अगर दवा ने ठीक काम किया तो उन्हें और भी इनाम मिलेगा।

दवा ने बिलकुल ठीक काम किया। लेकिन, वैद्यराज के आश्चर्य का ठिकाना नहीं रहा जब रोशनआरा बेग़म की ख़ास लौंड़ी निसा ने एक दिन गुप्त रूप से उनसे सम्पर्क किया और सोने की मुहरों की एक थैली उनके सामने रखते हुए उसी औषधि की माँग की जिसका नाम 'गर्भनिरोधक रसायन' था।

वैद्यराज की हिचकिचाहट को भाँपकर निसा ने फुर्ती से अपने कपड़ों में से छिपी हुई कटार निकालकर वैद्यराज की गर्दन पर रख दी और सख़्त लहज़े में चेतावनी दी, ''इनकार करने पर जान से जाओगे। यह रोशनआरा बेग़म का हुक्म है।'' मारे डर के घिघियाते हुए वैद्यराज किसी तरह बोल पाए, ''दवा तैयार करने में लगभग पन्द्रह दिन लगेंगे।''

''ठीक है। मैं सोलहवें दिन फिर आऊँगी। यह मोहरों की थैली रख लीजिए।''

उसी दिन शाम को वैद्यराज ने जहाँआरा को पूरी बात बताई। जहाँआरा सोच में पड़ गई, लेकिन समझ गई कि रोशनआरा की ख़बरी लौंड़ियों ने बड़ी सफ़ाई से पूरी बात का पता लगा लिया। रोशनआरा के स्वभाव और ख़तरनाक इरादों के मद्देनज़र जहाँआरा ने वैद्यराज को इजाज़त दे दी कि वे रोशनआरा ही नहीं जिसे भी चाहें दवा दे सकते हैं। जब बात ही फूट गई तो उसे आम करने में कोई हर्ज़ नहीं है। लेकिन, ख़याल रखना कि जहाँआरा का नाम इस मामले में रोशन न हो।

अब तो वैद्यराज की चाँदी हो गई। हुक्मरानों को 'कामेष्टि पाक' और उनकी कुँवारी लौंड़ियों को 'गर्भनिरोधक रसायन' बेच-बेचकर वैद्यराज मालामाल हो गए।

राग-विराग

गर्मियों के दिन थे। आगरे में आग बरस रही थी। गर्मी से बचने के लिए बादशाह कश्मीर के दौरे पर थे। साथ में था पूरा परिवार और शाही दरबार।

एक दिन बादशाह शाहज़ादे दाराशिकोह को लेकर कादरिया सिलसिले के सुप्रसिद्ध सन्त मुल्ला शाह बदख्शी से मिलने तख़्ते-सुलेमान नाम के पहाड़ पर पहुँचे। पहाड़ की एक कन्दरा में मुल्ला शाह एकान्त साधना करते थे। कन्दरा के द्वार पर मुल्ला ने अपने शागिर्दों का पहरा लगा रखा था ताकि उनकी अनुमति के बिना कोई आकर उन्हें हलकान न करे। तदनुसार, बादशाह को भी दरवाज़े पर ही रोक लिया गया और उन्हें प्रवेश तभी मिला जब मुल्ला ने अनुमति दी। तब तक बादशाह को दरवाज़े पर रुककर इन्तज़ार करना पड़ा। यह बात बादशाह को नागवार गुज़री। मुल्ला से मिलते ही उन्होंने सवाल किया, "फ़क़ीर के दरवाज़े पर पहरा क्यों?"

मुल्ला ने झट जवाब दिया, "ताकि दुनियावी लोग न घुस आएँ।"

"फिर, इजाज़त कैसे मिली?" बादशाह ने जिज्ञासा व्यक्त की।

"क्योंकि बादशाह के साथ एक रूहानी जुस्तजू वाला बन्दा भी है," कहते हुए मुल्ला ने शाहज़ादे दाराशिकोह की ओर इशारा किया।

दाराशिकोह का झुकाव बचपन से ही रूहानियत की ओर था। कहते हैं शाहजहाँ ने अजमेर में हजरत मोईनुद्दीन चिश्ती की दरगाह पर मिन्नत की थी कि उसे एक बेटा बख़्शें और उसी के परिणामस्वरूप दाराशिकोह का जन्म हुआ था।

मुल्ला शाह दाराशिकोह के रूहानी रुझान और लगन से बहुत प्रभावित हुए। उन्होंने उसे लाहौर में अपने गुरु मियाँ मीर से मिलवाया। यद्यपि दाराशिकोह कादरिया सिलसिले के कई और फ़क़ीरों जैसे शाह मुहिबुल्लाह, शाह दिलरुबा और शाह मुहम्मद के सम्पर्क में भी था, लेकिन मुल्ला शाह और मियाँ मीर की उच्च साधना और पवित्रता से वह अभिभूत था। उनकी प्रशंसा में उसने 'सकीनत-उल-औलिया' नाम से एक किताब भी लिखी।

इससे काफ़ी पहले, कोई पच्चीस साल की उम्र में ही दाराशिकोह ने 'सफिनत-उल-औलिया' लिखा था जिसमें उसने कोई चार सौ पीरों, फ़क़ीरों, औलियों, पैगम्बर मुहम्मद, उनकी बीवियों और अनुयायियों की चर्चा की। इसके अलावा उसने और भी कई किताबें फ़ारसी में लिखीं जिनमें इस्लाम के सूफ़ी पक्ष को बड़ी नफ़ासत से उभारा और मुल्लाओं के कठमुल्लेपन की हँसी उड़ाई गई थी।

ज्ञान की खोज में दाराशिकोह हिन्दू धर्म की ओर आकृष्ट हुआ। हिन्दू धर्मग्रन्थों की भाषा संस्कृत उसने बड़ी मेहनत से सीखी। इसी दौरान उसका सम्पर्क उस समय के सुप्रसिद्ध सन्त बाबा लाल बैरागी, साहित्यकार एवं धर्मशास्त्री पंडितराज जगन्नाथ और उनके गुरु कवीन्द्राचार्य सरस्वती से हुआ। उपनिषदों ने उसे ख़ासा आकर्षित

किया। उसने पाया कि पवित्र क़ुरआन में जिस गुप्तज्ञान की ओर इशारा किया गया है वह तो उपनिषदों में ही उजागर हुआ है। उसे यह जानकर दुःख हुआ कि बहुत से हिन्दुओं को भी इसकी जानकारी नहीं थी। हिन्दू-मुसलमान दोनों इस अद्‌भुत ज्ञान का लाभ उठा सकें यह सोचकर उसने जगन्नाथ के साथ कई बार बनारस की यात्रा की और वहाँ पंडितों की मदद से उपनिषदों का फ़ारसी अनुवाद 'सिर्र-ए-अकबर' नाम से कराया।

पंडितराज जगन्नाथ की देखरेख में दाराशिकोह ने गीता का भी गहन अध्ययन किया। गीता के महान ज्ञान से विभोर होकर उसने इसका भी तर्जुमा फ़ारसी में किया।

दाराशिकोह ने सूफ़ी साधना और हिन्दू धर्मज्ञान का मिलान करके देखा तो वह आश्चर्यचकित रह गया। यह वैसा ही था जैसे दो महासागरों का मिलन हो। उसने पाया कि इस्लाम का आधारभूत सिद्धान्त तौहीद अर्थात् एकेश्वरवाद हिन्दुओं के महान धर्मग्रन्थों में पूरी तरह छाया हुआ है। इसी बात को आधार बनाकर उसने 'मजमा-उल-बहरीन' अर्थात् दो महासागरों का मिलन नामक एकदम नए और मौलिक ग्रन्थ की रचना की। उसने हिन्दू-मुस्लिम समन्वय की एक नई संस्कृति विकसित करने की शुरुआत की।

भये प्रकट कृपाला

एक दिन दाराशिकोह ने सपना देखा :

दूर क्षितिज के धुँधलके से दो व्यक्ति आते नज़र आ रहे थे। नज़दीक आने पर दिखा कि उनमें से जो आगे-आगे चल रहा था वह श्वेत जटा-जूट वाला, ग़ौर वर्ण का, अत्यन्त वृद्ध व्यक्ति था। दूसरा व्यक्ति, जो पहले वाले के पीछे-पीछे चल रहा था, श्यामल वर्ण का नौजवान था। बाएँ कन्धे पर धनुष और दाएँ कन्धे पर तूणीर धारण किए हुए उस युवक पर अलौकिक ईश्वरीय प्रभामंडल छाया हुआ था।

दोनों ठीक मेरे सामने आकर रुके। मेरे अन्तःकरण में प्रकाश की एक किरण उठी कि यह वृद्ध व्यक्ति तो वशिष्ठ मुनि हैं जिनके अद्‌भुत ग्रन्थ 'योगवशिष्ठ' के फ़ारसी अनुवाद में मैं आजकल रात-दिन डूबा रहता हूँ।

लगता है वशिष्ठ मुनि ने मेरे मन की बात भाँप ली। तभी तो अत्यन्त करुण भाव से उन्होंने मेरे सिर पर हाथ रखा और पीछे मुड़कर उस धनुर्धारी युवक से बोला, 'राम! यह अपना ही आदमी है। तुम्हारी तरह यह भी सत्य की साधना में लगा हुआ है। जो ज्ञान तुम्हें मैंने योगवशिष्ठ में दिया था उसी ज्ञान का यह भी हक़दार है। लो, यह मिठाई इसे खिलाओ जिसमें योगवशिष्ठ के ज्ञान का सारतत्व भरा हुआ है।'

इतना सुनते ही धनुर्धारी राम ने आगे बढ़कर मुझे गले से लगा लिया और बड़े

प्रेम से मुझे मिठाई खिलाने लगे। राम का आलिंगन इतना आह्लादक और मिठाई की मिठास इतनी अलौकिक थी कि मारे आनन्द के मेरी आँखें खुल गईं।

मैं हड़बड़ाकर उठ बैठा। रामचन्द्रजी की करुणापूर्ण आलिंगन की अनुभूति और मिठाई की मिठास का आभास मुझे अभी भी हो रहा था। उस सुख को फिर से पाने के लिए मैं तुरन्त ही पद्मासन में बैठकर ध्यान करने लगा और वशिष्ठ मुनि और रामचन्द्रजी का आह्वान करने लगा, किन्तु वे फिर न प्रकट हुए।

सुबह यह सपना शहजादे दाराशिकोह ने अपने अब्बा हुजूर बादशाह शाहजहाँ को सुनाया तो उन्होंने हँसते हुए कहा कि वह रात-दिन 'जगबसिस्ट' के तर्जुमा में लगा रहता है इसीलिए ऐसे सपने आते हैं। शाहज़ादे के मित्र और शिक्षक पंडितराज जगन्नाथ, जो शाहज़ादे से उम्र में काफ़ी कम थे, ने जब सुना तो आश्चर्य से शहजादे की ओर ताकते ही रह गए और श्रद्धा से हाथ जोड़ते हुए बोले कि शाहज़ादे में दैवीय अंश का अवतरण हुआ है।

शाहज़ादे के सपने की बात चारों ओर फैल गई। लोगों में इस पर तरह-तरह की प्रतिक्रिया हुई। ज़्यादातर लोगों, जिनमें अधिकांश हिन्दू थे, ने माना कि शाहज़ादे को ईश्वरीय कृपा प्राप्त हुई है। मुल्लाओं ने नाराज़ होकर इसे शाहज़ादे की एक और काफ़िराना हरकत क़रार दिया। औरंगजेब ने इसे अपने बड़े भाई की सनक मानते हुए उपेक्षा से ख़ारिज कर दिया। लगभग यही हाल शाहज़ादे के दो अन्य छोटे भाइयों—शुजा और मुराद—का था, जिन्होंने ख़्वाब की बात पर ध्यान ही नहीं दिया। हाँ, बड़ी बहन जहाँआरा ने कुछ दिलचस्पी दिखाई, लेकिन छोटी बहन रोशनआरा ने शाहज़ादे पर तिरस्कारपूर्वक आरोप लगाया कि वह पूरी तरह काफ़िर हो गए हैं। सबसे छोटी बहन लवंगी की प्रतिक्रिया अनोखी थी। उसने हँसते हुए कहा कि बेहतर होगा कि भाईजान अपनी ख़्वाबों की दुनिया से बाहर आकर असल दुनिया के मुद्दे सुलझाने की कोशिश करें।

प्रतिक्रियाओं से बेपरवाह दाराशिकोह 'योगवशिष्ठ' के अनुवाद में जुटा रहा। पंडितराज जगन्नाथ पहले संस्कृत से हिन्दवी में अनुवाद करके सुनाते और फिर दाराशिकोह उसे फ़ारसी में अनुवाद करते। दाराशिकोह ने यद्यपि अब तक पर्याप्त संस्कृत सीख ली थी, पर अभी भी जगन्नाथ की सहायता के बिना स्वतंत्र रूप से उसका प्रयोग न कर पाते थे। मुंशी चन्दरभान बरहमन भी इसमें काफ़ी मदद कर रहे थे—ख़ासकर संस्कृत में लिखे गूढ़ भावों को फ़ारसी में ठीक-ठीक व्यक्त करने में।

पहलवानी की तलब

जगन्नाथ को आगरे में अपनी पहलवानी का शौक़ पूरा करना मुश्किल हो रहा था। न तो कोई ढंग का अखाड़ा मिल रहा था और न शाही अखाड़े में जाना उन्हें पसन्द

था। वहाँ मुस्लिम पहलवानों की अकड़ उन्हें बर्दाश्त न थी। साथ ही, वह न चाहते थे कि उनकी पहलवानी आगरे में ज़्यादा उजागर हो। वहाँ वह शायर ही बने रहना चाहते थे।

इन सब वजहों से जगन्नाथ घर पर ही दंड-बैठक कर लिया करते और गदा-मुगदर भाँज लेते। ज़ोर पूरा करने के लिए उन्होंने इन कसरतों को काफ़ी बढ़ा लिया—एक हज़ार दंड और एक हज़ार बैठक करते, बड़ी-सी गदा दो सौ बार भाँजते और भारी-भरक़म मुगदरों की जोड़ी सौ बार फेरते। ये सारी कसरत घर पर अकेले ही करते। एकान्त में ही प्राणायाम, योगासनों का अभ्यास और हनुमानजी की पूजा-आराधना करते।

एक दिन अलस्सुबह जगन्नाथ जब दंड-बैठक करने के बाद भाँजने के लिए गदा उठाने ही वाले थे कि देखा कि एक विचित्र स्त्रैण-सा व्यक्ति भड़कीले ज़नाने वेश में उनके सामने खड़ा है। उनके आश्चर्य का ठिकाना न रहा कि बन्द फाटक से यह व्यक्ति कैसे भीतर आ गया। अपनी हैरानी छिपाते हुए जगन्नाथ ने पूछा, "आप कौन हैं और कैसे और क्यों यहाँ आए हैं?"

इतने सारे सवालों को एक ही वाक्य में गुँथा पाकर आगंतुक मुस्कराने लगा और दाहिने आँख की पलक को भौंड़े ढंग से मटकाकर बोला, "मैं दिलावर हूँ शाहज़ादी रोशनआरा का ख़ानसरा। मैं कैसे आई हूँ इससे आप परेशान न हों। मै कहीं भी और कभी भी जा सकती हूँ। और मैं यहाँ आई हूँ आपको बताने कि शाहज़ादी ने आपको बुलाया है।"

"क्यों?"

"यह तो वही बताएँगी।"

"कहाँ मिलना है उनसे?"

"हरम में।"

"वहाँ मैं कैसे जा सकता हूँ? वहाँ तो परपुरुष का जाना वर्जित है।"

"आपको इसकी फ़िक्र करने की ज़रूरत नहीं। मैं लेकर वहाँ जाऊँगी आपको चुपके से, बुर्का उढ़ाकर।"

"चुपके से? बुर्का उढ़ाकर?"

"हाँ, नहीं तो क्या? ऐसे मामलों में क्या सीना तानकर जाओगे?"

"ऐसे मामले? कैसा मामला?"

"यह तो तब पता लगेगा जब रोशनआरा बेग़म तुम्हारा तेल निकालेंगी।"

दिलावर कामुक और कुटिल मुस्कान के साथ फुर्ती से वहाँ से निकल गया। जगन्नाथ भारी सोच में पड़ गए। कुछ समझे कुछ न समझे। जब समझे तब बहुत भयभीत हो गए। रोशनआरा की कामुकता और क्रूरता के बारे में वह कुछ-कुछ सुन चुके थे।

रोशनआरा के अप्रिय आमंत्रण से भयभीत जगन्नाथ को रात-भर नींद न आई। दिलावर फिर न आ धमके यह सोचकर जगन्नाथ सुबह-सुबह ही घर से भाग लिये। भागकर जमुना किनारे पहुँचे। कुछ देर चुपचाप वहाँ खड़े विचारते रहे कि किधर जाऊँ? हनुमानजी का स्मरण किया और राह सुझाने की विनती की। फिर, दौड़ पड़े मथुरा की ओर। लेकिन, सिकन्दरा में अकबर के क़िले से थोड़ा आगे बढ़ते-बढ़ते थक गए। थोड़ा सुस्ता कर, फिर आगे बढ़े कि कम-से-कम राजसी विलास की सीमा से कुछ दूर चले जाएँ।

थोड़ी ही देर दौड़े होंगे कि पहुँच गए एक निर्जन स्थान में जिसके कुछ आगे चलने पर एक छोटी-सी कुटिया दिखी। कुटिया के चारों ओर एक व्यवस्थित हरा-भरा बाग़ दिखा और उसमें दिखा एक वृद्ध साधु जो मात्र कौपीन पहने फावड़ा चलाकर ज़मीन की ख़ुदाई कर रहा था। धीरे-धीरे चलते हुए जगन्नाथ उसके पास पहुँचे और उसके आभा मंडल से अत्यन्त प्रभावित होकर सादर प्रणाम किया, किन्तु वृद्ध साधु ने कोई जवाब नहीं दिया, बल्कि बगल में पड़ी कुदाल की ओर इशारा किया।

जगन्नाथ साधु के इशारे को समझ गए और साधु के साथ-साथ वह भी ज़मीन की ख़ुदाई करने लगे। काफ़ी देर बाद जब साधु के हाथ रुके तो जगन्नाथ भी रुक गए। जगन्नाथ साधु के प्रभा मंडल से इतने अभिभूत थे कि उसे कुछ बात करना चाहते थे, लेकिन साधु ने चुप रहने और चले जाने का इशारा किया। जगन्नाथ साधु के सान्निध्य से हटना नहीं चाहते थे, लेकिन उसके आदेश की अवहेलना करने की उनकी हिम्मत न हुई।

यह क्रम कोई नौ दिन चला। साधु के आकर्षण में फँसे जगन्नाथ रोज़ सुबह-सुबह उसके पास पहुँच जाते, कुदाल से ज़मीन की ख़ुदाई करते और चुपचाप लौट आते। दसवें दिन साधु उनसे मुख़ातिब हुआ और प्रशंसा करते हुए बोला कि तुम परीक्षा में उत्तीर्ण हुए हो। जगन्नाथ आश्चर्यचकित होते हुए पूछे, "कौन-सी परीक्षा?" साधु ने संक्षिप्त-सा जवाब दिया, "वही जिसमें ज़्यादातर लोग असफल होकर भाग जाते हैं।" जगन्नाथ को हैरानी से एकटक ताकता देखकर साधु ने खुलासा किया, "यहाँ बहुत-से लोग आते हैं बड़ी-बड़ी बातें करने, बड़ा दर्शन समझने-समझाने, बहस करने और शास्त्रार्थ करने। मैं उनकी वाचालता और पाखंड को पहले ही पहचान जाता हूँ और उनकी गम्भीरता और धैर्य को परखने के लिए उन्हें ज़मीन खोदने के काम में लगाता हूँ। लोग घबड़ाकर भाग खड़े होते हैं। लोग नहीं जानते कि मन और शरीर के सन्तुलन के लिए श्रम बहुत ज़रूरी है और श्रमदान सबसे बड़ा दान। एक तुम्हीं हो जो इस कठिन परीक्षा में सफल हुए हो। अब बताओ तुम कौन हो और क्या चाहते हो?"

जगन्नाथ ने अपना संक्षिप्त परिचय दिया और अपनी समस्या सुनाई। समस्या

सुनकर साधु बहुत हँसा और आश्वस्त किया कि रोशनआरा तुम्हारा कुछ न बिगाड़ पाएगी। लेकिन तुम देर-सबेर ज़रूर किसी शाहज़ादी के चक्कर में फँस जाओगे, हालाँकि वह मिलन दिव्य और मांगलिक होगा।

साधु की बातों से उत्पन्न आश्चर्य से जगन्नाथ अभी उबरे भी न थे कि साधु ने टोका, ''तुम्हारे शारीरिक लक्षणों से लगता है तुम्हें पहलवानी का शौक़ है। आओ अखाड़े में ज़रा ज़ोर-आजमाइश करें। एक ज़माना गुज़र गया कुश्ती लड़ने के लिए कोई साथी न मिला।''

जब जगन्नाथ ने साधु के बारे में जानना चाहा तो उसने सिर्फ़ इतना कहा कि मेरे बीते जीवन को जानकर कोई फ़ायदा नहीं। वैसे भी, साधुओं को अपना अतीत भुला देना चाहिए। वर्तमान ही सब कुछ है।

अब रोज़ सुबह जगन्नाथ साधु की कुटिया पर पहुँचते। ज़मीन की ख़ुदाई करते, पौधे लगाते, पौधों की देखभाल करते, जमुना से बहंगी में पानी ला-लाकर पौधों की सिंचाई करते, कसरत करते, साधु के साथ कुश्ती के नए-नए दाँव-पेच सीखते, साहित्य और शास्त्र की चर्चा करते, अध्यात्म की साधना करते और हनुमानजी की पूजा-वंदना करते। इस बीच, वह जमुनाजी में कुछ देर तैरते रहते, स्नान करते और स्तवन करते। जगन्नाथ गंगाजी को माँ और यमुनाजी को मौसी कहते।

साधु की कुटिया पर आना-जाना इतना गोपनीय होता कि किसी को कानों-कान ख़बर न हुई। जगन्नाथ पहले की ही तरह समय पर दरबार में पहुँचते और समय पर ही दाराशिकोह से साहित्यिक और आध्यात्मिक चर्चा के लिए उपस्थित हो जाते।

एक दिन देर शाम जगन्नाथ जब दाराशिकोह के महल से निकल रहे थे तो मुख्य द्वार के पास दिलावर ने उन्हें आ घेरा और हाथ में बुर्का लहराते हुए उन्हें अपने साथ चलने के लिए मजबूर करने लगा, लेकिन जगन्नाथ अड़ गए न जाने के लिए। आख़िर, दिलावर धमकाते हुए चला गया कि एक दिन उन्हें ज़बरदस्ती उठवा लिया जाएगा।

वृद्ध साधु के अतीत के बारे में जगन्नाथ को कुछ जानकारी मिल गई। पता चला कि साधु का नाम बाबा रामदास है। साधु बनने से पहले वे बिहार के पटना के पास के एक गाँव में रहने वाले एक ब्राह्मण दम्पती के एकमात्र पुत्र थे। नाम था निरंजन शर्मा। निरंजन को कुश्ती और हनुमानजी से बड़ा लगाव था। आख़िर भक्ति का भूत निरंजन के सिर चढ़कर बोलने लगा और उसने अपने माँ-बाप से साधु बनने की इच्छा ज़ाहिर की। घबड़ाकर माँ-बाप ने पास के ही एक गाँव में उनकी शादी तय कर दी। माँ-बाप के दबाव में निरंजन दूल्हा बनकर पहुँचे शादी करने। लेकिन, कन्या बारात पहुँचने से पहले ही अपने पड़ोसी मुसलमान प्रेमी के साथ फुर्र हो ली। बारात बैरंग वापस आ गई।

निरंजन को अब मौक़ा मिल गया। एक दिन चुपके से वह घर से भाग निकला।

बनारस, प्रयाग और हरिद्वार होते हुए युवक निरंजन हिमालय में यमुना के किनारे चलते हुए पहुँच गया मार्कंडेय तीर्थ जहाँ कभी मुनि मार्कंडेय ने मार्कंडेय पुराण की रचना की थी। युवक निरंजन को वहाँ मिले बाबा रघुवरदास जो हनुमानजी के बड़े भक्त थे और वहीं एक छोटी-सी कुटिया में रहते थे। बाबा को हनुमानजी का साक्षात्कार और कृपा प्राप्त थी। युवक के अनुरोध पर बाबा ने उसे दीक्षित किया और नाम दिया रामदास।

कुछ काल उपरान्त, बाबा रघुवरदास ने रामदास को दूर कहीं अपनी अलग कुटिया बनाने को कहा। असहाय की तरह रामदास को अपनी ओर ताकते देखकर रघुवरदास ने उसे हनुमानजी की एक मूर्ति सौंपते हुए कहा कि जमुनाजी के किनारे-किनारे चलते जाओ और हनुमानजी का स्मरण करते जाओ। जहाँ हनुमानजी दर्शन दें वहीं रुककर इस मूर्ति की स्थापना कर देना और कुटिया बनाकर रहना। ब्रह्मचर्य का पालन करना और कुश्ती का अभ्यास करते रहना। बाबा रामदास ने अपने गुरु की सारी बातों का अक्षरश: पालन किया सिवाय कुश्ती के अभ्यास के, क्योंकि कुश्ती का ज़ोर करने के लिए कोई साथी रामदास के पास टिकता ही नहीं था या रामदास की परीक्षा उसे टिकने न देती थी। इसका विकल्प निकाला रामदास ने कठिन शारीरिक श्रम में—ज़मीन गोड़ने, पौधे लगाने, सिंचाई करने और तरह-तरह के कसरत और योगाभ्यास करने में। साथ ही वह जमुना में घंटों तैरते, घंटों हनुमानजी की पूजा करते। विरासत में यही सब उन्होंने जगन्नाथ को दिया।

एक दिन सुबह-सुबह जगन्नाथ जब जल्दी-जल्दी जमुना के किनारे-किनारे चले जा रहे थे तो लगभग एक दर्जन हथियारबन्द सैनिकों के साथ दिलावर ने उन्हें घेर लिया अपहरण करने के लिए। हथियारबन्द लोगों के सामने मजबूर जगन्नाथ उनके साथ चल पड़े। लेकिन कुछ ही दूर जाने पर मौक़ा ताड़कर जगन्नाथ दौड़कर जमुना में कूद पड़े और तैरकर बच निकलने की कोशिश करने लगे। जगन्नाथ के पीछे दिलावर ख़ाँ और उसके सैनिक भी कूद पड़े पीछा करने के लिए। लेकिन, जगन्नाथ को पकड़ना आसान नहीं था। एक तो जगन्नाथ को रोज़ तैरने का अभ्यास था, दूसरे उन्होंने हलके कपड़े पहन रखे थे और तेज़ी से जमुना के बहाव के विपरीत तैरते हुए बाबा रामदास की कुटिया की ओर बढ़ रहे थे। इसके उलट, अपहरणकर्ताओं की रफ़्तार बहुत धीमी थी क्योंकि उन्हें तैराकी का अभ्यास न था, दूसरे भारी जिरहबख़्तर और हथियारों से लैस होने के कारण उन्हें तैरने में बाधा आ रही थी। जगन्नाथ बच निकले।

थक-हारकर अपहरणकर्ताओं का दल वापस लौट गया। रोशनआरा ने सुना तो दाँत पीसकर रह गई। शातिराना अन्दाज़ में उसने दिलावर से कहा, "मैं तो उस काफ़िर का ख़ून पी जाऊँगी। फ़िलहाल तुम चुप बैठो और मौक़े का इन्तज़ार करो।"

रूहानी जुस्तजू

राजसी भोग-विलास से शाहज़ादी जहाँआरा का मन ऊबने लगा। उसको दी गई तमाम उपाधियाँ—पादशाह बेग़म (साम्राज्ञी), साहिबात अल-ज़मानी (युगदेवी), बेग़म साहेब (महारानी)—उसे फीकी लगने लगीं। राजसी वैभव और बल से परे उसे कुछ और चाहिए था। यह प्यास कुछ और बढ़ गई जब आग्निकांड में वह बुरी तरह झुलस गई थी और रोशनआरा उसके बारे में अफ़वाहें फैलाने लगी थी।

सुकून की तलाश में जहाँआरा दर-दर भटकने लगी। कभी अजमेर में मुईनुद्दीन चिश्ती की मज़ार पर मत्था पटकती, तो कभी दौड़कर दिल्ली जाती निजामुद्दीन औलिया की मज़ार पर। अपने भाई दारा के साथ वह मुल्ला शाह और मियाँ मीर की मुरीद बनी। परन्तु, उसकी प्यास न बुझी। रूहानी जुस्तजू जारी रही। असली मुर्शिद की तलाश में वह भटकती रही। उसने अपने भाई दारा से मदद की गुहार लगाई। दारा ने हिन्दुओं के महान ग्रन्थ गीता को पढ़ने की सलाह दी और गीता के अपने फ़ारसी तर्जुमे को उसे दिया।

जहाँआरा ने गीता बड़ी अकीदत से पढ़ी। उसे बड़ी राहत मिली, परन्तु कई बातें ऐसी थीं जो जहाँआरा को ज़ाहिर न हो रही थीं। उसने यह कठिनाई दारा को बताई। दारा ने पंडितराज जगन्नाथ से इस मामले में मदद लेने की सलाह दी।

पंडितराज के जिम्मे यह काम सुपुर्द किया गया कि गीता के पेचों का खुलासा करें। जगन्नाथ उन दिनों दाराशिकोह की प्रशंसा में एक संस्कृत काव्यग्रन्थ लिख रहे थे। फिर भी, समय निकालकर वह रोज़ शाम जहाँआरा के महल जाने लगे उसे गीता पढ़ाने के लिए। जहाँआरा के महल में उस्ताद के तौर पर दाख़िला बहुत बड़े ऐतबार और एहतराम की बात थी।

पहले ही दिन जब जगन्नाथ ने पर्दे के पीछे बैठी जहाँआरा को कोर्निश की तो उसने उन्हें रोकते हुए आदाब अर्ज़ किया और ताकीद की कि वह मज़हबी उस्ताद हैं उन्हें मातहतों की तरह कोर्निश करने की ज़रूरत नहीं। जगन्नाथ फूले न समाए। उन्होंने झुककर शुक्रिया कहा, लेकिन जहाँआरा ने उसे नज़रअन्दाज़ करते हुए सीधे अपना सवाल पूछा, ''पंडितराज! गीता का इतना अज़ीम इल्म लड़ाई के मैदान में अता किया गया यह बात कुछ हज़म नहीं होती। क्या वाक़ई यह सच है?''

''हाँ, पादशाह बेग़म, यह सच है। मामूली हालात में इनसान को रूहानी जुस्तजू की तड़प अमूमन महसूस नहीं होती। इस तरह की तड़प अक्सर किसी सदमे या हादसे के साए में पैदा होती है। यह तड़प हर किसी की ज़िन्दगी में कम-से-कम एक बार ज़रूर पैदा होती है, लेकिन ज़्यादातर लोग इसके पीछे छुपे इलाही मक़सद को नहीं समझ पाते, और दुनियावी तरीक़ों से मामले को सुलझाने की कोशिश करते हैं। अर्जुन की ज़िन्दगी में यह तड़प तब आई जब उसने अपने ख़िलाफ़ अपनों को

ही मरने-मारने पर आमादा खड़ा देखा। उसकी यह तड़प ही उसे इतने ऊँचे इल्म की ओर ले गई। हम सबके लिए यह वाक़या और इल्म उतना ही अहम है जितना अर्जुन के लिए था। अर्जुन की ही तरह हम सभी किसी-न-किसी मारा-मारी में मशगूल रहते हैं। गीता का फ़ायदा यह है कि बिना किसी हादसे से गुज़रे हमें यह नूर हासिल हो जाता है।'' जगन्नाथ ने बड़ी समझदारी से नफ़ीस उर्दू में सवाल का जवाब दिया। जहाँआरा जगन्नाथ के जवाब से बहुत ख़ुश हुई।

अगले दिन जहाँआरा ने अगला सवाल पूछा, ''यह निहकाम जोग क्या है?''

जगन्नाथ ने बिना देर किए जवाब दिया, ''योग है ख़ुद का ख़ुदा में मिल जाना और निष्काम है वह रास्ता जिस पर चलकर यह हासिल किया जाता है।''

जहाँआरा को लगा कि जगन्नाथ की बात तो सीधी है, लेकिन उसका असली मतलब क्या है? इसी ऊहापोह में वह कुछ देर जगन्नाथ की ओर ताकती रही, फिर पूछा, ''मसलन?''

''पादशाह बेग़म, आप यूँ समझिए कि किसी बैल को एक जगह से दूसरी जगह ले जाना है, तो इसके दो ही उपाय हो सकते हैं—पहला, बैल के पीछे कोई डंडा लेकर चले; दूसरा, कोई हरा चारा आगे-आगे लेकर चले। यानी डर या लालच हमारे ज़्यादातर कामों को काबू करते हैं। अगर बैल को समझ आ जाए कि चलना ही उसका काम है तो वह ख़ुद से मज़े-मज़े में चलेगा बिना किसी डर या लालच के। इस तरह के चलने की आज़ादी का आनन्द ही कुछ और है और यही समझदारी ही आगे चलकर इनसानी रूह को इलाही नूर में मिलाती है। कुछ खोने का डर या कुछ पाने की लालच की परवाह न करना ही निष्काम का मतलब है। यह निष्काम योग ही असली रास्ता है दुनियावी जंजालों से आज़ादी पाने का और ख़ुदा में मिल जाने का।''

जहाँआरा जगन्नाथ की समझदारी और सपाटबयानी की क़ायल हो गई। उसे हैरत हुई कि एक पेचीदा मामले को जगन्नाथ ने कितनी आसानी से और मामूली मिसाल देकर बख़ूबी समझा दिया।

इसी तरह गीता पर बातचीत का सिलसिला कई दिनों तक चला। जहाँआरा एक-से-एक पेचीदा मुद्दे उठाती और जगन्नाथ बड़ी आसानी से उसका जवाब दे देते। इस बीच जगन्नाथ ने ग़ौर किया कि जहाँआरा की बगल में कोई और भी लड़की बैठी उनकी ओर घूर-घूरकर देखती रहती है, लेकिन उनकी हिम्मत न हुई उसके बारे में पूछने की।

आख़िर एक दिन जहाँआरा ने पूछा, ''गीता के आख़ीर में सिरी किरसन कहते हैं कि सारे करतबों को छोड़ हमारी पनाह में आ जाओ। हम तुम्हें सारे गुनाहों से बरी कर देंगे, फ़िक्र न करो। इसके मायने क्या हैं? आख़िर जब सिरी किरसन सारे कुसूर मुआफ़ ही कर देंगे तो फिर कोई सही-ग़लत की परवाह क्यों करे? क्यों न सिरी

किरसन की पनाह में चला जाए और झंझटों से छुटकारा पा ले? फिर तो कुछ करने न करने की दरकार ही नहीं है।''

जगन्नाथ मुस्कराए, ''आप बजा फरमाती हैं, पादशाह बेग़म। लेकिन इसका जवाब तो आपके बयान में ही छुपा हुआ है। आपने सही बयान किया है कि श्रीकृष्ण आख़िर में कहते हैं कि मेरी पनाह में आओ। यह बात वह गीता के शुरू में नहीं कहते हैं, अठारहवें दर्ज़े पर जाकर कहते हैं जहाँ पहुँचते-पहुँचते तालिब की तलाश पूरी हो जाती है, उसका निष्काम कर्मयोग पक जाता है, उसके लिए डर-लालच, सही-ग़लत वग़ैरह बेमानी हो जाते हैं। वह ख़ुदा के नज़दीक होने लगता है और एक ऐसा वक़्त आ जाता है जब वह ख़ुदा की देहली तक पहुँच जाता है। ऐसी हालत में ख़ुद ख़ुदा उसके ख़ैरमक़दम में दौड़ पड़ता है और उसे अपने साए में लेकर ऐलान करता है कि अब तुम मेरे बसेरे में हो, तुम सारे पापों से परे हो। फ़िक्र न करो।''

जहाँआरा कुछ सोच में पड़ गई। कुछ हिचकिचाते हुए उसने पूछा, ''क्या सिरी किरसन वाक़ई ख़ुदा हैं? मैं तो सुनी हूँ कि बचपन में वह मश्का की चोरी करते थे, लड़कियों से छेड़खानी करते थे और अपनी माशूक़ा राधा से दग़ा करके अपने हरम में सोलह हज़ार एक सौ आठ बेग़में बटोर रखे थे। ये कैसा ख़ुदा? इतनी फितरतों वाले इनसान को आप ख़ुदा कैसे कह सकते हैं?''

''किसी इनसान में भगवान देखने के लिए नज़र चाहिए। और यह नज़र ख़ुद ख़ुदा अता करता है। यह नज़र अर्जुन को मिली थी जब उन्होंने श्रीकृष्ण के ख़ुदाई मंज़र (दिव्य दर्शन) को देखा। यह नज़र गोपियों और राधा को मिली थी श्रीकृष्ण का प्रेम पाने के बाद। यह नज़र हम सबको मिल सकती है श्रीकृष्ण से लगाव (भक्ति) से। आपने श्रीकृष्ण की जिन इनसानी फितरतों का ज़िक्र किया है वह उनका खेल (लीला) था ख़ुदाई तक पहुँचे एक इनसान के तौर पर। असलियत तो यह है कि हम सबमें इनसानी और ख़ुदाई दोनों पहलू होते हैं। इनका उजागर होना हमारे कर्मों और देखने वाले की नज़र पर मुनहसिर (निर्भर) है। मिसाल के तौर पर एक नन्हा बच्चा अपनी माँ में ख़ुदा देखता है।''

जगन्नाथ अभी अपनी बात कह ही रहे थे कि पर्दे के पीछे से एक बहुत सुरीली आवाज़ उभरी, ''और जिस बच्चे की माँ न हो वह कहाँ ख़ुदा देखे?''

फिर दूसरी, गम्भीर आवाज़ उठी, ''यह हमारी सबसे छोटी बहन गौहरआरा है जिसे हम सब लवंगी पुकारते हैं। इसके पैदा होते ही हमारी अम्मा हुजूर ख़ुदा को प्यारी हो गईं।''

अब बारी थी जगन्नाथ की लवंगी के सवाल का जवाब देने की। उन्होंने निहायत साफ़गोई से जवाब दिया, ''बच्चे की बात तो मैंने मिसाल के तौर पर कही थी। कोई किसी में भी ख़ुदा का नूर देख सकता है।''

''आप में भी?'' जगन्नाथ की बात को बीच में ही टोकते हुए फिर वही सुरीली आवाज़ एक चहक के साथ उभरी। जगन्नाथ अचकचा गए। उन्हें जवाब देते न बन रहा था। उनकी हिचकिचाहट को चीरते हुए फिर वही सुरीली आवाज़ आई, ''मुझे आपमें ख़ुदा का नूर दिखता है।''

जहाँआरा ने आँखें तरेरकर लवंगी की ओर देखा और बातों का सिलसिला दूसरी ओर मोड़ने की गरज़ से जगन्नाथ से पूछा, ''पंडितराज जगरनाथ, सिरी किरसन की करिश्माई शख़्सियत के बारे में शायरों ने भी तो कुछ लिखा होगा।''

''जी...जी...बहुत कुछ,'' हकलाते हुए जगन्नाथ बोले। फिर थोड़ा थिर होकर अपनी बात जारी की, ''भागवतपुराण में बड़ी तफ़सील से बयान आया है। बाद में जयदेव ने श्रीकृष्ण की रसभरी रासलीलाओं का बड़ा मज़ेदार बयान किया अपनी शायरी की किताब 'गीतगोविन्द' में। यह सब संस्कृत में है।''

''और हिन्दवी में कुछ नहीं?'' टोकते हुए लवंगी ने बेतक़ल्लुफ़ी से पूछा।

''हाँ, हाँ, हिन्दवी में भी बहुत कुछ है। सूरदास ने श्रीकृष्ण के बचपन पर शायरी की, मीराबाई ने उन्हें अपना प्रेमी मानकर गीत गाया और एक मुसलमान शायर ने भी हिन्दवी में श्रीकृष्ण के बारे में गीत रचा।''

''मुसलमान शायर! कौन था वह?'' जहाँआरा ने बेताबी से पूछा।

''रसखान।''

''रसखान? यह मुसलमान का नाम तो नहीं लगता। ज़रा तफ़सील से बयाँ करिए उनके बारे में।'' जहाँआरा ने स्पष्टीकरण माँगा।

''रसखान उनका असली नाम न था। यह तो उनका तख़ल्लुस था। उनका असली नाम था सैयद इब्राहीम ख़ाँ और वे अफ़ग़ानी पठान थे। लेकिन उनकी पैदाइश हिन्दुस्तान में ही हुई थी और उनके वालिद एक धनी जागीरदार थे। उन्हें फ़ारसी, हिन्दी और संस्कृत का अच्छा ज्ञान था। बचपन से ही उनका झुकाव सूफ़ी सिलसिले की ओर था।''

''लेकिन, सिरी किरसन की ओर उनका झुकाव कैसे हुआ?'' जगन्नाथ की बात को बीच में ही काटते हुए जहाँआरा ने पूछा।

''इसके कई क़िस्से मशहूर हुए, लेकिन असलियत यह है कि जब एक बार अपने सूफ़ी मुर्शिद के साथ इब्राहीम ख़ाँ वृन्दावन से होकर गुज़र रहे थे तो थकान के कारण थोड़ा सुस्ताने के लिए वहीं बैठ गए। उसी दौरान उन्हें श्रीकृष्ण के दिव्य दर्शन प्राप्त हुए और उनके हृदय में रस की फुहार फूट पड़ी। फिर तो वह श्रीकृष्ण के कारनामों के ऐसे रस-भरे गीतों की रचना करने लगे कि लोग उन्हें रसीले ख़ाँ कहने लगे और आगे जाकर वे रसखान के नाम से मशहूर हुए।''

''उनकी कोई शायरी आप सुना सकते हैं?'' जहाँआरा ने आग्रह-भरा प्रस्ताव रखा।

“हाँ, हाँ, क्यों नहीं? अभी सुनिए।” कहते हुए जगन्नाथ ने अपने सुरीले कंठ से रसखान का यह गीत गया :

सेस गनेस महेस दिनेस सुरेसहु जाहिं निरन्तर गावैं
जाहि अनादि अनन्त अखंड अछेद अभेद सुबेद बतावैं
नारद से सुक व्यास रटैं पचि हारे तऊ पुनि पार न पावैं
ताहिं अहीर की छोहरियाँ छछिया भरि छाछ पे नाच नचावैं

जगन्नाथ ने जब इस गीत की भावपूर्ण व्याख्या की तो दोनों बहनें हँसते-हँसते लोट-पोट हो गईं कि जो ख़ुद ख़ुदा है उसे मामूली लड़कियों ने नचाया। लवंगी ने मीराबाई के प्रेमगीत सुनाने की पेशकश की। लेकिन जहाँआरा ने लवंगी को झिड़की लगाई और उठते हुए उसका हाथ खींचकर बोली, “अब बस भी करो लवंगी।”

लवंगी जगन्नाथ की शायराना शख़्सियत के जादू में इतनी मुब्तला थी कि उसे वहाँ से जाना गवारा न था। ऊपर से जहाँआरा का इस तरह झिड़कते हुए वहाँ से लिवा जाना भी उसे बुरा लगा। उस रात लवंगी जहाँआरा से भिड़ गई। उसकी जिद्द और बग़ावती तेवर देखकर जहाँआरा हैरान थी। जिस बहन की माँ की तरह उसने देखभाल की थी अब वह उससे इस तरह बहस करने लगी। लवंगी को रंज था कि बड़ी आपा ने हमेशा उसकी मर्ज़ी का ख़याल रखा, लेकिन एक शायर को पसन्द करके या उससे मुहब्बत करके कौन-सी ऐसी क़यामत उसने ढा दी जो बड़ी आपा इतना बौखलाई हुई हैं।

“लवंगी, तुम अब बच्ची न रही। यह बचपना छोड़ो।”

“यही तो मैं भी कह रही हूँ कि मैं अब बच्ची न रही। अपने फ़ैसले लेने लायक़ हो गई हूँ। और, यह मेरा हक़ भी है।”

“यह हक़ मुग़ल शाहज़ादियों को न है।”

“मुग़ल शाहज़ादों को यह हक़ है और शाहज़ादियों को नहीं? मुग़ल शाहज़ादे तो कई-कई शादियाँ करें और बेशुमार रखैलों के साथ गुलछर्रे उड़ाएँ और पाबन्दी बस शाहज़ादियों के ऊपर लगे। ये कैसा इन्साफ़ है?”

“तुम्हें गुलछर्रे उड़ाने से कौन रोकता है? तुम भी गुलछर्रे उड़ाओ वैसे ही जैसे रोशनआरा उड़ाती है।”

“और जैसे आप भी?”

“हाँ, जब तुम लाज-शर्म छोड़कर ऐसी बातें कर रही हो तो समझ लो जैसे मैं भी।”

“हम सब कोई जानवर हैं कि जिस्म की ज़रूरत पूरा करना ही बस काफ़ी है? हमारे कोई जज़्बात नहीं हैं? हम सबके दिल में इश्क़ अँगड़ाई नहीं लेता? क्या हम इश्क़ न कर सकते हैं? क्या हमें इतनी भी आज़ादी नहीं?”

''शाहज़ादियों को यह आज़ादी नहीं।''

''तो फिर मुझे शाहज़ादी रहना मंजूर नहीं। मुझे एक मामूली इनसान की तरह रहना गवारा है, और पसन्द भी, लेकिन अपना इश्क़ मंसूख करना नहीं।''

इज़हार-इ-इश्क़

अगले दिन जब जगन्नाथ जहाँआरा बेग़म के महल में पहुँचे गीता पढ़ाने के लिए तो उन्हें यह देखकर बड़ा आश्चर्य हुआ कि झीने पर्दे के पीछे बैठने वाली अमूमन दो शाहज़ादियों की जगह एक ही बैठी है। उन्होंने अनुमान लगाया कि पर्दे के पीछे छोटी बहन लवंगी बैठी है, लेकिन इस बारे में तहक़ीक़ात करना मुनासिब न समझा। उन्हें यक़ीन तब हुआ जब लवंगी अपनी सुरीली आवाज़ में कुछ ज़्यादा ही मिठास घोलते हुए उनसे इठलाकर बोली, ''आज मुझे वह शायरी सुनाइए जिसके लिए मैंने कल इल्तिज़ा की थी।''

''जीज्जी...'' जगन्नाथ हकलाने लगे।

''ये क्या जी जी लगा रखा है आपने!'' लवंगी ने तनिक रोष प्रकट करते हुए कहा, ''आप मेरा नाम नहीं जानते?''

''जी, बेग़म साहिबा...'' जगन्नाथ मारे घबराहट के फिर हकलाने लगे।

लवंगी हँसने लगी। ''मुझे लवंगी कहकर पुकारिए। इसी नाम से हमें अपने सब पुकारते हैं। और, मैं आपको पंडितराज जगरनाथ न पुकारूँगी। बड़ा टेढ़ा-मेढ़ा और बोझिल-सा नाम है यह। मैं तो आपको जगन कहके बुलाऊँगी।'' लवंगी ने इठलाकर कहा।

''जी? यह तो मेरा बचपन का नाम है। बनारस में मेरे अपने इसी नाम से मुझे पुकारते हैं। आपको कैसे मालूम यह नाम?''

''मैं भी आपकी अपनी हूँ,'' कहते हुए लवंगी पर्दे से बाहर आ गई।

सफ़ेद संगमरमरी रंगत, रसीले लाल होंठ, कारे मतवारे नैन देखकर जगन्नाथ बेसुध-से हो गए। उनके मुँह से अनायास निकल पड़ा, ''हे भगवान, आप तो ग़ज़ब की सुन्दर हैं। जितना सुना था उससे कहीं बढ़कर।'' अगले ही क्षण उन्होंने अपने को सँभाल लिया यह सोचकर कि यह आकर्षण तो तलवार की धार पर अपनी गर्दन रखने जैसा है।

बातचीत का सिलसिला दूसरी ओर मोड़ देने के लिए जगन्नाथ ने शायरी की बात शुरू की, तो लवंगी ने मीराबाई का एक प्रेमगीत सुनाने की फ़रमाइश दुहरा दी। बिना विलम्ब किए जगन्नाथ ने एक भावपूर्ण ललित गीत गाकर सुनाया :

मैं गिरधर के घर जाऊँ।
गिरधर म्हांरो साँचो प्रीतम देखत रूप लुभाऊँ॥

रैण पड़ै तबही उठ जाऊँ भोर भये उठि आऊँ।
रैन दिना वाके संग खेलूँ ज्यूँ तह्यूं ताहि रिझाऊँ॥
जो पहिरावै सोई पहिरूँ जो दे सोई खाऊँ।
मेरी उनकी प्रीति पुरानी उन बिन पल न रहाऊँ।
जहाँ बैठावें तितही बैठूँ बेचै तो बिक जाऊँ।
मीरा के प्रभु गिरधर नागर बार बार बलि जाऊँ॥

लवंगी आँखें मूँदे भावविभोर होकर गीत सुन रही थी। मस्ती के आलम में वह झूम-झूमकर सिर हिला रही थी। बीच-बीच में तरन्नुम की लहरों में बहते हुए वह अपनी अँगुलियों से ताल दे रही थी। लगता था गीत के सुरीले स्वर उसके मन को मथ रहे थे और गीत के भाव उसके दिल में सीधे उतर रहे थे।

मदहोशी में डूबी लवंगी ने अचानक आगे बढ़कर जगन्नाथ का हाथ पकड़ लिया, "मैं आपकी राधा हूँ। जैसे किसन के लिए राधा वैसे जगन के लिए लवंगी। मैं राधा जैसी गोरी तू किसन जैसा साँवला-सलोना। तू मेरा है सिर्फ़ मेरा जगन और मैं तेरी हूँ सिर्फ़ तेरी, तेरी दीवानी..." लवंगी मदहोशी में बोले जा रही थी—जैसे वह किसी दूसरी दुनिया से बोल रही हो; जैसे वह मस्ती के आलम में शायरी के बोल पढ़ रही हो।

हिचकिचाकर जगन्नाथ ने अपना हाथ पीछे खींच लिया, तो लवंगी लपककर उनके गले लगने लगी। "बस, बेग़म साहिबा, ज़्यादा दीवानगी ठीक नहीं," कहकर जगन्नाथ वहाँ से जाने लगे तो लवंगी की आवाज़ कुछ ऊँची हो गई, "तुम यहाँ से निकलकर जा रहे हो जगन, लेकिन मेरे दिल से न निकल पाओगे।"

सचमुच, जगन्नाथ वहाँ से निकल तो आए, लेकिन अपना दिल वहीं छोड़ आए।

वहाँ ख़ास तौर पर छुपकर नज़र रखने के लिए तैनात ख़बरी लौंड़ी ने इश्क़ के इस मंजर का जहाँआरा के सामने बयान किया। उस रात जब जहाँआरा ने लवंगी से इस बाबत क़ैफ़ियत माँगी तो जवाब में लवंगी कुछ देर चुप रही। फिर हौले से जहाँआरा के गले लिपटकर हिचकियाँ लेने लगी, "आप हमारी आपा ही नहीं अम्मा भी हो। हमारे दिल का हाल आप न समझोगी तो कौन समझेगा?"

जवाब में जहाँआरा भी हिचकियाँ लेने लगी और मारे स्नेह के लवंगी का सिर सहलाने लगी। दोनों बहनें देर तक हिचकियाँ ले-लेकर रोती रहीं।

जहाँआरा को लवंगी में अपना अक्स नज़र आने लगा। उसने भी कभी प्यार किया था बल्ख के शाहज़ादे नजाबत ख़ाँ से। इश्क़ का चक्कर चुपके-चुपके कुछ दिनों चला; मौज़-मस्ती ख़ूब हुई; तन-मन ख़ूब मिले, लेकिन बाद में सब कुछ बिखर गया। उन दिनों अब्बा अम्मी के मरने के बाद बदहवास रहते थे। जब वे उस

ग़मगीन माहौल से उबरे तो उन्हें अपनों के सहारे की ज़्यादा ज़रूरत पड़ने लगी। ऊपर से मुए मामू शाइस्ता ख़ाँ ने अब्बा को समझा दिया कि नजाबत ख़ाँ एक छोटी-सी रियासत का शाहज़ादा है, शाहज़ादी से शादी करने पर वह भी अपने शाहज़ादों के बराबर वजूद और रुतबे का हक़दार हो जाएगा। फिर तो अब्बा ने नजाबत को कन्धार का सूबेदार बनाकर दूर भेज दिया और मुहब्बत का सिलसिला टूट गया।

अब एक बार फिर जहाँआरा की अपनी दमित प्रेम की इच्छा झलकने लगी। लवंगी के प्यार की प्यास में उसने अपनी प्यास महसूस की। उसे लगा कि लवंगी के प्यार की क़ामयाबी में उसकी अपनी प्यार की ख़्वाहिश भी पूरी हो जाएगी। मन-ही-मन सोचा कि उसे प्यार का हक़ न मिला तो कम-से-कम लवंगी इससे महरूम न रहे। लेकिन, मुश्किल यह थी कि लवंगी का महबूब तो ऐसे मज़हब और माहौल से है जो खानदाने-तैमूरिया को क़तई क़बूल न होगा। उसने लवंगी को इस मुद्दे पर समझाने की बहुत कोशिश की, पर लवंगी ने एक न सुनी, सिर्फ़ आँसू टपकाती रही और गुहार लगाती रही कि अगर बड़ी आपा की इनायत रही तो उसे अपना प्यार हासिल करने से कोई न रोक सकेगा।

लवंगी के प्रति ममता, उसकी आह-भरी गुहार और ख़ानदानी इज़्ज़त के नाम पर लड़कियों के ऊपर लादी गई बन्दिशों के ख़िलाफ़ दबे हुए ग़ुस्से ने आख़िर जहाँआरा को ऐसे मुक़ाम पर ला खड़ा किया जहाँ उसे लवंगी की हाँ में हाँ मिलाने के अलावा कोई रास्ता ही न था।

वह रात बड़ी कशमकश में कटी। पंडितराज जगन्नाथ कोई अनाड़ी न थे। उन्होंने दुनिया देखी थी। वह मुग़लों की ताक़त से वाक़िफ़ थे। वह जानते थे कि किसी मुग़ल शाहज़ादी से मुहब्बत की क़ीमत उन्हें अपना सिर कटाकर चुकानी होगी। उनके दिल और दिमाग़ के बीच अजीब जंग छिड़ी थी। दिमाग़ कहता निकल ले पतली गली से, अपने काम से काम रख, तुम्हारी औक़ात इतनी महँगी मुहब्बत की नहीं है। लेकिन, जब लवंगी का मासूम चेहरा और उसकी प्यार में दीवानगी दिमाग़ में तारी होती तो दिल को मौक़ा मिल जाता अपनी बात आगे बढ़ाने का—जीते तो सभी हैं; प्यार में मरने के मौक़े तो बिरले को ही नसीब होते हैं। तू बहुत ख़ुशनसीब है तुम्हें जन्नत की हूर का प्यार मिला है। पीछे न हट।

आख़िर जीत दिल की हुई; जीत लवंगी के प्यार की हुई। जगन्नाथ ने अपना दिल लवंगी के यहाँ गिरवी रखना मंजूर किया और उसका दिल ख़ुद ले आगे बढ़ने का निश्चय किया। लेकिन इस फ़ैसले पर पहुँचते-पहुँचते उनकी उस रात की नींद बर्बाद हो गई।

आगे-आगे देखिए होता है क्या, मजनूँ मियाँ! अब तो दिन का चैन और रात की नींद गई।

निराला नाज़ो-अन्दाज़

दारा और नादिरा को बच्ची पैदा हुई थी तीन बेटों के बाद। बच्ची की पैदाइश का जश्न बड़े शान-शौक़त से दारा के महल में मनाया गया।

दाराशिकोह अपनी बेग़म नादिरा को बेहद प्यार करता था। ज़्यादातर अमीर उमरा और शाहज़ादे, औरंगजेब को छोड़कर, दर्जनों रखैलें रखते थे। बेग़म नादिरा बानो को गर्व था कि उनके पति ने सिर्फ़ दो रखैलें रखी थीं—पहली, सुनहले बालों और नीली आँखों वाली फिरंगन जिसका नाम हेलेन था और दूसरी, राणादिल जो एक हिन्दू नर्तकी थी। हेलेन को शाहज़ादे ने अपने हरम में बैठा रखा था, लेकिन राणादिल अपनी कोठी में बड़ी शान से रहती थी। उससे मिलने शाहज़ादे दाराशिकोह ख़ुद उसकी कोठी में जाते थे या वक़्त-ज़रूरत पर अपने महल में निमंत्रित करते थे।

दाराशिकोह की बेटी की आँजन-लगाई की रस्म होनी थी। यह रस्म बच्ची की बुआ के हाथों ही होती थी। बड़ी बुआ पादशाह बेग़म ज़ियारत को अजमेर शरीफ़ गई हुई थीं और नजूमियों के बताए वक़्त पर ही दारा अपनी बेटी की आंजन की रस्म पूरा कराना चाहता था। मझली बुआ रोशनआरा ने अपनी तबीयत की नासाज़ी का बहाना बनाकर आने से इनकार कर दिया था। अब बच गई छोटी बुआ लवंगी। वह सहर्ष तैयार हो गई, शर्त बस इतनी थी कि रस्म सादे ढंग से हो।

नादिरा बेग़म ने बड़े दुलार से अपनी सबसे छोटी ननद को निमंत्रित किया था। उसको ससम्मान लिवा आने के लिए उन्होंने अपनी ख़ास शाही पालकी भेजी थी। लेकिन लवंगी ने यह कहते हुए मना कर दिया था कि वह कोई मरीज है जो मर्दों के कन्धों पर टँग कर चले। उसने ऐलान कर दिया कि अपनी भतीजी के लिए वह पैदल चलकर दारा भाईजान के महल पहुँचेगी।

दूरी तो कोई ख़ास न थी, लेकिन हिन्दुस्तान के बादशाह की शाहज़ादी पैदल चले यह सोचना भी अकल्पनीय था। लेकिन, लवंगी तो परले दर्ज़े की जिद्दी ठहरी, सो अपनी जिद्द पर अड़ी रही। लवंगी जाना तो चाहती थी एक सामान्य व्यक्ति की भाँति। लेकिन जहाँआरा की ख़ास ख़ानसरा होशियार ख़ाँ का आग्रह था कि लवंगी बेग़म की सुरक्षा की जिम्मेदारी उसकी बनती है और पादशाह बेग़म जहाँआरा की ग़ैरहाज़िरी में तो यह जिम्मेदारी और बढ़ जाती है। उसकी इस फ़िक्रमन्दी की इज़्ज़त करते हुए लवंगी ने सुरक्षा घेरे में चलना स्वीकार कर लिया।

होशियार ने पंच-चक्रीय सुरक्षा का प्रबन्ध किया था। सबसे पहले सैनिकों का एक दस्ता आगे-आगे राहगीरों को हटाता चल रहा था। ऐसा ही एक दस्ता काफ़िले के आख़िर में चल रहा था ताकि तमाशबीन काफ़िले के एकदम नज़दीक न पहुँच जाएँ। काफ़िले की सबसे बाहरी सुरक्षा चुने हुए सैनिकों की एक टुकड़ी ने सँभाल रखी थी जिनके हाथों में बन्दूकें थीं। उनके बाद विशालकाय और खूँखार हब्शिनों

और तातारी औरतों का एक जत्था था जिनके हाथों में चमकती नंगी तलवारें थीं। उनके बाद महल के हिजड़ों का एक दल था जो गुप्ती हथियार वाले डंडे लेकर चल रही थीं। सबसे भीतरी हिस्से में लवंगी बेग़म बुर्के में अपनी ही जैसी बुर्के में ढकी कनीज़ों और लौंड़ियों के झुंड में चल रही थीं। उन्हें देखकर यह जान पाना मुश्किल था कि उस झुंड में लवंगी बेग़म कौन थी।

जुलूस में इस तरह चलने पर लवंगी मन-ही-मन हँस रही थी यह सोचकर कि कहाँ तो वह मामूली इनसान की तरह पैदल चलना चाहती थी और कहाँ शाहज़ादी के नाम पर इतना ताम-झाम। तमाशबीनों के झुंड-के-झुंड उमड़ पड़े थे इस अद्‌भुत जुलूस को देखने के लिए।

नादिरा बानो के महल के सामने पहुँचते ही लवंगी बेग़म के काफ़िले का अगला और पिछला दस्ता बगल में हटकर खड़ा हो गया। शेष काफ़िला आगे बढ़ गया। महल के मुख्य दरवाज़े पर बन्दूकों से लैस सैनिकों का दस्ता रुक गया। आगे ड्योढ़ी में हिजड़ों का झुंड ठहर गया। आख़िर में रह गया बुर्कानशीनों का दल जो महल के सहन में रुक गया। होशियार, जो काफ़िले का संचालन कर रहा था, लवंगी बेग़म को नादिरा बानो के पास पहुँचाकर बुर्कानशीनों के दल में वापस आ गया। सभी जत्थे अपनी-अपनी जगह मुस्तैदी से इन्तज़ार कर रहे थे लौटते वक़्त उसी क्रम में चलने के लिए।

आंजन-लगाई के जलसे में सिर्फ़ महिलाओं की शिरक़त थी। मुख्य जलसा महल के विशाल आँगन में आयोजित था, जहाँ एक बड़े-से शामियाने के नीचे ख़वातीन इकट्‌ठा हुई थीं। बीच में एक सुसज्जित पालने में बच्ची को लवंगी रेशम की रस्सी से झूला झुला रही थी। बेग़म नादिरा बानो फुर्ती से इधर-उधर सारे प्रबन्ध का मुआयना कर रही थीं और अतिथि महिलाओं की आवभगत कर रही थीं। फिरंगन हेलेन एक तरफ़ चुपचाप बैठी सारे जलसे को हैरत-भरी निगाहों से देख रही थी। नर्तकी राणादिल अपने ज़नाना साज़िन्दों के साथ पैरों में घुँघरू बाँधे बैठी थी। अपने निराले नाज़ो-अन्दाज़ की वजह से लवंगी सारी ज़नानियों के आकर्षण का केन्द्र थी।

कार्यक्रम की शुरुआत की लवंगी ने नन्ही बच्ची की आँखों में रस्मी काजल लगाकर। काजल लगते ही सभी ज़नानियों ने दुआओं और तोहफ़ों की बौछार कर दी। फिर राणादिल झमककर उठी और आलाप लेकर तान छेड़ा : ''हमारे घर आई जन्नत की हूर''। यद्यपि यह एक रस्मी गीत था, लेकिन ब्रजभाषा के रसीले लफ़्ज़ों में ढालकर राणादिल ने इसे इतने माधुर्य से, अपने मोहक नृत्य के साथ, पेश किया कि समाँ बँध गया।

गीत और नृत्य रुकते ही कनीज़ों ने बड़े-बड़े थाल में रखे चाँदी के बर्तनों में पेय पदार्थ प्रस्तुत किया। किसी ने अंगूरी ली, किसी ने शिराजी, किसी ने अन्य प्रकार की शराब। किसी-किसी ने तो कई प्रकार की शराबों का मिश्रण पिया।

नादिरा बानो जानती थीं की लवंगी शराब नहीं पीती। इसलिए उन्होंने उसके लिए गुलाब के फूलों और तरबूज के रस वाले शर्बतों के अलावा भी कई तरह के शरबत का इन्तज़ाम कर रखा था।

थोड़ा शुरूर चढ़ते ही महिलाओं में मस्ती छाने लगी। बेग़म नादिरा बानो ने विशेष रूप से अनुरोध किया कि राणादिल एक शृंगार गीत गाएँ, और लवंगी की ओर आँखें तिरछी करके राणादिल को कुछ इशारा किया। राणादिल छमककर उठ खड़ी हुई और अँगड़ाई लेते हुए गीत शुरू किया : लैई उड़ी जाए मेरो भैया ननद सोने की चिरैया रे।

इस पंक्ति को बहुत मोहक अन्दाज़ में गाकर राणादिल ग़ज़ब का नृत्य कर रही थी। उसकी गोरी सुगठित देह, बल खाती पतली कमर, बड़े-बड़े उरोज और विशाल नितम्ब साज़िन्दों की ताल पर थिरक-थिरककर अद्‌भुत नृत्य प्रस्तुत कर रहे थे। बीच-बीच में ननद सोने की चिरैया गाते हुए वह लवंगी की ओर इशारे कर कामुक ढंग से मुस्काती तो शराब की मदहोशी में डूबी महिलाओं में हँसी का फव्वारा फूट जाता। लेकिन, लवंगी चुपचाप एकटक राणादिल को देख रही थी।

राणादिल गीत को आगे बढ़ाती गाती जा रही थी :

बेसर तो राजा तुम बनवैयो झुलनी लै आवै मेरो भैया

इसके बाद फिर वही पहले वाली पंक्ति :

लैई उड़ी जाय मेरो भैया ननद सोने की चिरैया रे।

वही मादक नृत्य, वही कामुक मुस्कान, लवंगी की ओर वैसे ही इशारे और महिलाओं में वही हँसी का फव्वारा। लेकिन, लवंगी राणादिल की ओर चुपचाप घूरती रही।

नए-नए गहनों का नाम लेकर राणादिल गीत को कड़ी-दर-कड़ी बढ़ाती जा रही थी। बीच-बीच में लवंगी की ओर इशारा करके नृत्य को और उत्तेजक कर देती और महिलाएँ मज़े ले-ले हो-हो करतीं। सबसे ख़ुश थीं बेग़म नादिरा बानो। लेकिन लवंगी चुप।

उत्तेजना के उत्कर्ष पर जब गीत और नृत्य रुका तो अचानक लवंगी झटके से उठी और आगे बढ़कर राणादिल को गले से लगा लिया। फिर, प्रशंसा करते हुए बोली, ''रानादिल, आप ग़ज़ब की अदाकारा हो। आप अपनी अदा से दिल जीत लेती हो।'' राणादिल ने ''शुक्रिया, बेग़म साहब'' कहते जब तीन बार झुककर कोर्निश की तो लवंगी ने एकबार फिर उसे अँकवार में भर लिया। एक नाचने वाली को, चाहे भले ही वह बड़े शाहज़ादे की महबूबा ही हो, इतना सम्मान

देना वहाँ जुटी महिलाओं को बड़ा अटपटा–सा लगा।

लवंगी ज्योंही वापस आकर अपनी जगह बैठी, नादिरा बानो की ओर से फ़रमाइश आ गई एक शायरी सुनाने के लिए। बाक़ी सब महिलाएँ ''इरशाद, इरशाद!'' कह उठीं। लवंगी के चेहरे पर उदासी छा गई। उन्होंने भारी मन से कहा, ''मेरी शायरी में मस्ती नहीं तड़प होती है जो शायद ही आप लोगों को पसन्द आए।'' फिर जवाब का इन्तज़ार किए बिना अपनी शायरी शुरू कर दी :

सब्ज पत्तों से भरे एक घने पेड़ के नीचे राणादिल की ज़नाना साज़िन्दों ने साज छेड़ दिया, लेकिन लवंगी बेग़म ने इशारे से साज़िन्दों को साज बजाने से बरज दिया, और अपनी शायरी जारी रखी :

एक हिरनी खड़ी अनमनी,
घास चरत हिरना हिरनी से पूछे
का हुआ हिरनी काहे तू मुरझानी हो
चुप–चुप रही हिरनिया फिर रोवन लागे
हिरना आजु शहज़ादा के जनम तुम्हहिं मारि डरिहैं

लवंगी बेग़म आँखें बन्द किए ख़ुद में खोए हुए गाती जा रही थी। उसकी आवाज़ में ग़ज़ब की कशिश और दर्द था। उसकी आवाज़ लगता था जैसे कहीं दूर से आ रही हो :

सोने के तखत बैठे बादशाह से हिरनी अरज करइ
हमरे हिरना क गोश्त पकवावा पर चमड़िया हमें दै देव
पेड़वा से टागौंगी चमड़िया औ मन को समझाऊँगी
मैं देखौंगी हिरना कै चमड़िया ज्यों हिरना हमर जीवत होय

लवंगी की आवाज़ में अथाह दर्द घुला हुआ था। लगता था आहत हिरनी की आत्मा लवंगी में समा गई हो। सुननेवालियाँ सकते में थीं। उनसे कुछ कहते न बन रहा था, दर्द का असर वे भरपूर महसूस कर रही थीं :

जाओ जाओ हिरनी हम चमड़ी न देऊँगा
येही चमड़ी कै ढोल मढ़ाऊँगा शहज़ादा मोर बजैहैं

गाते–गाते लवंगी की बन्द आँखों से आँसुओं की धारा बह चली। लगता था जैसे वह होश में न हो। आँसुओं की अविरल धारा के बीच अब लवंगी धीरे–धीरे गा रही थी :

जब जब बाजे ढोलकिया हिरनी सुनि सोचें
हिरनी पेड़ के नीचे हिरना के खोजें औ रोवें

गीत ख़त्म हो गया, लेकिन दुपट्टे से अपना चेहरा ढककर लवंगी फफक-फफककर रो रही थी। किसी को इसकी क़ैफ़ियत पूछने की हिम्मत न हो रही थी। अन्ततः, नादिरा बेग़म ने लवंगी की पीठ पर धीरे-से हाथ फेरा और फुसफुसाया "ननदजी, ननदजी"।

लवंगी चेहरे से दुपट्टा हटाकर नादिरा बेग़म की ओर मासूमियत से देखने लगी। "आप अपनी शायरी में पूरी तरह खो गई थीं," धीरे से नादिरा बानो ने कहा।

माहौल को हल्का करने की गरज़ से खालिलुल्लाह ख़ाँ की बेग़म कुलसुम बानो ने बातों का सिलसिला शुरू किया :

"बेग़म आपकी शायरी में दर्द तो बहुत है, लेकिन मस्ती कहाँ है?"

"दर्द जब बेहिसाब हो जाए तो वही मस्ती का सबब बनता है," संक्षिप्त जवाब देकर लवंगी चुप हो गई।

असालत ख़ाँ की बेग़म हुस्ना खानम ने जानना चाहा कि जब फ़ारसी ही अदब की ज़ुबान मानी गई है तो लवंगी बेग़म हिन्दवी में क्यों शायरी करती हैं।

"असल शायरी किसी ख़ास ज़ुबान की मुहताज नहीं होती। ज़ुबान वही वाजिब होती है जिसमें आप अपनी बात पुरकश तरीक़े से कह सकें। जब हम आपस में इसी हिन्दवी ज़ुबान में बात कर सकते हैं तो शायरी क्यों नहीं कर सकते?" लवंगी बेग़म का तल्ख़ जवाब था।

शाइस्ता ख़ाँ की कमउम्र लेकिन बेहद ख़ूबसूरत बीवी गुलनार बानो, जो लवंगी की मामी भी लगती थीं, ने जानना चाहा कि हिरनी की बात इस शायरी में लाने की क्या ज़रूरत थी। क्या बात सीधे से नहीं कही जा सकती?

लवंगी ने महसूस किया कि गुलनार बानो कम पढ़ी-लिखी हैं तभी तो ऐसा सवाल पूछ रही हैं। फिर भी उनकी ओर मुख़ातिब होकर लवंगी ने छोटा-सा जवाब दिया, "मामीजान, यह अदब में मिसाल का इस्तेमाल है।"

निश्चित ही, गुलनार की समझ में यह बात नहीं आई। महफ़िल यहीं ख़त्म हो गई।

संगीत के बाद भोजन की व्यवस्था थी। तरह-तरह के सामिष भोजन परोसे गए—मुर्ग मुसल्लम, बकरा मुसल्लम, शम्मी कबाब, दाल बुखारा वग़ैरह। चूँकि लवंगी मांसाहारी भोजन नहीं करती थी इसलिए नादिरा बेग़म ने शाही ख़ानसामे को विशेष निर्देश देकर लवंगी के लिए लौकी मुसल्लम, कमल ककड़ी का कबाब और तरह-तरह की दाल और सब्ज़ियाँ बनवाई थीं।

भोजन करने वालों की भीड़ में राणादिल न जाने कहाँ खो गई थी। लवंगी की निगाहें उसको खोजती रहीं, न मिलने पर कुछेक से पूछा भी। उसको परेशाँ देखकर एक कनीज़ चुपके से लवंगी के पास आई और फुसफुसाकर कान में कुछ कहा।

भोजन छोड़कर लवंगी चुपके से वहाँ से खिसक ली और छिपते-छिपाते

राणादिल को खोजते दाराशिकोह के कमरे में पहुँच गई। वह राणादिल से अपनी शायरी के बारे में बातें करना चाहती थी। लेकिन, वहाँ का नज़ारा देखकर वह शरमा गई। दाराशिकोह और राणादिल प्रेमालिंगन कर रहे थे।

मुआफ़ी माँगते हुए लवंगी ज्योंही मुड़ी दाराशिकोह और राणादिल दूर-दूर खड़े हो गए। दाराशिकोह ने लवंगी को रुकने को कहा जबकि राणादिल हथेलियों में अपना चेहरा छुपाकर एक तरफ़ चुपचाप खड़ी हो गई।

मुड़कर दाराशिकोह से मुख़ातिब होते हुए लवंगी ने कहा, ''भाईजान, मैं यहाँ राणादिल को खोजते हुए आ पहुँची उनसे कुछ बातें करने के लिए। लेकिन, यहाँ का नज़ारा देखकर मैं अब कुछ और ही कहना चाहती हूँ।''

लवंगी कुछ देर रुकी और दाराशिकोह को सम्बोधित करते हुए पुनः बोली, ''भाईजान, राणादिल से निकाह क्यों नहीं कर लेते? ऐसी ख़ूबसूरत और उम्दा फनकार आपको इस दुनिया में खोजे न मिलेगी।''

दाराशिकोह ने आह भरते हुए कहा कि काश ऐसा हो सकता। लेकिन अब्बा हुजूर इसकी इजाज़त नहीं दे रहे हैं। एकबारगी लवंगी पूरा मामला न समझ पाई, तो दाराशिकोह ने विस्तार से बताया कि बादशाह उसे निकाह की इजाज़त क्यों नहीं दे रहे हैं।

लवंगी एक झटके से वहाँ से निकल पड़ी इस दृढ़ निश्चय के साथ कि दारा भाईजान और राणादिल की शादी के लिए वह बादशाह को राज़ी करके रहेगी।

सामने पड़ने वाली कनीज़ से होशियार को बुलाने के लिए कहकर लवंगी ने जल्दी से नादिरा बेग़म से कुछ सलाह-मशविरा किया और जब नादिरा बेग़म ने दारा और राणादिल की शादी पर अपनी रज़ामन्दी ज़ाहिर की तो तुरन्त उनसे विदा ले वापस जाने के लिए चल पड़ी।

राणादिल और दाराशिकोह की शादी के मामले में लवंगी ने जहाँआरा से चर्चा की, तो उसने बताया कि वह दारा भाईजान के साथ पहले ही बादशाह से मिल चुकी है और उन्होंने इस रिश्ते को एकदम ख़ारिज कर दिया है।

अबकी बार लवंगी जहाँआरा और दाराशिकोह के साथ गोलबन्द होकर बादशाह के पास पहुँची। दाराशिकोह और जहाँआरा तो चुप रहे, लेकिन लवंगी ने इल्तिज़ा करने और दलीलें देने का मोर्चा सँभाला। अपने भाईजान के हक़ के लिए लड़ने का उसे ख़ासा उत्साह था। वह मन-ही-मन सोच रही थी कि एक बार बादशाह को इस शादी के लिए मना लेगी तो जगन्नाथ के साथ उसकी शादी की राह आसान हो जाएगी।

ज्योंही बादशाह ने एतराज़ जताना शुरू किया कि दुल्हन हिन्दू है और नाचने-गाने वाली औरत है, लवंगी ने प्रतिरोध किया कि राणादिल एक अदाकारा है और

वह भी एकदम नफीस दर्ज़े की। वह मामूली रक्कासा नहीं है जो हर ऐसे-तैसे के लिए नाचती फिरे। और, सबसे बड़ी बात है कि दारा भाईजान उससे बेपनाह मुहब्बत करते हैं।

जब बादशाह ने अपनी पुरानी दलील दुहराई कि मुल्ला-मौलवी नाराज़ हो जाएँगे तो लवंगी ने बड़े सयानेपन से कहा कि बादशाह को मुल्ले-मौलवियों की ख़ुशी या नाराज़गी को नज़रअन्दाज़ कर देना चाहिए। और, फिर दारा भाईजान तो दो अहम मज़हबों के मिलान का मंसूबा रखते हैं। अगर दारा भाईजान की कोशिश क़ामयाब हुई तो मुसलमान हिन्दुओं में ऐसे मिल जाएँगे जैसे दूध में शक्कर। तब दारा भाईजान एक सच्चे बादशाह साबित होंगे। अगर ऐसा हुआ तो हम अपने जन्नतनशीं बुलंद बुजुर्ग बादशाह अकबर के सुलहकुल की अज़ीम रवायत को आगे बढ़ाने में क़ामयाब होंगे। और, यह काम दारा भाईजान बख़ूबी कर सकेंगे अगर राणादिल से इनका निकाह हो। नहीं तो हिन्दू-मुसलमान के मज़हबी मिलाप की फ़लसफ़ाना बातों और किताबी ईजाद से आगे वह न बढ़ पाएँगे। इसके लिए इन्हें रहनुमा की तरह ख़ुद मिसाल पेश करनी होगी।

लवंगी की समझदारी-भरी बातों से सभी हैरत में थे। बादशाह बड़े ख़ुश हुए कि उनकी नन्ही बेटी अब बड़ी हो गई है। दाराशिकोह ने मन-ही-मन लवंगी का एहसान माना कि उसने सारी दलीलें बड़ी समझदारी और हिक़मत से पेश कर बादशाह को ख़ुश कर दिया, और साथ ही उसकी आइन्दा ज़िन्दगी की बहुत सुर्खरू तस्वीर पेश की। जहाँआरा ने बहुत राहत महसूस की कि ऐसे मौक़ों पर अक्सर बग़ावती रुख़ अपना लेने वाली लवंगी ने निस्बतन पुरसुकून ढंग से अपनी बातों को रखा।

आख़िर, लवंगी की दमदार बातों से बादशाह बहुत मुतस्सिर हुए और शादी की इजाज़त दे दी। लेकिन, अब राणादिल अड़ गई कि विवाह हिन्दुओं की वैदिक विधि से होगा। उसे अपनी ख़ुद्दारी से समझौता पसन्द न था। इसकी बादशाह ने इजाज़त न दी। लवंगी की दौड़-धूप और दोनों पक्षों के मान-मनौवल से बीच का रास्ता निकला और तय हुआ कि मुसलमानी तरीक़े से निकाह और हिन्दू विधि से विवाह दोनों होगा। हालाँकि, राणादिल ने यह शर्त रखी कि दुल्हन के रूप में दाराशिकोह के महल में हिन्दू विधि से विवाह के बाद ही प्रवेश करेगी।

पहले मुसलमानी तरीक़े से विवाह हुआ जिसे सम्पन्न कराया मिर्जा जुल्करनैन ने। निकाहनामे पर दारा की ओर से गवाह के तौर पर दस्तख़त किए दारा के नाना आसिफ़ ख़ाँ जो सल्तनत के सबसे बड़े हाकिम भी थे। राणादिल की तरफ़ से दस्तख़त किया उसके राखीबन्द भाई पंडितराज जगन्नाथ ने। इस शादी में बादशाह शरीक़ न हुए और न ही शरीक़ हुए शाहज़ादे के तीनों छोटे भाई, और बहन रोशनआरा। उस वक़्त औरंगजेब दक्खन का सूबेदार था, और शाहशुजा तथा

मुरादबख़्श क्रमशः बंगाल और गुजरात के सूबेदार थे। उन तीनों को इस शादी का न्यौता न भेजा गया। रोशनआरा नाराज़ थी काफ़िर रक्कासा से शादी होने के कारण। हालाँकि, उसने सारा विवरण ख़त के ज़रिए औरंगजेब को लिख भेजा जिसमें लवंगी की सक्रिय भूमिका की ख़ास चर्चा की गई। उसने औरंगजेब को आगाह किया कि जहाँआरा, दाराशिकोह और लवंगी की तिकड़ी ने बादशाह को अपने वश में किया हुआ है।

बाद में, हिन्दू विधि से भी विवाह हुआ जिसे सम्पन्न कराया आगरे के सुप्रसिद्ध कर्मकांडी एवं ज्योतिषी गंगाधर शास्त्री ने और कन्यादान किया जगन्नाथ ने। दाराशिकोह दल-बल के साथ बारात लेकर पहुँचा राणादिल की कोठी पर। राणादिल की ओर से विवाह का सारा प्रबन्ध किया था पंडितराज जगनाथ ने। इस विवाह में आगरा में रहने वाले मुग़ल सल्तनत के सारे राजे-रजवाड़े और महत्त्वपूर्ण हिन्दू ओहदेदारों ने शिरक़त की।

अपनी कोठी जगन्नाथ को सौंपकर राणादिल दुल्हन के रूप में दाराशिकोह के महल में चली आई जहाँ दारा की बेग़म नादिरा बेग़म ने उसका स्वागत किया। बाद में, दोनों में अद्भुत प्रेम और सद्भाव विकसित हुआ।

बरसत नित प्रेम रस

जहाँआरा के महल में गीता-पाठ ख़त्म हुआ; प्रेम-पाठ शुरू हुआ। जहाँआरा नेपथ्य में चली गई; लवंगी महबूबा की भूमिका में उभरकर सामने आ गई। जहाँआरा की मूक सहमति; लवंगी के लिए खुलकर खेलने की आज़ादी। खेल का साथी आशिक जगन्नाथ। रोज़-रोज़ सही वक़्त पर आ जाना गीता पढ़ाने के बहाने। पहले गीता पढ़ने के वक़्त जो पर्दा था उसका अब कोई मायने न था; दोनों के दिल बेपर्दा जो हो चुके थे। जहाँआरा ने लौंड़ियों और सेविकाओं को उधर जाने से मना कर रखा था।

दोनों बन्द कमरे में घंटों विहार करते। बातें होतीं; शेरो-शायरी चलती; हँसी-ठिठोली होती; आँखों में आँखें डालकर साथ-साथ जीने-मरने की क़समें खाई जातीं।

फिर?? फिर क्या?? लब सटते; दोनों एक-दूसरे के अंग-प्रत्यंग टटोलते और फिर कभी-कभी एक दूसरे में समा जाते—अमृत बरसता; कमल विकसित होता जाता।

एक दिन लवंगी ने अपनी नई रचना सुनाई :

मेरे महबूब के नूर से है नूरानी सारा नज़ारा
खिला हुआ हो जैसे टेसू के फूलों से चमन सारा

मेरा महबूब जैसे ख़ुदा की नूरी अमानत हो
ख़ुद ख़ुदा हो जन्नत हो पुरज़ोर सहारा हो
तेरे आगोश में खो जाऊँ बस यही एक तमन्ना है
यही मेरी फ़ितरत है यही मेरा हसीन सपना है

प्रत्युत्तर में, जगन्नाथ ने अपनी एक संस्कृत रचना का हिन्दवी में पद्यमय अनुवाद लवंगी को सुनाया :

मेरे नयनों में, मेरे सपनों में
बस तू ही तू
मेरे दिल में, दिल की धड़कन में
बस तू ही तू
तू ही मेरा संसार
तू ही मेरा ईश्वर अपार
तू ही अधर तू ही वचन
तुग ही हो अमित आशीष
तू ही हमसफ़र तू ही रहनुमा
राह भी तुम मंज़िल भी तुम ही

तेरी बाँहों में सारा संसार मिला
तेरा प्यार मिला मानो स्वर्ग मिला
तेरे बिन मैं अधूरा था
जैसे बिन चाँद अँधेरी रात हो
बिन सूरज दिवस उदास हो।

तुझमें ही मैं कहीं खो जाऊँ
मेरी रूह में तुम समा जाओ।
दोनों मिलकर चलो उड़ चलें
चाँद के पार चलें खुले आकाश चलें

कभी दोनों आमने-सामने खड़े हो आँखों में आँखें डाले गाने लगते। पहली पंक्ति वह गाती, तो जवाब में दूसरी पंक्ति वह गाने लगता। महबूबा के इज़हार ज़्यादातर उर्दू अल्फ़ाज़ में होते तो महबूब की अभिव्यक्ति संस्कृत की डोर पकड़े हिन्दवी में होती।

वह गाती : लब पे तेरे इकरार-ए-मुहब्बत शेर-ए-ग़ज़ल-सा लगता है।

वह गाता : लज्जा से मुख लाल तुम्हारा पुष्प कमल-सा लगता है।

बहुत देर तक दोनों गीतों की पंक्तियों पर पक्तियाँ जोड़ते, तुक में तुक मिलाते गाते रहते, फिर एक-दूसरे में समा जाते। जहाँआरा देखती, सुनती, उत्सुक होती, उत्तेजित होती, आनन्दित होती। दोनों प्रेमियों के गीत निर्बाध चलते।

कभी जगन्नाथ गाते—पुरतरन्नुम, मधुर संगीतमय। गला उनका सुरीला तो था ही, संगीत की अच्छी शिक्षा उन्होंने बनारस में पाई थी और आगरे में भी जब-तब अभ्यास करते रहते थे। ज्यों ही जगन्नाथ के गीत के स्वर फूटते, लवंगी उठ खड़ी होती नाचने के लिए। लवंगी ने नृत्य की कभी शिक्षा न ली थी। यह तो जगन्नाथ का प्यार था जो उसे नचाता था—इश्क़ नचाया मुझे थैयाँ-थैयाँ। नाचते-नाचते कई बार उसके क़दम ग़लत पड़ने लगते। उलटे-सीधे पड़ते क़दमों से जगन्नाथ की गीत की लय टूट जाती, लवंगी ठिठककर खड़ी हो जाती और भौचक्की जगन्नाथ की ओर देखने लगती। चूक समझ में आते ही दोनों ठठाकर हँसते।

बाज दिन, लवंगी जगन्नाथ की गोद में फैलकर बैठती। जगन्नाथ गीतों के बोल धीरे-धीरे उसके कान में गुनगुनाते रहते; कभी उसके कपोल हौले-से चूम लेते; कभी कान की ललरी को अपनी जीभ से सहलाते। लवंगी की आँखें मुँद जातीं आनन्द के अतिरेक से।

जहाँआरा के महल में ख़ुफ़िया तौर पर तैनात ख़बरी ने लवंगी और जगन्नाथ के बीच चल रहे लपक-झपक की ख़बर चुपके से दाराशिकोह को बताई। साथ ही, यह भी ज़ाहिर किया कि शुरुआत और बढ़त ज़्यादातर लवंगी की ओर से ही है, हालाँकि जगन्नाथ के हृदय में छिपे गहन प्रेम को जासूस न भाँप सकी। जगन्नाथ की निर्दोषिता जानने और अपना मित्र एवं गुरु होने के बावजूद दाराशिकोह ने जगन्नाथ को बुलाकर झाड़ लगाई और लवंगी से दूर रहने और जहाँआरा के महल में फिर कभी न जाने की हिदायत दी।

बातों-बातों में एक दिन दाराशिकोह ने जहाँआरा को इशारा किया लवंगी और जगन्नाथ की इश्क़िया हरकतों की ओर। जहाँआरा ने इस पर खुलकर बोलना वाजिब समझा और लवंगी की ढिठाई और दीवानेपन की सारी बातें दाराशिकोह को बताईं। दाराशिकोह चिन्ता में कुछ देर चुप रहा और महसूस करता रहा कि उसकी बड़ी बहन, जो बादशाह के बाद सबसे शक्तिशाली व्यक्ति है, ने जब इस पर अपनी लाचारी जताई है तो इसका मतलब पानी ज़रूर सिर से ऊपर जा चुका है। फिर भी उसने जहाँआरा से इल्तिजा की कि लवंगी की जुनूनी इश्क़बाज़ी पर लगाम लगाई जाए क्योंकि यह ख़ानदाने-तैमूरिया की इज़्ज़त का सवाल है।

बात तो बादशाह तक भी पहुँच चुकी थी, लेकिन इसे वह लवंगी की जवानी

का जोश और जिस्मानी ज़रूरत समझ चुप थे। वह इस मामले में चुप ही रहना चाहते थे जब तक माजरा पर्दे में रहे। अलबत्ता, रोशनआरा बहुत बौखलाई हुई थी। लवंगी की जवानी को कोसने और जगन्नाथ को आस्तीन का साँप कहने तक ही वह न सीमित थी, बल्कि हरम में वह खुलेआम लवंगी के चरित्र पर कीचड़ उछालने और जगन्नाथ को गालियाँ देने से बाज़ न आ रही थी। सारा वाक़या उसने फ़ौरन ख़त के ज़रिए दक्खन में बैठे औरंगजेब को बताया। औरंगजेब लाचारी में दाँत पीसकर रह गया और आगे मौक़ा मिलते ही दोनों को सबक सिखाने की ठानी।

शाहशुजा बेख़बर था इन बातों से। उसे अच्छी शराब चाहिए थी और रोज़ नई ख़ूबसूरत औरत जो उसकी रियासत बंगाल में इफरात थीं। कमोबेश गुजरात में मुराद का भी यही हाल था। बस फ़र्क़ इतना था कि शुजा बहुत काइयाँ था, जबकि मुराद बेवकूफ़ और बच्चा था। दोनों को लवंगी की न परवाह थी और न कोई ख़बर।

इश्क़ और मुश्क छिपाए न छुपता है। वह भी तब जब रोशनआरा जैसे अपनी ही इज़्ज़त तार-तार करने में लगी हों तो बात फैलते देर नहीं लगती। सारे शहर में लवंगी और जगन्नाथ की मुहब्बत की चर्चा दबी ज़ुबान हो रही थी। लुच्चे-लफंगे तो पोशीदे ढंग से मिर्च-मसाला लगाकर मज़े ले रहे थे। मुसलमान—ख़ासकर मुल्ला-मौलवी और अमीर-उमरा—तो बड़े नाख़ुश थे कि एक काफ़िर की हिमाकत तो देखिए कि शाही खानदान पर हाथ डाल दिया। हिन्दू मन-ही-मन बड़े ख़ुश थे कि पट्ठे ने बड़ा मैदान मारा है, लेकिन जगन्नाथ के हितैषी बड़े चिन्तित थे कि कुसूर की हाँडी जगन्नाथ के सिर फूटेगी और उसकी जान पर आ पड़ेगी।

सारी दुनिया की बातों से बेपरवाह थे दोनों प्रेमी। उनके दिलों में जो आग धधक रही थी वह मिलन के जल से ही बुझ सकती थी। लेकिन मिलन पर तो बन्दिश लगी हुई थी। जगन्नाथ का जहाँआरा के महल जाना मना था, और लवंगी को बाहर निकलने पर पाबन्दी थी।

जगन्नाथ का आना रुकते ही लवंगी पानी बिन मछली की तरह तड़पने लगी। बाहर निकलने की उसकी कोशिशें जब क़ामयाब न हुईं तो उसने जहाँआरा से इल्तिजा की कि वह उसके प्राणप्यारे से मिलाने का कुछ इन्तज़ाम करे। जहाँआरा ने लाचारी ज़ाहिर की और बताया कि बात मर्दाने में फैल गई है और दबी ज़बान चर्चा पूरे शहर में हो रही है।

लवंगी का मुरझाया उदास चेहरा देख-देखकर जहाँआरा को बड़ा दुःख होता। उसने लवंगी को भरोसा दिया कि वह धीरज रखे मिलन का कुछ जल्द इन्तज़ाम होगा।

जहाँआरा की एक भरोसेमन्द ख़बरी लौंड़ी रात के अँधियारे में बड़े पोशीदे ढंग से लवंगी का ख़त लेकर जगन्नाथ की हवेली पहुँची। कई दिनों से विरह-वेदना झेलते जगन्नाथ को प्राणप्रिया का पत्र पाकर कुछ सुकून मिला, लेकिन वैसे जैसे गरम तवे पर पानी के कुछ छींटें पड़े हों। विरहिणी लवंगी ने अपनी दारुण व्यथा का बड़ा

मार्मिक वर्णन किया था। अन्त में, उसने अपनी एक छोटी-सी कविता लिख दी थी :

चितई रही मैं चहुँ ओर इस संसार में
तू है कहाँ कोई न बताये इस दयार में
छीना मेरे दिल का चैन तेरे प्यार ने
जीते-जी मार दिया इन्तज़ार ने

इन मार्मिक पंक्तियों को पढ़कर जगन्नाथ के सामने लवंगी का दर्द-भरा चेहरा उभर आया। जगन्नाथ असह्य पीड़ा से भर गए। उनकी आँखों से आँसू टप-टप टपककर पत्र के अक्षरों को धुँधलाने लगे। लेकिन जल्द ही उन्हें आभास हुआ कि पत्रवाहिका पत्रोत्तर की प्रतीक्षा में वहीं खड़ी एकटक उनकी ओर देख रही है।

जगन्नाथ ने पत्र लिखना प्रारम्भ किया। अपनी व्यथा व्यक्त करने के पश्चात् उन्होंने स्वयं सौभाग्यवान होने की बात कही जो लवंगी-सी लक्ष्मी का प्रेम उन्हें मिला है। पत्र के अन्त में उन्होंने उर्दू में एक शेर लिखा :

इश्क़ का दुश्मन हो सारा ज़माना भले।
इश्क़ ज़िन्दा है अकीदत के अहसास से।
तुम हो माशूका कुछ अलग क़िस्म की।
मैं भी आशिक हूँ मजनूँ के अन्दाज़ का।

पत्र-व्यवहार कुछ दिनों यूँ ही चला; एक-दूसरे के दिलों की दास्ताँ कही-सुनी गई; कुछ सुकून मिला, लेकिन जल्द ही गुप्त पत्रवाहिका पकड़ी गई और इज़हार-ए-मुहब्बत का यह ज़रिया बन्द हो गया।

लवंगी फिर तड़पने लगी; जगन्नाथ फिर बेज़ार हो गए; न मिलन का कोई रास्ता सूझ रहा था न अभिव्यक्ति का कोई अवसर। लवंगी ने जहाँआरा पर कुछ उपाय निकालने का दबाव फिर बनाया। जहाँआरा ने दाराशिकोह की बेग़म नादिरा बानो से दुखड़ा रोया और लवंगी की मदद करने की गुहार लगाई। अपनी सबसे छोटी ननद को नादिरा बेग़म बहुत प्यार करती थीं। सो वह मदद के लिए तैयार हो गईं।

इधर, जगन्नाथ ने भी अपनी बहन राणादिल की मदद से दाराशिकोह के महल में घुसने की जुगत बना ली। एक मौक़ा जल्दी ही आ गया। जगन्नाथ राखी बँधाने पहुँचे चुपके से। उधर नादिरा बेग़म के इन्तज़ाम के तहत लवंगी भी पहुँच गई चुपके से। दोनों बिछुड़े प्रेमी मिले जी भरकर। लेकिन ऐसे मौक़े तो कभी-कभार आते थे। दोनों प्रेमियों को मिलने की तड़प हमेशा बनी रहती थी।

एक मौक़ा और आ गया जल्दी ही। दाराशिकोह का जन्मदिन था। बहुत बड़ा जलसा आयोजित हुआ था। बादशाह सहित सल्तनत के सारे मनसबदार शिरक़त कर रह रहे थे। आख़िर, दाराशिकोह सल्तनत के वली अहद थे—हिन्दुस्तान के भावी

सम्राट। जो भी कुछ अहमियत वाला था वह इस जलसे में शामिल होने का ख़्वाहिशमन्द था, सिवाय दाराशिकोह के तीनों छोटे भाइयों के क्योंकि वे दूर-दूर सूबों में तैनाती की वजह से न पहुँचे थे। मुख्य समारोह दाराशिकोह के महल में ही था। उसके दीवाने-आम जैसी बड़ी-सी जगह में मर्दाना, जबकि हरम के हिस्से में ज़नानियों का इन्तज़ाम था। बीच आँगन वाले सहन में खाने-पीने का सामान तैयार हो रहा था।

मर्दाने का सारा इन्तज़ाम मुंशी चन्दरभान बरहमन की देखरेख में हो रहा था, जबकि ज़नाने का इन्तज़ाम ख़ुद नादिरा बानो महल के मुख्य ख़ानसरे की मदद से सँभाल रही थीं।

महफ़िल शुरू होते ही दुआओं और शुभकामनाओं का दौर चला। फिर उपहार देने का दौर चला। बादशाह ने इस मौक़े पर पंजाब का सूबा शाहज़ादे को भेंट किया। साथ ही, उनका मनसब बढ़ाकर तीस हज़ार जात और बीस हज़ार घुड़सवार का कर दिया। शाहज़ादे का चाँदी से तुलादान कराकर उसे ग़रीबों में न्योछावर कर दिया। इसी प्रकार औरों ने अपने सामर्थ्य के अनुसार भेंट दिया।

इधर बहुत दिनों से जगन्नाथ दाराशिकोह की प्रशंसा में एक खंडकाव्य लिख रहे थे, नाम दिया था 'दाराभरण'। इस पुस्तक को इसी अवसर पर उन्होंने शाहज़ादे को भेंट किया, एवं बादशाह शाहजहाँ से पुस्तक में से कुछ अंश सुनाने की अनुमति माँगी। अनुमति मिलते ही जगन्नाथ ने उस कविता का सस्वर पाठ किया जिसे उन्होंने बहुत पहले बनारस में रचा था और मामूली फेर-बदल कर अपनी किताब 'दाराभरण' में शामिल कर लिया था। जगन्नाथ ने गाया :

माहात्म्यस्य परोवधिर्निजगृहम गम्भीरतायाः पिता
रत्नानामहमेक एव भुवने को वापरो मादृशः
इत्येवं परिचिन्त्य मा स्म सहसा गर्वान्धिकारम गमो
दुग्धाब्धे भवता समो विजयते श्रीदाराशिकोहः

[मैं ही हूँ बड़प्पन की बड़ाई की सबसे बड़ी ऊँचाई
मैं हूँ रत्नों का ख़ज़ाना और गम्भीरता की गहराई
ऐसा सोच मत बनो गर्व से अन्धे हे क्षीर समुन्दर
हैं यहाँ तुमसे महान दाराशिकोह महोदय सुन्दर]

दाराशिकोह ने लवंगी प्रेम-प्रकरण से उपजे रोष को भुलाकर मुक्त कंठ से अपने कवि-मित्र की प्रशंसा की। दाराशिकोह तो संस्कृत समझ लेता था, लेकिन अन्य, विशेषकर बादशाह के लिए जगन्नाथ ने जब हिन्दवी तर्जुमा सुनाया तो बादशाह अपने राजकवि की प्रशंसा किए बिना न रह सके। इस अवसर पर लवंगी-मामले से उपजी खिन्नता को उन्होंने ज़ाहिर न होने दिया।

फिर तो मौज़-मस्ती का दौर चला। तरह-तरह की शराब परोसी जाने लगी।

इसके साथ ही संगीतकारों ने अपनी मौसिकी का जलवा दिखाया। सुप्रसिद्ध संगीतकार तानसेन के पोते लाल ख़ाँ, जिनकी गायकी से ख़ुश होकर सम्राट शाहजहाँ ने 'गुणसमुद्र' की उपाधि दे रखी थी, ने बड़े ही मधुर ढंग से अमीर खुसरो का यह गीत गाया :

सकल बन फूल रही सरसों
बन बिन फूल रही सरसों
अम्बवा फूटे, टेसू फूले
कोयल बोले डार–डार
और गोरी करत सिंगार
मलिनिया गेंदवा ले आई कर सों
सकल बन फूल रही सरसों
तरह तरह के फूल खिलाए
ले गेंदवा हाथन में आए
निजामुद्दीन के दरवज़्ज़े पर
आवन कह गए आशिक रंग
और बीत गए बरसों
सकल बन फूल रही सरसों

विभिन्न राग–रागिनियों में बाँधकर गुणसमुद्र ने इस गीत की अद्भुत प्रस्तुति दी। उनके साज़िन्दों ने तरह–तरह के साज बजाकर गीत को ऐसा संगीत दिया कि अपूर्व समाँ बँध गया। ऊपर से नफीस शराब की खुमारी में सभी मदहोश थे।

लगभग ऐसी ही मस्ती का आलम ज़नाने में भी था। तरह–तरह की शराब का दौर चल रहा था। इस मुबारक़ मौक़े पर राणादिल शाही लटके–झटके छोड़कर एक बार फिर अपने पुराने रूप में आ गई। अपने प्रेमी को पति के रूप में पाकर वह धन्य हो गई थी। उसके प्रेम में वह मयूरी–सी नाच उठी। अब तक का सबसे सुन्दर नाच नाचना शुरू किया उसने। देखने वाले दंग थे। उन्हें साफ़ दिख रहा था प्रेम क्या–क्या करिश्मा कर सकता है; कैसे प्रेम में पगी एक औरत अपने फन के उरूज़ पर पहुँच जाती है।

राणादिल का नाच ख़त्म होने के कुछ देर बाद ही माँग होने लगी कि लवंगी बेग़म अपनी शायरी सुनाएँ। लवंगी राणादिल के नफीस नाच के शबाब में अभी भी मुब्तिला थी। उसे होश तब आया जब नादिरा बेग़म ने उसका कन्धा पकड़कर हिलाया। शायरी सुनाने की फ़रमाइश फिर दुहराई गई तो लवंगी ने गहरी साँस लेकर अपना फ़िलहाल रचा गया एक गीत सुनाया :

सजन मोरा साँवला सलोना
जगन मोरा साँवला सलोना।
मैं अपने जगन पर वारी
दिल मैं अपने जगन से हारी
मेरी मुहब्बत की राहें काँटों-भरी
मेरा जगन उठाए मुझे बाँहों-भरी
पाँव सँभाल के उठाना जगन
राह हमारी काँटों-भरी

लवंगी आँखें मूँदे पूरे तरन्नुम से गा रही थी। उसका प्यार उसकी राह की रोशनी था, जिसकी लौ में वह ऊपर-ही-ऊपर उठती जा रही थी। इधर, महिलाओं में कानाफूसी हो रही थी, लेकिन किसी की हिम्मत न हो रही थी उसे टोकने की। गीत आगे बढ़ रहा था :

सजन मोरा साँवला सलोना
जगन मोरा साँवला सलोना।
एक तारा मैं अकेली
पर तेरी मुहब्बत है अलबेली
तू ख़ुद एक सुहाना गीत है
तुझसे मिलते ही बजता संगीत है
अपनी ज़िन्दगी तो एक समन्दर
सीपी है तू उसके अन्दर।
तेरी चमक निराली
तेरी मुहब्बत मतवाली
सजन मोरा साँवला सलोना
जगन मोरा साँवला सलोना।

वहाँ उपस्थित महिलाओं की फुसफुसाहट के चलते लवंगी का ध्यान बँट गया; उसकी लय टूट गई; रवानगी रुक गई। गीत गाना बन्द करके लवंगी घूरकर उसी ओर देखने लगी जिधर से आवाज़ कुछ ऊँची उठ रही थी। दाराशिकोह की रखैल हेलेन और रोशनआरा के बीच बात चल रही थी :

''ये जगन कौन है जिसके पीछे लवंगी इतनी दीवानी हुई जा रही है?''

''अरे, वही मुआ काफ़िर शायर जिसे दरबार में सबने सिर चढ़ा रखा है। उसी के चक्कर में यह अपना दीन-ओ-ईमान भूलकर पागल हुई जा रही है।''

इस बातचीत से भन्नाई लवंगी ने जब कुछ कहना चाहा तो रोशनआरा ने उसे बीच में टोकते हुए कहा, ''लवंगी, तेरे ऊपर उस काफ़िर शायर का रंग कुछ ज़्यादा

ही चढ़ गया है। अरे, कुछ ईमान का ख़याल रख, अल्लाह से डर।''

अब लवंगी एकदम बौखला गई। ग़ुस्से में उसने कुछ बोला तो नहीं, फकत यह शेर पढ़ा :

इबादत कर मुहब्बत करने वालों की इबादत कर नादाँ
ख़ुदा होता है उनके दिल में, जिनके दिल में मुहब्बत होती है।

इसके साथ ही महफ़िल उठ गई क्योंकि बाहर मर्दाने से उठकर लोग अब जा रहे थे। एकबारगी रोशनआरा भी उठ खड़ी हुई और अपनी ख़ास लौंड़ी निसा को खोजती एक तरफ़ चली गई।

बाहर मर्दाने से ज़्यादातर लोग जा चुके थे। पंडितराज जगन्नाथ भी लवंगी से मिलने की आस छोड़कर निकल ही रहे थे कि निसा दौड़ती हुई उनके पास पहुँची और हाँफते हुई बोली, ''रोशनआरा बेग़म आपकी शायरी से बहुत मुतमईन हुई हैं। आपकी इज़्ज़त-अफजाई के लिए उन्होंने पान का यह बीड़ा भेजा है। आप तो वैसे भी पान के बड़े शौक़ीन हैं।'' इतना कहते ही निसा बड़ी शोखी से पान पंडितराज के मुँह में डालने लगी। पंडितराज मना न कर सके। मना करना पान भेजने वाली की बेइज़्ज़ती मानी जाती।

पान मुँह में डालते ही जगन्नाथ समझ गए कि पान में तीव्र संखिया विष डाला हुआ है। तुरन्त उन्होंने कुरते की ज़ेब से रूमाल निकाला और पान उसी में उगलकर समेट लिया। ज़हर पूरे शरीर में फैले इससे पहले ही शीघ्रता से वह बाहर निकल गए और जल्दी से अपनी पालकी में बैठते हुए कहारों को आदेश दिया कि शीघ्र वैद्य सुखदेव शर्मा के औषधालय ले चलो।

प्रेम गली अति साँकरी

जगन्नाथ को विष देकर मारने की कोशिश के कारण लवंगी बहुत डर गई। उसे जगन्नाथ के जीवन की चिन्ता सताने लगी। उसे सारा ज़माना—अपने-पराए—सभी दुश्मन लगने लगे, सिवाय जहाँआरा के जो उसकी ममतामयी विश्वस्त संरक्षिका थी।

विष वाले वाक़ये के बाद लवंगी जगन्नाथ से न मिल सकी। गुप्त पत्रवाहिका के पकड़े जाने के बाद से जगन्नाथ से कोई सीधा सम्पर्क भी न हो सका था। यद्यपि

लवंगी को यह मालूम हो गया था कि वैद्यजी के यहाँ उपचार के बाद जगन्नाथ स्वस्थ हो गए थे, लेकिन उन्हें देखकर ख़ुद तसल्ली करना चाहती थी। अपने महबूब से मिलने की प्यास उसे व्याकुल किए हुए थी।

मुल्ला की दौड़ मस्जिद तक। लवंगी की एकमात्र सहारा जहाँआरा थी। उसने अपनी पीड़ा जहाँआरा को बताई और मिलन का कुछ इन्तज़ाम करने की गुज़ारिश की।

जहाँआरा ने अपने अब्बा हुजूर बादशाह शाहजहाँ से इजाज़त माँगी अगले जुमेरात शेख सलीम चिश्ती की दरगाह पर जियारत के लिए जाने की। इजाज़त सहर्ष मिल गई।

जुमेरात को अलस्सुबह एक छोटा-सा काफ़िला बिना किसी शाही ताम-झाम के फ़तेहपुर सीकरी शेख सलीम चिश्ती की दरगाह पर जियारत के लिए चला। काफ़िले में सेवा के लिए जहाँआरा की विश्वस्त सेविकाएँ, सुरक्षा के लिए कुछ हथियारबन्द तातारी औरतें और बाह्य सुरक्षा के लिए बन्दूकों से लैस घुड़सवार फ़ौजियों के अलावा और कोई न था। सबसे बीच में एक बड़ी-सी पर्देदार पालकी में जहाँआरा और गुमनाम तौर पर उसके साथ छिपी बैठी थी लवंगी। जगन्नाथ को गोपनीय सन्देश पहले ही भेजा जा चुका था।

फ़तेहपुर सीकरी के बुलन्द दरवाज़े की सीढ़ियों के सामने पहुँचकर काफ़िला रुक गया। सामने कोई पचास सीढ़ियाँ थीं। कुशल कहार सीढ़ियों पर भी पालकी फुर्ती से लेकर चढ़ने लगे। आगे वाले चारों कहारों ने अगले डंडे को अपनी बाँहों में उठा रखा था जबकि पिछले कहार डंडे को पूर्ववत् कन्धे पर रखे हुए अद्भुत सन्तुलन के साथ चल रहे थे ताकि पालकी में बैठी शाहज़ादियों को झटके न लगें। पालकी बुलन्द दरवाज़े से होती हुई जामा मस्जिद के सहन में जाकर रुकी।

सामने ही सफ़ेद संगमरमर से बनी शेख सलीम चिश्ती की मज़ार थी। इसके चारों ओर पत्थर के बहुत बारीक़ काम की सुन्दर जाली लगी हुई थी जो कुछ दूर से देखने पर जालीदार श्वेत रेशमी वस्त्र जैसी दिखाई पड़ती थी। जुमेरात होने की वजह से यहाँ अमूमन जायरीनों की बड़ी भीड़ लगती थी, लेकिन पादशाह बेग़म की जायर की वजह से सबों को बहुत पहले ही हटा दिया गया था।

पालकी से उतरकर दोनों बहनें सीधे दरगाह में चली गईं और कोई घंटे-भर इबादत के बाद बाहर लौटीं। उनके साथ दरगाह का मुख्य खादिम भी था जो अहाते की अन्य इमारतों को दिखलाते हुए ज़रूरी जानकारियाँ दे रहा था। दरगाह के बाहर सलीम चिश्ती साहब के ख़ानदान वालों की मज़ारें थीं। वहीं एक किनारे पर दीवार में नीचे छोटा रोशनदान था। रोशनदान के बगल में पाँच-छह सीढ़ियाँ नीचे उतरने पर बाहर निकलने के लिए एक द्वार था जहाँ अकबर के बेटे सलीम की महबूबा अनारकली को दीवार में चिनवाया गया था और बाद में सलीम ने चुपके से उसे

एक सुरंग के ज़रिए पोशीदा तौर पर बाहर निकलवा लिया था। फिर उसे उसकी माँ के साथ शहर की सीमा पर एक घर में उम्र-भर पोशीदा रखा था।

जहाँआरा ने बड़ी विनम्रता से खादिम को दरगाह में लौट जाने को कहा। उसने भाँप लिया था कि अनारकली की कहानी सुनकर लवंगी का चेहरा अत्यन्त भावुक हो रहा था। वह एकटक उन उतरती सीढ़ियों की ओर देख रही थी अनारकली के दुखद अन्त के बारे में सोचते हुए। उधर देख तो जहाँआरा भी रही थी, लेकिन वह यह सोचकर परेशान हो रही थी कि अब तक जगन्नाथ को वहाँ पहुँच जाना चाहिए था पिछले दरवाज़े से।

आख़िर, जहाँआरा की आँखें चमक उठीं। उसने लवंगी को उधर धकेलते हुए इशारा किया, ''लो वो रहा तुम्हारा जगन।'' जगन्नाथ मुग़लिया वेश-भूषा में निचली सीढ़ी के पास आ खड़े थे।

''मेरा जगन!!'' कहते हुए लवंगी दौड़ पड़ी उनकी ओर और लगभग दो सीढ़ियों ऊपर से ही जगन्नाथ के आगोश में कूद गई। जगन्नाथ ने उसे अपनी बाँहों में सँभाल लिया और कसकर उसका मुँह चूम लिया। जहाँआरा उधर पीठ करके खड़ी हो गई यह जतलाते हुए कि वह वहाँ खड़े-खड़े सामने वाली इमारतों का मुआयना कर रही है।

दोनों प्रेमी बुरी तरह एक-दूसरे में गुँथे हुए थे। दोनों की धड़कनें, दोनों की साँसें एक हुई जा रही थीं। दोनों को दीन-दुनिया की ख़बर न थी।

इसी बीच जगन्नाथ बुरी तरह चौंक उठे। उनकी पीठ से थोड़ी ही दूरी पर पीछे से आकर एक जहरीला तीर दीवार में धँस गया। जब तक वह हिल पाते दूसरा तीर फिर आकर दीवार में धँस गया। दोनों चीख़ते हुए ऊपर की ओर भागे। यह संयोग ही था कि जगन्नाथ की जान बच गई।

जहाँआरा इस हमले से हैरान-परेशान हो गई। अपने होंठों पर अँगुलियाँ रखते हुए उसने उन्हें चुप रहने का संकेत किया और जगन्नाथ को इशारा किया कि नीचे कहीं छुप जाएँ। फिर, जहाँआरा ने अपने ख़ानसरे को जल्दी से बुलवाकर हुक्म दिया कि जगन्नाथ को सुरंग के ज़रिए गुप्त रूप से तुरन्त सुरक्षित निकलवा दिया जाए।

जगन्नाथ पर दुबारा हुए आक्रमण से लवंगी का हृदय हाहाकार कर उठा। वह रात-दिन फ़िक्र में लगी रहती कि कैसे अपने प्यार की रक्षा की जाए। इतना तो उसे साफ़ ज़ाहिर हो रहा था कि आक्रमण कोई अपना ही करा रहा है तभी तो ख़ुद उसे निशाना बनाने के बजाय जगन्नाथ को निशाना बना रहा है और कोशिश यह कर रहा है कि जगन्नाथ का ख़ात्मा ऐसी ख़ामोशी से किया जाए कि ज़्यादा हो-हल्ला न मचे और शाही खानदान की इज़्ज़त पर कोई आँच न आए।

शाही ख़ानदान के इज़्ज़त के मसले पर वह मन-ही-मन कुढ़ने लगी : झूठी

इज़्ज़त, झूठा दिखावा। सारी इज़्ज़त की जिम्मेदारी सिर्फ़ शाहज़ादियों की ही है क्या? इन बातों से एक बार फिर उसका मन क्षुब्ध हो उठा।

उसने निश्चय किया कि जगन्नाथ के प्राणों की रक्षा के लिए वह ख़ुद कुछ करेगी। लेकिन, क्या करे उसे समझ न आ रहा था। उसने सोचा कि वह जगन्नाथ की ढाल बनकर खड़ी हो जाएगी, उसको अपने आगोश में समा लेगी। अगर हमलावर ख़ुद उसे निशाना नहीं बना सकते तो क्यों न वह जगन्नाथ से ऐसे बँध जाए कि जगन्नाथ पर हमला ख़ुद उस पर हमला माना जाए। मतलब? मतलब?? मतलब शादी के बन्धन में बँध जाए तभी जगन्नाथ की रक्षा हो सकेगी।

लवंगी मन-ही-मन मुस्करा उठी—अब क्यों सोवै बावरी! मन में हौसला जागा—माँग, अपना हक़ माँग। अपनी मर्ज़ी का हमसफ़र चुनने की आज़ादी माँग। तू कोई सल्तनत या सिंहासन नहीं माँग रही है। तुम्हारी माँग बहुत छोटी है। अड़ जा, लड़ जा, ज़रूरत पड़े तो बग़ावती तेवर अख़्तियार कर।

लवंगी ने अपने मन की बात जहाँआरा को बताई। जहाँआरा ने साफ़ मना किया कि मर्दाने में उसके प्रस्ताव का कोई समर्थन नहीं करेगा। दोनों बहनों के बीच फिर से वही पुरानी बहस चली, तर्क-कुतर्क हुए। आख़िर, लवंगी भावुकता पर उतर आई; जहाँआरा ने हथियार डाल दिए। लेकिन, लवंगी को धीरज से इन्तज़ार करने की नसीहत दी।

लवंगी की शादी की बात बादशाह से मनवा लेने के लिए जहाँआरा ने एक इन्क़लाबी माहौल बनाने की ठानी। इसके लिए उसने अहम लोगों को इस मामले के मुआफिक़ करने की योजना बनाई।

उसे मालूम था कि अब्बा हुज़ूर उसकी हर बात को बहुत अहमियत देते हैं, लेकिन इस मामले में शायद वह उसकी बात से इत्तेफ़ाक़ न रखें। इसलिए ज़रूरी है कि उनके लाड़ले बेटे और वली अहद दाराशिकोह से यह बात उठवाई जाए।

दाराशिकोह पर ज़बरदस्त दबाव बनाने के लिए उसने ख़ुद वक़ालत तो की ही, साथ ही उसकी दोनों बीवियों—नादिरा बेग़म और राणादिल बेग़म—से भी लवंगी के हालात का वास्ता देकर ज़ोर डलवाया। जहाँआरा ने बारम्बार दाराशिकोह को समझाया कि उसका हिन्दू-मुसलमान के मेल का फ़लसफ़ा तभी क़ामयाब होगा जब दोनों क़ौमों के बीच रोटी-बेटी के ताल्लुक़ात बनेंगे। मुसलमान अपनी बादशाहत के बल पर अगर हिन्दुओं की बेटियाँ ही लाता रहेगा तो यह क़ौमी मिलाप कभी न होगा। इसके लिए मुसलमानों को भी अपनी बेटियाँ हिन्दुओं को देनी पड़ेंगी, चाहे वह बादशाह ही हों तो क्या।

जहाँआरा की ज़ोरदार बहस के सामने दाराशिकोह ने घुटने टेक दिए। लवंगी, जहाँआरा और दाराशिकोह तीनों ने एक साथ बादशाह से मिलकर इल्तिजा करने का मंसूबा बनाया।

बहस

लवंगी, जहाँआरा और दाराशिकोह की तिकड़ी एक बार फिर बादशाह के सामने थी। पिछली बार जब वे दारा की शादी राणादिल से करने को उन्हें मनाने आए थे उससे कहीं ज़्यादा ज़ोरदार तैयारी करके आए जान पड़ते थे तीनों। तीनों ने ज़ोरदार बहस की। बाप समझ गया कि उसके बच्चे बहुत बड़े हो गए हैं और बदलाव की बयार में बह रहे हैं।

ऊपरी तौर पर बादशाह ने अपने बच्चों की दलीलों को रद्द न किया। बड़ी शान्ति से बस इतना ही कहा, ''जगन्नाथ हमारा एक मुलाज़िम है। वह इस क़ाबिल नहीं कि शाहज़ादी से शादी कर सके।'' बाप के इस तर्क का खंडन करते हुए लवंगी ने कहा, ''बेशक़ वह आपके मुलाज़िम हैं। लेकिन, उनकी क़ाबिलियत में कमी नहीं, चाहें तो आप इम्तहान ले सकते हैं।''

शाहजहाँ ने बड़ी संजीदगी से कहा, ''जगन्नाथ की क़ाबिलियत से हम पहले ही वाकिफ़ हैं, लेकिन मैं एक बाप हूँ और साथ में बादशाह भी। क़ाबिलियत का इम्तहान लिये बिना मैं कैसे उसे अपनी बेटी सौंप दूँ।''

बादशाह ने यह बात इतनी मासूमियत और संजीदगी से कही कि तीनों बच्चों को उसकी बात मानने के अलावा कोई चारा न रहा। आख़िर में, तय हुआ कि बादशाह जगन्नाथ की क़ाबिलियत का इम्तहान लेंगे और अगर वह उसमें क़ामयाब हुआ तो निकाह के लिए राज़ी होने में उन्हें कोई गुरेज़ न होगा।

इस 'अगर' वाली शर्त से लवंगी का दिल धड़कने लगा। वह चाहती थी कि निकाह के लिए बिना शर्त और बिना इम्तहान के इजाज़त मिल जाए। लेकिन, क़ाबिलियत के इम्तहान की बात पहले करके वह ख़ुद ही अब्बा हुजूर की बातों में फँस चुकी थी। अब उनकी बात मानने के अलावा कोई चारा न था।

जहाँआरा ने बात को और आगे बढ़ाने से रोकते हुए लवंगी को अपनी मुहब्बत की ताक़त पर यक़ीन रखने की सलाह दी।

इम्तहान

बादशाह ने पंडितराज जगन्नाथ को चुपके से अपने ख़ास सुनवाई कक्ष शाहबुर्ज़ में बुलवाया। रंज का तनिक भी एहसास चेहरे पर लाए बिना बादशाह ने जगन्नाथ को अपने नज़दीक बुलाया। बादशाह की कुछ ज़्यादा ही मुलायमियत की वजह से जगन्नाथ बहुत आशंकित हो गए वैसे ही जैसे बाघ के सामने बकरी खड़ी हो।

बादशाह ने पूछा, ''पंडितराज, मेरी बेटी लवंगी से मुहब्बत करते हो?''

जगन्नाथ चुप। मारे डर के उनके मुँह से बोल न फूट रहे थे।

बादशाह ने अपना सवाल फिर दुहराया। इस बार थोड़ी सख़्ती से।

जगन्नाथ धीरे-से हकलाते हुए बोले, ''जी, हुजूर।''

''इस मुहब्बत का मतलब समझते हो?''

''जी, हुजूर।''

''मतलब?''

''जी, हुजूर।''

''क्या जी हुजूर, जी हुजूर लगा रखे हो? साफ़ जवाब नहीं दे सकते?'' बादशाह थोड़ा रंज होते हुए बोले।

जगन्नाथ अब थोड़ा सँभल चुके थे। बड़ी विनम्रता से सिर झुकाकर बोले, ''हुजूर, मतलब दिमाग़ समझता है, मुहब्बत दिल से होती है। मुझे समझ में नहीं आता ये मुहब्बत कब और कैसे हो गई।''

बादशाह ने ज़ोर की हुंकार भरते हुए पूछा, ''तो तुम नासमझी में मुहब्बत कर बैठे?''

''बस, कुछ यूँ ही समझ लीजिए, हुजूर,'' जगन्नाथ ने मिमियाते हुए जवाब दिया।

''इस नासमझी की क़ीमत चुकानी पड़ेगी।''

''तैयार हूँ, हुजूर।''

''क़ीमत होगी तुम्हारा सिर।''

''तैयार हूँ, हुजूर।''

जान तक कुर्बान कर देने की जगन्नाथ की हिम्मत देखकर बादशाह कुछ सहम-से गए। बात का सिलसिला बड़े सयानेपन से दूसरी तरफ़ मोड़ते हुए उन्होंने कहा, ''अच्छा छोड़ो इन बातों को। एक शाहज़ादी से शादी करने की क़ाबिलियत है तुझमें?''

''जी, हुजूर।'' वही पुराना घिसा हुआ जवाब सुनकर बादशाह उखड़ गए, लेकिन तुरन्त अपने रुख़ में नरमी लाते हुए बोले, ''तुम्हें अपनी क़ाबिलियत साबित करनी होगी।''

''तैयार हूँ, हुजूर।''

''तो तुम्हारा इम्तहान है शाही पहलवान सज्जाद ख़ाँ को कुश्ती में पछाड़ना।''

''जी, हुजूर।''

''क्या जी हुजूर? तैयार हो?''

''जी, हुजूर।''

जगन्नाथ के हौसले और अड़ियलपन से बादशाह हैरान थे।

बादशाह ने थोड़ा थमकर फिर आगे बोला, ''लेकिन कुछ शर्तें हैं।''

"मंज़ूर है, हुज़ूर।"

"हम लोगों की यह बातचीत पोशीदा रखनी होगी। इस कुश्ती का लवंगी की शादी से कोई ताल्लुक नहीं दिखना चाहिए ताकि उसकी इज़्ज़त महफ़ूज़ रहे।"

"मंज़ूर है, हुज़ूर।"

"और सुनो।"

"जी, हुज़ूर।"

"सज्जाद ख़ाँ को कुश्ती के लिए तुम्हें ख़ुद चुनौती देनी होगी।"

"मंज़ूर है, हुज़ूर।"

"शाबाश। अब जाओ।"

जगन्नाथ ने ज़मीन तक झुककर तीन बार कोर्निश की और निकल गए।

बादशाह को जगन्नाथ की पहलवानी का इल्म न था। वे मन-ही-मन ख़ुश थे कि मजनूँ बने जगन्नाथ को सज्जाद ख़ाँ के संग कुश्ती में रौंदवाकर जान से ख़त्म करा देंगे।

चुनौती

जगन्नाथ इधर काफ़ी दिनों से एक काव्य-ग्रन्थ का संकलन कर रहे थे। विभिन्न अवसरों पर रचे गए नीतिपूर्ण और चुटीली फुटकर कविताओं को चार भागों में बाँटा था—प्रास्ताविकविलास, श्रृंगारविलास, करुणविलास और शान्तविलास। इन चारों पायों को जोड़कर एक एकल कृति तैयार हुई थी जिसका नाम उन्होंने रखा था भामिनीविलास। इन कविताओं के विभिन्न अंशों को उन्होंने बादशाह शाहजहाँ को विभिन्न अवसरों पर पहले ही सुनाया था। इसी क्रम में उन्होंने उस दिन सुबह ही एक पद्य की रचना की थी बादशाह को सुनाने के लिए।

दीवान-ए-आम में बादशाह के पधारते ही दरबार की दैनिक कार्यवाही शुरू हो गई। जगन्नाथ ने आज सुबह रची हुई अपनी कविता को सुनाने की अनुमति माँगी। अनुमति मिलते ही उन्होंने सस्वर गाया :

दिगन्ते श्रूयन्ते मदमलिनगंडा: करटिन:
करिन्य: कारुन्यास्पदमसमशीला: खलु मृगा:
इदानीं लोकेस्मिन्नुपशिखानाम पुनरयं
नखानाम पांडित्यम प्रकटयतु कस्मिन् मृगपति:

जगन्नाथ की इस संस्कृत कविता को दीवान-ए-आम के लोग न समझ पाए। समझ पाया तो सिर्फ़ शाहज़ादा दाराशिकोह जो मयूरसिंहासन पर विराजमान सम्राट शाहजहाँ की बगल में एक अपेक्षाकृत छोटे स्वर्णसिंहासन पर बैठा था। लेकिन,

दाराशिकोह को भी इस कविता-पाठ का तात्पर्य समझ में नहीं आ रहा था। जगन्नाथ ने सबकी समझ के लिए कविता का हिन्दवी में अनुवाद करके सुनाया :

मदजल से भीगे कपोलों वाले हाथी
क्षितिज के छोर पर चिंघाड़ते हुए जाते हैं।
हथिनियाँ तो बेचारी करुणा की पात्र हैं।
हरिणों का स्तर तो इस मामले में कुछ नहीं है।
अब इस जगत में यह शेर अपने बेजोड़ पैने
नखों की शक्ति को कहाँ प्रमाणित करे?

कविता का अर्थ तो लोगों की समझ में आ गया, लेकिन लोग जान न पा रहे कि आज जगन्नाथ ने यह कैसी कविता रची है। जान सके तो सिर्फ़ बादशाह जो मन-ही-मन मुस्करा रहे थे कि चढ़ जा बेटा सूली पर। ऊपरी तौर पर बादशाह ने कविता की प्रशंसा की, तो जगन्नाथ ने तीन बार झुककर कोर्निश करके आभार व्यक्त किया। फिर, तुरन्त ही जगन्नाथ ने शाही पहलवान सज्जाद ख़ाँ से कुश्ती लड़ने की इजाज़त माँगी।

लोग जगन्नाथ की इस हरकत पर हँसने लगे। लोगों को लगा कि जगन्नाथ पगला गया है क्या कि पहले तो ऊटपटाँग कविता सुनाई और अब शाही पहलवान से कुश्ती लड़ने की बात करके अपनी मौत बुला रहा है।

दरबार में उस दिन शाही पहलवान सज्जाद भी उपस्थित था। सात हाथ ऊँचा, विशाल डील-डौल वाला, काला-कलूटा सज्जाद एक हब्शी था। उसे फ़ारस के बादशाह ने हिन्दुस्तान के बादशाह को उपहार में दिया था। हिन्दुस्तान के सारे पहलवानों को पछाड़कर उसने 'शेर-ए-हिन्दुस्तान' की उपाधि अर्जित की थी। उसके कोयले जैसे काले रंग और पहाड़ जैसे विशाल शरीर के कारण लोग उसे 'काला पहाड़' कहकर पुकारते थे। बादशाह ने उसे शाही पहलवान नियुक्त किया था।

जगन्नाथ की चुनौती की ओर जब सज्जाद के चेलों ने उसका ध्यान दिलाया तो वह पहले तो हैरत में पड़ा, फिर हँसने लगा। बादशाह जगन्नाथ को इजाज़त देते इसके पहले ही जल्दी में उसने बादशाह को कोर्निश करके अपना एतराज़ दर्ज़ किया कि इस पिद्दी-से शायर के साथ कुश्ती लड़ना उसकी शान के ख़िलाफ़ होगा। उसके एतराज़ को अनसुना करके बादशाह ने रूखेपन से कहा, "या तो तुम अभी अपनी शिकस्त मानो या फिर मुक़ाबले के लिए तैयार हो जाओ।"

बादशाह के रुख़ से सज्जाद सहम गया और तुरन्त मुक़ाबले के लिए हामी भर दी। बादशाह ने ऐलान किया कि पन्द्रह रोज़ के बाद कुश्ती का मुक़ाबला होगा।

जगन्नाथ ने बादशाह से बड़ी संजीदगी से अर्ज़ किया कि उसे तैयारी के लिए

पन्द्रह दिनों की छुट्टी मंजूर की जाए और दरबार में हाज़िरी मुआफ़ की जाए। बादशाह ने हँसते हुए कहा, ''छुट्टी तो मंजूर करने में कोई हर्ज़ नहीं है। लेकिन, तुम छुट्टी लेकर कहीं भाग न जाओ।'' बादशाह की इस चुटकी पर सभी दरबारी हँसने लगे। जगन्नाथ की हालत भीगी बिल्ली जैसी हो गई थी।

बाद में, लोग-बाग पूछने लगे कि जगन्नाथ यह पागलपन क्यों कर रहा है। जगन्नाथ क्या जवाब देता? बात लवंगी तक भी पहुँच गई। उसने माथा ठोंक लिया कि जगन्नाथ को क्या हो गया है? क्यों वह मरने पर तुला है? इसके पहले कि लवंगी जगन्नाथ से सम्पर्क कर पाती वह छुट्टी में कुश्ती की तैयारी के लिए साधु की कुटिया पर जा चुका था।

हे बजरंग बली हनुमान!

जगन्नाथ ने बाबा रामदास को अपनी सारी कहानी बताई। बाबा अप्रत्याशित रूप से बड़े ज़ोर से ठठाकर हँसे, और फिर जगन्नाथ को घूरते हुए बोले, ''अच्छा तो तुम प्रेम के जाल में फँस ही गए और ऊपर से उस काला पहाड़ से कुश्ती लड़ने की चुनौती भी दे डाली। चलो, कोई बात नहीं। हनुमानजी की शरण में चलो। तुम्हारा प्यार सच्चा लगता है।''

बाबा जगन्नाथ को कुटिया के एक छोर पर बने हनुमानजी के मन्दिर के द्वार पर ले गए और कहा, ''यहीं एक घंटे तक बिना पलक झपकाए हनुमानजी का दर्शन करो। यह प्रक्रिया प्रतिदिन एक घंटा चलेगी ग्यारह दिनों तक। इससे वज्र जैसे अंग वाले हनुमान तुम्हारे भी अंग वज्र के समान कठोर एवं मज़बूत कर देंगे।''

सुनने में यह साधना बहुत आसान थी, लेकिन करने में अत्यन्त कठिन। पहले दिन तो जगन्नाथ कुछ क्षण भी इसे न कर पाए। कुछ ही क्षणों में पलकें भारी हो जातीं और न चाहते हुए भी अपने आप झुक जातीं। कभी ऊब हो जाती, तो कभी नींद आ जाती। लेकिन, बाबा रामदास लगातार बगल में रहते। जब भी जगन्नाथ साधना से विचलित होते, बाबा टोकते और पुनः उन्हें साधना में लाते।

मुश्किल से दो दिन की टोका-टोकी से जगन्नाथ साधना में अच्छी तरह जम गए। अब साधना में बैठते ही उनका अडिग, अपलक ध्यान हनुमानजी में लग जाता और उन्हें लगता स्वर्ण-वर्ण वाले हनुमानजी उनकी देह और आत्मा में प्रवेश कर रहे हैं। ऐसे में वे अपूर्व ऊर्जा से स्वयं को भरा हुआ महसूस करते।

प्रतिदिन की हनुमत्-साधना के साथ बाबा ने जगन्नाथ की भोजन-व्यवस्था भी बदल दी। उनके अन्न खाने पर पूर्णतः रोक लगा दी; सिर्फ़ फलाहार और बीच-बीच में कभी-कभी थोड़ा गाय के दूध के सेवन की अनुमति दी। जगन्नाथ का कोमल शरीर सूखकर काँटा होने लगा, लेकिन उन्हें ऊर्जा अपार महसूस होती।

उन्हें लगता उनके अंग-प्रत्यंग हाड़-मांस नहीं, बल्कि लोहे के बने हुए हैं।

साथ-साथ, बाबा जगन्नाथ को कुश्ती-कला में पारंगत करते चलते। बाबा ने उन्हें अच्छी तरह समझाया कि कुश्ती मात्र शारीरिक शक्ति नहीं, बल्कि आध्यात्मिक बल पर लड़ी जाती है। उन्होंने जगन्नाथ को याद दिलाया कि किस प्रकार कंस की सभा में श्रीकृष्ण ने महाबलशाली मल्लयोद्धा चाणूर को अपनी आध्यात्मिक शक्ति से परास्त कर दिया था।

जगन्नाथ की विशेष परिस्थितियों के अनुरूप रणनीति बनाने के लिए बाबा ने चार प्रकार की कुश्तियों के बारे में उन्हें समझाया :

पहली, भीमसेनी कुश्ती, जिसमें शरीर की शक्ति का विशेष महत्त्व होता है। इसका नाम महाबलशाली भीम के नाम पर पड़ा। दूसरी, हनुमंती कुश्ती जो रणनीति के आधार पर दुश्मन को पछाड़ने के लिए लड़ी जाती है। इसमें दाँव-पेच और कला की प्रधानता होती है। स्वयं हनुमानजी इसके अधिष्ठाता देवता हैं। तीसरी, जाम्बवन्ती कुश्ती में हाथ-पैर से इस प्रकार प्रयास किया जाता है कि प्रतिस्पर्धी चित न कर पाए। इसमें शारीरिक शक्ति और दाँव-पेच की अपेक्षा शरीर-साधना का विशेष महत्त्व है। इसका नाम हनुमानजी के सहयोगी जाम्बवंत के नाम पर पड़ा। चौथी, जरासंधी कुश्ती, जिसका नाम जरासंध के नाम पर है। इसमें प्रतिद्वन्द्वी के हाथ-पाँव मरोड़ने की कोशिश की प्रमुखता होती है।

बाबा की सलाह पर जगन्नाथ ने चारों प्रकार की कुश्तियों में से हनुमंती और जाम्बवन्ती दोनों को मिलाकर एक नए प्रकार से कुश्ती लड़ने की रणनीति बनाई।

इधर, शाही पहलवान सज्जाद ख़ाँ के चेलों में बड़ा चुहल था कुश्ती के मुक़ाबले को लेकर। सज्जाद का कुश्ती की दुनिया में बड़ा नाम था। पहलवानी के क्षेत्र में जो भी कुछ सम्भव था सब उसे प्राप्त हो चुका था। आत्म-सन्तुष्टि की पराकाष्ठा पर पहुँचकर अब वह शिथिल हो चला था। अब उसका काम था केवल शाही अखाड़े की शान बढ़ाना और उभरते पहलवानों को प्रशिक्षण देना।

रोज़ सुबह-सुबह सज्जाद ख़ाँ अखाड़े पर पहुँचकर अपने चेलों की कुश्ती का मुआयना करता, लेकिन ख़ुद मशक़्क़त करने से कतराता। अब तो उसने वर्जिश भी काफ़ी कम कर दी थी। वह बेहिसाब खाने-पीने और कामुकता में लिप्त रहने लगा था। रोज़ वह दो बकरे सफाचट कर जाता था—दिन में एक बकरे का मांस खाता था और शाम को एक बकरे के मांस का शोरबा पीता था। तीन मुर्गों का मांस दिन में खाता था और दो को शाम को चट कर जाता था। इसके अलावा वह दर्जनों अंडे और घी-दूध का सेवन करता था।

दिन में सज्जाद सामान्य रहता, लेकिन शाम होते ही हैवान हो जाता था। बुरी तरह दारू पीकर वह अक्सर शैतानपुरा में कोठेवालियों के यहाँ रात को जाता था। उसके अलावा भी कइयों को रोब दिखाकर वह अपनी हवश का शिकार बना लेता

था। बेचारियाँ मारे भय के उसके नीचे बिछ जाती थीं कि उसके ख़िलाफ़ शिकायत की सुनवाई शायद ही कहीं हो। कुछ ऐसी भी थीं जो उसकी विशालता का आनन्द लेने के लिए उसके साथ हमबिस्तर होने को तैयार रहती थीं। उसने निकाह तो न किया था, लेकिन औरत उसे हर रात चाहिए थी।

इन दुर्व्यसनों और वर्जिश में कोताही के कारण सज्जाद की देह पर काफ़ी मांस लद गया था। स्थूलकाय होकर वह अब और भयानक दिखता था। एक शायर के साथ कुश्ती के मुक़ाबले का उसके लिए कोई मायने नहीं था और न ही उसने उसके लिए अलग से कोई तैयारी करना मुनासिब समझा। उसे तो बादशाह के गुपचुप हुक्म को अंजाम देना था कि कुश्ती के दौरान जगन्नाथ को ख़त्म कर दे।

इधर आगरे में, लोग हैरान-परेशान थे कि जगन्नाथ कहाँ ग़ायब हो गया। तरह-तरह के मुँह तरह-तरह की बातें। कोई कहता जगन्नाथ सिर्फ़ बातें बनाता था। कुश्ती लड़ना उसके बस का नहीं। क्या किसी शायर को पहलवानी करते कभी देखा है? कोई कहता यह उसकी शेखी थी जो वह शाही पहलवान को ललकार बैठा और अब मारे डर के फ़रार हो गया। कोई कहता जगन्नाथ गुप्त साधना कर रहा है। लेकिन, मक़सद क्या है कोई नहीं जानता। सभी आश्चर्य में थे कि जगन्नाथ ने आख़िर कुश्ती लड़ने की चुनौती दी ही क्यों।

लवंगी का बुरा हाल था। वह परेशान थी कि आख़िर उसके जगन को क्या हो गया; वह कहाँ चला गया; कहीं किसी साजिश के तहत उसका ख़ात्मा तो नहीं करा दिया गया। यह आख़िरी ख़याल आते ही वह घबराकर रोने लगती। उसने सोच लिया कि जब उसका जगन ही ज़िन्दा न रहेगा तो वह ज़िन्दा रहकर क्या करेगी। जहाँआरा ने बीच में दख़ल देकर उसको रोका, और समझाया कि जब उसका प्यार सच्चा है तो जगन्नाथ को कुछ न होगा। जगन्नाथ ने पन्द्रह दिनों की छुट्टी ली है कुश्ती की तैयारी के लिए। मुक़ाबले वाले दिन तक उसका इन्तज़ार करना ठीक होगा। कुश्ती के नाम पर लवंगी एक विचित्र प्रकार की दुःख और उदासी-भरी हँसी हँसती कि नरम तन, मन और दिल वाला उसका जगन कैसे कुश्ती लड़ेगा। उसे यह क्या सनक चढ़ गई।

दाँव-पेच

मुक़ाबले का मुक़र्रर दिन आ गया। झरोखा-दर्शन के सामने वाले मैदान में अखाड़ा बनाया गया था। अखाड़े के तीन तरफ़ दर्शकों के बैठने की व्यवस्था थी। चौथी तरफ़ सुनहला शामियाना टँगा था जिसके नीचे दाराशिकोह अपने स्वर्ण सिंहासन पर बैठे हुए थे मुक़ाबले की सदारत करने के लिए। साथ में थे सल्तनत के मनसबदार और ओहदेदार। बादशाह दर्शनी झरोखे में विराज चुके थे। हरम की

कुछ महिलाएँ और तीनों शाहज़ादियाँ तमाशा देखने के लिए मुसम्मन बुर्ज़ में बैठी हुई थीं। अखाड़े के एक ओर सज्जाद अपने शागिर्दों के साथ खड़ा बौराए हुए साँड की तरह हुंकार भर रहा था।

लेकिन जगन्नाथ ग़ायब था। लोगों में बड़ी हँसी हो रही थी कि शायर सचमुच भगेलू निकला। उनकी बातें सुनकर सज्जाद और बढ़-चढ़कर हुंकार रहा था। तब तक न जाने किस दिशा से जगन्नाथ प्रकट हो गए। "आ गया, आ गया" का ज़बरदस्त शोर उठा।

शोर सुनकर शाहबुर्ज़ में बैठी रोशनआरा ने मुँह बिचकाकर कहा, "लो आ गया मुआ काफ़िर मरने।" लवंगी ने उसकी ओर बड़े करुण भाव से देखकर मुँह दूसरी ओर फेर लिया और आँखें मूँदकर प्रार्थना करने लगी : "अल्लाह परवरदिगार, मेरे जगन को महफ़ूज़ रखना।" अपनी प्रार्थना में वह इतना लीन हो गई कि होश न रहा कि कौन क्या कह रहा है।

सज्जाद 'या अली' का हुंकार भरते हुए अखाड़े में कूद पड़ा। दूसरी ओर से जगन्नाथ बहुत शान्त और सौम्य भाव से सबको हाथ जोड़ते हुए अखाड़े में उतरे। अखाड़े की मिट्टी सिर से लगाई और थोड़ी देर आँखें मूँदे ध्यान करने के बाद 'जय बजरंग बली' किलकारते हुए ऊँची छलाँग लगाई। सज्जाद के शागिर्द हँसने लगे कि अरे यह तो बन्दर जैसा कूद रहा है। हाथी-जैसे हमारे पहलवान साहब तो इसे पैरों तले रौंद डालेंगे।

सज्जाद ख़ाँ अपना काम जल्दी निपटाना चाहता था चाहे इसके लिए कुश्ती के क़ायदे-क़ानून को भी तोड़ना पड़े। वह तुरन्त ही 'जाँघिया दाँव' लगाना चाहता था यानी अपनी ताक़त के बल पर वह जगन्नाथ की जाँघिया पकड़कर ऊपर उठा लेना चाहता था और फिर ज़मीन पर पटककर उनकी छाती पर अपने घुटने दबाकर उन्हें ख़त्म कर देना चाहता था। लेकिन, जगन्नाथ 'बगलडूब पेच' लगाकर फुर्ती से उसकी बगल से निकल जाते थे। अपने दाँव को जगन्नाथ के पेच द्वारा बार-बार काट दिए जाने से सज्जाद झल्ला गया। आख़िर यह दाँव छोड़कर 'धोबीपछाड़' लगाने के लिए तेज़ी से जगन्नाथ की ओर झपटा, लेकिन जगन्नाथ उससे ज़्यादा तेज़ी से उसके दोनों पैरों के बीच से निकलकर दूर जा खड़े हुए। वह तेज़ी से उनको दबोच लेने के लिए झपटता और जगन्नाथ उससे ज़्यादा तेज़ी से अपने हलके और फुर्तीले बदन का लाभ उठाते हुए बच निकलते। इस दाँव को भी ख़ाली जाता देख सज्जाद ग़ुस्से से भर गया। वह ग़ुस्साए हुए भैंसे की तरह हुंकारता हुआ जगन्नाथ के पीछे पड़ा था और जगन्नाथ बन्दर की तरह उछल-उछलकर किलकारियाँ लेते हुए अपने को बचा लेते थे। यह क्रम कुछ देर चला।

सज्जाद ग़ुस्से और थकान से हाँफने लगा। जगन्नाथ उससे दूरी बनाकर खड़े होकर मुस्करा रहे थे। लोगों को सज्जाद की लाचारी और जगन्नाथ की फुर्ती

पर अचरज हो रहा था। कुछ हिन्दू दर्शक तो दबी जबान कह रहे थे कि जगन्नाथ में हनुमानजी प्रवेश कर गए हैं सज्जाद जैसों के तामसिक घमंड को चूर करने के लिए।

अब जगन्नाथ ने सज्जाद को उकसाने के लिए किलकारी भरते हुए दो बार ऊँची छलाँग लगाई जिससे सज्जाद हड़बड़ा गया। उसे समझ न आ रहा था कि कैसे जगन्नाथ को काबू करे। गर्मी, ग़ुस्से और थकान से सज्जाद का बुरा हाल था। वह एक तरफ़ खड़ा हाँफ रहा था कि तभी जगन्नाथ उसे ललकारते हुए हवा में बहुत ऊँचा उछले और 'जय बजरंगबली' कहते हुए अपने पूरी ताक़त से उसके ऊपर कूद गए। इस हमले से सज्जाद लड़खड़ा गया। अपना सन्तुलन न सँभाल पाने के कारण वह ज़मीन पर चारों खाने चित गिर गया। जगन्नाथ जल्दी से उसकी छाती पर जा चढ़े और दोनों हाथ ऊपर उठाते हुए जयकारा लगाया, "जय बजरंगबली"।

मुक़ाबले का पासा इस तरह पलटते देख लोगों में कोलाहल मच गया। किसी को विश्वास न हो रहा था कि एक पिद्दी-से शायर ने काला पहाड़ को पछाड़ दिया। कुछ लोगों ने दौड़कर जगन्नाथ को कन्धे पर उठा लिया। इस बीच कुछ हिन्दुओं ने 'जय जगन्नाथ' के नारे भी लगाए। दाराशिकोह ने अपने गले से मोतियों का एक बेशक़ीमती हार निकालकर जगन्नाथ को पहनाया और उनकी जीत पर शाही मुहर लगा दी।

शोर सुनकर लवंगी ने आँखें खोलीं और सामने का नज़ारा देखकर भौचक्की रह गई। उसे यक़ीन करने में कुछ वक़्त लगा कि जगन्नाथ ने मैदान मार लिया है। फिर तो वह झूमने लगी और 'मेरा सजन मेरा अपना जगन' वाला गीत गाते हुए नाचने लगी।

झरोखे में बैठे बादशाह की आँखें फटी-की-फटी रह गईं। जगन्नाथ से निजात पाने के उनके मंसूबे पर पानी फिर गया। लेकिन, मौक़े की नज़ाक़त को देखते हुए उन्होंने तुरन्त पैंतरा बदल लिया और एक हरकारे को दौड़ाकर दाराशिकोह को हुक्म दिया कि जगन्नाथ का तुरन्त तुलादान कराया जाए। हुक्म के मुताबिक़ मौक़े पर ही सारा इन्तज़ाम किया गया और जगन्नाथ को अन्न और फल से तौलकर ग़रीबों में बाँट दिया गया।

अगले दिन दरबार-ए-आम में बादशाह ने जगन्नाथ की बड़ी तारीफ़ की। उन्हें 'नरपुंगव' की उपाधि दी गई और उनके मनसब में एक हज़ार जात और दो हज़ार सवारों का इज़ाफ़ा किया गया।

लवंगी ख़ुशी से पागल थी। उसे पक्का यक़ीन हो गया था कि अब अब्बा हुज़ूर उसे जगन्नाथ से निकाह की इजाज़त दे देंगे।

नया शहर

बात बहुत पहले की है। मुमताज को मरे कोई आठ साल हो गए थे। अपनी प्यारी बेग़म की स्मृति को अमर बनाने के लिए बेमिसाल मक़बरा बनवाने में बादशाह जी-जान से लगा हुआ था। साथ ही उसके मन में एक नया शहर बसाने की इच्छा बलवती हो रही थी। लेकिन, इस सपनों के शहर के लिए उसे कोई मुफ़ीद जगह दिख न रही थी। उसे आगरे के विस्तार की सम्भावनाएँ सीमित लगती थीं। आगरे की सघन बस्ती और भयंकर गर्मी से कहीं दूर यह शहर बसाना चाहता था वह। एक ऐसी जगह जो पहले से ही सुख-सुविधा से लैस हो और सांस्कृतिक रूप से सम्पन्न हो और जहाँ से हुकूमत को सुचारु रूप से संचालित किया जा सके।

नए शहर के लिए जगह की तलाश पूरी हुई आख़िर दिल्ली में। पुरानी दिल्ली शहर से उत्तर की ओर सलीमगढ़ के क़िले से लगता हुआ यमुना के किनारे का इलाक़ा उसको नए शहर के लिए हर तरह से वाजिब दिखा। फिर क्या था। नए शहर का निर्माण तेज़ी से शुरू हुआ। इस इलाक़े को ऊँची दीवार से घेरकर एक ख़ास पहचान दी गई। दीवार में तेरह दरवाज़े खोले गए और उनके नाम उन स्थानों के नाम पर रखे गए जहाँ के लिए उन दरवाज़ों से रास्ते जाते थे, जैसे कश्मीरी दरवाज़ा, अजमेरी दरवाज़ा, लाहौरी दरवाज़ा, काबुली दरवाज़ा, दिल्ली दरवाज़ा वग़ैरह। नए शहर को नाम दिया गया 'शाहजहानाबाद'।

चारदीवारी से घिरे शहर शाहजहानाबाद के भीतर षट्कोणीय चहारदीवारी में एक छोटा उपनगर बसा जिसमें बना एक विशाल क़िला। नाम रखा गया 'क़िला मुबारक़', लेकिन अपने लाल बलुआ पत्थर की दीवारों के कारण यह लोगों में मशहूर हुआ लालक़िले के नाम से। इस षट्कोणीय चहारदीवारी के सभी छह कोनों पर एक-एक दरवाज़ा बनवाया गया। इन दरवाज़ों में लाहौरी और दिल्ली दरवाज़े मुख्य आवागमन के लिए थे।

क़िले के मुख्य प्रवेशद्वार लाहौरी दरवाज़े से घुसने पर पहले पड़ता था एक मेहराबदार तोरणपथ, जिसमें मीनाबाज़ार लगने का प्रबन्ध था। यहाँ से होते हुए एक चौरस्ते पर पहुँचा जा सकता था जिसे छत्ताचौक नाम दिया गया। वहाँ से नौबतख़ाना, जहाँ दिन में पाँच बार बाजे बजते थे, से होते हुए दीवान-ए-आम पहुँचा जा सकता था। यह जनसाधारण हेतु बना बृहत् प्रांगण था। एक अलंकृत सिंहासन का छज्जा

दीवान की पूर्वी दीवार के बीचोबीच बना था। यह बादशाह को अपने बहुमूल्य मयूर सिंहासन पर बैठने के लिए बना था। इसके पीछे शाही निजी कक्ष थे। इधर, पूर्वी छोर पर ऊँचे चबूतरों पर बने गुम्बददार इमारतों की क़तार थी, जिनसे यमुना नदी का किनारा दिखाई पड़ता था। ये इमारतें एक छोटी नहर से जोड़ी गई थीं, जिसे 'नहर-ए-बहिश्त' कहते थे, जो सभी कक्षों के मध्य से गुज़रती हुई उन्हें ठंडा रखती थी। क़िले के पूर्वोत्तर छोर पर बने शाहबुर्ज़ पर यमुना से पानी चढ़ाया जाता, जहाँ से इस नहर को जल-आपूर्ति होती थी।

दीवान-ए-ख़ास, जिसकी छत स्वर्णमंडित एवं बहुमूल्य रत्नों से जड़ित थी, बादशाह का ख़ास सभाकक्ष था। क़िले के दक्षिणी हिस्से में बेग़मों और रखैलों के रहने को दो भवन थे : मुमताज महल एवं रंग महल, जिसमें स्वर्णमंडित नक़्क़ाशीकृत छतें एवं संगमरमर के सरोवर बने थे, जिसमें नहर-ए-बहिश्त से जल आता था। यह पूरा इलाक़ा ज़नाना था।

दक्षिण में था ख़ास महल जिसमें शाही ख़्वाबगाह, तस्बीहख़ाना (प्रार्थना-कक्ष), बरामदा, और मुसम्मन बुर्ज़ बने थे जहाँ से बादशाह जनता को दर्शन देते थे। इसके अलावा तुर्की शैली में बना शाही हम्माम था जिसकी संगमरमरी दीवारों और छत में अलंकरण के लिए रंगीन रत्न जड़े थे। इसके उत्तर में एक अत्यन्त ख़ूबसूरत बाग बनाया गया था जिसे 'हयातबख़्शबाग' कहते थे। यह दो छोटी नहरों द्वारा विभाजित था। इसके दोनों छोरों पर ख़ूबसूरत मंडप बने थे।

क़िला अपने आप में एक छोटा-मोटा शहर ही था जिसमें सैकड़ों लोग रहते थे। क़िले की ही तरह क़िले के बाहर का शहर भी बड़ी कलात्मकता और योजना से बनाया गया। मुहल्लों और कटरों को ऐसे सुव्यवस्थित ढंग से बसाया गया और उनमें हिन्दू और मुसलमान दोनों सम्प्रदाय के लोग ऐसी समझदारी से बसाए गए कि समाज में साम्प्रदायिक समरसता और सौहार्द बना रहे। क़िले के बाहर एक विशाल मस्जिद का निर्माण कराया गया जिसे 'जामा मस्जिद' नाम दिया गया। निकट ही हिन्दुओं और जैनों के मन्दिर भी बने।

क़िले के लाहौरी दरवाज़े को शहर के लाहौरी दरवाज़े से जोड़ने वाली सड़क शहर का मुख्य मार्ग था। क़िले के लाहौरी दरवाज़े से फ़तेहपुरी मस्जिद तक इस सड़क के बीचोबीच नहर-ए-फ़ैज़ बहती थी जिसके दूसरे छोर पर एक ख़ूबसूरत चौक बना हुआ था। चाँदनी रात में जब चन्द्रमा की किरणें इसके जल में अठखेलियाँ करती थीं तो वहाँ जन्नत का-सा नज़ारा होता था। बाद में इस जगह का नाम ही 'चाँदनी चौक' पड़ गया। इस पूरी परियोजना की परिकल्पना बड़ी शाहज़ादी जहाँआरा ने की थी।

सपनों के शहर शाहजहानाबाद और स्वर्ग से सुन्दर ऐशगाह लालक़िले को बनाने में मुसलमानी भवन-निर्माण शैली और हिन्दू वास्तुशास्त्र का सम्मिलित

संयोग किया गया था। इसकी परिकल्पना स्वयं शाहजहाँ ने की थी। इसको कार्यरूप दिया उस्ताद अहमद और उस्ताद हामिद नाम के दो सुप्रसिद्ध वास्तुकारों ने। गैरत ख़ाँ, अल्लाहवर्दी ख़ाँ और मकरामत ख़ाँ जैसे सूबेदारों को निर्माण की निगरानी का जिम्मा सौंपा गया। बीच-बीच में ख़ुद बादशाह मौक़े का मुआयना करके पूरे निर्माण पर नज़र रखते थे।

शाहज़ादों, मनसबदारों, अमीरों और हुक्मरानों को बसने के लिए उन्हें भूखंड दिए गए और भवन निर्माण के लिए उन्हें आर्थिक सहायता भी राजकोष से प्रदान की गई। पंडितराज जगन्नाथ को चाँदनी चौक के पास एक अहम जगह पर हवेली बनाने के लिए ज़मीन मिली थी।

इस परियोजना को पूरा होने में पूरे नौ साल लग गए। जब यह बनकर तैयार हुआ तो यह शहर क़ुरआन में वर्णित जन्नत की जीती-जागती मिशाल दीखती थी। इसके वैभव से अभिभूत होकर शाहजहाँ ने दीवान-ए-ख़ास की ख़ूबसूरत दीवार पर ख़ुदवाया :

अगर फिरदौस ब रुए ज़मीं अस्त।
हमीं अस्त हमीं अस्त हमीं अस्त।

[पृथ्वी पर जन्नत यदि कहीं है,
तो वो यहीं है, यहीं है, यहीं है।]

होली

सर्दियाँ जाने वाली थीं; वसन्त दस्तक दे रहा था। पेड़ों के पतझड़, आमों के बौर और खेतों में पीली सरसों सिर हिला-हिलाकर बसन्त के आने का इज़हार कर रहे थे। आगरे की भीषण गर्मी से बचने के लिए दरबार को कश्मीर ले जाने के बजाय शाहजहाँ ने अपने सपनों के शहर शाहजहानाबाद ले जाना ज़्यादा पुरसुकून समझा।

शाहजहानाबाद पहुँचने के कुछ ही दिनों बाद हिन्दुओं के नए साल का त्योहार होली पड़ा। कला और संस्कृति को प्रोत्साहित करने वाले बादशाह उत्सवों के मनाने के भी बहुत शौक़ीन थे—चाहे उत्सव हिन्दुओं के हों या मुसलमानों के। हिन्दुओं के होली, दशहरा और दीवाली में वह बड़े चाव से शरीक़ होते थे।

इस बार की होली बड़े धूम-धाम से शाही अन्दाज़ में मनाने की तैयारी थी। रात में होलिका-दहन के बाद अलस्सुबह बादशाह ने बड़े एहतराम से जनता को शाही झरोखे से दर्शन दिया। ज़्यादातर चुपचाप दर्शन करने वाली हिन्दू प्रजा उस दिन उमंग में थी। सुबह-सुबह रंग और गुलाल उड़ाकर और 'होली है' के नारे लगाकर लोगों ने बादशाह का इस्तक़बाल किया। बादशाह ने बाद में अपने वजीर को हुक्म दिया

कि सारी हिन्दू प्रजा को उनके दीवान-ए-आम के सामने वाले सहन में इकठ्ठा होकर उनके साथ होली मनाने का न्यौता दिया जाए।

बस फिर क्या था। दीवान-ए-आम के सामने तम्बू-कनात लगने शुरू हो गए। थोड़ी ही देर में लोगों के ख़ैरमक़दम के लिए बड़ा-सा शामियाना खड़ा किया गया। कुछ दूरी पर पकवान बनने शुरू हो गए। घी में तले जाते हुए पुओं की ख़ुशबू चारों ओर फैलने लगी। तरह-तरह के शरबतों को तैयार करने के लिए अलग एक छोटा शामियाना लगाया गया।

झुंड-के-झुंड हुरियारे आने लगे। उनमें वे मुसलमान भी शामिल थे जिन्हें हिन्दू से मुसलमान बने बहुत वक़्त न बीता था। अपनी पुरानी रवायत, लालक़िले के अन्दर दाख़िल होने का इत्तेफाक़ और मौज़-मस्ती का मौक़ा ऐसे मुसलमानों को खींच लाया था। हुरियारे ढोल-मंजीरे बजाते होली के गीत गाते लाहौरी दरवाज़े से घुसते तो पहरे पर तैनात सैनिक उन्हें होली की मुबारक़वाद देते हुए एक तरफ़ सम्मान से खड़े हो जाते।

नौबतख़ाने में आज ख़ास तरह का इन्तज़ाम था। पाँच वक़्त बजने वाले बाजों को होली के जश्न तक लगातार बजाए जाने का बादशाह का हुक्म था। नौबतख़ाने से आगे बढ़कर दीवान-ए-ख़ास के सामने वाले मैदान में पहुँचते ही होरियारों में उमंग भर गई। कई पुओं की ओर लपके तो कई शरबत पीने में जुट गए। खा-पीकर हुरियारे गाने-बजाने में लग गए। सामने दीवान-ए-आम में जुटे सम्भ्रान्त जन उनके गीत-संगीत का आनन्द लेने लगे।

बादशाह के पधारने की घोषणा होते ही सारा शोरगुल सारा गाना-बजाना एकदम ठप्प हो गया। सारी जनता और सारे सम्भ्रान्तजन बादशाह के पहुँचते ही झुककर कोर्निश करने लगे। मुस्कराते हुए बादशाह दीवान-ए-आम के गवाक्ष में रखे मयूरसिंहासन पर बिराजे। उनकी बगल में एक लघु स्वर्णसिंहासन पर युवराज दाराशिकोह बैठे और तीनों शाहज़ादियों संग महल की बेग़में संगमरमरी जालीदार दीवारों के पीछे पर्दे में बैठीं।

बैठते ही बादशाह ने 'होली मुबारक़' की आवाज़ बुलन्द की जिसके बदले में एक समवेत स्वर उठा, "हुजूर, होली आपको भी मुबारक़!" तुरन्त ही एक ख़ास खादिम ने बादशाह के सामने चाँदी की बड़ी सी बाल्टी में सुगन्धित हरा रंग और सोने की बड़ी सी पिचकारी पेश की। पिचकारी में रंग पूरा खींच-खींचकर बादशाह ने तीन बार लोगों पर डाले जिसमें भीगकर लोग निहाल हो उठे।

सामने मैदान के हुरियारों तक बादशाह की पिचकारी का रंग न पहुँचा, तो उन्होंने ऊँची आवाज़ में उन्हें सम्बोधित करते हुए ललकारा, "आप लोगों ने तो गाना-बजाना ही बन्द कर दिया। गाइए कुछ दिल खोलकर आज के दिन।"

एक नौजवान हुरियारा लपककर उठा और बादशाह को कोर्निश करके बड़ी मधुर धुन छेड़ी :

आज बिरज में होरी रे रसिया
होरी रे रसिया बरजोरी रे रसिया

लोकगायक नवजवान हुरियारा अपने मधुर गायन के साथ-साथ अपने हाथ और कमर को लचका-लचकाकर ब्रज में राधा-कृष्ण की होली का मनभावन वर्णन करने लगा; साथ निभाने लगे उसके साथी अपने कंठ-स्वर एवं वाद्य-वृन्द से। लोकगायक ने गीत आगे बढ़ाया :

उड़त गुलाल लाल भये बादर
केसर रंग में बोरी रे रसिया

लोकगायक अपने साज़िन्दे साथियों की ओर इशारा कर नाचने लगा :

बाजत झाल मृदंग झाँझ ढप
औ मजीरन की ज़ोरी रे रसिया

फिर पिचकारी मारने का अभिनय करता हुआ वह कूद-कूदकर गाने लगा :

फेंक गुलाल लिए पिचकारी
मारत भर-भर रंग रे रसिया

कृष्ण के आने का अभिनय : इतसें आए कुँवर कन्हैया
अपने गमछे से मुँह ढँकते हुए विपरीत दिशा से राधा के आने का अभिनय :

उतसों कुँवरि किसोरी रे रसिया

अपने साथियों की ओर इशारा कर लोकगायक अब थिरक-थिरककर नाचने लगा :

नन्दग्राम के सखा जुरे हैं सब
बरसाने की गोरी रे रसिया

आख़िरी दो पंक्तियों को दुहरा-दुहराकर गाते हुए लोकगायक देर तक नाचता रहा। उसके साथी साथ निभाते रहे। उसका गायन और नृत्य रुकते ही बादशाह के इशारे पर लोकगायक और उसके साथियों को इनाम की घोषणा हुई।

अब बादशाह शाही संगीतकार लाल ख़ाँ 'गुणसमुद्र' की ओर मुख़ातिब होकर बोले, "गुणसमुद्र, आप भी कुछ सुनाएँ जो मौक़े के माफिक हो।"

लाल ख़ाँ फुर्ती से कोर्निश कर अर्ज़ किए, "हुजूर, हमें राजकवि पंडितराज जगन्नाथ को साथ लेने की इजाज़त दी जाए।"

"बेशक़। इसमें क्या हर्ज़ है, क्यों पंडितराज?" बादशाह ने जगन्नाथ की ओर देखते हुए कहा। जगन्नाथ ने "जैसा हुक्म हो हुजूर" कहते हुए कोर्निश की और खिसककर लाल ख़ाँ के पास पहुँच गए।

दोनों कुछ देर फुसफुसाकर बतियाते रहे, फिर जगन्नाथ ने आलाप लगाया :

खेलत वसन्त राजाधिराज।

लाल ख़ाँ ने टेर की छोर पकड़ी : *देखत नभ कौतुक सुर समाज॥*
जगन्नाथ : *सोहैं सखा अनुज रघुनाथ साथ।*
लाल ख़ाँ : *झोलन्हि अबीर पिचकारि हाथ॥*
साज़िन्दों के साज झंकार उठे :

बाजहिं मृदंग डफ ताल बेनु।
छिरकै सुगन्ध-भरे-मलय रेनु॥

लाल ख़ाँ और जगन्नाथ एक साथ समवेत स्वर में गाने लगे :

उत जुवति जूथ जानकी संग।
पहिरे तट भूषन सरस रंग॥
लिए छरी बेंत सोधे बिभाग।
चाँचरि झूमक कहैं सरस राग॥

बाजे सुहावन बज रहे थे :

नूपुर किंकिनि धुनि अति सोहाइ।
ललनागन जब जेहि धरइं धाइ॥

फिर टेर लेकर दोनों समवेत स्वर में गाने लगे :

लोचन आँजन्हि फगुआ मनाई।
छाँड़हिं नचाइ हाहा कराइ॥
चढ़े खरनि विदूषक स्वाँग साजि।
करैं कटि निपट गई लाज भाजि।
नर-नारि परसपर गारि देत।
सुन हँसत राम भाइन समेत॥
बरबस प्रसून बर बिबुध बृंद।
जय जय दिनकर-कुल-कुमुद-चन्द॥
ब्रह्मादि प्रसंसत अवध बास।
गावत कल कीरति तुलसिदास॥

बादशाह ने दोनों गायकों एवं उनके सहयोगियों को विशेष पुरस्कारों की घोषणा करवाई। लेकिन, उनके रुख़ से झलक रहा था कि उन्हें ख़ास मज़ा न आया। आख़िर, जगन्नाथ को सम्बोधित करते हुए उन्होंने इच्छा प्रकट की कि जगन्नाथ ख़ुद एक गीत गाएँ। चतुर जगन्नाथ ने बादशाह के मिजाज को तुरन्त भाँप लिया और एक भड़कदार होली गीत गाने की नीयत से बगल में पड़ी एक झाल उठा ली और अयोध्या में राम-सीता के होली खेलने का प्रसंग छेड़ दिया : रघुवर जनकलली खेलें अवधपुरी में फाग।

हाथों से झाल बजाते मस्ती में आँखें मूँदे सिर हिलाते जगन्नाथ एक ही पंक्ति को पूरे तरन्नुम से बार-बार गा रहे थे। मस्ती का आलम छा गया। कुछ देर बाद, उन्होंने गीत आगे बढ़ाया :

इत राम लखन भरत शत्रुहन
उत जानकी सभ गोरी केसर रंग घोरी

जगन्नाथ के गाने का सभा पर सम्मोहक प्रभाव पड़ रहा था। सबसे ज़्यादा प्रभावित हो रहे थे दाराशिकोह। आँखें मूँदे लगा वे किसी दूसरी दुनिया में पहुँच गए थे। उन्हें लगा रामचन्द्रजी, जो कभी गुरु वशिष्ठ के आदेश पर उन्हें ज्ञान का मिष्टान्न खिलाये थे, आज रो रहे हैं।

जगन्नाथ गाते जा रहे थे कि राम ने ज्योंही मुँह पर रंग मलने की कोशिश की सीता ने लजाकर एक पत्ते से आड़ कर लिया और राम को सबके सामने बेतकल्लुफ़ होने से रोक दिया :

झिरकत जुगल समाज परस्पर
मलत मुखन में रोरी बरजत त्रिन तोरी

इधर दाराशिकोह के मानसपटल पर कुछ दूसरा ही दृश्य चल रहा था : राम रो रहे हैं राजमहल के परकोटे पर खड़े-खड़े। संध्या का समय है; अश्रुधारा उनके नेत्रों से बह रही है। वह एकटक देख रहे हैं सामने राजमार्ग की ओर जहाँ लक्ष्मण एक रथ पर गर्भिणी सीता को बैठाए वन लिये जा रहे हैं। आँसुओं से भीगी सीता बार-बार मुड़कर राम की ओर देख रही हैं। रथ तेज़ी से दूर भाग रहा है। राम रोते हुए अपनी प्राणेश्वरी को आँखों से ओझल होते हुए देख रहे हैं। आख़िर, बेबस होकर राम परकोटे की फ़र्श पर ढहकर बैठ जाते हैं और ज़ोर-ज़ोर से रोने लगते हैं।

जगन्नाथ का गीत पूरे तरन्नुम से आगे बढ़ रहा था; इधर राम रोये जा रहे हैं। दाराशिकोह मारे दहशत के पसीने-पसीने हुए जा रहे हैं। अचानक जगन्नाथ ने झाल की झंकार बढ़ाते हुए गाने की तर्ज़ बदल दी :

खेलत अवधपुरी में फाग रघुवर जनकलली
भरत शत्रुहन लखन पवनसुत जूथ जूथ लिए भाग
बजत अनहद ताल पखावज उमगि उमगि अनुराग

अति उमंग में साज़िन्दे ज़ोर–ज़ोर से अपने वाद्य–यंत्र बजाने लगे। दाराशिकोह के ख़यालों में उभरा हुआ ग़मगीन नज़ारा बिखर गया। हक़ीक़त की दुनिया में लौटकर जब उसने सामने गीत–संगीत का मस्त मंज़र देखा, तो उसे राहत महसूस हुई।

लाल ख़ाँ गीत को आगे बढ़ाते हुए अकेले टेर रहे थे : *गावत गीत भली*

जगन्नाथ झाल की मस्ती में डूबे जोश से गा उठे :

भरि भरि थार अगरवा केसर चन्दन केसरिया भरि थार
अबरख अबीर गुलाल कुमकुमा सीस रंगा लिए पाग

गाने की मस्ती में जगन्नाथ पूरी तरह खोये हुए उठ खड़े हुए और दरबार की सारी मान–मर्यादा भूल, लहराते हुए नाचने लगे। लाल ख़ाँ ने टहोका मारा।

केसर कीच गली

जगन्नाथ बेसुध बेख़बर दरवेशों जैसा नाच रहे थे। नाचते–नाचते दोनों हाथ ऊपर उठाकर वह झाल बजाते हुए गाने लगे :

गृह गृह भये चहुँ ओरी नवसत सँजोरी
साधव देव भये सुमन सुर बरसे
जय जय मचे चहुँ ओरी मिथिलापुर खोरी

आख़िरी पंक्ति को पकड़कर लाल ख़ाँ बार–बार गा रहे थे। जगन्नाथ चुपचाप थिरकते हुए नाच रहे थे। बीच–बीच में झाल बजा लेते—कभी तेज़, कभी धीमे सिर्फ़ किनारों को धीरे–धीरे ठनकाते हुए। गीत बड़ी तेज़ी से ढलाव पर उतर रहा था। बाजे मद्धिम होने लगे। जगन्नाथ का झूमना अब धीमा पड़ गया। थोड़ी ही देर में सब रुक गया।

जगन्नाथ की यह दरवेशी मस्ती लोगों के लिए एकदम नई थी। लोग हैरत में पड़ गए कि जगन्नाथ रूहानियत की इतनी ऊँचाई पर पहुँचे हुए थे। बादशाह ने ख़ुश होकर उन्हें अपने नज़दीक बुलाया। वह ज्योंही गवाक्ष के नीचे पहुँचकर कोर्निश करने लगे, बादशाह ने अपने गले से नवलखा हार निकालकर जगन्नाथ के गले में डाल दिया। दाराशिकोह अपने मित्र एवं गुरु के इस नए रूप पर मोहित था। कई मुसलमान मनसबदार खुलकर इस मंजर का मज़ा ले रहे थे, तो कई ऐसे थे जो हिन्दू त्योहार का इस तरह दरबार में मनाना पचा न पा रहे थे, ख़ासकर जगन्नाथ का

जुनूनियों की तरह गाना और नाचना। कइयों ने तो काफ़िरों के इस त्योहार को इस्लाम के ख़िलाफ़ बताते हुए उस दिन दरबार आने से ही तोबा कर ली थी।

पर्दे के पीछे महिलाओं के कक्ष में बैठी लवंगी अपने साजन पर फ़िदा होने की हद पार कर नाच रही थी। जहाँआरा ने लवंगी का हाथ पकड़कर बैठाया। बैठते ही लवंगी ने जहाँआरा के कान में फुसफुसाकर कुछ कहा। जहाँआरा ने स्वीकृति में धीरे से सिर हिलाया। लवंगी की हरकत पर चिढ़ी बैठी रोशनआरा त्योरी चढ़ाकर दोनों बहनों की कानाफूसी का मतलब समझने के लिए उत्सुक हो उचकने लगी।

रात में राणादिल ने ज़नाने में नृत्य-संगीत का कार्यक्रम रखा था, लेकिन जहाँआरा ने शामिल न होने की विवशता व्यक्त की और बताया कि उस पूनो की रात चाँदनी चौक में हवाखोरी का उसका इरादा है। जहाँआरा को लवंगी से किया वादा जो निभाना था, जिसे उसने ज़ाहिर न किया।

दोनों बहनें चाँदनी चौक के लिए चुपके से निकल पड़ीं बिना ताम-झाम या लाव-लश्कर के। सुरक्षा के लिए थोड़ी-सी सशस्त्र तातारी औरतें थीं और ख़िदमत के लिए ख़ानसरा होशियार ख़ाँ की अगुवाई में कुछ ख़ास लौंड़ियाँ। त्योहार के मौक़े पर उर्दू बाज़ार और चाँदनी चौक की सारी दुकानें पहले ही बन्द थीं। ऊपर से होशियार ने उस इलाक़े में आम जनता को आने की मुमानियत थोड़ी देर पहले ही करा दी थी।

लाहौरी दरवाज़े से निकलकर दोनों बहनें फ़तेहपुरी मस्जिद को जाने वाली सड़क पर चल पड़ीं। सड़क के बीचोबीच बहने वाली नहर का नज़ारा उस दिन ग़ज़ब था। पूनम का चाँद नहर में बहने वाले जमुना जल में अठखेलियाँ कर रहा था। जहाँआरा इस गैबी नज़ारे को देखकर भावविभोर हुई जा रही थी। इस मंजर का भरपूर असर तो लवंगी पर भी हो रहा था, लेकिन कुछ दूसरे ढंग से। जगन्नाथ से मिलने की बेताबी को यह नज़ारा और बढ़ा रहा था। जगन्नाथ को पहले ही चुपके से ख़बर कर दी गई थी। वह नहर के छोर पर बने हौज के किनारे खड़े थे। मुग़लिया शैली के वस्त्रों में सजे जगन्नाथ चाँदनी की चमक में आज कुछ ख़ास ही जानमारू लग रहे थे।

नहर के किनारे टहलते-टहलते दोनों बहनें जगन्नाथ के नज़दीक पहुँच गईं तो लवंगी लपककर उनके गले लिपटने बढ़ी। जहाँआरा ने लोकलाज के भय से टोकते हुए कहा, ''चलो, जगन्नाथ की हवेली चलते हैं।'' लवंगी जहाँ की तहाँ ठिठक गई और मतलब समझते ही खिलखिलाकर हँस पड़ी। जल्दी ही तीनों पास में ही स्थित जगन्नाथ की हवेली पहुँच गए।

हवेली में पहुँचते ही लवंगी ने अपने कपड़ों में छुपाई लाल गुलाल की एक छोटी-सी पुड़िया निकाल ली और जगन्नाथ के माथे पर टीका लगाते हुए शरमाकर धीरे से बोली, ''होली मुबारक़।'' उसी पुड़िया से एक चुटकी गुलाल लेकर

जगन्नाथ ने लवंगी के ललाट के ऊपरी हिस्से पर इस तरह लगा दिया जैसे हिन्दू विवाहिताएँ सिन्दूर लगाती हैं। लेकिन, जहाँआरा की उपस्थिति भाँपकर जगन्नाथ ने झट दूसरी चुटकी गुलाल उठाया और झुककर जहाँआरा के चरणों में श्रद्धा से लगा दिया और उसके चरणों में सिर नवाकर बैठ गए। देखा-देखी लवंगी ने भी जहाँआरा के चरणों में अपना सिर रख दिया। ममतामयी भाव से जहाँआरा ने दोनों के सिर पर हाथ फेरते हुए कहा, ''अल्लाह तुम दोनों की जोड़ी सलामत रखे।'' फिर थोड़ी देर थमकर उसने कहा, ''अच्छा अब तुम लोग जाओ और मुझे थोड़ी देर अकेले आराम करने दो।''

दोनों यही तो चाहते थे। अकेले में मिलन। बगल वाले कमरे में पहुँचते ही दोनों चिपटकर एक-दूसरे को चूमने लगे। दोनों एक-दूसरे में समा जाने की जल्दी में थे। आहों, कराहों और सिसकारियों के बीच दोनों एक होने लगे।

दोनों के मिलन की रंगीन कल्पना और उनके सिसकार-भरे उद्दीपनों से जहाँआरा भी उत्तेजित होने लगी। उसे अपने प्रेमी नजाबत ख़ाँ के साथ खेले गए हसीन खेलों की याद सताने लगी। यह सोचकर वह बहुत मायूस हो गई कि कैसी चालबाज़ी से उसके अब्बा हुजूर ने नजाबत को कन्धार भेजकर उससे दूर कर दिया था। उसने अपना इरादा पक्का किया कि ऐसी नाइंसाफ़ी वह लवंगी के साथ न होने देगी। आख़िर वह उसकी सिर्फ़ बहन ही नहीं, बल्कि माँ जैसी थी।

लौटते समय जहाँआरा चुपचाप विचारमग्न चली आ रही थी। विचार भंग किया लवंगी ने यह पूछकर, ''आपा, इस तरह छुप-छुपकर मिलना कब तक चलेगा? अब तो हमारा निकाह हो जाना चाहिए। जगन जब इम्तहान में क़ामयाब हो गया, तो अब्बा हुजूर क्यों देर कर रहे हैं? आपा, आप अब्बा से बात करिए।''

अगले ही दिन, जब बादशाह दीवान-ए-आम की कार्रवाई के बाद अपनी आरामगाह में लौटे तो जहाँआरा, दाराशिकोह और लवंगी की तिकड़ी ने बादशाह को आ घेरा। बादशाह मामला समझ गए, फिर भी चुप्पी साधे रहे। शुरुआत की जहाँआरा ने कि अब्बा हुजूर की शर्त के मुताबिक़ जगन्नाथ ने अपनी क़ाबिलियत साबित कर दी है। अब दोनों का निकाह जल्दी करा दिया जाए। दाराशिकोह ने समर्थन में सिर हिलाया। लवंगी चुपचाप उम्मीदों-भरी निगाहों से बादशाह की ओर ताकती रही।

बादशाह ने बड़े शान्त स्वर में बोला, ''मैं भी कुछ दिनों से इसी बारे में सोच रहा हूँ। शादी तो जल्दी हो जाए, लेकिन एक मसला आड़े आ रहा है।''

लवंगी सशंकित हो उठी, लेकिन चुप रही।

पूछा दाराशिकोह ने, ''कौन-सा मसला, अब्बा हुजूर?''

''मज़हब का मसला,'' बादशाह ने गम्भीरतापूर्वक धीरे-से कहा।

लवंगी अब और चुप न रह सकी, ''लेकिन, अब्बा हुजूर इस मुआमले पर तो पहले भी बात हो चुकी है।''

''हाँ, बात हो चुकी है। लेकिन, तब मैं न समझता था कि जगन्नाथ मुश्किल इम्तहान में क़ामयाब हो पाएगा। अब आख़िरी फ़ैसले का वक़्त आ गया है। मैं इस निकाह के लिए तैयार हूँ बशर्ते जगन्नाथ इस्लाम क़बूल कर ले। मुग़ल शाहज़ादी किसी काफ़िर को न ब्याही जाएगी।''

''और अगर जगन ने इस्लाम क़बूल न किया तो?'' जहाँआरा ने पूछा।

''तो इसका मतलब यह कि उसकी मुहब्बत सच्ची नहीं है। उसे लवंगी से ज़्यादा अपना मज़हब प्यारा होगा तो निक़ाह कैसे होगा?'' कहकर बादशाह उठकर जाने लगे।

लवंगी ने आगे बढ़कर उनका रास्ता रोक लिया और बाग़ी तेवर अपनाते हुए बोली, ''लेकिन, मैं तैयार नहीं हूँ इसके लिए। मुहब्बत के नाम पर किसी शख़्स के मज़हब की सौदेबाज़ी करना मुझे मंजूर नहीं है। मैं हिन्दू जगन से निकाह करूँगी और मैं ख़ुद मुसलमान रहूँगी।''

''ऐसा कैसे हो सकता है?'' बादशाह ने व्यग्र होकर कहा।

''क्यों नहीं हो सकता?'' लवंगी ने बड़े कड़ेपन से झट सवाल किया, और बात को आगे बढ़ाने के लिए बोलना जारी रखा, ''हमारी परदादी जोधाबाई, दादी जगत गुसाईं और भाभी राणादिल को हिन्दू बने रहने की छूट नहीं मिली रही?''

''वे मामले कुछ और थे। हिन्दू औरतों को हम ला सकते हैं। अपनी बेटियाँ हिन्दुओं को नहीं दे सकते।'' बादशाह का सीधा-सपाट जवाब था।

''लेकिन, बेटी बेटे में यह फ़र्क़ मैं बर्दाश्त नहीं करूँगी।''

लवंगी के इस बग़ावती तेवर से बादशाह सकते में आ गए। अपनी मरहूम बेग़म मुमताज को दी हुई ज़बान उन्हें याद आ रही थी कि बिन माँ की बच्ची की हर ख़्वाहिश वह पूरी करेंगे। वह चुपचाप भारी क़दमों से वहाँ से निकल गए।

ख़्वाबगाह में कोहराम

उसी दिन अपराह्न, बिहार का सूबेदार अख़्तर बेग बादशाह से उनके अन्तरंग कक्ष शाहबुर्ज़ में मिला और अर्ज़ की कि वह जहाँपनाह के लिए एक नायाब तोहफ़ा लाया है जो उनके ख़्वाबगाह की मौज़ में बेहद इजाफ़ा कर देगा। बादशाह ने सशंकित होकर अख़्तर बेग से फुसफुसाकर पूछा, ''कहीं किसी ग़रीब मजलूम औरत को अगवा करके तो नहीं लाए हो?'' अख़्तर बेग बड़े आत्मविश्वास से बोला, ''बल्कि इसका उलटा है, हुजूर। उस कमसिन हसीना को अपनों से ही जान का ख़तरा था। हम उसे बचाकर लाए हैं।'' इसके बाद अख़्तर बेग ने जो ब्योरा दिया उसका लब्बो-लुआब यह है :

पटना के पास के एक गाँव के ज़मींदार ब्राह्मण परिवार के दातादीन दूबे के बड़े बेटे मातादीन की मृत्यु हैजा के कारण हो गई। मातादीन की शादी हुए अभी बमुश्किल तीन महीने हुए थे। अतिशय शोक, संस्कारों के प्रभाव और परिवार के दबाव तले मृतक की पत्नी चन्द्रशीला ने सती होने का निश्चय किया। शव का दाह-संस्कार और चन्द्रशीला को सती करने के लिए गाँव वाले गंगा के किनारे ले जा रहे थे। उसी समय अख़्तर बेग अपनी सेना की एक छोटी टुकड़ी के साथ उधर से गुज़र रहा था। वह उस ख़ूबसूरत कमसिन औरत को देखकर हैरत में पड़ गया और गाँव वालों को समझाया कि इस तरह एक ज़िन्दा इनसान को आग में मत जलाओ। गाँव वालों ने जवाब दिया, ''यह औरत हम लोगों के लिए मर गई है क्योंकि इसका पति मर गया है।'' अख़्तर बेग ऐसी ख़ूबसूरती को यूँ ही बर्बाद नहीं होने देना चाहता था। उसने कहा, ''अगर यह औरत आप लोगों के लिए मर गई है तो इसे हमें दे दो।'' इतना सुनते ही दातादीन अख़्तर बेग के क़दमों में गिर गए और रोते हुए बोले, ''दुहाई हो हुजूर, हमारी इज़्ज़त मिट्टी में मिल जाएगी।''

चन्द्रशीला में जो ख़ासियत अख़्तर बेग ने देख ली थी उस वजह से वह हर हालत में उसे हथियाकर बादशाह को भेंट करना चाहता था। दातादीन की गिड़गिड़ाहट और पैसों की भारी पेशकश को ठुकराते हुए अख़्तर बेग ने अपनी सैनिक टुकड़ी के बल पर चन्द्रशीला को ज़बरदस्ती छीन लिया और बड़े पोशीदा ढंग से दिल्ली लाया।

बादशाह के हरम का मुख्य हिजड़ा ऐतबार ख़ाँ अख़्तर बेग द्वारा लाए गए बुर्कानशीं तोहफ़े को उस रात रंगमहल में बादशाह की ख़्वाबगाह में दाख़िल कराकर ख़ुद दरवाज़े के बाहर डटा रहा। ऐसा हमेशा होता है कि जब कोई नई औरत बादशाह की ख़िदमत में आती है तो ऐतबार दरवाज़े के बाहर मौजूद रहता है। नई नाजनीन न जाने कौन-सा लफड़ा बादशाह के सामने खड़ा कर दे।

बादशाह ने उस बुर्कानशीं की चिलमन ज्यों ही उठाई हैरत में पड़ गए। बेसाख़्ता उनके मुँह से निकल गया, ''बेग़म!'' हैरत उन्हें और ज़्यादा हुई जब चन्द्रशीला उनके क़दमों में गिरकर गिड़गिड़ाने लगी, ''हमें छोड़ दीजिए हुजूर। हमें जाने दीजिए। हमें सती होना है।''

बादशाह झुकते हुए बोला, ''उठो बेग़म। यह क्या कर रही हो! तुम तो एकदम हमारी मरहूम बेग़म मुमताज जैसी हो। वही नाक-नक़्श, वही बड़ी-बड़ी काली आँखें, वही लम्बे बाल और वही चम्पई रंगत। मुमताज! मेरे लिए तुम फिर से जी उठी हो। आ मेरे गले लग जा, बेग़म!''

बादशाह ने चन्द्रशीला को ज्यों ही अपनी ओर खींचने की कोशिश की, वह छिटककर दूर जा खड़ी हुई। ग़ुस्से में फुफकारते हुए बोली, ''मुझे अपवित्र करने

का प्रयास मत करो। मैं आग जैसी पवित्र हूँ। तुम्हारे हाथों अपवित्र होने के बजाय मै ख़ाक में मिलना चाहूँगी।''

बादशाह ठिठककर कुछ क्षण खड़ा रहा, फिर कुछ सोचकर बगल में रखे जाम के प्याले को उठाकर चन्द्रशीला की ओर बढ़ाते हुए कहा, ''मोहतरमा, आपकी तबीयत कुछ नासाज़ लगती है। यह पीजिए। राहत मिलेगी।''

ग़ुस्से में चन्द्रशीला ने हाथ का ऐसा झटका मारा कि बादशाह के हाथ से प्याला छिटककर दूर जा गिरा और शराब बेशक़ीमती कालीन पर फैल गई।

अब बादशाह को ग़ुस्सा आ गया। उसने चन्द्रशीला की ओर हाथ बढ़ाते हुए कहा, ''बहुत हुआ। अब और ज़्यादा बेइज़्ज़ती मैं नहीं बर्दाश्त कर सकता। इस ख़्वाबगाह से तुम यूँ ही नहीं जा सकोगी।''

बादशाह के बढ़े हुए हाथ को झटकती चन्द्रशीला दूर जा खड़ी हुई। उसकी निगाह बगल की दीवार पर जा टिकी जहाँ एक ख़ंजर टँगा हुआ था। अचानक एक झटके से उसने दीवार पर टँगे ख़ंजर को हाथ में उठा लिया। हालात बदलते देख बादशाह डर गया : ''मुझ पर हमला मत करना, मोहतरमा।''

चन्द्रशीला विद्रूप हँसी हँसते हुए बोली, ''मैं तुझ जैसे लम्पट को मारकर पापिन नहीं बनना चाहती हूँ। तुम्हें तो अभी बहुत भोगना है—अपने कर्मों का फल।''

चन्द्रशीला ने ख़ंजर हवा में लहराया और एक झटके से अपने सीने में मार लिया। ख़ून का एक फ़व्वारा फूट निकला।

बादशाह घबड़ाकर चन्द्रशीला की ओर लपका : ''यह क्या कर लिया बेग़म ?''

चन्द्रशीला कराहते हुए बोली, ''मेरे जीते-जी मेरे शरीर को हाथ न लगाना, पापी।''

बादशाह हकलाते हुए बोला, ''बेग़म, आपका इलाज!''

''मुझे इलाज नहीं, मौत चाहिए। और तुझे तेरे कर्मों का फल। तू भी ऐसे ही घुट-घुटकर मरेगा। यह सती का श्राप है,'' कहते हुए चन्द्रशीला ने दम तोड़ दिया।

बादशाह सदमे में लड़खड़ाते ख़्वाबगाह के दरवाज़े तक पहुँचे; ताली बजाकर ऐतबार को बुलाया और ''इसे रफा-दफ़ा करवाओ,'' कहते हुए जल्दी से रंगमहल की ख़्वाबगाह से निकल गए।

बदहवास बादशाह दक्खिन के ज़नाने की ओर भागे। सामने कन्दहारी बेग़म का कक्ष था जिसमें वे जल्दी से घुस गए।

बालम भये बीमार

बादशाह को आया देख कन्दहारी बेग़म ख़ुशी से फूली न समाई कि आख़िर बालम ने बरसों बाद उसकी सुध ली। लेकिन, बेग़म हैरत में पड़ गई यह देखकर कि

बादशाह अपनी नाभि से नीचे के हिस्से को हाथ से दबाए दर्द से कराह रहे हैं। आते ही बादशाह बिस्तर पर गिर गए और दर्द से छटपटाने लगे। कन्दहारी बेग़म उनको सहलाने लगी तो बादशाह ने कहा कि उनके पेडू में सूई गड़ने जैसा दर्द हो रहा है। बेग़म तुरन्त उनका पेडू सहलाने लगी और जल्दी से उनका पाजामा ढीला कर हाथ कुछ नीचे तक फेरने लगी; इस उम्मीद में कि बादशाह को कुछ आनन्द आएगा तो दर्द भूल जाएँगे। आख़िर ख़ुद बेग़म को भी बरसों बाद ऐसा कोई मौक़ा मिला था।

बेग़म का हाथ हटाते हुए बादशाह ने हाजत की ज़रूरत ज़ाहिर की। बेग़म सहारा देकर उन्हें ग़ुसलख़ाने तक ले गईं, लेकिन पेशाब हुआ नहीं। उन्हें मूत्र-त्याग की प्रबल इच्छा हो रही थी, लेकिन मूत्र निकल नहीं रहा था।

बेग़म ने चिल्लाकर लौंड़ियों और सेविकाओं को बुलाया जिनमें से कुछ बादशाह को सँभालने में लग गईं और कुछ दौड़कर शाही हकीम को बुलाने गईं।

शाही हकीम के आने तक बादशाह के शरीर को धो-पोंछकर रंगमहल के उनके आरामगाह में पहुँचा दिया गया। ख़बर सुनकर जहाँआरा, दाराशिकोह और लवंगी वग़ैरह रात में ही बीमार बादशाह के पास पहुँच गए।

हकीम ने बादशाह के पेडू में नर्म कपड़े को गर्म करके सेंक लगवाया इस उम्मीद से कि इससे दर्द कम हो जाएगा। लेकिन, इसका कोई फ़ायदा न हुआ। बादशाह को तेज़ बुख़ार हो आया और दर्द अब दिल और गुर्दे तक फैल गया। हकीम को समझ न आ रहा था कि बादशाह को क्या बीमारी हुई है। मजबूरन, उसने दर्द दूर करने की कुछ दवाइयाँ पिलाईं। बादशाह को थोड़ी राहत मिली। लेकिन, उनकी बार-बार पेशाब करने की इच्छा बढ़ गई, हालाँकि पेशाब निकलता न था।

तकलीफ़ से परेशान बादशाह ने दाराशिकोह को हुक्म दिया कि रात में ही किसी हरकारे को दौड़ाकर वैद्यराज सुखदेव शर्मा को आगरे से बुलाया जाए।

हरकारा आगरे से वैद्यराज को लेकर दूसरे दिन शाम को लौटा। इस बीच शाही हाकिम ने अपने तिब्बिया इल्म की सारी हिकमतें अपना लीं, लेकिन बादशाह को आराम न मिला।

सारे शाहजहानाबाद में अफ़वाह फैल गई कि बादशाह बहुत बीमार हैं। इतने बीमार हैं कि शाही हकीम के वश का इलाज नहीं है। तभी तो आगरे से वैद्यराज को बुलाया गया है। कुछ-कुछ बदमाश तो अफ़वाह फैलाने लगे कि बादशाह फ़ौत हो गए। ये ख़बरें जब शाही जासूसों के ज़रिए क़िले के भीतर पहुँचीं तो बादशाह की बीमारी से हलकान लोग और परेशान हो गए। इस बीच बीमार बादशाह ने सारा राजकाज दाराशिकोह के ऊपर छोड़ दिया। इस घोषणा को बदमाशों ने तोड़-मरोड़कर फैलाया कि बादशाह की मृत्यु हो जाने पर दाराशिकोह ने ख़ुद को

बादशाह घोषित करके तख़्त पर क़ब्ज़ा कर लिया है।

पहुँचते ही वैद्यराज ने बादशाह के शरीर का सूक्ष्म निरीक्षण किया। जगह-जगह हाथ से टटोलकर जायजा लिया और नब्ज़ की चाल परखी। रोग उनकी समझ में आ गया। वैद्यराज समझ गए कि सम्भोग के समय अधिक आनन्द प्राप्त करने के लिए निकलते हुए वीर्य को बादशाह अक्सर रोक लेते रहे होंगे। इस प्रकार रुका हुआ वीर्य मूत्राशय के मुँह पर सूखकर पथरी बन गया होगा। इस पथरी के कारण बादशाह के गुर्दों में रक्त का प्रदूषण बढ़ गया होगा जिसके कारण उन्हें पेशाब में तकलीफ़ के साथ-साथ तेज़ ज्वर आ रहा है।

इलाज के शुरुआत में ही वैद्यराज ने बादशाह की भोजन-व्यवस्था में भारी परिवर्तन किया ताकि उनके पेट की आन्तरिक सफ़ाई हो सके तथा गुर्दों और मूत्राशय पर ज़्यादा ज़ोर न पड़े। मांस, मदिरा, मछली, दाल, अंडा, नमक, पकवान, मिठाई, मिर्च-मसाले, अचार, चटनी, वग़ैरह पर पूरी तरह रोक लगा दी गई। शुरू के तीन दिनों तक सिर्फ़ नींबू रस मिला पानी पिलाया और उसके बाद तीन दिनों तक केवल रसदार खट्टे-मीठे फलों का सेवन कराया।

इस उपचार से बादशाह के स्वास्थ्य में आश्चर्यजनक सुधार आया, लेकिन वह पूरी तरह ठीक न हुए। उनके पेशाब की तकलीफ़ कुछ हद तक दूर हो गई। लेकिन, बुख़ार रह-रहकर आता था। साथ ही, मल-त्याग की क्रिया पूरी तरह रुकी हुई थी। वैद्यराज जानते थे कि जब तक पेट अच्छी तरह साफ़ न होगा बादशाह की तबीयत पूरी तरह ठीक न होगी। लेकिन, समस्या थी पेट कैसे साफ़ हो। विरेचन की कई आयुर्वेदिक औषधियों के सेवन कराने के बावजूद पेट की सफ़ाई नहीं हो पा रही थी।

शाही हकीम ने वैद्यराज पर ज़ोर डाला कि बादशाह को सिर्फ़ पीने वाली ख़ुराक़ के बजाय ठोस ख़ुराक़ दी जाए जिससे उन्हें दस्त खुलासा हो। वैद्यराज ने यह सलाह बिलकुल न मानी और समझाया कि अब तक जो भी थोड़ी सफ़ाई हुई है सब उलट जाएगी। फिर, बादशाह को बचाना मुश्किल हो जाएगा।

बादशाह की बीमारी के बजाय उनके गुज़र जाने की ख़बरें अब पूरे ज़ोर-शोर से चारों तरफ़ फैल रही थीं। कुछ दुष्ट तत्त्व इन ख़बरों को फैलाने में ख़ास तौर पर लगे हुए थे। दाराशिकोह के राजगद्दी हथिया लेने का दुष्प्रचार भी तेज़ हो रहा था। ये वही तत्त्व थे जो दाराशिकोह के हिन्दूवादी विचारों से चिढ़े हुए थे और उसके ख़िलाफ़ तीनों छोटे भाइयों—ख़ासकर औरंगजेब को—भड़काने में कोई कोर-कसर न छोड़ना चाहते थे।

रोशनआरा पत्र के माध्यम से सारी ख़बरें औरंगजेब को पहुँचाती रहती थी। पहले वह जगन्नाथ और लवंगी की प्रेम-लीला नमक-मिर्च लगाकर बताती थी और अब बादशाह की बीमारी की ख़बरें। उसने औरंगजेब को सलाह दी कि यद्यपि

बादशाह अभी मरे नहीं हैं, लेकिन इसी को बुनियाद बनाकर दाराशिकोह पर धोखे से तख़्त हथिया लेने का इल्ज़ाम लगाते हुए हमला कर दे और तख़्त ज़बरदस्ती हासिल कर ले।

जहाँआरा, दाराशिकोह और लवंगी तीनों बहुत परेशान थे। जहाँआरा बादशाह की सेहत को लेकर हलकान थी, तो दाराशिकोह सल्तनत में फैल रही अफ़वाहों को लेकर। लवंगी तंग थी कि उसका निकाह अब खटाई में पड़ गया। वैद्यराज को समझ में न आ रहा था कि बादशाह का उपचार कैसे हो।

अफ़वाह को रोकने के लिए दाराशिकोह ने एक दिन सुबह-सुबह मुसम्मन बुर्ज़ से जनता को बादशाह का झरोखा दर्शन दिलवाया। बीमार बादशाह ने कमज़ोरी के बावजूद हाथ उठाकर जनता का अभिवादन स्वीकार किया।

वैद्यराज लगातार बादशाह के उपचार की विधियाँ सोचते रहते थे। अचानक उन्हें ध्यान आया कि पहले जब उनकी दोस्ती फिरंगी हकीम बर्नियर से थी, तो दोनों चिकित्सा सम्बन्धी मुद्दों पर अक्सर बातें करते रहते थे और एक-दूसरे की चिकित्सा-पद्धतियों से कुछ-न-कुछ सीखने की कोशिश करते रहते थे। उसी दौरान बर्नियर ने सुखदेव को पेट साफ़ करने की एक विचित्र विधि बताई थी जिसे वह एनिमा लगाना कहता था। इस विधि को आजमाने की गरज़ से वैद्यराज ने इसकी चर्चा दाराशिकोह से की, लेकिन शाहज़ादे ने इसे निहायत घिनौना और बादशाह की शान के ख़िलाफ़ बताकर तुरन्त ख़ारिज कर दिया। वैद्यराज अपना-सा मुँह लेकर रह गए। लेकिन, धीरे से उन्होंने अर्ज़ किया कि शान से जीवन बड़ा है और बादशाह को बचाने का यही एक उपाय बचा है।

दाराशिकोह ने कुछ विश्वस्त दरबारियों और बाद में अकेले में जहाँआरा से विचार-विमर्श करके वैद्यराज को वह अनोखा इलाज करने की छूट दे दी। परिणामस्वरूप, बादशाह का पेट एकदम साफ़ हो गया, किन्तु वे निढाल हो गए। सुखदेव शर्मा ने तुरन्त उन्हें कई औषधियों का मिश्रण पिलाया जिससे उन्हें राहत और ताक़त मिली।

स्वास्थ्य-लाभ होने पर बादशाह को अपार ख़ुशी हुई। उन्होंने दीन-दुखियों में अन्न-धन बँटवाया। वैद्यराज की क़ाबिलियत से ख़ुश होकर उन्हें बड़ी-सी जागीर इनाम में दी गई।

अब तक सर्दियाँ आ गई थीं। बादशाह ने दरबार आगरा कूच करने का हुक्म दिया।

राजधानी आगरे पहुँचते-पहुँचते सर्दियाँ उत्कर्ष पर थीं। नया जीवन मिलने की ख़ुशी में बादशाह ने एक विशाल जलसे का आयोजन कराया। प्रजा में धन-दौलत बाँटी गई। मनसबदारों और हुक्मरानों को जायदाद और बख़्शीश अता की गई। बादशाह का तुलादान हुआ क़ीमती धातुओं और रत्नों से तौलकर। वैद्यराज सुखदेव

शर्मा का भी तुलादान हुआ अन्न और वस्त्र से तौलकर। ये सारी सामग्रियाँ भी जनता में बाँट दी गईं।

जलसा व्यापक स्तर पर चला। पूरे शहर को भोज दिया गया। मनोरंजन के कार्यक्रम कई दिनों तक चले। नटों ने करतब दिखाए; जादूगरों ने जादू की करामातें दिखाईं। शैतानपुरा की रक़्क़ासाओं ने नाच-गाने किए। सम्भ्रान्तों की सभा में जगन्नाथ और लाल ख़ाँ का गायन हुआ। ज़नाने में राणादिल ने नृत्य-संगीत का आयोजन कर अपनी कला का प्रदर्शन किया। लवंगी अपने जगन को याद कर-करके नाची।

सारे बन्दोबस्त की निगरानी जहाँआरा और दाराशिकोह ने बड़ी बारीक़ी से की। रोशनआरा कुढ़ती रही पूरे जलसे के दौरान। उसे इन्तज़ार था औरंगजेब को भड़काकर जो विषवृक्ष उसने बोया था, उसमें फल आने का।

उत्तराधिकार की लड़ाई

इतिहास ख़ुद को दुहराने के लिए तैयार बैठा था। शाहजहाँ ने अपने भाइयों और भतीजों का वध करके राजसत्ता हासिल की थी। अब उसके बेटों की बारी थी।

शाहजहाँ की बीमारी, उसकी मौत की अफ़वाह और दाराशिकोह द्वारा राजकाज सँभालना—इन सबने मिलकर उसके तीन अन्य बेटों की ख़ूनी महत्त्वाकांक्षा को ख़ूब हवा दी। यद्यपि शाहजहाँ ने आगरे में एक विशाल जलसे का आयोजन करके अपने स्वस्थ होने का सन्देश चारों तरफ़ फैलाया और अपने तीनों बेटों को ख़ुद पत्र लिखकर अपने स्वस्थ होने की सूचना दी। लेकिन, स्वार्थ में अन्धे उसके बेटों के सिर पर तो ख़ून सवार था।

सबसे पहले शाहशुजा ने बंगाल की राजधानी राजमहल में अपने को बादशाह घोषित कर लिया और दिल्ली पर क़ब्ज़ा करने के लिए कूच कर दिया। सबसे छोटे मुराद ने भी अहमदाबाद में अपना राज्याभिषेक कर लिया। औरंगजेब ने मुराद को अपने पक्ष में मिलाकर आपस में राज्य का बँटवारा कर लेने का समझौता किया तथा दोनों की मिली-जुली सेना आगरा की तरफ़ कूच कर गई। उधर शाहशुजा भी बनारस तक आ पहुँचा।

शाहजहाँ के पास बग़ावत पर उतारू बेटों को युद्ध में पराजित करने के अलावा

कोई चारा नहीं था। कार्रवाई शुरू हुई दारा की रहनुमाई में। दारा के ज्येष्ठ पुत्र सुलेमान शिकोह के नेतृत्व में एक सेना शाहशुजा को पराजित करने के लिए भेजी गई। सुलेमान शिकोह की सेना के हाथों शाहशुजा की पराजय हुई और वह बंगाल भाग गया।

इधर, औरंगजेब एवं मुराद की मिली-जुली फ़ौज उत्तर की ओर बढ़ी तथा उज्जैन से लगभग दस कोस दक्षिण-पश्चिम में धरमत पहुँची। बादशाह ने उनका बढ़ना रोकने के लिए जोधपुर के राजा जसवन्त सिंह तथा कासिम ख़ाँ को भेजा, किन्तु शाही सेना की ज़बरदस्त हार हुई। इस युद्ध में कासिम ख़ाँ की भूमिका सन्देहास्पद रही। जसवन्त सिंह के नेतृत्व वाली हिन्दू सेना एवं कासिम ख़ाँ के मुस्लिम सैनिकों में ज़बरदस्त विद्वेष था। कासिम ख़ाँ का स्पष्ट झुकाव औरंगजेब की ओर था। उधर, औरंगजेब, जिसकी उम्र लड़ाइयों में ही बीती थी, की सैनिक कुशलता जसवन्त सिंह से कहीं बेहतर थी। राठौरों ने बलिदानी वीरता के साथ युद्ध किया, जबकि कासिम ख़ाँ की सेना ने अपनी ओर से कुछ भी कोशिश नहीं की।

विजयी औरंगजेब और मुराद ने एक छिछले तट से होकर चम्बल को पार किया और आगरे से महज पाँच कोस पूरब सामूगढ़ तक आ धमके। अब दाराशिकोह ख़ुद जंग में कूद पड़ा। एक विशाल शाही सेना लेकर दोनों भाइयों से लड़ने वह सामूगढ़ जा पहुँचा। इस सेना में पंडितराज जगन्नाथ भी थे, जिन्हें दाराशिकोह ने कविता द्वारा दिलेरी और हौसलाअफ़ज़ाई के लिए साथ ले लिया था।

प्रचंड युद्ध हुआ। दोनों दल वीरता से लड़े। मुराद के चेहरे पर तीन घाव लगे। दाराशिकोह की ओर से युद्ध करने वाले राजपूत अपनी जाति की सच्ची परम्परा से लड़े। एक-एक राजपूत दाराशिकोह के लिए मर मिटा। लेकिन, दुर्भाग्य दाराशिकोह के साथ था। एक तीर से बुरी तरह घायल हो जाने के कारण वह अपने हाथी फ़तेहजंग से उतरकर एक घोड़े पर जा बैठा। हाथी का हौदा ख़ाली देख बची हुई सेना अपने शाहज़ादे को मरा समझकर बड़ी घबड़ाहट में पलायन करने लगी। कपटी कासिम ख़ाँ के अधीन संचालित तोपें ऐन मौक़े पर चुप ही रहीं।

दाराशिकोह मैदान गँवा बैठा। निराश-हताश दाराशिकोह शाहजहाँ से भी मिलने का साहस न जुटा सका और अपने परिवार के साथ दिल्ली की तरफ़ भाग निकला। पंडितराज जगन्नाथ भी साथ थे। बाद में, अपनी सेना फिर से संगठित करने के चक्कर में दाराशिकोह परिवार सहित लाहौर की ओर भाग गया। जगन्नाथ को दिल्ली में ही छोड़ दिया।

सामूगढ़ की लड़ाई ने, जिसमें शाही सेना का भारी नुक़सान हुआ, औरंगजेब के लिए अपनी महत्त्वाकांक्षा पूरी करने का मार्ग प्रशस्त कर दिया। इस विजय के शीघ्र बाद वह सेना लेकर आगरे आया। उसने शाहजहाँ के सन्धि-प्रस्ताव को ठुकरा दिया। मजबूरन, शाहजहाँ ने क़िले की सुरक्षा में तैनात सिपाहियों की मदद से औरंगजेब को अपहरण कर क़ैद करने की चेष्टा की। चालाक औरंगजेब ने बाप की सारी

चालों को विफल करते हुए क़िले पर क़ब्ज़ा कर लिया और उसे परिवार सहित वहीं क़ैद कर लिया।

औरंगजेब ने मुराद को भी अपने रास्ते से हटाने की योजना बनाई। उसने मुराद को कई बार दावत पर बुलाया, पर हर बार वह नकार जाता था। मुराद औरंगजेब की नीयत ताड़ गया कि वह पुराने समझौते को नकारने में लगा है और तख़्त हथिया कर ख़ुद बादशाह बनना चाहता है।

औरंगजेब जब आगरे से दिल्ली की ओर रवाना हुआ, तो उसने बड़ी चालाकी से मुराद के ख़ास सिपहसालार को पैसों का लालच देकर अपनी ओर मिला लिया। इसी सिपहसालार की सलाह पर, एक बार शिकार से लौटते हुए मथुरा के निकट रूपनगर में, मुराद औरंगजेब के न्यौते को इनकार न कर सका और एक रात दावत खाने के लिए औरंगजेब के शिविर में ठहर गया। मुराद को ख़ूब शराब पिलाई गई और तगड़ी दावत खिलाई गई। फिर, एक सुन्दर दासी को मुराद की मालिश करने के लिए लगाया गया। दासी ने चालाकी से मुराद को गहरी नींद सुला दिया एवं उसके सभी शस्त्र उसके पास से हटा दिए। निहत्था मुराद आसानी से बन्दी बना लिया गया।

औरंगजेब मथुरा से दिल्ली आ गया। बिना किसी प्रतिरोध के उसने दिल्ली पर क़ब्ज़ा कर लिया और राज्याभिषेक कर ख़ुद को सम्राट घोषित कर दिया। दारा सामूगढ़ की हार के बाद भटकता रहा।

दाराशिकोह की पराजय और पलायन से उसके पुत्र सुलेमान शिकोह का साथ उसके सेनापतियों और सैनिकों ने छोड़ दिया। हारते हुओं का पक्ष लेने में उन्हें कोई लाभ न दिखा। परिणामस्वरूप, सुलेमान शिकोह एक स्थान से दूसरे स्थान भागता फिरा। अन्त में उसने अपनी पत्नी, कुछ अन्य स्त्रियों और थोड़े-से सैनिकों के साथ गढ़वाल की पहाड़ियों के एक हिन्दू राजा के यहाँ शरण ली। राजा ने विपत्ति में पड़े शाहज़ादे का बहुत सौहार्दपूर्ण सत्कार किया, किन्तु औरंगजेब के दबाव में राजा के पुत्र ने धोखा देकर शाही अतिथि को शत्रुओं के हाथों सौंप दिया।

इधर, दाराशिकोह जब दिल्ली से भागा तो औरंगजेब की सेना पीछा करने लगी। दारा को बीजापुर तथा गोलकुंडा के शिया सुल्तानों से समर्थन की आशा थी। परन्तु जसवन्त सिंह ने, जिसे औरंगजेब पहले ही अपने पक्ष में कर चुका था, उसे सहायता देने का वादा करके अजमेर की ओर बढ़ने के लिए फुसला लिया। जसवन्त सिंह बाद में अपने वादों से मुकर गया। अपने अल्प साधनों के कारण विवश दारा ने अजमेर के लेख के मैदान में शत्रु-सेना की प्रबल शक्ति से भिड़ने के बजाय अजमेर से दो कोस दक्षिण में स्थित, सामरिक दृष्टि से महत्त्वपूर्ण देवराई घाटी में लोहा लेना ज़्यादा वाजिब समझा। किन्तु, तीन दिनों तक चले युद्ध में वह फिर पराजित हो गया।

जयसिंह एवं बहादुर ख़ाँ के अधीन औरंगजेब की सेना ने दाराशिकोह का कच्छ

और सिन्ध तक पीछा किया। दाराशिकोह को कहीं शरण नहीं मिली। इस बीच दारा की प्रिय पत्नी नादिरा बेग़म स्वर्ग सिधार गईं। दूसरी बेग़म राणादिल को उसने दिल्ली में ही छोड़ रखा था।

दाराशिकोह शीघ्रता से उत्तर-पश्चिम सीमा की ओर बढ़ा और अफ़ग़ान सेनानी जीवन ख़ाँ से शरण की प्रार्थना की। कुछ ही वर्ष पहले शाहजहाँ के सामने जीवन ख़ाँ की तरफ़दारी कर दाराशिकोह ने जीवन ख़ाँ के जीवन की रक्षा की थी। किन्तु, धूर्त अफ़ग़ान ने उसे धोखा दिया तथा उसे बच्चों सहित बहादुर ख़ाँ के हवाले कर दिया। बहादुर ख़ाँ इन बन्दियों को दिल्ली ले आया।

दिल्ली में दाराशिकोह को एक गन्दी जगह में रखा गया। उसे ज़ंजीरों में जकड़कर राजधानी की सड़कों पर एक बीमार हाथी पर बैठाकर घुमाया गया। रईसों और उलेमाओं का एक सम्मेलन बुलाकर औरंगजेब ने दाराशिकोह की ओर से कथित विद्रोह के प्रति आगाह किया और उसे धर्मभ्रष्ट बताते हुए सार्वजनिक शान्ति के लिए एक ख़तरा घोषित किया। उस पर मुल्लाओं की अदालत में एक झूठा मुक़दमा चलाकर मृत्युदंड मुक़र्रर किया गया।

उसी रात जब आसमान रिमझिम आँसू बहा रहा था तो औरंगजेब के चार जल्लादों ने दाराशिकोह के दूसरे बेटे सिपर शिकोह के सामने ही दारा का सिर कलम कर दिया। कटा हुआ सिर दिल्ली में घुमाया गया और फिर आगरे में क़ैद शाहजहाँ को एक थाली में सजाकर परोसा गया।

दिल्ली में मौजूद जगन्नाथ मारे डर के सिहर गए। दिल्ली की जनता में अपना रोब और ख़ौफ़ क़ायम करने के लिए औरंगजेब ने दाराशिकोह के पूर्व समर्थकों और सहयोगियों को चुन-चुनकर निशाना बनाना शुरू किया। उनमें से ज़्यादातर ने तो औरंगजेब के समक्ष गिड़गिड़ाकर प्राणों की भीख माँग ली। लेकिन, जगन्नाथ के लिए यह सम्भव न था। जगन्नाथ जानते थे कि औरंगजेब उनसे बहुत चिढ़ता है और दाराशिकोह के अन्तरंग मित्र और गुरु होने के कारण उन्हें कभी माफ़ न करेगा। अपने कारण लवंगी के ऊपर आने वाले ख़तरे से भी जगन्नाथ बहुत घबड़ाए हुए थे। रोशनआरा ने उनके और लवंगी के ख़िलाफ़ औरंगजेब को काफ़ी समय से बुरी तरह भड़काया हुआ था। जगन्नाथ चाँदनी चौक के पास वाली अपनी हवेली छोड़कर चुपके से सरमद की कुटिया में जा छुपे।

फ़क़ीर मस्ताना

सरमद मस्त मौला सूफ़ी फ़क़ीर थे। उनका असली नाम कोई न जानता था। सरमद उनका तख़ल्लुस था। लोग कहते थे कि वह एक यहूदी सौदागर था, जो आर्मेनिया, फ़ारस और हिन्दुस्तान में घूमकर मेवों का व्यापार करता था। एक बार घूमते-घूमते

वह बिहार पहुँचा जहाँ उसे एक पहुँचे हुए पीर का दीदार हुआ। उसके नूर से सरमद इतना चुँधिया गया कि उसके होशो-हवास खो गए। उसने सोचा, अगर ख़ुदा की बनाई हुई मिट्टी में ऐसा नूर है तो ख़ुद ख़ुदा कैसा नूरानी होगा।

एक प्यास-सी उठी सरमद के मन में—आध्यात्मिक प्यास। इस प्यास को बुझाने के लिए वह बदहवास-सा हिन्दुस्तान के कोने-कोने में घूमने लगा। न जाने कितनी गुफाओं-मठों, साधु-सन्तों के यहाँ गया और सारे तीर्थ छान मारे। सभी धर्मों और पंथों के दर पर भटका। हवाओं और पेड़-पौधों में, झरनों और पहाड़ों में उसकी ख़ुशबू सूँघने की कोशिश की, लेकिन उसकी आत्मा की प्यास न बुझी। आख़िर बनारस के पास गाज़ीपुर शहर में उसे सन्त भीखा मिले। भीखा क्या मिले, प्यासे को पानी मिल गया। उस पानी को उसने भरपेट पीया और उसकी सारी खोज ख़त्म हो गई :

बेहूदा चिर दर तलबश मी गरदी
बिनाशीं अगर ऊ ख़ुदास्त ख़ुद मी आयद

[उसकी तलाश में फ़िज़ूल क्यूँ भटक रहे?
अगर वह ख़ुदा है तो ख़ुद आएगा तू बैठा रह।]

जब रूहानी दौड़ ख़त्म हुई तो सरमद ने दिल्ली में अपना ठिकाना बनाया। वह आध्यात्मिक प्रेमोन्माद में दीवानों-सी हरकतें करने लगा। नंग-धड़ंग घूमता। पूरा कलमा "ला इलाह अल्लाह मुहम्मद रसूल अल्लाह" न पढ़कर सिर्फ़ "ला-इलाह" (अर्थात् : नहीं है कोई पूज्य) पढ़ता।

धीरे-धीरे सरमद के अनुयायियों की संख्या बढ़ने लगी। शाहजहाँ सरमद के औलियापन और गहरी समझ का बड़ा क़ायल था। दाराशिकोह तो सरमद से इतना प्रभावित था कि उसका ज़्यादातर समय सरमद के पास ही गुज़रता था। सरमद भी दारा से बहुत ख़ुश था और कहा करता था, "तुझे एक दिन जन्नत में बड़ा सिंहासन मिलेगा।"

शाहजहाँ के दरबार में सरमद का आना-जाना लगा रहता था। पंडितराज जगन्नाथ सरमद के आध्यात्मिक ज्ञान से अति अभिभूत थे। वे उसे परमहंस कहते थे, अर्थात् वह जो सांसारिक सीमाओं से ऊपर उठकर ईश्वरीय परम सत्ता में जा मिला हो। लेकिन, औरंगजेब की निगाहों में वह फ़क़ीर कम, काफ़िर ज़्यादा था।

सरमद की हरकतों से कट्टर मुसलमान और मुल्ले-मौलवी उसका तीव्र विरोध करते थे। सरमद सदा लोगों की भीड़ से घिरा रहता। उसकी बातों से मुल्ले घबड़ा जाते और मस्जिदों के गुम्बद काँप उठते। वह लोगों को समझाता, झकझोरता, गाता :

मत जाओ काबा काशी।
वहाँ अन्धकार के सिवा कुछ नहीं।
मेरे गुलशन में आओ
तुम रोशनी पाओगे।
अच्छी तरह से देखो
फूल और काँटा एक ही है।

अपने भाई दाराशिकोह को मारकर और बाप को क़ैद करके औरंगजेब जब तख़्तनशीन हुआ, तो उसको सरमद का वहशीपन और दारा के साथ उसके पुराने ताल्लुक़ात बहुत खटकने लगे। औरंगजेब ने उसे अपने दरबार में तलब किया और पूछा, ''तुम कपड़े क्यों नहीं पहनते हो?'' सरमद ने जवाब दिया :

जिसने तुझे बादशाही का ताज़ दिया
उसी ने मुझे यह परेशानी का सामान दिया
जिसको भी उसने दोषों वाला देखा कपड़ों से ढक दिया
जिसे उसने निर्दोष पाया उसे बिन कपड़ों के रहने दिया

औरंगजेब ने पूछा, ''पूरा कलमा क्यों नहीं पढ़ते हो?''

सरमद ने जवाब दिया, ''जो दिल में न हो वह जुबान पर कैसे हो, मुझे तो अभी इल्हाम (ईश्वर-साक्षात्कार) हुआ नहीं तो कैसे कहूँ जिसका मुझे ज्ञान नहीं।''

औरंगजेब ने पूछा, ''तुम दारा को कोई तख़्त देना चाहते थे, इसका मतलब?''

सरमद ने जवाब दिया, ''खुद देख लो।''

औरंगजेब ने आँखें बन्द कीं तो उसे दिखाई दिया कि दारा जन्नत में एक तख़्त पर बैठा है और औरंगजेब उसके सामने एक भिखारी की तरह खड़ा है। यह देखकर औरंगजेब परेशान हो गया। उसे लगा कि यह नज़ारा यदि सरमद और लोगों को दिखा देगा, तो दाराशिकोह लोगों में एक बड़े ग़ाज़ी के रूप में पूजा जाने लगेगा और उसका ख़ुद का रुतबा ख़त्म हो जाएगा।

औरंगजेब सरमद से किसी तरह छुटकारा पाना चाहता था। लेकिन, सरमद का जादू दिल्ली वालों के दिल पर तारी था। उसे कुछ हो जाता तो बवाल खड़ा हो सकता था। औरंगजेब ने यह जिम्मा मौलवियों और काज़ियों को सौंपा जो सरमद से बहुत खार खाए हुए थे।

काज़ियों और मौलवियों ने सरमद की हरकतों को कुफ्र माना और फ़ैसला दिया कि अगर वह तोबा न करे तो उसे सज़ा-ए-मौत दे दी जाए। फ़ैसला सुनकर सरमद हँसते हुए गाने लगा :

उस शोख ने जो मेरा यार था
मेरा सर बदन से जुदा किया।

अच्छा किया, क़िस्सा ख़त्म किया।

सरदर्द जाता रहा।

जब सरमद को क़त्लगाह ले जाया जा रहा था तब इतनी भीड़ थी कि चलना तक मुश्किल था। मानो किसी की बारात जा रही हो। सरमद गाता हुआ जा रहा था :

मुझे तेरे प्यार के जुर्म में मारा जा रहा है
तू भी देख चढ़कर अटारी पर क्या अच्छा तमाशा है

जब जल्लाद तलवार चमकाता हुआ सरमद को क़त्ल करने आगे बढ़ा तो निर्भीक सरमद जल्लाद की ओर देखकर मुस्कराने और गाने लगा :

मैं तेरे कुर्बान जाऊँ
मैं तुझे पहचानता हूँ
तू जिस सूरत में भी आ

जल्लाद हैरान हो गया, जब गाते हुए सरमद ने अपनी गर्दन कटने के लिए पेश कर दी :

बुल-हवस को दर्द-ए-इश्क़ होता नहीं
सोज़ परवाने का मक्खी को नहीं
इस जनम में दौलत-ए-दीदार पाए
हर किसी को यह वस्ल मिलता नहीं

[दर्द होता नहीं गर कोई किसी के इश्क़ में कुर्बान हो जाए
परवाने का दर्द-ए-इश्क़ मक्खी भला क्या जाने
ख़ुदा का दीदार जिसे हो जाए उसे और क्या चाहिए
यह दौलत इस जन्म में हर किसी को नसीब कहाँ होती है।]

अपने दस्तगीर दाराशिकोह के क्रूरतापूर्ण क़त्ल और परमहंस सन्त सरमद के ख़ात्मे से जगन्नाथ भारी दहशत में आ गए। उन्हें लगा कि अब अगली बारी उनकी है। वह जानते थे कि दिल्ली में वह चाहे जितना छुपे, औरंगजेब के जासूस उन्हें खोज निकालेंगे। इसके अलावा, उन्हें चिन्ता थी लवंगी की। अपनी मज़हबी अकड़ और शाही रुतबे के लिए औरंगजेब लवंगी को किसी-न-किसी बहाने क़त्ल कराने से नहीं हिचकेगा। जगन्नाथ को ख़ुद से ज़्यादा लवंगी की हिफ़ाज़त की चिन्ता सताती थी। लेकिन, इतना तो पता था कि अपने बाप और बड़ी बहन के साथ वह आगरे के क़िले में क़ैद है। अगर मारी गई होती तो इस बात का हल्ला हो गया होता। फिर भी, उसकी हिफ़ाज़त की फ़िक्र रात-दिन लगी रहती थी।

रोशनआरा जो अब और बड़ी डाकिनी हो गई होगी लवंगी की जान के पीछे पड़ी होगी। लेकिन, जगन्नाथ एक बात से बड़ी राहत में थे कि लोगों में हल्ला था कि औरंगजेब रोशनआरा को ज़्यादा भाव न दे रहा था। रोशनआरा के व्यभिचारपूर्ण कुकृत्य से पाकीज़गीपसन्द औरंगजेब बहुत चिढ़ने लगा था। बल्कि, जहाँआरा के बड़प्पन, समझदारी और ख़ुलूस की वह बड़ी इज़्ज़त करता था। जहाँआरा लवंगी की सरपरस्त थी, फिर भी लवंगी के ऊपर से ख़तरा टला न था। पता नहीं कब औरंगजेब का धार्मिक उन्माद उफनने लगे और एक काफ़िर से मुहब्बत करने के जुर्म में लवंगी का क़त्ल हो जाए।

जगन्नाथ गहरी सोच में पड़े रहते थे कि कैसे ख़ुद की रक्षा की जाए और कैसे लवंगी को बचाया जाए। उन्हें लवंगी से मिले कोई तीन साल बीत चुके थे। सामूगढ़ में पराजय के बाद दाराशिकोह के साथ दिल्ली भागने को वह भी मजबूर थे। तब से लवंगी के दीदार न हुए थे। लेकिन, कोई ऐसी रात न गुज़री होगी जब वह लवंगी को याद करके विरह में न रो पड़े हों। अब तो उन्हें यही सूझ रहा था कि क्यों न वह लवंगी को लेकर किसी अज्ञात स्थान में भाग जाएँ जहाँ सिर्फ़ वही दोनों रहें और रहे उनका असीम प्यार। लेकिन, क्या ऐसा सम्भव था?

खुद को बचाने और लवंगी का उद्धार करने के लिए आगरे जाना जगन्नाथ को मुनासिब जान पड़ा। उन्हें ख़याल आया कि क्यों न आगरे के नज़दीक अपने गुरु बाबा रामदास की कुटिया में जा छुपें और वहीं से लवंगी को भगा ले जाने की कोशिश करें। वही एक स्थान लोगों की नज़रों से ओझल और निरापद लगा। फिर क्या, फिर तो जगन्नाथ दिल्ली से पतली गली से भाग निकले और तीन दिनों तक वेश बदलकर पैदल चलते रहे और चौथे दिन चुपके से जा पहुँचे साधु की कुटिया पर।

इधर, आगरे के क़िले में लवंगी बदहवास-सी घूमती रहती। उसे रात-दिन जगन्नाथ की चिन्ता सताती रहती। जबसे बड़े भैया दारा के साथ सामूगढ़ की लड़ाई में गए तबसे उनकी कोई ख़बर न आई। तीन साल से ज़्यादा ही वक़्त हो गया उनका कुछ पता न लगा। ख़ुदा ख़ैर करे। बड़े भैया को तो मझले भैया औरंगजेब क़त्ल करा दिए यह तो पता लगा, लेकिन उनके हमराही हमारे जगन का कुछ पता नहीं। लड़ाई के मैदान में खेत हुए होते, तो तुरन्त पता चल गया होता। औरंगजेब भैया अगर उनको क़त्ल कराए होते तो भी ख़बर ज़रूर फैल जाती। आख़िर, वह मामूली आदमी नहीं हैं। हिन्दुस्तान के शाही शायर हैं। लवंगी को पक्का विश्वास है कि उसका जगन ज़िन्दा है, उसकी मुहब्बत ज़िन्दा है।

मुसम्मन बुर्ज़ पर बैठे-बैठे बूढ़े शाहजहाँ सूनी आँखों से अपनी मरहूम महबूबा बेग़म मुमताज महल की याद में बनाए गए ताजमहल को निहारते रहते। वहीं पर, दूसरी ओर दीवानी लवंगी उम्मीद-भरी निगाहों से दूर क्षितिज में ताकती रहती

अपने जगन की आस में। जब जगन न दीखते तो बिसूरने लगती। आँसू पोंछकर फिर ताकने लगती। राह निहारना और आँसू बहाना लगातार चलता, रात-दिन। दीवानगी की हद पार कर लवंगी अर्ध-विक्षिप्त-सी हो गई। बूढ़े बाप शाहजहाँ कभी-कभी ताज से नज़रें हटाकर लवंगी को घूरने लगते और मन-ही-मन बड़बड़ाते : ''बेग़म, मैं तुमसे किया वादा पूरा न कर पाया। झूठी शान के चक्कर में मैं तेरी बच्ची की ख़्वाहिश पूरी न कर सका।'' लवंगी कुछ न बोलती। सिर्फ़ थोड़ी देर के लिए अपने अब्बा को घूरती और फिर नज़रें क्षितिज की ओर फेर लेती अपने जगन को खोजने के लिए।

इन दोनों दीवानों को देख-देख जहाँआरा बड़ी परेशान होती। उन्हें टोकती; उन्हें बातों में उलझाने की कोशिश करती। उनके भोजन और विश्राम की व्यवस्था करती। लेकिन, उन्हें चैन कहाँ? एक अपने विगत ऐश्वर्य और मृत बीवी को याद कर बेचैन था, तो दूसरी अपने प्रेमी की राह जोहते व्यग्र थी।

उड़ान अभियान

जगन्नाथ को देख बाबा रामदास बहुत चिन्तित हुए। मुश्किल से पहचान में आया। बहुत दीन-हीन और दुर्बल हो गया था। ऊपर से भेस बदल रखा था। तीन दिनों तक लगातार पैदल चलने से उसकी हालत पस्त हो गई थी। गुरु-चेले बड़ी भावुकता से मिले। बाबा रामदास अब बड़े बूढ़े हो गए थे। मोह-माया से ऊपर उठकर भगवत-सत्ता को प्राप्त उस निर्मोही साधु में अपने जगन्नाथ को देखकर मोह का समुद्र हिलोरें लेने लगा।

जगन्नाथ ने जब अपनी व्यथा-कथा बाबा रामदास को सुनाई और लवंगी को उड़ाने का उपाय पूछा तो वे थोड़ी देर के लिए चिन्तित और विचलित हो गए। लेकिन, दूसरे ही क्षण उनकी आँखों में दृढ़ता और चमक उभर आई। भर्राए हुए स्वर में उन्होंने कहा, ''मैं अपने इष्टदेव बजरंगबली हनुमानजी के आदर्श का अनुसरण करूँगा। तुम्हारा प्रेम सच्चा है, जगन्नाथ। मैं तेरी वैसे ही मदद करूँगा जैसे कभी हनुमानजी ने भगवान राम और माँ सीता की मदद की थी।''

जगन्नाथ ने सुना था कि औरंगजेब ने अपने बूढ़े बाप को आगरे के क़िले में बड़ी कड़ी निगरानी के बीच क़ैद कर रखा था। उसकी दोनों बीवियाँ तथा दोनों बेटियाँ— जहाँआरा और गौहरआरा उर्फ़ लवंगी—भी बूढ़े का साथ निभाने के लिए उसके साथ क़ैद थीं।

आगरे का क़िला कोई मामूली जगह नहीं, बल्कि एक लघु नगर ही था। दर्जनों भव्य भवन जैसे दीवान-ए-आम, दीवान-ए-ख़ास, अकबरी महल, जहाँगीरी महल, शाहजहाँ का निजी निवास स्थान ख़ासमहल, रंग महल, शीश महल, मछ्ली भवन, नौबतख़ाना; दो ख़ास बुर्जें शाहबुर्ज़ और मुसम्मन बुर्ज़; ख़ास मस्जिदें जैसे नगीना मस्जिद, मोती मस्जिद और मीना मस्जिद। इसके अलावा ज़नाने में एक सजा-धजा बाज़ार मीना बाज़ार और सुन्दर रूप से सुव्यवस्थित बगीचा अंगूरीबाग था। इन सब भवनों के बीच लवंगी को खोज निकालना आसान काम न था। लेकिन, जगन्नाथ के पास पक्की ख़बर थी कि बूढ़े बादशाह और लवंगी ज़्यादातर वक़्त मुसम्मन बुर्ज़ पर ही टँगे रहते हैं।

दूसरी दिक़्क़त थी अभेद्य सुरक्षा-व्यवस्था को भेदकर क़िले के भीतर घुसना। यमुना नदी के समानान्तर अर्ध-वृत्ताकार बनावट वाला क़िला लगभग सत्तर हाथ ऊँची चहारदीवारी से घिरा था। इसमें दोहरे परकोटे बने हुए थे; बीच-बीच में एक निश्चित अन्तराल पर निगरानी के लिए विशाल बुर्ज़ बने हुए थे जिनके साथ-साथ ही तोपों के झरोखे व रक्षा चौकियाँ थीं। क़िले में घुसने के चार दरवाज़े थे। लाहौर की ओर मुँह वाला लाहौरी दरवाज़ा और दिल्ली की ओर जाने वाला दिल्ली दरवाज़ा। तीसरा अकबरी दरवाज़ा था जिसका जहाँगीर ने नाम बदलकर अमरसिंह द्वार कर दिया था। इसके अलावा एक दरवाज़ा था खिजड़ी दरवाज़ा जो यमुना नदी की ओर खुलता था। इस दरवाज़े का प्रयोग बादशाह शाहजहाँ अपने निजी और गुप्त अभियानों पर जाने के लिए किया करते थे।

चारों दरवाज़ों पर ज़बरदस्त सुरक्षा-प्रबन्ध होता था। यह सुरक्षा और ज़्यादा बढ़ा दी गई थी जब से शाही परिवार के लोग इसमें बन्दी बनाए गए थे। शाही बन्दियों पर कड़ी नज़र रखने के लिए पुराने ख़ुफ़िया तंत्र को और मज़बूत किया गया था। भूतपूर्व बादशाह और उनकी बेटी जहाँआरा की सेवा में लगे रहने और उनके लिए जासूसी करने वाले हिजड़ों और बाँदियों को ही औरंगजेब के इशारे पर अब उनके मालिकों के ही ख़िलाफ़ चुपके से जासूसी करने के लिए लगाया गया था। इसके लिए उन्हें पैसे और पद का लालच दिया गया था और ज़रूरत पड़ने पर किसी-किसी को जान का डर दिखाकर मजबूर किया गया था। यही नहीं, बड़ी बारीक़ी और चुपके से एक-दूसरे पर नज़र रखने के लिए भी उन्हें ताकीद की गई थी। इस पूरे ख़ुफ़िया तंत्र का मुखिया था शाहजहाँ के पुराने निजी आवास ख़ासमहल का ख़ानसरा ऐतबार ख़ाँ। ऐतबार ख़ाँ बड़ी बारीक़ी और पोशीदगी से अपने ख़ुफ़िया

काम को अंजाम देता था। हालाँकि, उसकी यह हरकत चालाक जहाँआरा की निगाहों में आ गई थी, लेकिन समय का फेर जानकर जहाँआरा चुप रहती थी।

गीत गाता चल

कुछ दिनों से दो साधु मुसम्मन बुर्ज़ के सामने फेरा लगाते। वे दोनों यमुना के किनारे-किनारे चलते हुए पूरब से आते और पश्चिम की ओर जाते। फिर लौटते और फिर पश्चिम की ओर जाते। बीच-बीच में कभी-कभी मुसम्मन बुर्ज़ के सामने रुकते और हवा में हाथ लहराते।

दोनों साधुओं में से एक अत्यन्त बूढ़ा था और दूसरा जवान। पहला दूसरे का गुरु दिखता था। दोनों के दाढ़ी-बाल बहुत बढ़े हुए थे और दोनों चीथड़ों-गुदड़ों में लिपटे रहते थे। गुरु झाँझ बजाता और चेला सारंगी। दोनों गाते चलते :

कौन ठगवा नगरिया लूटल हो
चन्दन काठ के बनल खटोला
ता पर दुलहिन सूतल हो
उठो सखी री माँग सँवारो
दुलहा मो से रूठल हो
आए जम राजा पलंग चढ़ि बैठा
नैनन अँसुवा टूटल हो
चार जने मिल खाट उठाइन
चहुँ दिसि धूँ धूँ ऊठल हो
कहत कबीर सुनो भाई साधो
जग से नाता छूटल हो

इन साधुओं की हरकत क़िले के सुरक्षाकर्मियों से छुपी न रही, ख़ासकर उनका मुसम्मन बुर्ज़ के सामने हवा में हाथ लहराना। जब उन्हें टोका गया तो उन्होंने जवाब दिया, ''हम रमता जोगी हैं, बेटा। ऊपर वाले को सुना-सुनाकर निर्गुण गाते हैं। हम किसी का क्या नुक़सान करते हैं?'' जब पूछा गया कि मुसम्मन बुर्ज़ के सामने आकर हवा में हाथ क्यों लहराते हो तो उन्होंने जवाब दिया, ''मुसम्मन बुर्ज़ की ऊँचाई देखकर हमें ऊपर वाले की याद आती है। हम उसी की याद में गीत गाते हैं। गाते-गाते मस्ती के आलम में कब हमारा हाथ ऊपर उठ जाता है, हमें पता ही नहीं चलता।''

दोनों साधुओं को निरापद जान सैनिकों ने उन्हें टोकना छोड़ दिया। एक दिन, मुसम्मन बुर्ज़ में खड़ी लवंगी की निगाह क्षितिज से हटकर यमुना तट पर आ पड़ी।

वहाँ दो इनसानों को अजीब हरकत करते देख वह हैरत में पड़ गई। उसे लगा कि दोनों कुछ ख़ास मक़सद से हवा में कुछ देर हाथ लहराते हैं और फिर चले जाते हैं। लेकिन, उनका मक़सद उसे समझ में न आ रहा था। उसके अन्तरतम में एक धीमी आवाज़ उठी कि हो–न–हो यह जगन हो। फिर, फेर में पड़ गई कि वह दूसरा कौन है। अपने मन की यह बात उसने बड़ी आपा जहाँआरा को बताई। दूसरे दिन, लवंगी के साथ जहाँआरा ने भी साधुओं को हवा में हाथ लहराते देखा। जहाँआरा ने लवंगी की बात का समर्थन किया कि वह जगन्नाथ ही है। लवंगी मारे ख़ुशी के उछल पड़ी।

अब समस्या थी कि इतने कड़े सुरक्षा प्रबन्ध के मद्देनज़र जगन्नाथ से सम्पर्क कैसे किया जाए। लवंगी ने रो–रोकर जहाँआरा से विनती की कि उसे उसके जगन से मिलाने का कोई जतन करे।

जहाँआरा ने महसूस किया कि इस मामले में कोई मदद कर सकता है तो सिर्फ़ ऐतबार ख़ाँ। उसकी नज़र बचाकर कोई दूसरा मदद कर सके यह सम्भव भी नहीं था और न ही सम्भव था इस काम के लिए ऐतबार को आसानी से मना लेना।

बड़ी विनम्रता से जहाँआरा ने ऐतबार से दरख़्वास्त की कि वह उसका एक काम करने की इनायत करे। घाघ ऐतबार ने तुरन्त भाँप लिया कि कुछ ज़्यादा ही मुश्किल काम होगा तभी तो कभी की सबसे ताक़तवर महिला एक ग़ुलाम के सामने ऐसी विनम्रता से गिड़गिड़ा रही है।

ऊपरी तौर पर कुछ ज़ाहिर न करते हुए ऐतबार ने उतनी ही विनम्रता से जवाब दिया, ''पादशाह बेग़म, आप सबकी ख़िदमत में ही मेरी उम्र तमाम हुई है। आप हुक्म करके तो देखें आपके लिए हमारी जान भी हाज़िर है।''

जहाँआरा ने बड़ी चालाकी से कहा, ''ऐतबार ख़ाँ, यह हमारी ख़िदमत का मामला नहीं है, अल्लाह की ख़िदमत की बात है।''

''तब तो ज़रूर फ़रमाएँ, बेग़म साहिबा,'' ऐतबार ने तपाक से जवाब दिया।

जहाँआरा बड़ी मुलायमियत से उसे मनाते हुए बोली, ''देखिए, मुहब्बत अल्लाह की सबसे बड़ी नियामत है। मुहब्बत की राह में मदद करना अल्लाह की ख़िदमत के बराबर है।''

''आप कुछ खुलासा कीजिए, चमनी बेग़म। मेरी जान भी हाज़िर है,'' ऐतबार ने भरोसा देते हुए कहा।

जहाँआरा ने ऐतबार को पूरे विश्वास में लेते हुए अल्लाह के नाम पर लवंगी और जगन्नाथ की मदद करने की गुहार लगाई। यह कठिन काम सुनकर ऐतबार गहरे सोच में पड़ गया। कुछ देर बाद बड़े चिन्तित स्वर में बोला, ''इसमें तो मेरी जान को सचमुच ख़तरा है। यह सही है कि मैं जासूसों का सरदार हूँ, लेकिन मुझे शक़ है कि मेरे ऊपर भी कुछ लोग नज़र रखते हैं।''

कुछ दूरी से लवंगी उन दोनों की बातें सुन रही थी। ऐतबार को पीछे हटते देख वह एकदम घबड़ा गई। मारे आवेश में दौड़कर वह ऐतबार के क़दमों में गिर गई और मदद के लिए गिड़गिड़ाने लगी। उसने अल्लाह के नाम पर अपने प्यार की दुहाई दी।

ऐतबार ने लवंगी को अपने आगोश में उठा लिया और उसके सामने सिर झुकाते हुए कहा, "हमें अब और शर्मिन्दा न करो, लवंगी बेग़म। आप मामूली इनसान नहीं हैं। आप मुहब्बत की मलिका की बेटी हैं। आपकी अम्मा हुजूर अर्श-आशियानी मलिका-ए-जहाँ मुमताज महल के मेरे ऊपर बहुत एहसान हैं। लगता है अब उन्हें चुकाने का वक़्त आ गया है। मुहब्बत जैसे पाक काम में अपनी जान देने में भी मुझे गुरेज नहीं है। धन-दौलत, ओहदा-असबाब के लिए इनसान अक्सर अपनी जान देता है। मैं आशिकों की राह में अपनी जान देता।"

जहाँआरा, लवंगी और ऐतबार ने मिलकर एक योजना बनाई। इस योजना के तहत ऐतबार ने खिजड़ी दरवाज़े के मुख्य सुरक्षाकर्मी को आदेश दिया कि सामने यमुना के किनारे गाने वाले साधुओं को पकड़कर क़िले के भीतर अंगूरीबाग़ में ले आओ। जहाँआरा बेग़म उनका गाना सुनेंगी।

साधुओं को पकड़कर लाने के बाद दोनों बहनों ने अंगूरीबाग़ के कोने में दिखावे के तौर पर उनका गाना सुना। उसी दौरान जहाँआरा ने लवंगी को उड़ा ले जाने की योजना संक्षेप में समझा दी। लवंगी का तो मन मचल रहा था कि दौड़कर अपने जगन को गले लगा ले, लेकिन जहाँआरा के आदेश पर अपने को रोके रखा ताकि कहीं बनी-बनाई योजना विफल न हो जाए। यही नहीं, अंगूरीबाग़ में ही पकड़ लिये जाने पर जगन और उसके गुरु को तुरन्त फाँसी दे दी जाती।

फुर्र

अगले दिन जुमेरात की शाम, लवंगी विदा लेने के लिए अपने बूढ़े बाप के सामने पेश हुई। बूढ़ा बाप अपनी जवान बेटी का हाथ पकड़कर रोने लगा। रोते-रोते शाहजहाँ ने कहा, "मैं तुम्हें निकाह की इजाज़त देता हूँ। वैसे तुम्हें इजाज़त की अब ज़रूरत नहीं। मैं झूठी शान और झूठे रिश्तों की अहमियत समझ चुका हूँ। झूठी शान में मैंने अपनी बेटियों की ज़िन्दगी बर्बाद की, और जिन बेटों के लिए इतना किया उन्होंने क्या सिला दिया। जाओ बेटी, सुखी रहो अपने आशिक़ के साथ। बूढ़े बाप की फ़िक्र न करो। हमारी देखभाल के लिए तुम्हारी बड़ी बहन जहाँआरा यहाँ है न!"

लवंगी ने रोते हुए जहाँआरा से भी विदा ली। जहाँआरा ने उसे दिलासा दिलाते हुए कहा, "परेशान न हो लवंगी। इंशा अल्लाह हम फिर मिलेंगे। अब ख़ुदा हाफ़िज़।"

''ख़ुदा हाफ़िज़, आपा,'' कहते हुए लवंगी ने जल्दी से आँसुओं को पोंछ डाला और ऐतबार के लाए बुर्के से ख़ुद को ढककर उसके साथ खिजड़ी दरवाज़े की ओर चल पड़ी।

खिजड़ी दरवाज़े पर तैनात मुख्य सुरक्षा-प्रहरी ने सकुचाते हुए ऐतबार ख़ाँ को टोका, ''ख़ाँ साहब, इतनी रात गए आप बाहर कहाँ जा रहे हैं? आपके साथ यह बुर्कानशीं मोहतरमा कौन हैं?'' ऐतबार ख़ाँ नाराज़गी जताते हुए बेरुख़ी से बोला, ''अपनी औक़ात में रह। तुझे जानने की ज़रूरत नहीं कि बुर्के में कौन है।''

सुरक्षा-प्रहरी सहमते हुए सिर्फ़ इतना बोल पाया, ''हुज़ूर, हम तो सिर्फ़ आप लोगों के बनाए दस्तूर की तामील कर रहे हैं।''

ऐतबार बुर्के में छुपी लवंगी को लेकर फुर्ती से आगे बढ़ गया। कुछ ही दूरी पर एक निर्जन स्थान पर जगन्नाथ खड़े इन्तज़ार कर रहे थे। भावुकता से अभिभूत ऐतबार ने लवंगी के सिर पर हाथ फेरकर जगन्नाथ से कहा, ''हमारी लवंगी बेग़म का ख़याल रखना, पंडितराज,'' और आँसू पोंछते हुए झटके से मुड़कर वापस चल पड़ा। डबडबाई आँखों से लवंगी धीरे-से सिर्फ़ शुक्रिया बोल पाई।

आलिंगन में भरकर जगन्नाथ ने लवंगी का जब चुम्बन लिया, तो लवंगी का सारा विषाद दूर हो गया। हालात की संजीदगी देखते हुए दोनों बिना समय गँवाए फुर्ती से यमुना तट की ओर बढ़े जहाँ बाबा रामदास एक छोटी नौका लिये उनका इन्तज़ार कर रहे थे।

सैनिकों की नज़र से बचने के लिए उन्होंने नौका को यमुना के बहाव की उलटी दिशा में खेना शुरू किया। जल्दी ही वे साधु की कुटिया पहुँचे जहाँ अतिशीघ्र उन दोनों का हुलिया बदलना ज़रूरी था अन्यथा शाही सैनिक पकड़ लेंगे तो अनर्थ हो जाएगा। कुटिया में पहुँचते ही हनुमानजी को साक्षी मानकर दोनों ने अग्नि के सात फेरे लगाए और पति-पत्नी बन गए। वैदिक मंत्रोच्चार बाबा रामदास ने किया। लो विवाह हो गया, निकाह भले ही न हुआ!

लवंगी का फुर्ती से वेश बदला गया। एक निम्न मध्यवर्ग की हिन्दू विवाहिता के रूप में उसे मोटे कपड़े की साड़ी पहनाई गई और जगन्नाथ ने जल्दी से उसकी माँग में सिन्दूर भरकर उसे पूरा हिन्दुआनी बना दिया। ख़ुद एक मैली-सी छोटी धोती और मैला-सा मोटा झिंगोला पहनकर जगन्नाथ निर्बल वर्ग के एक किसान दीखने लगे। इस पूरे बदलाव की प्रक्रिया में लवंगी बड़ी ख़ुश थी और बीच-बीच में कुहनी से जगन को टहोका मारकर हँसने लगती थी।

नाव को फिर उलटी दिशा में खेते हुए तीनों सुबह होने से पहले ही मथुरा पहुँच जाना चाहते थे ताकि रात के अँधेरे में ही लोगों की भीड़ में लवंगी और जगन्नाथ शामिल हो जाएँ। बाबा रामदास भी उन्हें वहाँ पहुँचाकर नाव को यमुना-जल में ही डुबो देना चाहते थे और जल्दी ही अपनी कुटिया पर वापस आ जाना चाहते थे।

मथुरा में लवंगी और जगन्नाथ ने प्रेम के देवता भगवान श्रीकृष्ण के दर्शन द्वारकाधीश मन्दिर में किए। मन्दिर से लौटते समय आगे का उपाय सोचते हुए दोनों यूँ ही चले जा रहे थे। चलते-चलते वे न जाने कब तीर्थयात्रियों के एक दल में ख़ुद-ब-ख़ुद मिल गए। बातचीत के दौरान पता चला कि वह दल कई दिनों से बंगाल के राज्य कूचबिहार से तीर्थयात्रा करने आया है और आज ही नौका से वापस हो रहा है। जगन्नाथ मन-ही-मन ख़ुशी से झूम उठे। वे कूचबिहार के राजा प्राणनारायण के बारे में काफ़ी सुने थे कि वह संस्कृत के बड़े कवि और साहित्यानुरागी हैं।

जगन्नाथ ने तुरन्त बहाना बनाते हुए तीर्थयात्रियों से कहा कि सुना है महाराज प्राणनारायण को अपने निर्माणाधीन मन्दिर के लिए कई पुजारी चाहिए। अगर आप लोग हम पति-पत्नी को साथ ले चलें तो हम भी अपना भाग्य आजमा लें, ताकि हमारी ग़रीबी दूर हो सके।

तीर्थयात्रीगण तुरन्त तैयार हो गए। तीर्थयात्रियों में चार महिलाएँ और छह पुरुष थे। एक बड़ी-सी पोत वाली नाव में वे लोग आए थे। उसमें दो और लोगों को जगह मिलने में कोई कठिनाई नहीं हुई।

इधर, दिन के तीसरे पहर आगरा के क़िले में हो-हल्ला मचा कि लवंगी बेग़म फ़रार हो गई हैं। सारे सैनिकों, पहरेदारों, सेविकाओं और हिजड़ों में भय व्याप्त हो गया कि न जाने किसके ऊपर शामत आएगी। क़िलेदार बादशाह औरंगजेब को दिल्ली में सूचित करने से पूर्व अपने स्तर पर जाँच पूरी करके दोषी की पहचान कर लेना चाहता था। चारों दरवाज़ों के पहरेदारों से कड़ाई से पूछताछ शुरू हुई। खिजड़ी दरवाज़े के मुख्य सुरक्षाकर्मी से पूछताछ होने से पहले ही ऐतबार ख़ाँ ने ख़ुद हाज़िर होकर अपना अपराध स्वीकार कर लिया।

औरंगजेब के हुक्म से ऐतबार ख़ाँ को क़त्ल कर दिया गया। क़त्ल किए जाने तक उसके होंठों पर सन्तोष और गर्व की मुस्कान थी।

क़िले में शाही बन्दियों पर चौकसी बढ़ा दी गई। लवंगी और जगन्नाथ को ढूँढ़ निकालने का काम सारे देश में चतुर जासूसों को सौंपा गया। सभी सूबेदारों और मनसबदारों को अपने-अपने इलाक़े में सजग रहने के लिए कहा गया। भगोड़ों के बारे में ख़बर देने वाले को दो हज़ार मुहरें और ज़िन्दा या मुर्दा पकड़कर लाने वाले को पाँच हज़ार मुहरों का इनाम घोषित किया गया।

लवंगी और जगन्नाथ का कहीं पता न चला। वे ख़बर फैलने से पहले ही तीर्थयात्रियों के साथ नाव से आगरा पार कर चुके थे। हिन्दू तीर्थयात्रियों को मुसलमानों के गढ़ आगरा के प्रति कोई आकर्षण न महसूस हुआ। वहाँ न कोई बड़ा मन्दिर था न कोई तीर्थस्थल। अतः वहाँ उनके रुकने का कोई मतलब न था।

लवंगी और जगन्नाथ छुपकर बड़े मज़े से तीर्थयात्रियों के साथ आगे बढ़ते रहे। लवंगी अब उर्मिला थी और जगन्नाथ सुदामा शर्मा। नवविवाहिता जान चारों महिलाएँ उर्मिला का ख़ास ध्यान रखतीं। ग़रीब ब्राह्मण सुदामा को सभी तीर्थयात्रियों की सहानुभूति प्राप्त हो रही थी।

खुले पोत और नदी के बहाव के अनुकूल हवा होने के कारण तीर्थयात्रियों की नाव बड़ी तेज़ी से आगे बढ़ रही थी। रास्ते में वे फिरोजाबाद में नहीं रुकना चाहते थे, कारण वही था जो आगरा में न रुकने का था अर्थात् किसी हिन्दू तीर्थस्थल का न होना। नाव अँधेरा होते-होते आख़िर इटावा पहुँच गई जहाँ तीर्थयात्रियों ने नदी के किनारे बने एक शिवमन्दिर में रात्रि-विश्राम के लिए शरण ली। उर्मिला और सुदामा ने नदी-किनारे बाँधी गई नाव में ही ठहरने का मन बनाया। तीर्थयात्री स्त्री-पुरुषों के साथ-साथ दोनों नाविक भी नवविवाहित जोड़े के प्रीतिपूर्ण प्रस्ताव पर मुस्कराए बिना न रह सके। उन्हें क्या पता कि जोड़ा पकड़े जाने के डर से ज़मीन पर न उतर रहा था। जो भी हो, इस जोड़े ने रात्रि के एकान्त का ख़ूब लाभ उठाया। इसी प्रकार, कालपी के रात्रि-विश्राम में भी दोनों नाव में ही रुके रहे। हाँ, इलाहाबाद में शहर से काफ़ी दूर स्थित संगम तट पर दोनों ने नाव से उतरकर स्नान किया और फिर नाव में लौट गए।

आगे, बनारस में तीर्थयात्रियों को कुछ दिन रुककर दर्शन-पूजन करना था। सबसे बड़ा ख़तरा यहीं था। बनारसवासी होने के कारण स्थानीय लोगों द्वारा जगन्नाथ को पहचान लिये जाने का ख़तरा था। साथ ही, स्थानीय फ़ौजदार भी निश्चित रूप से मुस्तैद होगा कि बनारसी जगन्नाथ लवंगी को भगाकर बनारस पहुँच सकता है। लेकिन, सुदामा बने जगन्नाथ और उर्मिला बनी लवंगी बड़ी सफ़ाई से तीर्थयात्रियों के बीच दुबके रहे और कोई उनको पहचान न पाया।

अगला पड़ाव बक्सर था और उसके आगे पटना में तीर्थयात्रियों ने नाव छोड़ दी। आगे की यात्रा उन्होंने थलमार्ग से तय करने का निश्चय किया। दो बैलगाड़ियाँ तय की गईं। एक में उर्मिला समेत चारों महिलाएँ बैठ गईं और दूसरे में छहों पुरुषों समेत सुदामा। उर्मिला और सुदामा अब ढीठ हो गए थे। पकड़े जाने का डर उन्हें अब कम सताता था।

उनकी बैलगाड़ियाँ पटना से पूरब की ओर जाने वाले मार्ग पर चल पड़ीं। पटना से बेगूसराय, पूर्णिया, किशनगंज होते हुए यह दल तीन दिनों में इस्लामपुर पहुँचा जहाँ इस दल ने बैलगाड़ियों को छोड़ दिया। आगे एक संक्षिप्त किन्तु दुर्गम मार्ग पर पैदल चलते हुए यह दल दो दिनों में तीस्ता नदी के किनारे पहुँचा। पैदल चलने में उर्मिला बनी लवंगी बार-बार थककर बैठ जाती थी। ऐसी हालत में जगन्नाथ उसे अपनी पीठ पर उठा लेते थे। तीर्थयात्रियों का दल पत्नी की कोमलता और पति के प्रेम और सेवाभाव को देखकर मुस्कराता रहता था। यह दल दो दिनों की कठिन

पैदल यात्रा के बाद नाव से तीस्ता नदी को पार कर जगतबेर नामक स्थान पर पहुँचा। आगे अभी एक दिन का रास्ता और था, लेकिन मार्ग समतल और सुगम था।

शरणार्थी

जब मुग़ल सम्राट अकबर पूर्वोत्तर में अपने राज्य की सीमा का विस्तार कर रहा था, तो मुग़ल फ़ौजों के दबाव में कूच राजवंशियों का 'कामता' राज्य दो हिस्सों में टूट गया। पूर्वी भूभाग कूचहाजो को असम के अहोम राज्य ने निगल लिया, जबकि पश्चिमी भूभाग कूचबिहार मुग़लों के अधीन आ गया। यद्यपि प्रशासन की कठिनाइयों को देखते हुए अकबर ने कूचबिहार को एक स्वतंत्र राज्य रहने देने में कोई हर्ज़ न देखा। हालाँकि, यह स्वतंत्रता नाम मात्र की थी। कूचबिहार मुग़लों के अधीन राज्य था।

इसी कूचबिहार राज्य का छठा शासक हुआ राजा प्राणनारायण सिंह। प्राणनारायण संस्कृत का उच्चकोटि का विद्वान, अच्छा कवि और स्वाभिमानी शासक था। वह विद्वानों, साहित्यकारों और संगीतकारों का बड़ा सम्मान करता था। उसने कई भव्य मन्दिर बनवाए और पुराने मन्दिरों का जीर्णोद्धार करवाया जिनमें प्रमुख थे बाणेश्वर और सन्देश्वर मन्दिर और गोसानीमारी का कामतेश्वरी मन्दिर। अपने पिता द्वारा प्रारम्भ किए गए अल्पेश शिव मन्दिर को पूरा कराने के लिए वह दिल्ली से वास्तुविदों को लाया। सुप्रसिद्ध सन्त माधवदेव से प्रभावित होकर उसने वैष्णवों की उस शाखा को अपनाया जो आगे चलकर 'एकशरण' नाम से उसका राजकीय धर्म बन गया।

शाहजहाँ के बेटों में जब उत्तराधिकार का संघर्ष प्रारम्भ हुआ और शाहशुजा दिल्ली पर क़ब्ज़ा करने के लिए बंगाल से बाहर चला गया था तो प्राणनारायण ने बंगाल के घोड़ाघाट को जीतकर अपने क़ब्ज़े में कर लिया। यही नहीं, बंगाल की राजधानी और पूर्वोत्तर में मुग़लों की सत्ता का केन्द्र माने जाने वाले ढाका को भी जीतकर क़ब्ज़े में कर लिया। इसी दौरान, सामरिक कारणों से वह अपनी राजधानी कूचबिहार से उठाकर थोड़ी ही दूर अठारोकोथा गाँव ले गया।

थके-हारे पति-पत्नी ने दो दिनों तक पूरा विश्राम किया। तीसरे दिन, ब्राह्मणोचित

साज-सज्जा से युक्त जगन्नाथ राजा प्राणनारायण के दरबार में पहुँचे। पहुँचते ही उन्होंने राजा को आशीर्वाद देने की मुद्रा में यह गीत गाया :

विद्राणैव गुणज्ञता समुदितो भूयानसूयाभरः
कलोऽयं कलिराजगाम जगतीलावण्यकुक्षिम्भरिः।
एवं भावनया मदीयकविते मौनं किमालम्बसे
जागर्तु क्षितिमंडलोपरि जगत्सिंहो धराधीश्वरः॥
(जागर्तु क्षितिमंडले चिरमिह श्रीकामरूपेश्वरः)

यह वही कविता थी जिसे जगन्नाथ ने कभी मेवाड़ के महाराणा जगतसिंह के लिए रचा था और बाद में इसे दाराशिकोह की प्रशंसा के लिए भी उपयोग किया था। जल्दबाज़ी में उसी कविता में एक पंक्ति और बढ़ाकर जगन्नाथ ने कामरूप देश (प्राचीन कूचबिहार) के राजा प्राणनारायण सिंह के सन्दर्भ में सामयिक बनाकर सुना दिया।

राजा प्राणनारायण जगन्नाथ के सुदर्शन व्यक्तित्व, सौम्य वेश-भूषा और अनूठी काव्य-प्रतिभा से अभिभूत हो अपने राजसिंहासन से उठ खड़े हुए, और उसी प्रकार के काव्यात्मक अन्दाज़ में उत्तर दिया, ''आप स्वर्ग से उतरे देवताओं के गुरु बृहस्पति प्रतीत हो रहे हैं, क्योंकि इस धरा पर आप जैसा सुन्दर और श्रेष्ठ कवि कहीं नहीं देखा गया। आपकी वाणी ऐसी है जैसे स्वयं भगवती सरस्वती आपके मुखारविंद में बैठकर वीणा बजा रही हों। बताने की कृपा करेंगे कि आप वास्तव में कौन हैं और किस उद्देश्य से इस अकिंचन को कृतार्थ करने पधारे हैं।''

राजा की ओर से इतनी इज़्ज़त पाकर जगन्नाथ गद्गद हो गए। राजा के कुछ निकट जाकर जगन्नाथ ने काव्यात्मकता से परे हटते हुए सीधे-सीधे बताया कि वह शाहजहाँ के राजकवि पंडितराज जगन्नाथ हैं। फिर, उन्होंने लवंगी से अपने प्रेम, विवाह और भागने की परिस्थितियों का विस्तार से वर्णन किया। उन्होंने संकेतों में स्पष्ट किया कि औरंगजेब के जासूस उन्हें चारों ओर ढूँढ़ते फिर रहे हैं। अन्त में, उन्होंने शरण देने की प्रार्थना की।

जगन्नाथ की बात सुनकर राजा सिटपिटा गया। औरंगजेब की इच्छा के विरुद्ध उसकी बाग़ी बहन और जगन्नाथ को शरण देना यमराज को न्यौता देने जैसा था। थोड़ी देर के लिए वह गहरी सोच में पड़ गया। किन्तु, जल्दी ही वह इस फ़ैसले पर पहुँच गया कि शरण में आए हुए की रक्षा करना उसका परम धर्म है।

एक बार मति थिर हो जाने पर राजा ने जगन्नाथ को एकदम गले लगा लिया और बोला, ''यह हमारा परम सौभाग्य है कि आप सपत्नीक हमारे यहाँ पधारे हैं। आप अतिश्रेष्ठ कवि हैं। आप हमारे राज्य में राजकवि का पद सँभालकर हमें अनुगृहीत करें। आप निश्चिन्त होकर यहाँ साहित्य-सृजन करें।''

सारी सुख-सुविधाओं से सुसज्जित एक विशाल सुन्दर भवन राजकवि जगन्नाथ को दिया गया जिसमें वह अपनी प्राणप्रिया पत्नी लवंगी के साथ सुखपूर्वक रहने लगे। लवंगी का नाम बदलकर उन्होंने संस्कृतनिष्ठ नाम 'लवंगी' कर दिया। पंडितराज के साहचर्य में लवंगी भी संस्कृत बोलने-समझने लगी।

साहित्य-रचना के क्रम में जगन्नाथ ने सबसे पहले अपने पुराने ग्रन्थ 'जगदाभरण' और 'दाराभरण' में मामूली हेर-फेर करके नई किताब बनाई 'प्राणाभरण'। जगन्नाथ की पहली दो किताबों के प्रति अनभिज्ञ राजा प्राणनारायण इतने उच्चकोटि के प्रशस्तिग्रन्थ को पाकर निहाल हो गया। आगे, जगन्नाथ अभी अपना स्फुटकाव्य ग्रन्थ 'भामिनीविलास' पूरा करने में लगे ही थे कि औरंगजेब के जासूसों ने उनका पता लगा लिया।

राजा प्राणनारायण के क़ब्ज़े से लवंगी और जगन्नाथ को निकाल लाने का काम औरंगजेब ने अपने सबसे विश्वस्त सिपहसालार और कभी सल्तनत के वजीर रहे मीर जुमला को सौंपा। यह वही मीर जुमला था जिसके नेतृत्व में औरंगजेब की सेना ने दिल्ली की ओर चढ़े आ रहे शाहशुजा को इलाहाबाद के निकट खजवा में बुरी तरह परास्त किया था। मीर जुमला ने शाहशुजा का पीछा ढाका और वहाँ से अराकान तक किया। बाद में शुजा के बारे में कुछ न सुना गया। शायद अराकानियों ने परिवार सहित उसकी हत्या कर दी। मीर जुमला की सफलताओं से ख़ुश होकर औरंगजेब ने उसे बंगाल का सूबेदार बना दिया।

मीर जुमला ने लवंगी और जगन्नाथ को लौटा देने के लिए राजा प्राणनारायण को धमकाया, लेकिन राजा डरे नहीं और मीर जुमला को स्पष्ट जवाब दिया कि शरण में आए हुओं की रक्षा हम अपनी जान देकर भी करते हैं।

बस फिर क्या था, रण की दुन्दुभि बज गई। इसी बीच, असम के अहोम राजा जयध्वज सिंह ने बंगाल सूबे में पड़ने वाले कामरूप प्रदेश को अपने क़ब्ज़े में कर लिया। उसे भी तुरन्त सबक सिखाना मीर जुमला के लिए ज़रूरी हो गया। मीर जुमला ने एक बड़ी-सी थल और जल सेना जयध्वज सिंह को परास्त करने के लिए कामरूप भेजकर ख़ुद सेना की एक बड़ी टुकड़ी लेकर कूचबिहार पर आक्रमण किया। प्राणनारायण सिंह अपने बन्धु-बान्धवों और लवंगी तथा जगन्नाथ को लेकर दूर पहाड़ों में भाग गए। मीर जुमला के सैनिकों ने कूचबिहार की राजधानी पर क़ब्ज़ा कर लिया।

मीर जुमला अब जयध्वज सिंह की ओर मुड़ा, लेकिन असम में विजय की आकांक्षा बड़ी महँगी पड़ी। असम का भूभाग बंगाल से बिलकुल भिन्न था। पानी से भरे हुए अनेक नदी-नालों को पार करने में घोड़ों और जवानों की हालत ख़राब हो गई। ऐसे इलाक़े में रसद पहुँचना कठिन हो गया जिससे सैनिक और घोड़े मरने लगे। मुग़ल सेना बिना लड़े बुरी तरह पस्त हो गई। मजबूरन, बरसात ख़त्म होते ही

मीर जुमला को जयध्वज सिंह से सन्धि करनी पड़ी। वापस ढाका लौटते समय मीर जुमला की रास्ते में ही मृत्यु हो गई।

इधर, मीर जुमला के असम में फँस जाने से कूचबिहार का राजा प्राणनारायण पुनः अपनी राजधानी लौट आया। मीर जुमला के मरने की ख़बर ने उसको बिलकुल बेफ़िक्र कर दिया। उसने जगन्नाथ को निश्चिन्त होकर साहित्य-साधना करने का आग्रह किया। अनुकूल वातावरण पाकर जगन्नाथ ने तीन वर्षों में संस्कृत के कई अनमोल ग्रन्थों की रचना की। इनमें काव्यशास्त्र पर लिखा उनका ग्रन्थ 'रसगंगाधर' बहुत मशहूर हुआ।

जगन्नाथ का साहित्य-संसार फैल रहा था, लेकिन लवंगी गहरे अवसाद से गुज़र रही थी। अपने परिवार की विनाशकारी घटनाओं को सोच-सोच वह घुटती रहती थी। उसने इस तरह के निर्वासित जीवन के बारे में कभी कल्पना न की थी। उसने तो हमेशा चाहा था कि जगन से निकाह के बाद अपनों के बीच वह बड़े मज़े में रहेगी, लेकिन औरंगजेब भैया ने तो सब सत्यानाश कर दिया। सारा कुनबा तहस-नहस कर दिया—तीनों भाई मारे; बूढ़े बाप को क़ैद कर लिया; साथ में प्यारी आपा जहाँआरा भी क़ैद हो गईं। भाभी नादिरा बानो बेग़म तो पहले ही गुज़र गईं, अब न जाने राणादिल भाभी पर क्या गुज़र रही होगी।

सोच-सोचकर लवंगी रोने लगती। रोते-रोते गाने लगती—दुख-भरे अटपटे गीत। अल्फ़ाज़ फूट पड़ते, लेकिन स्वरलहरियाँ रूठ जातीं। एक के बाद एक करुणा और वेदना के अनेक शब्द उभरते, लेकिन सब के सब तितर-बितर हो जाते। असीम अवसाद में डूबी लवंगी उन्हें सँजो न पाती। लवंगी टूटती रहती; बिखरती रहती।

लवंगी का स्वास्थ्य गिरने लगा। एक तो गहन अवसाद, ऊपर से कूचबिहार की आबोहवा उसकी तन्दुरुस्ती के लिए माकूल साबित न हो रही थी। वह बीमार रहने लगी। उसे अक्सर बुख़ार रहता था। स्थानीय वैद्यों की दवा काम न कर रही थी।

अपनी प्राणप्रिया लवंगी की बीमारी से जगन्नाथ बहुत परेशान हो गए। उन्हें धन-दौलत, मान-सम्मान और साहित्य-सृजन बिलकुल बेकार लगने लगा। लवंगी की सेवा-शुश्रूषा में उन्होंने जी-जान लगा दी। लेकिन, लवंगी स्वस्थ होने के बजाय चिड़चिड़ी हो गई और जिद्द करने लगी कि कूचबिहार से कहीं और चलो। लेकिन, समस्या यह थी कि कहाँ जाएँ। कौन-सी जगह महफ़ूज़ है? दूसरी जगह पर औरंगजेब के जासूसों और सैनिकों से कौन बचाव करेगा? राजा प्राणनारायण जैसा रक्षक दूसरी जगह कहाँ मिलेगा?

इन सारे सवालों के बीच भी लवंगी अड़ी हुई थी कि कूचबिहार में नहीं रहना

है। आख़िर, जगन्नाथ ने हथियार डाल दिए; बहस करना बन्द कर दिया। अब मुद्दा था किसी महफ़ूज़ जगह का चुनाव। कई जगहों में से जगन्नाथ ने ज्यों ही बनारस का नाम लिया लवंगी ने लपक लिया। वह जिद्द करने लगी कि जगन्नाथ उसे अपने मूल स्थान बनारस ले चलें। लेकिन, बनारस में रहना ख़तरे से ख़ाली न था। जगन्नाथ को वहाँ बहुत लोग जानते थे। वहाँ औरंगजेब के हत्थे चढ़ने में देर न लगेगी। बहुत बहस–मुबाहसे के बाद तय हुआ कि बनारस में दोनों छुपकर रहेंगे। लवंगी एक गुमनाम ज़िन्दगी जीने के लिए सहर्ष तैयार हो गई।

जगन्नाथ ने राजा प्राणनारायण के सामने यह बात रखी, तो राजा एकदम हक्का–बक्का हो गया। उसे जगन्नाथ से बहुत लगाव हो गया था। आख़िर जगन्नाथ के कारण ही उसने मुग़ल साम्राज्य से बैर मोल लिया और अपनी राजधानी छोड़कर वह पहाड़ों में दर–ब–दर हुआ था। लेकिन, जगन्नाथ की इच्छा का सम्मान करते हुए उसने कवि जोड़े को गोपनीय तरीक़े से बनारस तक पहुँचाने का पूरा इन्तज़ाम किया। राह में लवंगी के स्वास्थ्य की देखभाल करने के लिए कुछ सेवक और एक वैद्य भी छद्मवेश में लगा दिया। साथ ही, उसने जगन्नाथ को काफ़ी नकद धन भी दिया यह सोचकर कि उस भगोड़े जोड़े को न जाने कब पैसों की ज़रूरत पड़ जाए।

काशी

जगन्नाथ लवंगी सहित चुपके से आ पहुँचे काशी। वही काशी जहाँ उन्होंने अपने बचपन और जवानी के शुरुआती दिन गुज़ारे थे। यही नहीं, शाहज़ादे दाराशिकोह के साथ न जाने कितनी बार बनारस की राजकीय यात्राएँ उन्होंने की थीं। उस दौरान, उपनिषदों के अनुवाद के लिए सुयोग्य पंडितों के चयन की प्रक्रिया में कइयों को उपकृत किया और कइयों से दुश्मनी मोल ले ली थी। जिन पर उन्होंने एहसान किया था वे मालामाल हो गए। वे लोग पारिश्रमिक के अलावा कई–कई बार पुरस्कार पाते थे। यह सब सम्भव था पंडितराज जगन्नाथ की कृपा से। आख़िर, वही तो इन मामलों में हिन्दुस्तान के भावी सम्राट दाराशिकोह के गुरु, मित्र और सलाहकार थे। बचा–खुचा निर्देशन प्राप्त हो जाता था गुरुदेव कवीन्द्राचार्य सरस्वती से।

जितने लोग एहसानमन्द हुए उससे कहीं ज़्यादा ख़िलाफ़त करने वाले पैदा हो गए थे। अप्पय दीक्षित और उनके दोनों चेलों—भट्टोजि दीक्षित और रंगोजि दीक्षित—से तो बैर बड़ा पुराना था। नए बैरी पैदा हो गए थे वे जिनको जगन्नाथ ने कुछ दान-दक्षिणा नहीं दिलवाई थी। जगन्नाथ के राजकीय सम्बन्धों के चलते ऐसे लोगों की हिम्मत कभी सामने विरोध करने की न हुई। सामने तो वे हमेशा चापलूसी करते रहते थे, "भैया जगन्नाथ, हमें भी कुछ मुद्राएँ दान-दक्षिणा में दिलवा दो। हमारी भी ग़रीबी दूर हो जाए। सब तुम्हारे हाथ में है। राजदरबार में तुम्हारे जैसा प्रभाव वाला व्यक्ति काशी में अब तक पैदा न हुआ।" लेकिन, पीठ पीछे यही लोग जगन्नाथ की घोर निन्दा करने से नहीं चूकते, "विधर्मी हो गया है। म्लेच्छों की सेवा करता है। म्लेच्छों के सम्पर्क से दूषित हो गया है। काशी के ब्राह्मणों के नाम पर कलंक है। उसे तो जाति-बहिष्कृत कर देना चाहिए।"

पंडितराज जगन्नाथ तक सारी बातें पहुँचतीं, लेकिन वह उन्हें सुनकर अनसुना कर जाते।

मुग़ल साम्राज्य के जासूसों की आँखों में धूल झोंककर औरंगजेब के चंगुल से बच पाना लगभग असम्भव था। लेकिन, जगन्नाथ और लवंगी ने बड़ी चतुराई से गुमनामी की चादर ओढ़ ली। ज़ाहिर तौर पर जगन्नाथ बन गए बक्सर का रहने वाला एक ग़रीब ब्राह्मण गंगाधर और लवंगी बन गई एक अनपढ़ ग्रामीण स्त्री पारबती। लम्बे दाढ़ी-बाल और तिलक-मुद्रिका के पीछे ख़ुद को छुपाए जगन्नाथ जब काँख में पोथी दबाए चलते तो कोई उनको पहचान न पाता। कभी की नखरीली शाहज़ादी लवंगी देहाती ढंग की साड़ी पहने पारबती की शख़्सियत के पीछे हो गई। हालाँकि, लोगों के सामने वह घूँघट में रहती और कम ही बोलती। दोनों एक छोटी-सी धर्मशाला के छोटे-से कमरे में दुबके रहते। गंगाधर एक छोटे-से विद्यालय में नन्हे बच्चों को पढ़ाने का काम पा गए।

जगन्नाथ के गुरु कवीन्द्राचार्य कब के गुज़र चुके थे और अब उनकी जगह शिवार्चनमठ के अधिपति रवीन्द्राचार्य थे। मठ की ओर जगन्नाथ कभी भूलकर भी न गए। नए मठाधीश पर उन्हें भरोसा न था। अपने बचपन के मित्रों—रमापति त्रिपाठी और प्रभाकर शुक्ल—की बगल से जगन्नाथ मुँह चुराए निकल जाते, लेकिन बोलने की हिम्मत न होती कि कहीं भेद खुल न जाए।

वेदान्तपीठ मठ के अप्पय दीक्षित अभी जीवित थे। किन्तु अब वे अत्यधिक वृद्ध हो गए थे। जगन्नाथ को अगर वे मौलिक स्वरूप में देख लेते तो भी उनकी ओर से डर न था क्योंकि अपनी बूढ़ी आँखों से शायद ही वह जगन्नाथ को पहचान पाते। असली डर था उनके चेलों भट्टोजि दीक्षित और रंगोजि दीक्षित और उनकी चंडाल-चौकड़ी से। आजकल बनारस में इनकी ख़ूब चलती थी। शास्त्रार्थ में जो

तर्क से न हारता था उसे वे दबंगई से हराते थे। दोनों खुले साँड की तरह अपने उद्दंड चेलों संग बनारस में घूमते और साधु-सन्तों और विद्वानों को मनमाने ढंग से तंग कर उन पर अपनी धाक जमाते। जगन्नाथ उनसे बहुत बचकर रहते थे।

दोनों दीक्षित बन्धुओं का गुप्त रूप से मानमर्दन करने की जगन्नाथ ने ठानी। वैसे भी आजकल उनकी साहित्यिक और बौद्धिक गतिविधियाँ रुकी हुई थीं। जगन्नाथ ने उनके गुरु अप्पय दीक्षित द्वारा रचित काव्यशास्त्र की दो पुस्तकों 'काव्यमीमांसा' और 'चित्रमीमांसा' का खंडन करते हुए क्रमश: 'काव्यमीमांसाखंडन' और 'चित्रमीमांसाखंडन' नामक दो पुस्तकों को चुपके से लिख डाला। यही नहीं, भट्टोजि दीक्षित द्वारा व्याकरण पर लिखे गए बहुप्रचारित ग्रन्थ 'प्रौढ़मनोरमा' पर बहुत चुटीला प्रहार करते हुए जगन्नाथ ने एक खंडन ग्रन्थ लिखा जिसका बहुत रसीला नाम रखा 'मनोरमाकुचमर्दन'। ये सारी साहित्यिक गतिविधियाँ जगन्नाथ चुपके-से अपनी छोटी-सी कोठरी में बैठे ख़ाली वक़्त में करते रहते थे।

बन्द कोठरी में बैठे-बैठे जगन्नाथ जब ऊब जाते तो पंचगंगा घाट-स्थित लच्छू गुरु के अखाड़े की ओर घूम आते। लच्छू गुरु तो अब न रहे। जगन्नाथ के समकालीन अधिकांश युवक भी अब पहलवानी छोड़ बीवी-बच्चों वाले हो गए थे और अखाड़े पर उनका आना यदा-कदा ही होता था। हाँ, कुछ नवयुवक ज़रूर वहाँ कसरत करते और ज़ोर-आजमाइश करते दिख जाते। जगन्नाथ का मन होता वह भी अखाड़े में उतरकर कुश्ती का अपना शौक़ पूरा करें, लेकिन भेद खुल जाने के डर से उनकी हिम्मत न पड़ती।

अपने ही शहर में अपनों के ही बीच अजनबी की तरह रहना एक त्रासदी से कम न था। रात-दिन चोरों की तरह छुपे रहना जगन्नाथ को बहुत अखरता, लेकिन अपने प्यार की ख़ातिर वह कुछ भी क़ुर्बान करने को तैयार थे। वह सोचते रहते कि लवंगी ने प्यार के लिए कितनी सारी कुर्बानियाँ दी हैं। शाही सम्मान, भोग-विलास, घर-परिवार, सब कुछ तो बेचारी ने सिर्फ़ प्यार की ख़ातिर त्याग दिया और अब मारी-मारी भटक रही है। ऊपर से भाई की तलवार लगातार लटकी हुई है। कभी-कभी जगन्नाथ ख़ुद को कोसते कि आख़िर कौन-सा सुख दिया है उन्होंने बेचारी लवंगी को दर-दर भटका कर। महलों की रहने वाली मामूली देहाती औरत की तरह एक छोटी-सी सीलन-भरी अँधेरी कोठरी में गुमनाम जीवन जी रही है। आख़िर, किसलिए? प्यार के ही ख़ातिर न!

गंगा की गोद में

गंगा दशहरा का दिन। बहुत सुबह से ही गंगातट पर स्नानार्थियों और तीर्थयात्रियों की बड़ी भीड़ लगी थी। झुंड-के-झुंड लोग काशी की पतली गलियों से होते हुए

गंगातटों पर पहुँच रहे थे। आसपास के गाँवों से बड़ी संख्या में ग्रामीणजन भी गंगा-स्नान कर पुण्यलाभ करने के लिए आए हुए थे। बड़ी संख्या में श्रद्धालु अगले दिन पड़ने वाली भीमसेनी एकादशी का निर्जला व्रत काशी के गंगा-तटों के निकट रहकर ही पूरा करते थे।

जगन्नाथ के विद्यालय में गर्मियों की छुट्टियाँ चल रही थीं। लोगों को गंगास्नान करने जाते हुए देखकर वह भी लवंगी सहित पंचगंगा घाट पर पहुँचे। यूँ तो जगन्नाथ रोज़ ब्रह्ममुहूर्त में ही गंगास्नान करके गंगाजी की आराधना करते थे, लेकिन आज, गंगा दशहरा के दिन, लवंगी के संग गंगास्नान करने की योजना के कारण थोड़ा दिन चढ़े घर से निकले। मंशा यह भी थी कि घर में बन्द पड़ी रहने वाली लवंगी का थोड़ा मनोरंजन गंगा-तट पर स्नानार्थियों को देखकर हो जाएगा।

घाटों पर मनोरंजन की कमी न थी। ख़ासकर लुच्चों-लफंगों के लिए जिनमें से कई तो गंगा घाट पर सिर्फ़ इसलिए मँडराते फिरते थे कि यहाँ स्नान करती स्त्रियों के अर्धनग्न शरीर को देखने का सुख प्राप्त हो सके। इनमें दीक्षित-बन्धुओं की चंडाल-चौकड़ी के लोग भी थे।

ऐसे लोगों से बचते हुए लवंगी को साथ लिये सिर झुकाए जगन्नाथ पंचगंगा घाट पहुँचे। बिना विलम्ब किए गंगा-स्नान करके जगन्नाथ लौट जाना चाहते थे। यही कारण था कि दोनों शीघ्रता से गंगाजल को सिर पर चढ़ाते हुए गंगाजी में स्नान करने लगे।

लवंगी बड़ी ख़ुश थी। बहुत दिनों के बाद अपने जगन के साथ खुले में विहार करने का उसे मौक़ा मिला था। अंजुरी में जल भर-भरकर जगन पर उछालने में उसे बड़ा मज़ा आ रहा था। जल-क्रीड़ा करने में उसके वस्त्र भी अस्त-व्यस्त हो गए थे। जगन्नाथ माँ गंगा के ध्यान में तल्लीन थे।

लवंगी का व्यवहार निश्चित रूप से किसी धर्मभीरु हिन्दू स्त्री जैसा न था जो गंगा-स्नान करते समय बड़ी श्रद्धा से देवी-देवता मनाने में लगी रहती हैं। लेकिन उस भीड़-भाड़ में कोई किसी की ओर ध्यान न दे रहा था, सिवाय उनके जो गंगा घाट पर नहाती स्त्रियों को घूरने आए थे।

दोनों दीक्षित बन्धु भी बगल वाले घाट पर लगभग उसी समय गंगा-स्नान के लिए अपने चेलों संग पधारे थे। उनमें रज्जू काना बड़ा कामी और उद्दंड था। कनवा अपनी एक ही सही बची आँख सेंकने घाट-घाट घूमता फिर रहा था। पंचगंगा घाट पर पहुँचने पर जलक्रीड़ा करती लवंगी पर उसकी आँख बरबस ही पड़ गई। कुछ देर तक तो वह लवंगी की सुन्दरता का आनन्द लेता रहा, लेकिन जब जगन्नाथ लवंगी की ओर मुँह करके कुछ मंत्र पढ़ने लगे तो अपने बढ़े बालों और दाढ़ी के बावजूद जगन्नाथ रज्जू की एकमात्र आँख से छुपे न रह सके। मारे उत्तेजना के कनवा रज्जू ज़ोर से चीख़ पड़ा, "अरे ई त जगरनथवा हव! जगरनथवा!! अऊर ऊ ओकर मेहर मुसलमानिनिया लगत हौ!"

जगन्नाथ मारे घबराहट के रज्जू की ओर ताकने लगे। अब तो रज्जू उन्हें अच्छी तरह पहचान गया और चिल्लाने लगा, ''अरे ई त जगरनथवे हव। अरे ई ससुरा त तुरकिन के संग रहके ख़ुद भरभस्ट होय गयल और अब गंगाजी के भी अपवित्तर करत हव।''

कुछ लोगों का ध्यान ज़ोर-ज़ोर से बड़बड़ाते रज्जू की ओर गया। लेकिन लोग चौकन्ने तब हुए जब रज्जू पूरे ज़ोर से चीख़ते हुए चिल्लाने लगा, ''अरे गुरु, अरे दीक्षितजी महराज, दौड़ा हो। देखा ई जगरनथवा हव इहाँ। अपने मियायिनिया के संग गंगाजी के भ्रस्ट करत हौ।''

इतना सुनते ही घाट पर जुटे बनारसियों में ''का हौ, कहाँ हौ?'' की पुकार मच गई। दोनों दीक्षित-बन्धु गंगा-स्नान बीच में ही छोड़कर दौड़े आए और सारा मामला जानने पर ज़ोर से चिल्लाते हुए लोगों को ललकारने लगे, ''मार साले के। सरवा पापी ख़ुद त मुसलमानिन के संग से दूषित होय गयल अब गंगाजी के प्रदूषित करत हौ।''

बनारस के दो विद्वानों और दबंगों की ललकार सुनकर चारों ओर से ''मार, मार, सरवा के'' की आवाज़ें उठने लगीं। इनमें ज़्यादातर वे लोग थे जो किसी न किसी कारण से जगन्नाथ से बैर रखते थे। साथ में वे लोग भी थे जिनका जगन्नाथ से कोई लेना-देना न था, लेकिन लोगों की देखा देखी चिल्ला रहे थे।

इसी बीच, लोगों का एक छोटा समूह भी उभर आया जिसमें लच्छू गुरु के अखाड़े के कुछ पुराने पहलवान थे। इनका नेतृत्व कर रहे थे जगन्नाथ के पुराने मित्र रमापति त्रिपाठी। दोनों ओर से बहसा-बहसी होने लगी। लगा अब मारपीट शुरू हो जाएगी। लेकिन, संख्या-बल में कम होने के कारण जगन्नाथ की तरफ़दारी करने वाला समूह दुबकने लगा और धीरे-से वहाँ से हट गया।

शोरगुल सुनकर बनारस का फ़ौजदार तेग अली, जो घाटों-घाटों पर घूमकर मुआयना कर रहा था, भी आ पहुँचा। दरियाफ़्त करने पर जब उसे जगन्नाथ के बारे में पता लगा तो वह फूला न समाया कि भगोड़े शायर और बाग़ी बेग़म को गिरफ़्तार करके बादशाह औरंगजेब के सामने पेश करने पर पाँच हज़ार मुहरों का इनाम मिलेगा।

कुछ उद्दंड लोग पानी में कूद पड़े जगन्नाथ को खींचकर किनारे लाने के लिए। धकेलते और खींचते ये लोग जगन्नाथ को जल के बाहर ला रहे थे, लेकिन किनारे पहुँचते-पहुँचते वह वहीं बैठकर गंगाजी की आराधना करने के लिए अड़ गए। कुछ तो उनके शारीरिक और आध्यात्मिक बल के कारण और कुछ धर्मकार्य में विघ्न पड़ जाने के डर से पीछे हट गए। जगन्नाथ वहीं ध्यानमुद्रा में बैठ गए। यद्यपि इन लोगों ने लवंगी को हाथ न लगाया, लेकिन वह ख़ुद-ब-ख़ुद अपने जगन के पीछे-पीछे खिंची चली आई और उनकी बगल में बैठ गई।

उपद्रवियों के आतंक से भयभीत जगन्नाथ ने बचाव के लिए माँ गंगा को पुकारा, ''माँ, मुझे अपनी गोद में ले ले। मैंने अपनी स्वयं की माता का सुख कभी न जाना। तू ही हमेशा मेरी माँ रही। अब जब यमराज जैसे ये उपद्रवी मेरी ओर चढ़े

आ रहे हैं तो तेरी गोद के अलावा मुझे और शरण कहाँ?'' मारे डर के जगन्नाथ के कंठ से करुणध्वनि फूट पड़ी :

समृद्धं सौभाग्यं सकलवसुधाया: किमपि तन
महेश्वर्यं लीलाजनितजगत: खंडपरशो:
श्रुतीनाम सर्वस्वं सुकृतमथ मूर्तं सुमनसां
सुधासौन्दर्यं ते सलिलंशिवं न: शमयतु

[माँ तुम्हारे पानी का संसार में है न कोई सानी
खेल-खेल में संसार बसावें ऊ हैं शंकर दानी
उनकी तू ऐश्वर्य हो, श्रुतियों की वाहक सनातनी
अपने जल से दूर करो माँ सारा पाप हमारा
घाट तुम्हारे आ पहुँचा बेटा जगन्नाथ तुम्हारा]

जगन्नाथ की करुण स्वरलहरी सारे वातावरण में गूँजने लगी। साथ में, लवंगी ''माँ माँ'' की करुण पुकार लगाकर माहौल को और कारुणिक बनाने लगी। तट पर खड़े सभी लोग—चाहे उद्दंड विरोधी हों, चाहे जगन्नाथ के समर्थक, चाहे फ़ौजदार तेग अली और उसकी फ़ौज—सबके-सब सम्मोहित हो करुण रस में भीगने लगे।

हैरानी की बात तो तब हुई जब जगन्नाथ की पहली ही स्वरलहरी ने गंगा की मध्यधार में सुगबुगाहट पैदा कर दी। लगा बच्चे की करुण पुकार पर माँ गंगा गहरी नींद से जाग रही हों। लगा ख़ुद माँ सरस्वती जगन्नाथ के कंठ में बैठ करुण रस का सृजन कर रही हों। हाथ जोड़े एकटक ताकते जगन्नाथ छन्द पर छन्द गाए जा रहे थे और पीछे-पीछे लवंगी माँ माँ की पुकार लगाए जा रही थी।

एक बार अपने बच्चे के लिए जग जाने पर माँ गंगा ने फिर पीछे मुड़कर न देखा। लहरों पर सवार माँ अपने बच्चे से मिलने के लिए तेज़ी से आगे बढ़ी। जगन्नाथ के स्वर में विश्वास गाढ़ा होने लगा। मारे आवेश के जगन्नाथ उठ खड़े हुए। लगा जैसे रोते हुए बच्चे के लिए दौड़ी आती माँ के पास जल्दी पहुँचने के लिए बच्चा मचलकर खड़ा हो जाता है :

विधत्ताम नि:शंकं निरवधि समाधिम विधिरहो
सुखं शेषे शेताम हरिरविरतम न्रित्यतु हर:
कृतं प्रायश्चित्तैरलमथ तपोदानयजनै:
सवित्री कामानाम यदि जगति जागर्ति भवती

[ब्रह्मा बैठें सदा समाधि में
विष्णु सोवें शेष सुख शैया

शंकर नाचे भले रात दिन
अब जब माँ तू ही जग जाए
पुण्य की चिन्ता क्यों की जाए]

अचानक, जगन्नाथ ज़ोर-ज़ोर से रोते हुए छन्द पढ़ने लगे :

पयः पीत्वा मातस्तव सपदि यातः सहचरैः
विमूढ़ैः सरंतुम क्वचिदपि न विश्रान्तिमगमम
इदानीमुसंगे मृदुपवनसंचारशिशिरे
चिरादुन्निद्रम माँ सदय्ह्रिदाये शय चिरम

[माँ तेरा जलरूपी दूध पीकर मैं
मगन खेलता रहा मूर्खों संग
कभी मिला न चैन मुझे उसमें
अब तो सुला लो माँ अपनी गोद में]

तट पर खड़े लोगों में भगदड़ मच गई जब गंगा माँ तेज़ी से अपनी लहरों को हरहराती हुई अपने तटों की सीमा तोड़ने के लिए आगे बढ़ीं अपने बेटे-बहू को अपनी गोद में सुला लेने के लिए। इस नज़ारे से घबड़ाए हुए लोग ऊँचे सुरक्षित स्थानों की ओर भागने लगे, लेकिन माँ की गोद में पनाह लेने के दृढ़ निश्चय के साथ जगन्नाथ और लवंगी वहीं पर जमे रहे। जगन्नाथ माँ की करुणा को पुकार-पुकार गाते रहे, लवंगी माँ माँ की गुहार लगाती रही।

लोगों द्वारा सताए जाने से डरे हुए जगन्नाथ ने माँ को जल्दी करने को कहा :

बधान द्रागेव द्रढ़ीमरिनीयम परिकरम
किरीटे बालेन्दुम नियामे पुनः पन्नगगणः
न कुर्यास्त्वं हेलामितरजनसाधारणतया
जगन्नाथ्स्यायम सुरधुनिसमुद्धारसमयः

[हे माँ, तू देवनदी, कस लो कमर अब अपनी
बाँध लो अपने चन्द्रमुकुट को सर्पों से आओ
माँ मैं कोई और नहीं जगनवा तुम्हारा काहे देर
करे माँ समय आ गया अब उद्धार का हमारा]

माँ ने देखा बेटे-बहू रो रहे हैं, उनके छन्द और उनकी पुकार चुक रही है। दोनों हाथ फैलाए माँ की राह निहार रहे हैं। माँ का हृदय व्यथित होने लगा। उसमें एक गहरी हूक-सी उठने लगी जो जल्दी ही अन्तर्ध्वनि बन दिग-दिगंत में गूँजने लगी :

"अब चल गंगिया, क्यों रुकी है? क्यों अपने बच्चों को इन्तज़ार करा रही है? क्यों दुनिया के हाथों इनकी दुर्दशा तू देख रही है?"

'चल चल' की इस घोर अन्तर्ध्वनि से व्यथित ममतामयी माँ गंगा दौड़ पड़ी हाहाकार करते हुए, अपनी लहरों को उछालते हुए। लवंगी और जगन्नाथ दोनों बाँहें उठाए, माँ-माँ पुकारते अपनी गंगा माँ की गोद में समा जाने के लिए दौड़ पड़े।

लो! गए दोनों अपनी माँ के साथ। पीटते रहो लकीर। दुलारे और दुलारी चले गए। पड़ी किसी की हिम्मत, किसी फ़ौजदार, किसी औरंगजेब, किसी दीक्षित या किसी और की—जो प्यार में बढ़ते उनके क़दमों में मज़हब की ज़ंजीरें डाल सके? लो, गईं दोनों दिव्य आत्माएँ अपने दिव्य प्यार के दिव्यलोक में।

बहती धारा...

काशी के गंगातट पर जगन्नाथ और लवंगी का अवसान हुए कोई साढ़े तीन सौ साल बीत गए। इतिहास इस पर मौन है। हालाँकि, लोककथाओं में लवंगी और जगन्नाथ की प्रेम कहानी बहुत मुखर है।

इतिहास के पन्नों से निकलकर लवंगी बनारसियों के दिल में जा बसी। बनारसियों ने उसके पावन प्यार और सर्वोच्च बलिदान के आगे मत्था टेक दिया। प्यार की मारी कोमल शाहज़ादी की याद को सदा सँजो लेने के लिए बनारसियों ने इसी नाम से एक मिठाई ईजाद की। आज भी, बनारसियों के मन में जगन्नाथ अपनी 'गंगालहरी' और लवंगी लोगों की ख़ास मिठाई 'लवंगी' के रूप में जीवित हैं। बनारस की गलियों में, गंगा के किनारों और लहरों में आज भी जगन्नाथ के करुण स्तुतिगीत गूँजते हैं। जगन्नाथ पर लवंगी के फ़िदा होने की अदा आज भी प्रेमियों के दिल में हूक उठाती है।

बनारस में आज भी लोग आहें भरते हैं : काश, दाराशिकोह हिन्दुस्तान का बादशाह बना होता!